मुखड़ा क्या देखे

अब्दुल बिस्मिल्लाह

राजकमल पेपरबैक्स

पहला पुस्तकालय संस्करण
राजकमल प्रकाशन प्राइवेट लिमिटेड द्वारा
1996 में प्रकाशित

राजकमल पेपरबैक्स में
पहला संस्करण : 2023

राजकमल पेपरबैक्स : उत्कृष्ट साहित्य के जनसुलभ संस्करण

राजकमल प्रकाशन प्रा. लि.
1-बी, नेताजी सुभाष मार्ग, दरियागंज
नई दिल्ली-110 002
द्वारा प्रकाशित

शाखाएँ : अशोक राजपथ, साइंस कॉलेज के सामने, पटना-800 006
पहली मंजिल, दरबारी बिल्डिंग, महात्मा गांधी मार्ग, प्रयागराज-211 001

वेबसाइट : www.rajkamalprakashan.com
ई-मेल : info@rajkamalprakashan.com

बी.के. ऑफसेट
नवीन शाहदरा, दिल्ली-110 032
द्वारा मुद्रित

मूल्य : ₹350

MUKHDA KYA DEKHE
Novel by Abdul Bismillah

ISBN : 978-81-19028-97-9

अब्दुल बिस्मिल्लाह

अब्दुल बिस्मिल्लाह का जन्म 5 जुलाई, 1949 को उत्तर प्रदेश, इलाहाबाद के बलापुर गाँव में हुआ। उन्होंने इलाहाबाद विश्वविद्यालय से एम.ए. तथा डी.फिल्. किया।

उनकी प्रमुख कृतियाँ हैं—'अपवित्र आख्यान', 'झीनी-झीनी बीनी चदरिया', 'मुखड़ा क्या देखे', 'समर शेष है', 'ज़हरबाद', 'दंतकथा', 'रावी लिखता है', 'कुठाँव' (उपन्यास); 'अतिथि देवो भव', 'रैन बसेरा', 'रफ़ रफ़ मेल', 'शादी का जोकर' (कहानी); 'वली मुहम्मद और करीमन बी की कविताएँ', 'छोटे बुतों का बयान' (कविता); 'दो पैसे की जन्नत' (नाटक); 'अल्पविराम', 'कजरी', 'विमर्श के आयाम' (आलोचना); 'दस्तंबू' (अनुवाद); 'नश्तर' (रूपान्तर); 'मुसद्दस-ए-हाली' (रूपान्तर व सम्पादन), 'सारे सुखन हमारे' (सम्पादन) आदि।

'झीनी-झीनी बीनी चदरिया' उपन्यास के उर्दू तथा अंग्रेज़ी अनुवाद प्रकाशित हो चुके हैं। उनकी अनेक कहानियाँ मराठी, पंजाबी, मलयालम, तेलगू, बांग्ला, उर्दू, जापानी, स्पैनिश, रूसी तथा अंग्रेज़ी में अनूदित हुई हैं। 'रावी लिखता है' उपन्यास पंजाबी में पुस्तकाकार प्रकाशित। 'रफ़ रफ़ मेल' की 12 कहानियाँ 'रफ़ रफ़ एक्सप्रेस' शीर्षक से फ्रेंच में अनूदित एवं पेरिस से प्रकाशित हैं।

1993-95 के दौरान वे वार्सा यूनिवर्सिटी, वार्सा (पोलैंड) में तथा 2003-05 के दौरान भारतीय दूतावास, मॉस्को (रूस) के जवाहरलाल नेहरू सांस्कृतिक केन्द्र में विज़िटिंग प्रोफ़ेसर रहे हैं।

उन्हें 'सोवियत लैंड नेहरू पुरस्कार', मध्य प्रदेश साहित्य परिषद के 'देव पुरस्कार', 'केडिया पुरस्कार' और हिन्दी अकादमी दिल्ली तथा उत्तर प्रदेश हिन्दी संस्थान द्वारा सम्मानित किया गया है।

वे जामिया मिल्लिया इस्लामिया, नई दिल्ली के हिन्दी विभाग में प्रोफ़ेसर एवं अध्यक्ष रहे। अब सेवानिवृत्त।

ई-मेल : abismillah786@gmail.com

आदरणीय
भीष्म साहनी के लिए

पहला चरण

काछी के कुएँ के पास लौंडों-लपाड़ों की एक छोटी-सी टुकड़ी जमा थी और सब लल्लू को छेड़ रहे थे। लल्लू अपनी नकनकी आवाज़ में गा रहा था :

डोंट टच माइ बाडी मोहन रसिया।
हाँ मोहन रसिया
हो मोहन रसिया
डोंट टच माइ बाडी मोहन रसिया।
यू आर ए सन आफ श्री बिंदराबन,
एंड आइ एम ए डाटर आफ
गोकुल रसिया
डोंट टच माइ बाडी मोहन रसिया...

गाने के साथ-साथ लल्लू अपनी दोनों हथेलियों को बार-बार अपने सीने पर रखकर उन्हें इस तरह गोल-गोल बनाने लगता कि लौंडे सहज ही 'बाडी' शब्द के गँवारू अर्थ का रस प्राप्त कर लेते थे और उनकी हँसी कछियाने को पार करके पसियाने तक पहुँच जाती थी। लौंडों की यह धमाचौकड़ी बहुत देर से काछी के कुएँ पर मची हुई थी, लेकिन अभी तक किसी ने उसे रोकने का साहस नहीं किया था। कुएँ पर पानी भरने के लिए आनेवाली स्त्रियों को देखकर हँसी का स्वर और तेज़ हो उठता था...

"हूँ, तो यह जुगादड़ी यहाँ जमी हुई है। बरातियों के लिए सब इंतजाम-बात तो सरग से देवता आकर करेंगे न..."

इतना सुनना था कि काछी के कुएँ पर सन्नाटा छा गया। लल्लू तो पदकड़ी मारता हुआ तालाब की ओर भाग गया और लौंडों-लपाड़ों ने सीधी राह धरी बम्हनौटी की। सृष्टिनारायण मन ही मन मुस्कराए, भीतर ही भीतर आत्माभिमान का अनुभव किया और पसियाने की तरफ़ तिरछी नज़र डालते हुए आगे बढ़ गए।

सृष्टिनारायण के बड़े भाई रामवृक्ष पांडे दालान में बैठे सामने रखी भौंकी में से लाई-चना उठा-उठाकर कटर-कटर चबा रहे थे और बारात के लिए निर्मित हो रहे स्वागत-द्वार को देख रहे थे। भीतर स्त्रियाँ गा रही थीं :

एक दिना सखियन संग सैंया
चली गयी गुलजार में
नेहरूजी को गुलाब में देखा
गांधीजी को अनार में
एक दिना सखियन संग सैंया...

भारत को आज़ादी मिल गई थी, मगर आन्दोलन का खुमार अभी उतरा नहीं था। पंडित जवाहरलाल नेहरू तो ख़ैर देश के प्रधानमंत्री ही थे, स्वर्गीय गांधीजी भी जीवित ही लगते थे। स्वाधीनता और स्वराज का नशा इतना गहरा और सर्वव्यापी था कि गँवई गीतों तक में उसका असर भिन-सा गया था। गांधी और नेहरू तो भारतवासियों के लिए साक्षात् कलियुग के अवतार ही बन गए थे...

रामवृक्ष पांडे कांग्रेसी भी थे और कांग्रेस-विरोधी भी। मगर स्त्रियों का यह गीत उन्हें अच्छा लग रहा था। "अरे, विरोध है तो क्या हुआ, विरोध तो विचारों का है; पर इन स्त्रियों तक में स्वदेशी भाव आ गया है, यह क्या कम उपलब्धि है? अरे नेहरू के स्थान पर गंधिया अगर पटेल को प्रधानमंत्री बना देता तो वही कांग्रेस अच्छी लगती कि नहीं..."

स्त्रियों का गाना पूर्ववत् जारी था और रामवृक्ष पांडे अपने विचारों में खोए बारात की तैयारी देख रहे थे। सामने का भुसौला ख़ाली कर दिया गया था। वहाँ गँड़ासों से कटहल और कोंहड़े काटे जा रहे थे। पास ही बड़े-बड़े कड़ाहे रखे हुए थे। हलवाई मिठाई बनाने में लगे हुए थे। स्त्रियाँ पूड़ी बेल रही थीं। गाँव का कोंहार परई-पुरवा लिये बैठा था। मुसहर पत्तलें ले आया था। सिपाही नाऊ बच्चों के बाल बना रहा था। यानी पांडेजी की पूरी परजा अपने कर्तव्य-पालन में जुटी हुई थी और गाँव के किशोर तथा नौजवान सृष्टिनारायण पांडे की देखरेख में आम के पत्तों से स्वागत-द्वार सजा रहे थे। रामवृक्ष पांडे यह पूरा दृश्य देख-देखकर पुलकित हो रहे थे।

रामवृक्ष पांडे की यह आख़िरी कन्या थी। अन्य तीन लड़कियों का विवाह पहले ही हो चुका था। दो लड़के भी ब्याहे जा चुके थे। यह आख़िरी पुत्री सन् पैंतीस में पैदा हुई थी। उसी साल इस इलाक़े में स्वाधीनता-आन्दोलन तेज़ हुआ था और गांधीजी आए थे। तालाब के पारवाली बगिया में उनका व्याख्यान हुआ था। उस रोज़ गाँव के अनेक नौजवानों ने तकली पर सूत कातने और खद्दर पहनने का व्रत लिया था। रामवृक्ष पांडे तो पहले से ही खद्दर पहनने लगे थे। कन्या पैदा हुई तो उसका नाम उन्होंने तकलीदेवी रखना चाहा, मगर गाँव की स्त्रियों को वह नाम जँचा नहीं और उन्होंने नई चाल का नाम रखा 'लता'। लता अब पन्द्रह बरस की हो गई है। पांडेजी हालाँकि पिछले चार साल से वर की तलाश में थे, पर नेहरू-

विरोधी और पटेलवादी परिवार उन्हें अब जाकर मिल सका है। घर के पुरोहित तो नाराज़ ही रहे अब तक, पांडेजी की ज़िद से। मगर क्या करें, खद्दरवालों ने तो पुरोहिताई की भी ऐसी-तैसी करके रख दी है। वरना रजस्वला होने के बाद भी क्या कोई कन्या इतने दिनों तक कुँवारी रह सकती है? नरक में भी तो जगह नहीं मिलेगी। मगर बुरा हो इस अंग्रेज़ी शिक्षा का, कि बड़े-बड़े धर्मियों का विश्वास भी स्वर्ग-नरक पर से हट गया है।

नरक में जाने से तो ख़ैर रामवृक्ष पांडे भी डरते हैं, पर प्रश्न रहा है सिद्धान्त का। नेहरू के विचार उन्हें कभी नहीं जँचे। भारत को भारत की तरह ही रहना चाहिए, हिन्दुस्तान की तरह नहीं। और नेहरू हैं कि भारत को हिन्दुस्तान बनाकर रख दिया है। यह देश हिन्दुस्तान न बनता तो क्या पाकिस्तान बन पाता?

विभाजन का दुख पंडित रामवृक्ष पांडे को भी उतना ही था, जितना गांधीजी को था। पर रामवृक्ष पांडे के दुख का रूप दूसरा था। बादल तो बादल ही होता है, पर कहाँ सावन का बादल और कहाँ माघ का। पंडित रामवृक्ष पांडे का दुख माघ के बादल की तरह ठिठुरन से भरा हुआ दुख था। ठीक उसी तरह जैसे अंग्रेज़ों के अत्याचार का दुख था। दुख तो भारत की जनता को भी था, पर रामवृक्ष पांडे का दुख यह था कि ज़मींदारी में लगान की जो वसूली होती थी, उसका एक हिस्सा ललमुँहे बन्दरों के उदर में चला जाता था। और इसी तरह का दुख उन्हें आज़ाद भारत के चेहरे को लेकर था। कहाँ पटेल और कहाँ यह नेहरू!

नेहरू को गुलाब में देखा
गांधीजी को अनार में...

आँगन में स्त्रियों का स्वर उसी तरह गूँज रहा था। गीत बहुत लम्बा था और हर अन्तरे के बाद ये पंक्तियाँ ज़रूर दुहराई जाती थीं। पंडित रामवृक्ष पांडे का मन हुआ कि यहीं से एक ज़ोर की डाँट लगा दें, लेकिन तभी गाँव की स्त्रियों का एक और झुंड भीतर घुसा और गाने की आवाज़ बन्द हो गई। कन्या को तेल चढ़ने लगा।

बलापुर! उस गाँव का यही नाम था, जिसके एकदम उत्तरी छोर पर पंडित रामवृक्ष पांडे का मकान था। उस मकान के बाद फिर कोई मकान नहीं था। हाँ, थोड़ी दूर पर एक गिरी-पड़ी झोंपड़ी ज़रूर थी, जो बलापुर की बेसिक प्राइमरी पाठशाला थी। पाठशाला के पास ही एक गड़ही थी, जहाँ पांडेजी की भैंसें नहाया करती थीं। उनके घर के पिछवाड़े की तरफ़ ब्राह्मणों के कोई पच्चीस-तीस घर और थे। उनमें एक घर उपधिया तथा एक घर सुकुल का था, शेष सभी पांडे ही थे। ब्राह्मणों के अलावा जो अन्य जातियाँ उस गाँव में थीं उनमें कायस्थ, अहीर, चमार और पासियों की संख्या अधिक थी। बनिया, मुसलमान, हलवाई, लुहार और काछी-कुम्हार के घर कम ही थे। मगर गाँव काफ़ी बड़ा था। किसी एक गाँव में इतनी सारी जातियों

को एक साथ रहते हुए देखकर ही किसी ने शायद कहा होगा कि हिन्दुस्तान तो यहाँ के गाँवों में बसता है। बलापुर भी एक छोटा-मोटा हिन्दुस्तान ही था।

और हिन्दुस्तान अब आज़ाद हो गया था।

आज़ादी के साथ ही वातावरण में एक नई चमक पैदा हो गई थी। उस चमक की कुछ किरणें गाँव बलापुर में भी चमकी थीं। स्वराज! युग-युगों से प्रतीक्षित स्वराज अब प्राप्त हो गया था। देश में अब उन्नति ही उन्नति होगी। और देश के साथ-साथ गाँव बलापुर की उन्नति भी होगी। सड़क यहाँ बनेगी, बिजली यहाँ आएगी, पोस्टआफिस यहाँ खुलेगा। बच्चों की पढ़ाई-लिखाई, नौकरी-चाकरी...हर बात में उन्नति होगी। पंडित रामवृक्ष पांडे की कन्या लता तो पहले से ही शिक्षा प्राप्त कर रही थी, गाँव की अन्य लड़कियाँ भी अब पढ़ेंगी। ज्ञान बढ़ेगा, गाँव का तेज बढ़ेगा।

आँगन में गीत का बोल अब बदल गया था :

मोर धानी चुनरिया इतर गमके
मोर बारी उमरिया नइहर तरसे
सोने के थारी में जेवना परोसेवँ
सोने के थारी में...
मोर जीमनवाला बिदेस तरसे...

धीरे-धीरे सूरज ढल रहा था। गाय-बछरू अपने-अपने थान पर लौटने लगे थे। गाँव के घरों में दिए और दालानों में लालटेनें जल उठी थीं। लता की बारात भी आ गई थी और जनवासे में सज-सँवर रही थी। सृष्टिनारायण पांडे बारात को पानी पिलाने के लिए लड्डू-मिठाई के प्रबन्ध में जी-जान से जुटे हुए थे।

विवाह का मुहूर्त था भोर में, इसलिए द्वारपूजा के पश्चात् लोगों के मनोरंजन हेतु नौटंकी का आयोजन किया गया था। नौटंकी बारात के साथ ही आई थी। बगिया में स्टेज तैयार हो गया था और गाँव की भीड़ चारों तरफ़ फैली हुई थी। बैसाख का महीना और चाँदनी रात। खुले में नन्ही-नन्ही तरइयों और जुन्हैया की छाँव में बैठकर नौटंकी देखने का मज़ा ही कुछ और था। एक तरफ़ पुरुष और दूसरी तरफ़ स्त्रियाँ, बीच में रस्सी की दीवार। सभी जाति के पुरुष और सभी जाति की स्त्रियाँ। स्त्रियों के साथ उनके बच्चे। दस से पन्द्रह साल तक की लड़कियों ने अपना अलग ही झुंड बना रखा था। छोटी-छोटी साड़ियाँ पहने ये लड़कियाँ उझक-उझककर स्टेज पर फुदक रहे लौंडे को देख रही थीं। लौंडा अच्छी-ख़ासी मेहरारू बना कमर पर हाथ रखकर गा रहा था :

राजमहल में मोरवा नाचै
मोरवा नाचै चकोरवा नाचै
राजमहल में...

लेकिन विद्वान ब्राह्मण नौटंकी के इस शोर-शराबे से अलग, पंडाल में बैठकर शास्त्रार्थ में निमग्न थे। बारात के साथ पंडित शिवपूजन तिवारी जैसे नामी आचार्य आए हुए थे; जिन्हें वेद, वेदांत और पुराणादि से लगभग चार हज़ार श्लोक याद थे। इधर घरातियों की तरफ़ से सृष्टिनारायण पांडे—कन्या के छोटे चाचा। अपने टिटिहरी जैसे शरीर पर मटमैली-सी धोती और हाफ़ कमीज़ पहने, सिर पर गांधी टोपी रखे, विचारमग्न। सृष्टिनारायण पांडे की स्कूली शिक्षा कम ही थी, पर सुना जाता था कि पाणिनि की अष्टाध्यायी उन्हें कंठस्थ थी।

शास्त्रार्थ आरम्भ हुआ। आचार्य शिवपूजन तिवारी ने खखारकर गला साफ़ किया, फिर सृष्टिनारायण की ओर चुनौती-भरी दृष्टि से देखते हुए 'अहमन्नम् अहमन्नम् अहमन्नम्' का उच्चार किया और बोले, "सृष्टिनारायणजी, इसके अनंतर क्या है?"

"अहमन्नादो अहमन्नादो अहमन्नाद:। यह मंत्र तैत्तिरीय उपनिषद् का है। पहली पंक्ति कहती है : मैं अन्न हूँ, मैं अन्न हूँ, मैं अन्न हूँ। जबकि दूसरी पंक्ति में कहा गया है : मैं अन्न से हूँ, मैं अन्न से हूँ, मैं अन्न से हूँ।"

सृष्टिनारायण पांडे ने तपाक से उत्तर दिया। आचार्यजी की भंगिमा परिवर्तित हुई। बोले :

"अच्छा यह बताइए कि उक्षा दाधार पृथिवीमुतद्याम् के टक्कर का भी कोई मंत्र है?"

"जी, है। स दाधार पृथिवीं द्यामुतेमाम। आपने जो कहा, वह ऋग्वेद का मंत्र है जिसके अनुसार सूर्य पृथ्वी को धारण करता है। किन्तु यजुर्वेद का यह मंत्र कहता है कि वह अर्थात् ईश्वर पृथ्वी तथा सूर्यादि सभी लोकों को धारण करता है।"

आचार्य शिवपूजन तिवारी ने अपने सिर पर हाथ फेरा और तनकर बैठ गए। "कल का लौंडा तुर्की-ब-तुर्की जवाब दे रहा है।" उन्होंने पैंतरा बदला :

पिङ्गभ्रूश्मश्रुकेशाक्ष: पीनाङ्गजठरोऽरुण:
छागस्थ: साक्षसूत्रोऽग्नि: सप्तार्चि: ।

अर्थात् भौहें, दाढ़ी, केश और आँखें पीली हैं। अंग स्थूल हैं और उदर लाल है। बकरे पर बैठा है। अक्षमाला लिये है। इसकी सात ज्वालाएँ हैं, शक्ति को धारण करता है।...बताइए, यह क्या है?"

सृष्टिनारायण ने पलटकर कहा : "यह अग्नि है। किन्तु इतना ही क्यों? और भी सुनिए :

अर्चिष्मान् पिंडितशिख: सर्पि:कांचनसन्निभ:
स्निग्ध: प्रदक्षिणश्चैव वह्नि:स्यात् कार्यसिद्धये।

यानी ज्वालायुक्त, पिंडितशिख, घी एवं सुवर्ण के समान, चिकना और दाहिनी ओर गतिशील अग्निदायक सिद्धिदायक होता है।"

तिवारीजो चकराए। लौंडा तो बराबरी पर उतर आया है। बोले :

सत्यानामाथ चूडायांव्रतादेशे समुद्भवः
गोदाने सूर्यनामः च केशान्ते ह्यग्निरुच्यते।

अर्थात् अग्नि चूड़ाकर्म में सत्य, व्रतबंध यानी उपनयन में समुद्भव, गोदान में सूर्य, केशान्त में अग्नि...और बताइए विवाह में यह क्या है?" सृष्टिनारायण मानो तैयार बैठे थे। बोले :

"वैश्वानरो विसर्गेतु तु विवाहे योजकः स्मृतः
चतुर्थ्यान्तु शिखी नाम धृतिरग्निस्तथा परे।

विसर्ग यानी अग्निहोम आदि क्रियाकलाप में वैश्वानर, विवाह में योजक, चतुर्थी में शिखी और धृति में यह अग्नि कहलाता है।"

आचार्य शिवपूजन तिवारी चुप हो गए। सृष्टिनारायण मुस्कराए। फिर पल-भर के बाद बोले :

"अच्छा पंडितजी, यह बताइए कि—

न विष्णूपासना नित्या वेदेनोक्ता तु कस्यचित्
न विष्णुदीक्षा नित्यास्ति शिवस्यादि तथैव च।
गायत्र्युपासना नित्या सर्ववेदैः समीरिता
मया विना त्वधः पातो ब्राह्मणस्यास्ति॥

यानी विष्णु की नित्य उपासना करना वेदों में कहीं नहीं कहा गया है। न विष्णु की दीक्षा और शिव की दीक्षा ही नित्य है। किन्तु गायत्री की नित्य उपासना सब वेदों में कही गई है, जिसके बिना ब्राह्मण का अधःपतन हो सकता है। सो क्यों?"

पंडित शिवपूजन तिवारी चौंके। उनकी समझ में नहीं आया, कि क्या उत्तर दें? वे बगलें झाँकने लगे। तभी सृष्टिनारायण ने दूसरा प्रश्न उछाल दिया :

"अच्छा पंडितजी, यह तो बताइए कि 'गायत्री' का अर्थ क्या है?"

अब तो पंडित शिवपूजन तिवारी एकदम आकाश से धरती पर आ गए। इस प्रकार तो उन्होंने कभी सोचा भी नहीं था। गायत्री का अर्थ? "क्या है इस शब्द का अर्थ?" अचानक उनके मुँह से निकला तो सृष्टिनारायण किंचित् हँसे। बोले :

"गायन्तं त्रायते इति गायत्री। अर्थात् जो गानेवाले की रक्षा करती है, वही गायत्री है। आचार्यजी, व्याकरण का महत्त्व इसी कारण से है। व्याकरण अर्थ में सहायक होता है।"

“क्या?” तिवारीजी ने त्योरियाँ चढ़ाईं। “क्या आप कहना चाहते हैं कि मुझे व्याकरण का बोध नहीं है? पूछिए, पूछिए व्याकरण का कोई प्रश्न।”

सृष्टिनारायण ने अत्यंत विनम्रता के साथ कहा :

“आचार्यजी, अन्यथा न लें। मेरा तात्पर्य यह नहीं था। मैं उस सच्चिदानंद की शपथ लेकर कहता हूँ... ”

“क्या कहा आपने? सच्चिदानंद! यह सच्चित् कैसे बनता है, सुनिए, मैं बताता हूँ। सकारतवर्गयो: शकारचवर्गाभ्यां योगे शकारचवर्गौस्त:। इसका सूत्र है स्तो:श्चुनाश्चु:।”

“तब तो आचार्यजी, आप यह भी बता सकते हैं कि ‘सुप्’ क्या होता है और ‘टि’ क्या होती है?”

“आप शास्त्रार्थ नहीं, विवाद कर रहे हैं।” आचार्य शिवपूजन तिवारी ने उत्तेजना के स्वर में कहा तो सृष्टिनारायण ने सिर झुका लिया। बोले :

“क्षमा करें मान्यवर, कहाँ आप और कहाँ मैं? किन्तु यह तो निर्विवाद है कि श्लोक आदि रट लेना अलग बात है और व्याकरण का ज्ञान होना अलग। अष्टाध्यायी के अनुसार ‘सुप्’ एक प्रकार का प्रत्याहार है। ‘सु’ से लेकर सप्तमी के बहुवचन ‘सुप्’ के पकार तक सभी प्रत्ययों को सुप् कहा जाता है। जैसे : सु औ जस्। अर्थात् प्रथमा विभक्ति। और ङि ओस् सुप् अर्थात् सप्तमी विभक्ति। और टि? इसे इस तरह समझा जा सकता है। उदाहरणार्थ एक शब्द है कतीति। इसका विच्छेद होता है : कति + इति। कति का अर्थ है कितने। कति शब्द बनता है किम् + इति से। किम: संख्यापरिमाणेडति च। अब यह कैसे होता है सो देखिए। क् + इम + (ड) ति। यहाँ ‘इम’ ही ‘टि’ है। और ‘टि’ का लोप होने से शब्द बनता है : क (ड) ति अर्थात् कति। मान्यवर, श्लोक रटकर विद्वान होना तो सरल मार्ग है न; असली विद्वत्ता तो व्याकरण की गुत्थी सुलझाने में है।”

इतना कहकर सृष्टिनारायण पांडे अपने आसन से उठ गए। विद्वत्समाज में सन्नाटा छा गया। लेकिन पंडित रामवृक्ष पांडे के समधी ने तुरन्त ही उस बोझिल वातावरण को सहज बना दिया। वे अपनी बाँकी अदा के साथ मूँछों ही मूँछों में मुस्कराए और रामवृक्ष पांडे की ओर उन्मुख होकर बोले :

“ये नेहरूजी भी तो इसी तरह के विद्वान हैं। पंचशील के श्लोक-भर रट लिए हैं। इस देश की जनता का व्याकरण क्या है, इसे भला ये क्या जानें? जनता के मन को तो अपने पटेलजी ही समझते हैं। क्यों पंडितजी?”

रामवृक्ष पांडे खिल उठे। उस समय वे दुहरी प्रसन्नता का अनुभव कर रहे थे। एक तो उनके लघु भ्राता ने विद्वान बराती को शास्त्रार्थ में पछाड़ दिया था, दूसरे उनके समधी ने बिलकुल उनके मुँह की बात छीन ली थी। रामवृक्ष पांडे ने ज़ोर की किलकारी भरी और उठ खड़े हुए।

विवाह की तैयारियाँ शुरू हो गई थीं। दूल्हा सो गया था, उसे पानी का छींटा मार-मारकर जगाया गया। भीतर लता भी सो गई थी; उसे भी स्त्रियों ने झिंझोड़-झिंझोड़कर जगाया। इसी तरह जितने भी सोए हुए लोग थे, सबके सब जगाए गए और आँगन में मंडप के नीचे मंत्रोच्चार आरम्भ हो गया।

नौटंकी देखते-देखते पांडेजी की परजा भी सो गई थी। अचानक वह भी हड़बड़ाकर उठ बैठी। भूख के मारे उसकी जान निकली जा रही थी। जब तक कन्या का विवाह सम्पन्न न हो जाय, भोजन कैसे होगा—इस सर्वमान्य सिद्धान्त के अनुसार भोजन ज्यों का त्यों पड़ा हुआ था। पत्तलें विवाह के बाद ही लगनी शुरू हुईं। सबसे पहले बरातियों ने भोजन ग्रहण किया। फिर आया घरातियों का नंबर। उनमें भी पहले बैठे वे लोग जो पांडेजी के ख़ास पाहुन थे। फिर अन्त में पत्तलें लगीं परजा के लिए। अब तक एकदम सवेरा हो गया था। पूरब में हल्की-हल्की लालिमा झलकने लगी थी। पर रात-भर की भूखी-प्यासी परजा में इतना साहस नहीं था कि भोजन छोड़कर अपने घर चली जाय। परजा थकी हुई और लस्त थी, मगर लालच-भरी नज़रों से थाल में भरी हुई पूड़ियों-कचौड़ियों को निहार रही थी। पंडित रामवृक्ष पांडे की पूरी परजा गड़ही के किनारे ज़मीन पर उकड़ूँ बैठी थी और एक-एक कर, क्रम से; कचौड़ी, पूड़ी, उबला हुआ कोंहड़ा; अलग से रामरस यानी नमक, अचार और पिसी हुई चीनी परोसी जा रही थी। कटहल की रसेदार तरकारी और मिठाई आदि पर उनका हक़ नहीं था। नौटंकी देखने के बाद जो लोग अपने घर जाकर सो गए थे, नाऊ उन्हें भी जगाकर बुला लाया था। गाँव का कोई भी आदमी छूटने न पाए; इस बात का सख़्त निर्देश दिया गया था उसे। इसके साथ ही भोजन परोसनेवालों के लिए भी एक निर्देश था, कि पत्तल में किसी चीज़ की कमी न दिखे। जो एक पूड़ी माँगे, उसे चार दो। परजा को खिलाते समय इस निर्देश का पालन कड़ाई से होना चाहिए। परजा के पत्तल में यदि अधिक भोजन भर जाय और वह पूरा न खा सके तो अपने अँगोछे में बाँधकर घर ले जाय; उसके बाल-बच्चे खायें। परजा के सुख से ही अपना भी सुख है। परजा खा-पीकर चंगी रहेगी तो दूने उत्साह से काम करेगी; गुन भी गाएगी।

रामवृक्ष पांडे इस मामले में बिलकुल हीरा आदमी थे। वे अक्सर कहा करते थे, कि जिसको खिलाओ भर पेट खिलाओ और जिसको मारो जान से मारो। अधूरे काम उन्हें पसन्द नहीं थे। उनका बस चलता तो एक काम उन्होंने अवश्य किया होता : स्वाधीनता के पश्चात् देश जब बँट रहा था, तो सारे मुसलमानों को वे पाकिस्तान भिजवा देते और पूर्वी पाकिस्तान का लपूझन्ना भी न लगने देते। कोई काम हो तो पूरा हो। या इधर, या उधर। मगर क्या करें, देश के नेता तो गांधी और नेहरू थे। और पंडित रामवृक्ष पांडे की कोई पहुँच नहीं थी उन तक।

पं. रामवृक्ष पांडे स्वाधीन भारत के स्वरूप को लेकर असंतुष्ट थे, लेकिन अपने गाँव-देस में अपनी स्थिति को लेकर वे पूरी तरह संतुष्ट थे। उन्होंने ठाठ से अपनी

ज़मींदारी चलाई थी और घर-परिवार के लिए इतनी कमाई कर ली थी कि कम से कम तीन पीढ़ियाँ तो बैठकर खा ही सकती थीं। इसके अलावा उन्होंने ख़ूब यश भी कमाया था। परजा में उनका रोब भी था। एक आख़िरी लड़की विवाह के लिए बची थी, सो वह कर्तव्य भी पूरा हो गया। रह गया छोटा भाई सृष्टिनारायण, तो उनके नाम के बल पर ही वह चाहेगा तो अपना भविष्य बना लेगा। पंडित रामवृक्ष पांडे टहल-टहलकर बरातियों की ख़ातिरदारी भी देख रहे थे और अपने भूत-वर्तमान पर सोच भी रहे थे। भविष्य की चिन्ता उन्हें नहीं थी।

"भइया तनी सुनिए।"

पंडित रामवृक्ष पांडे चौंक गए। सृष्टिनारायण उनके सामने घबराए हुए-से खड़े थे।

"क्या हुआ सृष्टी?"

"भउजी आपको बुला रही हैं, तनी सुन लीजिए।"

"तो इसमें इतना घबराने की क्या बात है?"

पंडितजी ने सृष्टी को झिड़का और वहाँ से चल पड़े। वे आश्वस्त थे कि भीतर बुलाए जाने का कोई गम्भीर कारण नहीं होगा। विदाई भी तो आज नहीं हो रही है; 'बड़हार' खाकर ही बरात वापस लौटेगी...।

दालान में चमरौटी और पसियाने की स्त्रियाँ भरी हुई थीं। रामवृक्ष पांडे को आता देखकर उनका झुंड किसी पके हुए पपीते की तरह बीच से फट गया। पंडितजी भीतर घुस गए। बरामदे में टोले-भर की लड़कियाँ भरी हुई थीं। आँगन में विवाह की बची-खुची सामग्री बिखरी हुई थी। वे मंडप के पास जाकर खड़े हो गए। तभी उनकी पत्नी ने उन्हें देख लिया और वे लगभग दौड़ती हुई-सी आँगन में आ खड़ी हुईं।

"क्या बात है लता की माँ?"

"बात ई है कि समधी पंडित सब परजा के लिए धोती लाए हैं कि नहीं, जाके पूछ लीजिए। कम हों तो हमसे लेकर दें, मुदाँ कोई परजा छूटने न पाए।"

पंडित रामवृक्ष पांडे पत्नी के इस प्रजा-प्रेम को देखकर पुलकित हो उठे। मगर तभी उन्हें ख़याल आया कि अल्ली चुड़िहार तो दिखाई ही नहीं पड़ा। बोले :

"तुम चिन्ता न करो लता की माँ, मैं स्वयं खड़ा होकर परजा का हक दिलवाऊँगा। पर न जाने मेरी दृष्टि का दोष है या क्या; अल्ली चुड़िहार तो कहीं दिख ही नहीं रहा है।"

"लता को चूड़ी पहनाने भी अल्ली की भउजी आई थी। न जाने क्या बात है।"

यह सुनना था कि पंडित रामवृक्ष पांडे के तन में आग लग गई। वे क्रोध में भरे जाने लगे तो पत्नी ने रोक लिया।

"देखिए, आप अपना मन न खराब कीजिए। किसी से कहला दीजिए कि आकर अपना हक तो ले जाए। बात-बेबात परजा पर क्रोध करना ठीक नहीं।"

पं. रामवृक्ष पांडे ने पत्नी की बात चुपचाप सुन ली और बाहर निकलकर एक तखत पर बैठ गए।

सामने से सृष्टिनारायण जा रहे थे, उन्होंने ज़ोर से पुकारा उन्हें और बोले :

"जाकर अल्ली चुड़िहार को बुला लाओ, अपना हक ले जाए।"

"जी, अभी जाता हूँ।"

इतना कहकर सृष्टिनारायण तो चले गए, पर पं. रामवृक्ष पांडे का जी ठंडा नहीं हुआ। इस शुभ अवसर पर हलवाई आया, कोंहार आया, चमार और पासी आए, सिपाही नाऊ भी आया; मगर अल्ली चुड़िहार क्यों नहीं आया? ज़रूर उस मुसल्ले का दिमाग़ खराब हो गया है। अब बन न गया पाकिस्तान, हिन्दुस्तान में जगह न मिली तो पाकिस्तान चले जाएँगे। वरना एक परजा की यह मजाल, कि गाँव के प्रतिष्ठित ब्राह्मण की कन्या का शुभ विवाह हो और वह अनुपस्थित रहे। वाह रे गांधी बाबा, ख़ूब आज़ादी दिलाई है तुमने...

विवाह के सारे विधि-विधान तो हँसी-ख़ुशी सम्पन्न हो गए, पर अन्त में आकर सब गड़बड़ हो गया। पूरा खीरा मीठा और आख़िर में जाकर कड़ुवा। पं. रामवृक्ष पांडे का मन ख़राब हो गया। क्रोध और क्षोभ के मारे भीतर ही भीतर वे काँपने लगे।

'इस अल्ली चुड़िहार को मैंने दर-दर का भिखारी न बना दिया तो मेरा नाम रामवृक्ष पांडे नहीं रमुआ चमार होगा।' उन्होंने मन ही मन यह प्रण किया और दाँत पीसते हुए नीम के नीचे टहलने लगे। नीम का यह वृक्ष उनके मकान के सामने ज़रा-सा उत्तर की ओर हटकर कुएँ के पास खड़ा था, जिसकी जड़ें ज़मीन के ऊपर उभर आई थीं। टोले के बच्चे उन उभरी हुई जड़ों पर बैठकर खेला करते थे और कुएँ पर नहाने वाले लोग उन पर अपने कपड़े रखा करते थे। पं. रामवृक्ष पांडे जब टहलते-टहलते थक गए तो उन्हीं जड़ों में से एक पर बैठ गए और सृष्टिनारायण पांडे की प्रतीक्षा करने लगे।

2

रनिया के पेट में हल्का-हल्का दर्द शाम से ही होने लगा था। पाँच बजे के करीब वह छीतूपुर से चूड़ी पहनाकर लौटी थी। इधर एक महीने से रनिया की तबियत अनमन चल रही थी। पेट भी काफ़ी बढ़ गया था। मगर, गँवई न करे तो खाएँ क्या? इसलिए पास-पड़ोस के गाँवों में वह निकल जाया करती थी। फिर उन दिनों

तो लगन की तेज़ी भी चल रही थी। कहीं ब्याह हो रहे थे कहीं गौने। और हर जगह चुड़िहाइ न का पहुँचना ज़रूरी था।

छीतूपुर में छाँगुर बबा की लड़की की बिदाई थी। बुलउवा सबेरे ही आ गया था। रनिया के पहुँचते-पहुँचते दोपहर हो गई थी। कुबेला हो जाने के कारण बिदाई शाम के चार बजे हुई। दुपहरिया में रनिया ने गाँव के दो-चार घर और निबटा दिए थे।

छाँगुर बबा के यहाँ 'सीधा' के साथ-साथ सवा रुपए का नेग भी मिला था। घर लौटकर पैसा उसने अली अहमद को सौंप दिया था और ख़ुद सीधे का चावल बीनने बैठ गई थी। अली अहमद लेजुरी-बाल्टी लेकर सामने के पक्के इनारा पर पानी खींचने चला गया था। इनारा पर से लौटकर अली अहमद ने देखा कि चावल का सूप टेढ़ा-मेढ़ा होकर ज़मीन पर पड़ा है और रनिया दीवार से टिककर कराह रही है।

'ओह! तो दिन पूरे हो गए हैं लगता है'; अली अहमद ने मन ही मन सोचा और हिसाब लगाने लगा। पिछले साल बकरीद के चाँद में वह 'हुई थी', उसके बाद मुहर्रम एक, तेरातेजी दो, बारावफात तीन, मदार चार, ग्यारहीं पाँच, ख्वाजेमुद्दीन छह, महरज्जब सात, सुबरात आठ, रोजा नौ और यह ईद का चाँद है। अली अहमद ने रनिया को उठाकर चारपाई पर लिटा दिया और चावल उठाकर चूल्हे के पास गया।

चूल्हे में उसने लकड़ियाँ सुलगाईं और पतीली में खिचड़ी का पानी चढ़ा दिया।

रनिया के कराहने की आवाज़ धीरे-धीरे बढ़ती जा रही थी। लेकिन अली अहमद नहीं चाहता था कि किसी को मदद के लिए अभी से बुलाए। एक तो संकोच, दूसरे आशंका! पता नहीं वही दर्द है या कोई और! फिर बुलाए भी तो किसको? कहने को तो भाई का परिवार ही बगल में रहता है, मगर कोई अपने को अपना समझे तब न! अपना ही समझते तो इस समय क्या वह चूल्हे में बैठा बीवी के लिए खिचड़ी बना रहा होता?

अली अहमद जब छोटा था तभी माँ-बाप ख़तम हो गए थे। वह अपने बड़े भाई समी अहमद की छत्रछाया में बड़ा हुआ था। सम्मी की ख़्वाहिश थी कि अल्ली कुछ पढ़े-लिखे, मगर यह सम्भव न हुआ। बलापुर में न कोई सरकारी स्कूल था और न मदरसा। एक स्कूल गाँव से तीन मील के फ़ासले पर, करमा बाज़ार में था, जहाँ प्रतिष्ठित हिन्दू परिवारों के बच्चे जाया करते थे। मुसलमानों के बच्चे मौलवी ताहिर अली के घर जाकर उर्दू और 'आम का पारा' वग़ैरह पढ़ लिया करते थे। अब तो वे भी ख़तम हो चके थे। जब्बार मोलबी उन्हीं के फ़र्जन्द थे, मगर यह काम वे नहीं करते थे।

बलापुर में मुसलमानों के कुल पाँच घर ही थे, जिनमें एक घर चुड़िहार का और शेष चार घर तुर्कों के थे। तुर्क वे अपने को कहते थे, असल में क्या थे, यह स्वयं उन्हें भी नहीं पता था। गाँव से थोड़ा अलग हटकर हज्जामों के दस-बारह

घर बसे हुए थे। वह आबादी 'चक' कहलाती थी, लेकिन शुमार उसका बलापुर गाँव में ही होता था।

अली अहमद का बड़ा भाई समी अहमद एकदम अँगूठाटेक था, मगर अल्ली ने मौलवी ताहिर अली से थोड़ी-सी उर्दू और कुरान के तीन सिपारे पढ़ लिए थे। उस चुड़िहार परिवार के लिए इतनी पढ़ाई बहुत थी, पर सम्मी को उससे कोई संतोष नहीं था। उतनी पढ़ाई से आदमी विलायत तो क्या जाता, अपने देश में भी इज़्ज़त के साथ नहीं रह सकता था। अन्तत: अली अहमद अपनी भउजी के साथ गँवई जाने लगा। और दो-तीन साल के भीतर ही चूड़ी पहनाने की कला में वह माहिर हो गया। पहले छोटी लड़कियों को बचकानी चूड़ियाँ, फिर धीरे-धीरे 'चौदा आनी' और 'दू इंची' नापवाले हाथों को भी वह चूड़ियाँ पहनाने लगा। लेकिन जैसे-जैसे अल्ली की उम्र बढ़ी, मर्दों ने एतराज़ करना शुरू किया। कोई जवान मर्द उनके घर की लड़कियों और बहुओं के हाथ मसले, यह बात उन्हें पसन्द नहीं थी। इधर सम्मी की उम्र ढलती जा रही थी और बीवी के खरतल स्वभाव से वह भलीभाँति परिचित था, इसलिए आगम देखकर भारतगंज के लालमुहम्मद चुड़िहार की बिटिया से अली अहमद की उसने शादी कर दी।

भारतगंज इलाहाबाद ज़िले की मांडा रियासत का एक बड़ा क़स्बा था। मांडा रोड रेलवे स्टेशन और मांडा बाज़ार के बीच बसा यह क़स्बा आबादी के हिसाब से मांडा से भी बड़ा था। लेकिन रियासत के राजा का महल चूँकि मांडा में ही था, इसलिए भारतगंज को लोग उतना नहीं जानते थे जितना कि मांडा को। मांडा की प्रसिद्धि का एक और कारण उसकी पहाड़ी पर स्थित एक मज़ार भी था, जिसका उर्स हर साल बड़ी धूमधाम से मनाया जाता था और इस्माईल आज़ाद तथा हबीब पेंटर जैसे बड़े-बड़े क़व्वाल उस उर्स में आया करते थे। भारतगंज में कई घर चुड़िहारों के थे और सम्मी की वहाँ पुरानी रिश्तेदारी थी। लालमुहम्मद के यहाँ अली अहमद का यह रिश्ता समी अहमद के साले के फूफा ने लगाया था। बातों-बातों में सम्बन्ध पक्का हो गया था। फिर तो चट मँगनी पट ब्याह। ईद की चौदह तारीख़ को बारात गई और पन्द्रह को बिदाई हो गई। मुहर्रम के चाँद में समी अहमद का इंतक़ाल हो गया।

समी अहमद के दो लड़के थे और एक लड़की। बड़ा लड़का करीम अली अहमद से पाँच साल बड़ा था। सलीम छोटा था, इसलिए उसे छोटकवा कहते थे और समी अहमद की पत्नी यानी अली अहमद की भउजी को छोटकवा की अम्माँ। करीम का विवाह पहले ही हो चुका था। वह काम-धाम तो कुछ नहीं करता था, पर दबंग बहुत था। इसलिए बाप के मरने के बाद ही अपनी माँ पर वह हावी हो गया। बात-बेबात अली अहमद से भी उलझने लगा। नतीजा यह हुआ कि अली अहमद को अलग होना पड़ा। घर के नाम पर जो तीन कोठरियाँ थीं वे डेढ़-डेढ़ कोठरियों

के हिसाब से बँट गईं। अँगनई एक ही थी और बहुत छोटी थी। लेकिन उसके बीच में भी डँड़वारी उठ गई और अब उसके किसी भी हिस्से में एक चारपाई तक नहीं पड़ सकती थी। मजबूरन सड़ी गर्मी में भी स्त्रियों को भीतर ही सोना पड़ता था।

घर के बँटवारे के साथ ही गँवइयों का बँटवारा भी हुआ। अली अहमद के हिस्से में पाँच गाँव आए : बलापुर, छीतूपुर, हथिगन, पतेवरा और गोंती। भउजी के हिस्से में थे : चक, पुरवा, बगबना, नीबी और कटरा। भउजी ने अपने हिस्से में सारे गाँव निकट के रखे थे और अली अहमद को गोंती, हथिगन जैसे दूर के गाँव दे दिए थे। लेकिन आमदनी के लिहाज़ से अली अहमद के गाँव अच्छे थे। पहले तो भउजी को यह विश्वास ही नहीं था कि नई-नवेली रनिया इतने दूर के गाँव सँभाल सकेगी, लेकिन वह जब हाथ-भर का घूँघट काढ़कर, सिर पर चूड़ियों का भौंका उठाए हथिगन-गोंती से आए दिन खनखनाते सिक्के और गठरी भर-भर चावल-दाल लाने लगी तो पश्चात्ताप से भउजी का कलेजा भाड़ की नाईं जलने लगा।

फिर तो बात-बेबात भउजी भी उलझने लगीं। और नतीजा यह हुआ कि दोनों परिवारों में बोलचाल बन्द हो गई।

"आह री अम्माँ! अम्माँ री!"

रनिया अब ज़ोर-ज़ोर से चीख़ने लगी थी। अली अहमद चावल-दाल को चूल्हे पर यूँ ही फदकते हुए छोड़कर रनिया के पास पहुँच गया और उसका पेट सहलाने लगा। लेकिन आत्मीयता पाकर रनिया और भी ज़्यादा बिलखने लगी। तब अली अहमद ने भउजी को पुकारा :

"भउजी, ए भउजी!"

मगर उधर से कोई आवाज़ नहीं आई। भउजी हालाँकि सब सुन रही थीं, मगर उन्होंने कुछ ऐसा जताया मानो उन्हें नींद आ गई हो। अली अहमद को किसी तरह का आभास न मिले, इसलिए उन्होंने बेना डुलाना भी बन्द कर दिया था।

अली अहमद समझ गया कि भउजी नहीं आएँगी। और वह बाहर आकर चउतरे पर खड़ा हो गया। सामने चमरौटी के खपडैलों पर बैसाख की चाँदनी छिटकी हुई थी। मोती बनिया अपने चउतरे पर निखर्री खटिया डाले ख़ूब गहरी नींद में सोया था। जब वह गहरी नींद में होता तो उसके खर्राटे बजा करते थे। बैरागी सुनार की बिछी हुई चारपाई ख़ाली पड़ी थी। इनारे की गोल गुंबदवाली मीनारें ख़ामोश थीं। बग़ल का नीम भी ख़ामोश था। अली अहमद सत्तार के घर की ओर चल पड़ा। सत्तार की अम्माँ शायद जागती हों। वे जच्चा-बच्चा के मामलों में काफ़ी अनुभवी भी हैं।

रास्ते में कयथाने के लौंडे मिल गए। आगे-आगे पगला ललुवा और पीछे-पीछे पाँच-छह लड़के। लल्लू को वे छेड़ रहे थे :

"गा बे गा! आज तुझे भी नौटंकी-मंडली में हम भरती कर देंगे।"

"ऊ वाला गा, अंग्रेजी गाना।"

लल्लू गाने लगा :

रिवर स्ट्रीम न जाओ डियर
फुटवा पड़ूँ
रिवर स्ट्रीम गए तो गयबे करे
उसके ओभर न जाओ डियर
फुटवा पड़ूँ
उसके ओभर गए तो गयबे करे
सेकंड वाइफ न लाओ डियर
फुटवा पड़ूँ...

"बाह पट्ठे बाह!"

कयथाने के लड़के ठट्ठा मारकर हँस पड़े। हँसी तो अली अहमद को भी आई, मगर होंठों ही होंठों में मुस्कराकर वह आगे बढ़ गया।

लल्लू जाति का भाट था। अपने बाप का इकलौता लड़का। बिशुन भाट अपने लड़के को ख़ूब पढ़ा-लिखाकर डाक्टरी विद्या सीखने के लिए विलायत भेजना चाहता था। लेकिन आठवीं कक्षा में पहुँचते ही वह कांग्रेसी हो गया और फिरंगी पुलिस की ऐसी पार पड़ी कि पगला गया। अब वह इसी तरह गाँव-भर में घूमा करता है और गाँव के युवक उससे अपना मनोरंजन किया करते हैं। हालाँकि पागल होते हुए भी उसकी छठी इंद्रिय हमेशा सक्रिय रहती है। हिन्दी के गानों को अंग्रेज़ी में गाने का उसे बेहद शौक़ है। इसके अलावा एलिजाबेथ और क्वीन विक्टोरिया से उसकी पूरी सहानुभूति है, जिसे यदा-कदा प्रकट करने से वह नहीं चूकता। भारत को आज़ादी मिलने के बाद बिशुन भाट को आशा थी कि लल्लू ठीक हो जाएगा, मगर कोई फ़ायदा नहीं हुआ। करने को तो दुआ-ताबीज़ भी उसने ख़ूब की। ताबीज़ों से तो लल्लू की पूरी गर्दन ही भर गई थी।

अली अहमद जब सत्तार के यहाँ पहुँचा तो उसकी अम्माँ खाना खाने के बाद पान खाने जा रही थीं। उनके आगे बाँस की एक छोटी-सी झँपिया खुली हुई थी जिसमें से पान का एक टुकड़ा निकालकर उस पर वे अँगुली से चूना लगा रही थीं। तामचीन की एक पुरानी-सी प्लेट में कत्थे-चूने-सुपारी वग़ैरह की छोटी-छोटी डिबियाएँ रखी हुई थीं।

"भाभी तनी रनिया को चलकर देखिए तो, कब्बै से मार चीखे जा रही है।"

अली अहमद ने ज़मीन पर उकड़ूँ बैठते हुए कहा तो सत्तार की अम्माँ मुस्कराईं। पान का बीड़ा उन्होंने अपने काले-काले दाँतों के बीच दबाया और बोलीं :

"यह क्यों नहीं कहते कि बाप बनने जा रहे हो। दिन पूरे हो गए हैं लगता है?"

अली अहमद लजा गया।

"छोटकवा की अम्माँ तो बैठी हैं न वहाँ?"

"अरे भाभी, वही मसल है : माई होत त मौसी के काहे गोहराइत?"

"अरे ऊ नकचढ़ी का दिमाग इतना ऊँचा हो गया है। चलो तो, मैं देखती हूँ।"

इतना कहकर सत्तार की अम्माँ ने दरवाज़े पर ताला डाला और अली अहमद के साथ चल पड़ीं।

"सत्तार के अब्बा शहर गए हैं। ज़मीन के कागजात लेकर। मर-मुकदमे से उन्हें तो फुर्सत ही नहीं है। सत्तार गया है पांडेजी के यहाँ—न्योता खाने। अभी तो क्या लौटेगा; सुना है नौटंकी-सौटंकी होनेवाली है।"

सत्तार की अम्माँ तेज़-तेज़ क़दम बढ़ाए जा रही थीं और बड़बड़ाए जा रही थीं। उनका बड़बड़ाना तब रुका जब सामने उन्होंने देखा कि एक घर की दीवार से सटकर कोई आदमी बैठा पेशाब कर रहा है। वे खड़ी हो गईं और घूरकर उस आदमी को देखने लगीं। जब समझ गईं कि यह राधे लुहार है तो ज़मीन से एक कंकड़ी उठाकर उसके पीठ पर दे मारा। राधे चिहुँककर धोती झाड़ता खड़ा हो गया।

"अरे दहिजरा के नाती, तुम्हें यही जगह मिली है मूतने को?"

"बाह भाभी, आज़ादी मिल गई मुलाँ पेसाबौ करे में आफत।"

राधे हँसा तो सत्तार की अम्माँ भी हँस पड़ीं।

"कहाँ?"

"जा रहे हैं नाच देखने। न्योता भी है।" राधे लुहार अली अहमद पर बग़ैर ध्यान दिए हुए बोला और कंधे पर अपनी नौफुटी लाठी लेकर आगे बढ़ गया।

सत्तार की अम्माँ को पूरा गाँव भाभी कहता था और वे गाँव के हर बड़े-छोटे मर्द से मज़ाक़ किया करती थीं। हालाँकि गँवई रिवाज के अनुसार वे भाभी नहीं सबकी भउजी थीं, मगर इस लफ़्ज़ को वे हिन्दू-लफ़्ज़ मानती थीं; इसलिए उनका सख़्त निर्देश था कि लोग उन्हें भउजी नहीं, भाभी ही कहा करें। भाभी और भउजी का यह फ़र्क़ उन्हें सत्तार के अब्बा से मालूम हुआ था और सत्तार के अब्बा को यह सब इलाहाबाद शहर के एक मौलाना से मालूम हुआ था। मौलाना तक यह बात शायद अलीगढ़ तहरीक से चलकर पहुँची थी।

सत्तार की अम्माँ ने आते ही पहला काम यह किया कि अली अहमद की भउजी को दरवाज़ा पीट-पीटकर जगाया और उनके बाहर निकलते ही वे उन पर बरस पड़ीं :

"अरे छोटकवा की अम्माँ, ऐसे वक्त पर तो चिरई-चुनगुन, कुतिया-बिलाई भी दुश्मनी भुला देते हैं...।"

भउजी सिर निहुराए चुपचाप उनकी बातें सुनती रहीं, फिर अली अहमद की कोठरी में घुस गईं।

रनिया गइया की तरह तड़प रही थी। सत्तार की अम्माँ ने उसे बाँहों का सहारा दिया और भउजी उसका पेट सहलाने लगीं।

फिर अचानक उन्हें लगा कि रनिया के कपड़े गीले हो गए हैं।

"पेसाब हुआ है का रे।"

भउजी ने पूछा तो रनिया भोकार फोड़कर रोने लगी। कुछ तो दर्द से और कुछ भउजी के दुलार-भरे शब्दों से उसे रोना आ गया था।

"नहीं हो, पानी गया है लगता है।" सत्तार की अम्माँ ने अपनी पुरानी जानकारियों के बल पर यह बात कही और बाहर खड़े अली अहमद को पुकारने लगीं :

"अरे अल्ली, खड़े क्या हो, जाकर चमाइन को बुला लाओ। दुलहिनिया के दिन पूरे हो गए हैं।"

अली अहमद उलटे पाँव दरवाज़े की ओर बढ़ गया। आशंका और विह्वलता के मिले-जुले भाव उसके मन को मथे दे रहे थे।

चमरौटी के मकान अली अहमद के घर के ठीक सामने बने हुए थे, पर सभी मकानों के दरवाज़े चूँकि पूरब की तरफ़ ही थे, इसलिए उधर पिछवाड़ा पड़ता था। उन मकानों के द्वार पर पहुँचने के लिए उधर काछी के कुएँ की तरफ़ से घूमकर जाना पड़ता था। अली अहमद काछी के कुएँ तक पहुँचकर अभी बाईं ओर घूमा ही था कि किसी मड़हे में से एक कुत्ता पूँछ हिलाता हुआ निकला और बीच रास्ते पर खड़ा होकर ज़ोर-ज़ोर से भूँकने लगा। अली अहमद की सिट्टी-पिट्टी गुम हो गई। पिछले दिनों इसी चमरौटी में रात की बेला किसी के यहाँ कोई मेहमान आया था और एक कुत्ते ने उसकी टाँग में काट खाया था। फिर तो क्या-क्या नहीं हुआ। सात कुएँ झँकाए गए उस मेहमान को, तब जाकर सब ठीक हुआ। अली अहमद का दिल धक्-धक् करने लगा।

तभी किसी झोंपड़े से एक आवाज़ आई : "झबरा, ओ झबरा! का भवा रे? के है?"

अली अहमद ने आवाज़ पहचान ली। वह वहीं से चिल्लाया :

"अरे हम हई हो, अल्ली।"

इतना सुनना था कि मड़हा में डंडा पटकने की आवाज़ हुई और झबरा चुप हो गया।

"जाए दे रे, गाँव के मनई के काहे परेसान करेथे। चिन्हते नाहीं का? चल ईंहाँ आव।"

नींद-भरे हुए ये शब्द बाहर गूँजे और कुत्ता पूँछ हिलाता हुआ मड़हा में घुस गया।

अब अली अहमद की जान में जान आई। वह आगे बढ़ गया।

मड़हा में सोए हुए आदमी ने अपनी आँखें गली की ओर घुमाईं तो वहाँ बैसाख की स्वच्छ चाँदनी छिटकी हुई थी। "जर न होता, तो क्या वह इस गर्मी

में भीतर पड़ा होता।" उसने सोचा और सामने से गुज़रते हुए अली अहमद को पुकारा :

"का हो अल्ली, केहर?"

"अरे सोमारू, तूँ हो! घर में कुछ लड़का-बच्चा होएवाला है, जा रहे हैं फुल्ली दाई को बुलाने।"

अली अहमद ने क्षण-भर रुककर, पहली बार किसी के आगे अपनी विह्वलता प्रकट की, फिर चल पड़ा।

"जा, सब तो गए हैं पांडे बबा के ईहाँ न्योता खाए—नाच भी तो है, फुल्ली हो त हो..."

पीछे से सोमारू के शब्द गूँजे, पर अली अहमद बग़ैर कुछ बोले चलता रहा।

आगे बढ़ा तो दरवाज़ों पर जगह-जगह ख़ाली चारपाइयाँ पड़ी दिखीं। बिस्तर बिछे हुए थे सब पर। लोग कथरी का कोना मोड़-मोड़कर न्योता खाने और नाच देखने चले गए थे। रात में कभी उसे भी बिस्तर छोड़कर कहीं जाना होता तो वह भी अपनी कथरी का कोना मोड़ देता था। ऐसा न करने पर ख़ाली बिस्तर देखकर उस पर भूत-प्रेत सो जाते हैं, यह बात सभी लोग मानते थे।

ख़ाली चारपाइयों को देखकर थोड़ी देर के लिए अली अहमद का ध्यान बँट गया और नगाड़े की एक इतराती हुई-सी कड़कड़ाहट उसके कानों में समा गई। नगाड़े के साथ-साथ पिहकती हुई एक आवाज़ भी

—अरे जिला एक बिजनौर है, यू पी के दरम्यान।
शहर नजीबाबाद को जी, लो उसमें ही जान।

किर्र किर्र किर्र किर्र घड़ाम्
कड़ कड़ कड़ कड़ घड़ाम्

पैदा हुआ उसी के अन्दर इक डाकू सुल्ताना...

सुल्ताना डाकू को अंग्रेज़ कलक्टर मि. युंग ने बड़ी चालाकी से गिरफ़्तार किया था और उसके चमत्कारी क़िस्से जन-जन में प्रचलित हो गए थे। उन किस्सों में सुल्ताना डाकू के कारनामे तो थे ही, अंग्रेज़ बहादुर की होशियारी और चालाकियाँ भी भरी हुई थीं। जनता 'सुल्ताना डाकू' नाम की नौटंकी पर फ़िदा थी।

'नाच-नौटंकी का भी अपना ही मज़ा है,' अली अहमद ने मन ही मन सोचा और फुल्ली दाई की खटिया के पास पहुँचकर खड़ा हो गया। फुल्ली दाई अपने मड़हे के आगे एक झिंलगी-सी खटिया डाले उतान पड़ी थी और खर्राटे ले रही

थी। तेज़-तेज़ साँस लेने के कारण उसका पोपला मुँह एक बार फूल जाता, दूसरी बार पिचक जाता।

"फुल्ली दाई, ए फुल्ली दाई!"

अली अहमद ने पुकारा तो दाई पहले कनमनाई, फिर झटके से उठ बैठी।

"के है?"

"अल्ली। घर में कुछ होएवाला है दाई। तनी चली चलतू।"

"अरे! अबहिन त ऊ दिन हमरी नतिनिया के चूरी पहनावे आई रहिन, बताइन नाँहीं कछु।"

फुल्ली दाई ने जँभाई आते हुए मुँह पर दो-तीन बार अपनी हथेली थपथपाई और फिर उठकर, मड़हे से नारा काटनेवाला अपना औज़ार लेकर अली अहमद के साथ चल पड़ी।

रात ढल रही थी और चाँद भी अब डूब रहा था। हवा में हल्की-हल्की खुनकी पैदा हो गई थी। चाँदनी के मद्धिम हो जाने के कारण आकाश किसी मटमैले तिरपाल की तरह लग रहा था। अल्ली चुड़िहार के घर में मन्द-मन्द दिया जल रहा था और पसीने में नहाई रनिया उलट-पलट रही थी।

अली अहमद ने उढ़का हुआ किवाड़ ढकेला और फुल्ली दाई झपटकर अन्दर घुस गई। अली अहमद अपनी खटिया बाहर निकालकर लेट गया।

तभी उसने देखा, भउजी कहीं से चली आ रही थीं। उनकी कमर से चूड़ियों की भौंकी टिकी हुई थी।

"कहाँ गई रहिउ भउजी?" उसने पूछा तो भउजी ने चलते-चलते ही जवाब दिया :

"अरे पाँड़े बबा की बिटिया का बियाह है न, रनिया भेजी रही चूड़ी पहनावे। अरे बाप रे! बहुत कड़ा हाथ है लतवा का।" और वे भीतर घुस गईं।

अली अहमद ने संतोष की साँस ली और आँखें बन्द कर लीं। ऐन मौक़े पर उसकी ज़िम्मेदारी पूरी करके भउजी ने बहुत बड़ा एहसान लाद दिया है; उसने सोचा।

फुल्ली दाई ने रनिया को चारपाई से उतारकर ज़मीन पर, पुराने कपड़ों की एक गठरी जैसी चीज़ पर बैठा दिया। सत्तार की अम्माँ और अल्ली की भउजी ने पीछे बैठकर उसे पकड़ लिया। फिर न जाने क्या चमत्कार किया फुल्ली दाई ने कि क्षण-भर में ही ख़ून और पानी का एक मिला-जुला रेला भल्ल-भल्ल बहने लगा।

"जोर लगाव। हाँ, अउर जोर से।"

फुल्ली दाई ने रनिया को जोश दिलाया तो वह ज़ोर-ज़ोर से काँखने लगी। अल्ली कान लगाकर सुनने लगा। औरत कितनी मेहनत करती है। पेट भरने के लिए भी और पेट से अपना लाल जनने के लिए भी...उसने सोचा। तभी नगाड़े की कड़कड़ाहट फिर उसके कानों में गूँज गई। और फिर बन्द...सभी आवाज़ें बन्द। नगाड़े की कड़कड़ाहट, रनिया की चीख़, फुल्ली दाई के जोशीले शब्द...'कहाँ-

कहाँ, कहाँ-कहाँ'—सारी आवाज़ें सिर्फ़ इस एक आवाज़ में सिमट गई थीं। और अगर दूसरी कोई आवाज़ थी, तो सामने नीम की पत्तियों के बीच 'चियाँ चियाँ...'

धरती पर धीरे-धीरे सुबह फूट रही थी।

घर का नज़ारा बदल गया था। भीतरवाली कोठरी के द्वार पर पुरानी साड़ी का पर्दा पड़ गया था और अगले हिस्से को भतीजों ने गुलज़ार कर रखा था। जीवन में जन्म-मृत्यु और विवाह-त्योहार जैसी चीज़ें न हों तो अनेक तरह की शत्रुताएँ हमेशा हमेशा तक शत्रुताएँ ही बनी रहें। ये चीज़ें कितनी आसानी से लोगों का मन बदल देती हैं...अली अहमद बाहर बैठा सोच रहा था।

तभी भीतर से भउजी निकलीं और पर्दे के उस पार सत्तार की अम्माँ की हँसी गूँज गई।

"अब बैठे क्या हो, जाकर मोती के इहाँ से कुछ गुड़-सोंठ ले आओ। अछवानी न खाओगे?"

भउजी ने हँसते हुए कहा तो अली अहमद का जी जुड़ा गया। वह खड़ा हो गया। भउजी ने अपने लड़कों को घूरकर देखा तो वे हट गए वहाँ से।

"लड़का हुआ है। ई मोटा।"

भउजी ने हाथ के इशारे से बताया तो अली अहमद लजा गया।

"का-का लाना है भउजी?"

"अरे का हो रहा है भाई, देवर-भाभी में कुछ गड़बड़ तो नहीं है?" भीतर से सत्तार की अम्माँ भी अब बाहर आ गई थीं और अछवानी के लिए चीज़ों के नाम बताने लगी थीं :

"सोंठ ले लेना, अउर गुड़, अउर हल्दी, पीपल, गरी, छुहारा...अरे ई सब पहले से रक्खा जाता है न कि..."

"अल्ली!"

तभी गरजती हुई-सी आवाज़ बाहर गूँजी और दरवाज़े पर सृष्टिनारायण पांडे की लाठी खड़ी हो गई।

"पालागी महराज!" अली अहमद ने हाथ जोड़ दिए। भउजी ने सिर पर आँचल कर लिया। सत्तार की अम्माँ उसी तरह खड़ी रहीं।

"अरे अपना हक नहीं लेना है क्या? चलो जल्दी, भइया ने बुलाया है।" सृष्टिनारायण बोले तो भउजी सामने आ गईं। "आप चलें महराज, हम आवत हई... तूँ जा हो मोती के इहाँ।"

यह कहकर भउजी भीतर गईं और खूँटी पर टँगी अपनी चादर उतारकर उसे ओढ़ती हुई बम्हनौटी की ओर चल दीं।

अल्ली चुड़िहार मोती बनिया के यहाँ पहुँचकर अछवानी का सामान बँधवाने लगा।

3

पं. रामवृक्ष पांडे अपनी अमराई में लेटे हुए थे और विचारमग्न थे। अपनी आख़िरी कन्या का विवाह करके वे एक भारी कर्तव्य-भार से मुक्त हो गए थे। वर भी अच्छा मिल गया था। बी.ए. पास था और सरकारी नौकरी से लगा हुआ था। क़द-काठी भी अच्छी थी। ऐसे वर मिलते कहाँ हैं? और सबसे बड़ी बात तो यह कि जमाई के पिता अपने ही विचारों के थे। उनका भी दृष्टिकोण यही था कि स्वदेशी शासन की बागडोर सरदार पटेल के हाथों में होनी चाहिए थी। भारतवर्ष भिन्न-भिन्न जातियों का देश भले है, पर मूलत: यह हिन्दू देश है। इसलिए सभी धर्मावलम्बियों को समान नहीं माना जा सकता। नेहरू के संविधान में तो सबकी हिस्सेदारी बराबर-बराबर है। कल को कोई टंटा खड़ा हुआ तो उसका भुगदंड कौन भोगेगा? क्या नेहरू आएँगे भोगने? भोगेगा तो हमारा समाज ही न...

पंडित सृष्टिनारायण पांडे गए थे तालाब, वापसी में बगिया की ओर मुड़ गए। सोचा, दाल के लिए दो-चार अँबिया ही लेते चलें। अपने छोटे भाई को सामने से आता देखकर पं. रामवृक्ष पांडे उठ बैठे।

"का हो सृष्टी, ऊ नरवा पार वाली जमीन का क्या हुआ? कुछ खाद-वाद पड़ी है उसमें कि असवौं परती पड़ी रहेगी ऊ?"

सृष्टिनारायण अपनी लाठी की टेक लगाकर कलमी आम के नीचे खड़े हो गए और मुँह का थूक एक ओर पिच्च से थूककर भाई के प्रश्न का उत्तर देने के लिए तैयार हुए, मगर भैया ने तो तत्काल दूसरी बात छेड़ दी।

"अच्छा छोड़ो सृष्टी, खेती-बाड़ी क्या, पूरी जमीनदारी ही तुम्हारी है : जैसा चाहो करो। मगर ई बताओ भइया, तुम बियाह के वास्ते क्यों नहीं तैयार हो रहे हो? तुम्हारी भउजी कह रही थीं कि..."

सृष्टिनारायण ने भइया की बात बीच में ही काट दी :

"भैया, मैं अविवाहित ही रहना चाहता हूँ। मेरी इच्छा है कि मैं अपना जीवन आपकी सेवा और शास्त्रों के अध्ययन में ही काट दूँ। यह सुख मेरे लिए विवाह से बढ़कर है।"

"क्यों, क्या देश की सेवा न करोगे?"

"वह भी करूँगा, परन्तु..."

"परन्तु पहले शास्त्रों का अध्ययन क्यों? और राजनीति का, समाज का..."

"जी, मैं वह भी क़रूँगा..."

"हूँ, तो हमारा-तुम्हारा शास्त्रार्थ हो जाय आज। बताओ, सोमनाथ के मन्दिर को किसने तोड़ा और किसने दुबारा बनवाया?"

"जी, उसे तुड़वाया था महमूद गजनवी ने और दुबारा बनवाया है, सरदार पटेल ने।"

"तुड़वाया नहीं, तोड़ा कहो। ख़ैर...तुम्हें जवाहरलाल नेहरू के राजनैतिक सिद्धान्त अच्छे लगते हैं या सरदार पटेल के?"

"जी, पटेल के।"

"ठीक। अच्छा यह बताओ, तुम्हें सभी समाज उच्चकोटि के लगते हैं या अपने हिन्दू समाज में कोई विशिष्टता पाते हो।"

"जी, अपने हिन्दू समाज में तो दूसरे समाजों की तुलना में अनेक विशिष्टताएँ हैं।"

"शाबाश। तुम उत्तीर्ण हो गए। अब मैं विवाह के लिए तुमसे हठ नहीं करूँगा। जाओ।"

"अच्छा भइया, गली के बारे में कुछ निश्चित हुआ?"

सृष्टिनारायण ने सोचा, कि जाने से पहले एक आवश्यक कार्य की याद दिला दें भइया को। मगर पंडितजी कुछ समझ नहीं सके। उनके सामनेवाली गली तो एकदम ठीक थी। लेकिन इस समय उन्हें बिलकुल ध्यान नहीं था कि आगे बढ़कर उसमें इतना कीचड़ भरा हुआ है कि अगर करमा बाज़ार या छीतूपुर की तरफ़ जाना हो तो उन्हें भी बड़ी परेशानी होती है, क्योंकि रास्ता तो वही है। पंडितजी आज़ादी के बाद से ही सोचते रहे हैं और बराबर यह बात कहते भी रहे हैं कि इस गली पर वे खड़ंजा बिछवाएँगे। मगर उस वक़्त उनके दिमाग़ में ही नहीं आ रहा था कि सृष्टी क्या बोल रहा है?

"कैसी गली?"

पंडितजी ने चौंककर अपना चेहरा उठाया तो पाया कि सृष्टिनारायण फुल्ली दाई की ओर क्रोधभरी दृष्टि से देख रहे थे, जो अपनी नातिन के साथ उनकी बगिया में निर्भय होकर गिरे हुए कच्चे आम बीन रही थी।

भैया का प्रश्न सुनकर सृष्टिनारायण का वह क्रोध दब गया। आम का क्या है, कम थोड़े हो जाएँगे; मगर गली की समस्या महत्त्वपूर्ण थी। बोले :

"अरे वही अपनीवाली गली। उस पर आप खड़ंजा बिछवानेवाले थे न। अल्ली चुड़िहार के घर की तरफ़ कितना कीचड़ भरा है।"

पं. रामवृक्ष पांडे झल्ला उठे। कुछ न बोलो तो चमार-सियार की जात एकदम सिर पर ही चढ़ जाती है।

"ए फुल्ली! आपन भतार क बगिया समझ लिहे है का रे, भाग ज ससुई नाहीं त बतावत हई अबहीं हम। मुड़िया काटिके उहै पलरा में दबाइ देब..."

पं. रामवृक्ष पांडे चीख़ने लगे। फुल्ली दाई अपना लुगरा सँभालती भाग खड़ी हुई। सृष्टिनारायण ने एक बार फिर पिच्च से ज़मीन पर थूका, फिर वे भी वहाँ से चल दिए।

पं. रामवृक्ष पांडे लेट गए। यद्यपि अपना ग़ुस्सा उन्होंने फुल्ली दाई पर उतार दिया था, मगर एक लावा था जो आग बुझ जाने के बाद भी उनके भीतर लगातार बहे जा रहा था। वे अल्ली चुड़िहार का नाम भी नहीं सुनना चाहते थे। मगर ई सृष्टी...इसने उनके शान्त चित्त को अनायास ही व्यथित कर दिया।

लता बिटिया की बिदाई में चूड़ी पहनाने के लिए अल्ली चुड़िहार या उसकी बीवी नहीं, बल्कि भौजाई आई थी; यह बात पं. रामवृक्ष पांडे को अच्छी तरह याद है। जनम-भर उन्हीं के टुकड़ों पर पला और ऐन टेम पर गद्दारी की। हद तो ये कि सृष्टी गए बुलाने तो उनके साथ भी नहीं आया। हक़ लेने भी बेचारी भौजाई को आना पड़ा। उसकी तो जजमानी भी नहीं है इस गाँव में...

दरअस्ल पं. रामवृक्ष पांडे इतने ग़ुस्से में थे उस रोज़, कि सृष्टिनारायण से उन्होंने पूछा ही नहीं कि अली अहमद या उसकी बीवी के स्थान पर भौजाई क्यों आई है? और सृष्टिनारायण को भला क्या ज़रूरत थी छत्तिस पुराण बखानने की। जैसे सारी परजा को उन्होंने समधी से नेग दिलवाया था उसी तरह अली अहमद की भौजाई को भी दिलवा दिया। एक जनाना धोती और सवा रुपया। चलते-चलते पन्द्रह-बीस पूड़ियाँ भी सृष्टिनारायण ने उसकी भौंकी में डलवा दी थीं। सब कारज भली प्रकार सम्पन्न हो गया था। बराती, अतिथि और परजा...सभी प्रसन्न मन से अपने-अपने घर लौटे थे।

लेकिन पं. रामवृक्ष पांडे के मन में जो फाँस अँटकी रह गई थी, उसे किसी ने नहीं जाना। उनके भीतर की दाह को किसी ने नहीं समझा। उनके लिए सवाल अल्ली के आने या न आने का उतना नहीं था जितना यह, कि देश को स्वाधीनता मिलते ही उनकी एक परजा ने ऐसा विद्रोह क्यों किया? न वह भोजन करने आया और न ही अपना कर्तव्य करने। आख़िर क्यों? यह किसी असगुन का संकेत तो नहीं है? संसार के अनेक देशों में प्रजा अपने राजा के विरुद्ध संघर्ष कर रही है। किसान और मज़दूर, अपने मालिकों के प्रति विद्रोह कर रहैं। अरे, शुरुआत तो इसी तरह होती होगी न! पहले एक ऐसा करता होगा, फिर दूसरा, तीसरा और फिर एक गिरोह बनाकर...

आगे की कल्पना मात्र से पं. रामवृक्ष पांडे काँपने लगे। वे राजा न सही, पर इस गाँव-जवार में उन्हीं का शासन चलता है। ठीक है, कि अब आज़ादी मिल गई है, मगर इसका अर्थ यह तो नहीं हुआ कि शासन अब चुड़िहार-धुनिया और चमार-सियार चलाएँगे...

पं. रामवृक्ष पांडे उचककर उठ बैठे। मिठुआ आम के पत्तों से छप्प-छप्प की आवाज़ें आ रही थीं। उन्होंने अपनी दृष्टि उस पेड़ की ओर घुमा दी। उधरवाले भीटे पर ललुआ कुछ लौंडों के साथ खड़ा था और वे ढेले मार-मारकर आम तोड़ रहे थे। पंडितजी लाठी उठाकर लपक पड़े।

"खड़ा रह भाट की औलाद, अपने बाप का पेड़ समझ रक्खा है। तोहका अबहीं बधियाइथे हम..."

मन की खिन्नता हृदय की उदारता को नष्ट कर देती है। पंडित रामवृक्ष पांडे क्या, गाँव का कोई भी व्यक्ति इतना अनुदार नहीं था कि बाग से दो-चार आम या खेत से दो-चार गन्ने तोड़नेवालों पर इस प्रकार का क्रोध करे, मगर उस समय तो पंडितजी की ऐसी दशा हो रही थी कि अगर कोई व्यक्ति उनके चरण छू रहा होता तो उसे भी वे लतिया डालते।

पं. रामवृक्ष पांडे का रौद्र रूप देखकर लौंडे-लपाड़े तो भाग खड़े हुए, मगर लल्लू कुछ देर तक वहीं जमा रहा। जब पंडितजी बिलकुल नज़दीक पहुँच गए तो वह हँस पड़ा। फिर वह चीख़ा :

आइ एम लल्लू। सन आफ़ क्वीन विक्टोरिया।
यू डैम फूल। नो नो, माई फ़ादर। माई गाड।

और फिर कमर मटकाता, हाथ नचाता हुआ वह भी भाग खड़ा हुआ।

पंडित रामवृक्ष पांडे लौट आए।

सूरज ढल रहा था। आसमान में झुंड के झुंड पक्षी मँडरा रहे थे। खेतों में कटी हुई फ़सल के डंठलों को डूबते सूरज की किरनें अपने सुनहरे जल से नहला-नहलाकर ताज़ादम बनाने की कोशिश कर रही थीं। मगर पं. रामवृक्ष पांडे के हृदय पर एक अदृश्य कालिमा घिरती जा रही थी। वे अपने भीतर की उसी कालिमा में डूबे हुए घर लौटे।

उन्होंने देखा, कि उनके द्वार पर अल्ली चुड़िहार बैठा है।

पं. रामवृक्ष पांडे का ब्रह्मतेज बलबला उठा। न तो उन्होंने अल्ली चुड़िहार की पैलगी का उत्तर दिया, न ही उससे कोई प्रश्न किया। वे ताबड़तोड़ उसे पीटने लगे।

सृष्टिनारायण दालान में बैठे एक बच्चे को यण् संधि पढ़ा रहे थे। यह दृश्य देखकर वे घबरा उठे। बच्चा तो डर के मारे काँपने ही लगा। अल्ली का रोना सुनकर घर से पंडिताइन और उनकी दोनों बहुएँ आँगन में आ खड़ी हुईं। पर पंडितजी को रोकने, या उनसे कुछ पूछने का साहस किसी को नहीं हुआ। पंडितजी रुके तब, जब वे थक गए। और थके तब, जब उनका क्रोध कुछ शान्त हो गया।

अली अहमद ख़ुद तो क्या बाहर निकलता, पंडितजी के धक्के से गली में आ गया और चुपचाप सिर निहुराए चल पड़ा।

"साइत की बात है और क्या।"

अली अहमद ने उस वक़्त बस इतना ही सोचा। लेकिन पल-भर बाद तो वह न जाने क्या-क्या सोचने लगा।

अली अहमद को रनिया ने पंडितजी के यहाँ भेजा था। वह तो सोउरी में पड़ी थी, घर कैसे चलता? दो-चार दिन तो भउजी के यहाँ से खाना आता रहा, मगर कौन कहो कि वही बड़ी धन्नासेठ हैं। फिर उनके तो खर्चे भी ज़्यादा हैं। बड़ा लड़का दिन भर तालाब में मछरी मारता रहता है, बहू ज़्यादातर नइहर में ही रहती है। जब यहाँ रहती भी है तो पर्दे में। और चुड़िहाइन अगर पर्दा करने लगे तब तो फिर कट चुकी ज़िन्दगी! भउजी का छोटकवा अभी पढ़ ही रहा है। उसकी पढ़ाई में भी तो बहुत ख़र्चा होता है। वही बेचारी हैं कि सब सँभाले हुए हैं।

मेल हो जाने के बाद रनिया का दिल बदल गया था। अब वह भउजी पर ज़्यादा बोझ नहीं डालना चाहती थी। और हालत यह थी कि घर में एक-दाना नहीं था। पाई-पाई करके गुल्लक में उसने जो कुछ बचाया था वह सोउरी-बरही में ख़र्च हो गया। और अभी सवा महीने से पहले वह गाँव-गँवई जा ही नहीं सकती थी। फिर नाउन-चमाइन को देना था, सो अलग। ऐसी हालत में क़र्ज़ की न सोचे आदमी तो फिर और क्या करे। रनिया ने पंडितजी के घर से पहले भी क़र्ज़ा लिया था, इसलिए उसे पूरी उम्मीद थी कि काम बन जाएगा।

मगर यहाँ तो माँगने से पहले ही बहुत कुछ मिल गया। इतना, कि उसे सँभालकर रखना मुश्किल था। इस गाँव में आज तक अली अहमद को किसी ने भर-मुँह बात तक नहीं कही। फिर कोई बात हो तो आदमी सबुर भी कर ले। यह तो सरासर जुल्म है। क्या आज़ादी का यही मतलब होता है? पहले तो ये कहा जाता था कि अंग्रेज़ सरकार बहुत ज़ालिम है, अपना राज आ जाने पर सारा ज़ोर-जुलुम ख़त्म हो जाएगा। यही पंडितजी बताया करते थे सबको। तो क्या वह सब झूठ था?

"अरे बाप रे बाप! इतनी बड़ी बेइज्जती।" अली अहमद ने एक ठंडी साँस भरी और क्षोभ से उसका हृदय खलबलाने लगा।

वह घर न जाकर सीधे सत्तार के अब्बा के पास गया। जैसे पशु-पक्षी दूसरे पशु-पक्षियों को अपना हितैषी समझते हैं उसी प्रकार एक मुसलमान सहज ही दूसरे मुसलमान को अपना शुभाकांक्षी मान लेता है। मुसलमान दुनिया के हर मुसलमान को अपना बिरादर समझता है। इसीलिए वह मुसलमान के दुख से दुखी होता है और ख़ुशी से ख़ुश।

लेकिन सत्तार के अब्बा यानी जब्बार मोलबी साहब तो मुसलमान होने के साथ-साथ और भी कुछ थे। वे दुअन्नी-भर के ज़मींदार थे और पं. रामवृक्ष पांडे

के साथ उनका उठना-बैठना था। मतभेद जो थे भी, केवल राजनैतिक स्तर पर थे, जीवन की शेष चीज़ों पर वे लगभग एक ही तरह से सोचते थे। अली अहमद को यह रहस्य ज्ञात नहीं था। वह सीधा उनके पास पहुँचा और बहुत ग़ुस्से के साथ सारी घटना का विवरण देने लगा। लेकिन जब्बार मोलबी ने बीच में ही उसे रोक दिया।

"देखो अल्ली, मैंने धूप में अपने बाल नहीं सफ़ेद किए हैं। तजुर्बा है मुझे जिन्दगी का। कोई शख्स बिलावजह किसी को क्यों बेइज्जत करेगा?"

"नहीं मोलबी साहब, न कुछ बात न चीत..."

"ओफ्फो। तुम मेरी बात ही नहीं सुन रहे हो, बस अपनी ही हाँके जा रहे हो। अरे भाई, पंडितजी कोई ऐसे-वैसे आदमी तो हैं नहीं। इलाक़े के मानिंद आदमी हैं वो। और रईसों का दिमाग कई तरह की बातों में उलझा रहता है। दिमाग न ठिकाने रहा होगा..."

"लेकिन यह तो कोई बात न हुई कि न कुछ पूछा-मता न ही कोई वजह बताई, बस हाथ छोड़ दिया।"

भीतर से सत्तार की अम्माँ बोलीं तो जब्बार मोलबी का चेहरा लाल हो गया। उन्होंने घूरकर अपनी बीवी को देखा, जो उस वक़्त किसी औरत को गेहूँ तौलकर दे रही थीं। मोलबी साहब का रुख़ देखकर वह औरत बहुत डर गई और गेहूँ उठाकर बाहर आ गई। उसने कनखी से अल्ली चुड़िहार को देखा और धीरे से बोली :

"अरे बाबा, का तूँ तन्नी बुड़ा बात बरे मोली साब के परासान करत अहै। पाँड़े बबा त बाम्हन देउता अहैं, मारि दीन्ह त समुझि ल्यो पाप कटि गवा।"

इतना कहकर औरत तो चली गई, पर अली अहमद से भी अब बैठा नहीं गया। और अभी वह दरवाज़े के बाहर भी नहीं पहुँचा था कि सत्तार के अब्बा की ऊँची-ऊँची आवाज़ें गूँजने लगीं कानों में। वे अपनी बीवी पर उखड़े हुए थे।

"देखो सत्तार की अम्माँ, मैं कहे देता हूँ तुमसे, इन धुनियों-चुड़िहारों के घर तुम न जाया-आया करो। इन्हें सिर पर चढ़ाने की कोई जरूरत नहीं है। तुम क्या समझती हो कि इस चुड़िहार की जात के वास्ते मैं पंडितजी से दुश्मनी मोल लूँ?"

लेकिन अली अहमद यह नहीं समझ सका कि वह वैसा मुसलमान नहीं है, जैसे कि जब्बार मोलबी साहब हैं। मुसलमान और मुसलमान में भी फ़र्क़ होता है। जैसे हिन्दू और हिन्दू में फ़र्क़ होता है। कुछ हिन्दू और कुछ मुसलमान एक जैसे होते हैं, उनके सोचने का ढंग एक जैसा होता है। वे कुछ दूसरे हिन्दुओं और कुछ दूसरे मुसलमानों से अलग होते हैं...

अँधेरी रात थी और रास्ता सुझाई नहीं पड़ता था। पाँव कभी कीचड़ पर पड़ते तो कभी ईंट-पत्थर से टकराते। अली अहमद सँभल-सँभलकर चलता हुआ घर पहुँचा और रनिया को बग़ैर कुछ बताए, चुपचाप खाना खाकर लेट गया।

सुबह हुई तो अली अहमद अलसाया हुआ-सा उठा और दिशा-फरागत के बाद फिर अपनी खटिया पर बैठ गया। गुमसुम और उदास। भीतर रनिया एक फट्टे पर बैठी हुई थी और बच्चे को दूध पिला रही थी। भउजी चौका-बासन करने में व्यस्त थीं।

तभी मख़दूम नाऊ और पीछे-पीछे उसकी बीवी आती हुई दिखाई पड़ी। मख़दूम नाऊ चक में रहता था और घूम-घूमकर लोगों के बाल बनाया करता था। उसने दो शादियाँ की थीं। पहली बीवी को वह बड़की कहा करता और दूसरी को छोटकी। जजमानी में बड़की ही जाया करती थी। छोटकी घर में रहती थी। बड़की को कोई बाल-बच्चा नहीं था। छोटकी से एक लड़की थी और एक लड़का।

बड़की भीतर घुसकर जच्चा-बच्चा को उबटन मलने में लग गई। मख़दूम अली अहमद के पास बैठ गया।

"का अल्ली, खैरियत है न?"

मख़दूम ने पूछा तो अली अहमद ने बेमन से जवाब दिया, "खैरियतै है।" और अचानक उसे याद आया कि बहुत दिनों से उसने अपने बाल नहीं कटवाए हैं।

"मख़दूम चचा, अब आए हो तो बाल ही काट दो।"

अली अहमद ने अपने सिर पर हाथ फेरते हुए कहा तो मख़दूम नाऊ चौंक गया। दरअस्ल मख़दूम को बाल काटने के नाम पर सिर्फ़ मूड़ छीलना ही आता था। बंगला या इंग्लिश-कट वह नहीं जानता था। इस तरह के बाल उसका भतीजा सिपाही नाऊ काटा करता था। इसलिए गाँव के बड़-बड़कवा सिपाही नाऊ से ही बाल कटवाते थे।

"मुझसे बनवाओगे?"

"हाँ, सोचता हूँ मुड़ा ही दूँ इस बार। सिर में रूसी बहुत हो गई है।"

यह सुनकर मख़दूम नाऊ बहुत ख़ुश हो गया। वह अपनी किसबत खोलकर चमड़े के पट्टे पर अस्तुरा तेज़ करने लगा। इस बीच अली अहमद ख़ुद भीतर जाकर एक कटोरी में पानी ले आया और अपने बालों को भिगोने लगा।

अस्तुरा टे लेने के बाद मख़दूम नाऊ उसे अली अहमद के सिर पर कर्र-कर्र घुमाने लगा। इसके साथ ही, जैसी कि उसकी आदत थी, अली अहमद को वह मूड़ मुड़ाने के फ़ायदे बताने लगा।

"सच तो ये है अल्ली, कि बाल कटाने का असली मतलब यही है। जबकि फैसन की हालत ये है कि बनाव-चुनाव तो खूब है, मुलाँ सिर पर झोंटा ज्यों का त्यों। अरे अंग्रेजी ढंग से बाल कटवाकर ही क्या कोई अंग्रेज बन जाएगा? रहेंगे तो हम हिन्दुस्तानी ही न। और हिन्दुस्तानी तरीका यही है। फिर मूड़ मुड़ाने के अपने फायदे भी हैं। बुजुर्गों ने कहा है : मूड़ मुड़ाए तीन नफा। गर्दन मोटा, सिर सफा, दुई पइसा का तेल बचा। है कि नहीं..."

"मखदूम चाचा, तुम अपने अस्तुरा पर कभी-कभी सान क्यों नहीं चढ़वा लिया करते। मार कल्लवाए दिए।"

अली अहमद ने अपने सफाचट्ट सिर पर जगह-जगह लगी खरोंचों को अँगुलियों से छूते हुए कहा तो मख़दूम नाऊ को अपनी भड़ास निकालने का मौक़ा मिल गया। बोला :

"सान चढ़वाने के लिए पइसा चाहिए कि नहीं? और रिवाज अइसा है कि बड़मनइन के हियाँ सोउरी से लेके बियाह के बखत तक लड़िकन का बाल मुफत में ही बनाना पड़ता है। बदले में एक डब्बल नहीं मिलता। कहते हैं, बियाह में नेग न लोगे क्या? अब तुम्हीं सोचो, यही नियाव है का? मगर सब रिवाज तो बड़मनइन का बनाया हुआ है कि नहीं। कभी दुई पइसा-एक आना देंगे भी तो ऐसे मानो कर्जा दे रहे हों।"

"अरे इनसे तो कर्जा माँगना भी जुर्म करने के समान है चाचा।" जो आग पूरी रात अली अहमद के भीतर जली थी, अब खर-पतवार देखकर वह बाहर फूट पड़ी। दूसरे के दुख में अपने दुख की तान मिला देना मनुष्य का स्वभाव है। दुख को प्रकट कर देने से मन शान्त हो जाता है। "मुझे तो ऐसे जुर्म की सजा भी मिल चुकी है।" अली अहमद ने कहा तो मख़दूम नाऊ चौंक गया।

"क्या मतलब?"

"अरे चाचा, क्या बताएँ। अलहनै रहा और क्या? ई तो जानते ही हो कि बाल-बच्चा होए में कितना खर्चा होता है? सोचा, पांडे बबा से दस-पाँच रुपिया उधार माँग लें, मगर अभी हम कुछ बोले भी नहीं कि न जाने काहे ऊ हमारे ऊपर हाथ छोड़ दिए..."

"हाथ छोड़ दिए?" मख़दूम नाऊ इस तरह उछला जैसे बिच्छी काट ली हो। "ई तुम का कह रहे हो। अरे का ऊ चमार-पासी समझ लिए हैं? ई बात तो अभी तक नाँहीं रही हमरे गाँव में। ई तो भाई बड़ी बेइज्जती की बात है। अल्ली, तुम तो रिपोट लिखा दो जाके घूरपुर।"

"मगर गवाही कौन देगा चाचा? जब्बार मोलबी साहब से कहा तो लगे उलटे हमीं को समझाने।"

"तब एक बात करो," मख़दूम नाऊ ने क्षण-भर माथे पर अँगुली रखकर कुछ सोचा, फिर बोला, "तुम जाके नेहरूजी से सिकायत करो। अब तो उहै राजा हैं न। ऊ त हमरे इलाहैबाद के हैं।"

"मगर ऊ हमारी फरियाद सुनेंगे भी?"

"सुनेंगे काहे नहीं। तुम्हें एक भेद की बात बताएँ? मुसलमानों को ऊ बहुत चाहते हैं। काहे, जानते हो?" अली अहमद ने सिर हिलाकर इनकार किया। "अरे उनकी बिटिया मुसलमान के हियाँ न ब्याही हैं। फीरोज नाम है दमाद का। अउर

सुनो। हमरे भाई रहते हैं मिर्जापुर में। ऊ बताते रहे कि मिर्जापुर के रईस यूसुफ इमाम से उनके बाप मोतीलालजी की बड़ी दोस्ती रही। अब उनके बेटे हैं अजीज इमाम, उनसे इनकी दोस्ती है। परधानमंत्री बनने के बाद मिर्जापुर गए तो तकरीर करने के बाद सीधे उन्हीं के घर गए। उनके परोगराम में रहा सर्किट हाउस जाना, सो चौराहे पर सिपाही ने उन्हें रोका, मगर ऊ कार से कूदके पैदलै चल दिए। बोले, अब मैं परधानमंत्री नहीं हूँ। इस कार को ले जाओ सर्किट हाउस। फिर हुवाँ अजीज इमाम की अम्माँ ने जब उन्हें सर्बत बनाके दिया तो डाक्टर लगा चेक करने। इस पर बिगड़ गए ऊ डाक्टर पर। बोले, ई हमारी अम्माँ हैं, का ई जहर देंगी हमें। अउर सर्बत गटागट पी गए। तो इस तरे की मुहब्बत है उनके दिल में मुसलमानन के वास्ते। तुम तो कल ही चले जाओ सहर। सारी बम्हनौटी को न बँधवा दें तो कहना।"

अली अहमद ने मख़दूम नाऊ को पीतल की एक इकन्नी थमाई और वह अपनी किसबत उठाकर चला गया। अली अहमद अपने छिले हुए सिर पर हाथ रखे गुमसुम बैठा रहा।

4

बलापुर से इलाहाबाद तक पहुँचने के कई मार्ग थे। एक तो घूरपुर होकर था। उभारी को पार करके घूरपुर तक पैदल, फिर वहाँ से बस या ट्रक द्वारा इलाहाबाद। दूसरा मार्ग बगबना से गुज़रते हुए छिवकी होकर था। हालाँकि बगबना से पहले जो हवाई पट्टी थी उसे यदि पार कर लिया जाता तो रेलवे क्रासिंग के पास सड़क तक पहुँचा जा सकता था; वहाँ से बस या ट्रक का किराया भी कम था। मगर हवाई पट्टी पर जाने से लोग डरते थे। वह अंग्रेज़ों की बनवाई हुई थी और आज़ादी के बाद भी ऐसा लगता था मानो हवाई पट्टी के चारों ओर अंग्रेज़ सिपाही पहरा दे रहे हों।

तीसरा मार्ग ग़रीबों के लिए बहुत सुगम था। घूघापुर होते हए नैनी तक पैदल और फिर वहाँ से दुअन्नी ख़र्च करके इक्के द्वारा गऊघाट। इलाहाबाद जाने के लिए अली अहमद ने इसी रास्ते का चुनाव किया था।

उन दिनों बलापुर से नैनी तक पहुँचने के लिए कोई सड़क नहीं थी। लोग-बाग बगीचों को पार करते हुए मटियार में पहुँच जाते थे और वहाँ से तो नैनी दिखाई पड़ने लगती थी। मटियार की मिट्टी काली थी। ज़रा-सी बारिश होते ही उसमें पाँव धँसने लगते थे। पाँव में अगर जूते-चप्पल हुए तो वे मिट्टी में चिपक जाते थे और पाँव बाहर आ जाते थे। लेकिन सूखे दिनों में कोई परेशानी नहीं होती थी।

मटियार पार करते ही अली अहमद को आसमान में उड़ता धुआँ दिखाई पड़ा। धुएँ के उस घटाटोप के बीच ही छक छुक छक छुक की आवाज़ भी आई। बस, वह समझ गया कि नैनी आ गई। उसके जवान बदन में फुर्ती रेंग गई और वह तेज़-तेज़ चलने लगा।

शायद नैनी के नाम में ही जादू था। फिर उसे क़रीब से देखना तो एक रोमांचकारी अनुभव ही था। प्रयाग की यह उपनगरी औद्योगिक केन्द्र के रूप में विकसित हो रही थी और गाँव-देहात के लोगों को यहाँ काम मिल रहा था। स्त्रियों को अरैल का मेला जाना होता तो नैनी होकर ही जाया करतीं। लेकिन रोमांचित होने के ये कारण नहीं थे। असल कारण था नैनी में जेल का होना। स्वाधीनता की लड़ाई में देश के कितने ही महान नेता इस जेल में रह चुके थे। नैनी का यह विशाल कारागार स्वाधीनता के संघर्ष का प्रतीक बन गया था।

नैनी की सड़क पर पहुँचते ही अली अहमद को ज़ोर की प्यास महसूस हुई। उसने इधर-उधर नज़र दौड़ाई, पर कहीं कोई कुआँ नज़र नहीं आया। थोड़ा आगे जाने पर किसी मिल की दीवार से लगा हुआ एक बंबा ज़रूर दिखा, मगर वहाँ इतनी भीड़ थी कि उसकी हिम्मत ही नहीं पड़ी। वह चकर-पकर ताकता चलता रहा। थोड़ी देर के बाद ही बाज़ार आ गया। अली अहमद ने सोचा, यहीं कुछ खाकर पानी पी ले।

बाज़ार में खाने-पीने की अनेकानेक चीज़ें बिक रही थीं। कहीं थालों पर जलेबियाँ सजी थीं तो कहीं गरम-गरम समोसे बन रहे थे। कहीं अंग्रेज़ी चाल की डबलरोटियाँ रखी थीं तो कहीं पूरा का पूरा होटल ही चल रहा था। मगर उनमें से किसी भी दकान में घुसते हुए अली अहमद डरा; खाने के बाद पता नहीं कितना पैसा माँग लें? मुँह में पानी तो आया, मगर मन मारकर वह आगे बढ़ गया।

मोड़ पर एक अधेड़-सी औरत अपनी छोटी-सी दुकान लगाए बैठी थी। छोटी-छोटी टोकरियों में गुड़-बेसन के सेव, लाई के लड्डू, शकरपारे, चावल से बने अनरसे और बताशे रखे हुए थे। टोकरियों पर झुंड की झुंड बर्रें और मक्खियाँ मँडरा रही थीं, जिन्हें एक छोटे से डंडे में बँधे गंदे कपड़े से औरत भगाने-उड़ाने की असफल कोशिश कर रही थी। अली अहमद दुकान के सामने खड़ा हो गया।

"का चाही?" औरत ने अपनी आँखें उसके चेहरे पर टिकाईं और ज़रा ज़ोर से ही पूछा।

"बतासा कइसे दिहू?"

"अनरसा?"

"अनरसा नाँहीं, बतासा।"

"भइया तनी जोर से बोला, हम सुनित कम है।"

दुकानदारिन कम सुनती है, यह जानकर अली अहमद को पीड़ा हुई। वह दुकान के सामने बैठ गया और अपना मुँह थोड़ा आगे करके ज़ोर से बोला, "बतासा कइसे दिहू?"

"बतासा? चार रुपिया सेर।"

अली अहमद बुझ गया। उसने लाई का एक लड्डू उठाकर पूछा :

"अउर बँधुइया लाई?"

"इकन्नी में आठ।"

"अरे काहे अइसन अत्त किहे हऊ। इकन्नी के बारा तो हमरे गाँव मा अहै। दुइ पइसा के छै ठै देबू?"

"पाँच ठे मिली, गुड़ बहुत महँगा होइ गवा है भइया।"

अली अहमद ने जेब से दुकड़ी निकाली और औरत के हाथ में उसे रख दिया। औरत ने लाई के पाँच लड्डू गिनकर अली अहमद को दिए, जिनमें एक फूटा हुआ था।

"एका बदल द्या।"

औरत ने लड्डू बदल दिया।

अली अहमद ने वहीं बैठे-बैठे लड्डू खाए और हाथ को मुँह तक ले जाकर पानी पिलाने का निवेदन दुकानदारिन से किया। औरत ख़ुद उठकर भीतर गई और पीतल के एक लोटे में पानी भर लाई।

"पी लेबा कि पियाईं?"

दुकानदारिन ने पूछा तो अली अहमद समझ गया। इस सवाल में जाति-धर्म का रहस्य छिपा होता था। जो लोटा छूने लायक़ होते थे, वही लोग ख़ुद से पानी पीते थे। हरिजन और मुसलमान इस कोटि में नहीं आते थे।

"पियाय द्या।"

अली अहमद ने उत्तर दिया और मुँह से चुल्लू लगाकर लोटे में भरे जल को हसरत के साथ देखने लगा। फिर वह एक-एक करके तीन लोटा पानी पी गया।

"बहुत पियासा रहय बाबा। कउन जात हो?"

"मुसलमान।" अली अहमद ने उठते हुए कहा तो चलते-चलते दुकानदारिन ने एक सवाल और पूछा, "कहाँ जात अहा? सहर?"

"हाँ, जा रहे हैं जवाहरलालजी से मिलने।"

अली अहमद ने गर्व से कहा और आगे बढ़ गया। दुकानदारिन भकुआ बनी उसे ताकती रही।

पं. जवाहरलाल नेहरू को देखने का सौभाग्य बहुत कम ही लोगों को प्राप्त हुआ था, किन्तु इलाहाबाद में स्थित 'आनन्द भवन' का नाम सबको पता था। 'आनन्द भवन' सिर्फ़ एक घर-भर नहीं था, बल्कि स्वाधीनता आन्दोलन की अनेक

गतिविधियों का वह केंद्र रहा था। उसमें गांधीजी जैसे महात्मा निवास कर चुके थे। इसलिए उस इमारत के प्रति इलाक़े की जनता में एक अजीब-सा श्रद्धाभाव था। अली अहमद गऊघाट में इक्के से उतरकर आनन्द भवन का पता पूछता हुआ चल पड़ा।

घर से निकलते समय अली अहमद के हृदय में जो चिनगारी जल रही थी, अब वह पूरी ज्वाला बन चुकी थी। "अगर मिल गए जवाहरलालजी तो उस रामवृक्ष पांडे की खाट खड़ी करवा दूँगा।" "और अगर न मिले तो?" अली अहमद के भीतर आशा-निराशा का भयंकर द्वंद्व छिड़ा हुआ था।

कई-कई सड़कों और कई-कई चौराहों से गुज़रता हुआ जब वह आनन्द भवन से ठीक पहलेवाले चौराहे पर पहुँचा तो ठिठक गया। 'अब किसी से दरयाफ्त कर लेना चाहिए,' अली अहमद ने सोचा और पान की एक दुकान के सामने जाकर खड़ा हो गया।

"क्या चाहिए?" बुड्ढे पनवाड़ी ने घूरकर देखते हुए पूछा तो अली अहमद का युवा मन उत्तेजित हो उठा।

"एकठे पान लगाओ।" उसने हेकड़ी से उत्तर दिया, मगर बोलचाल से गँवईपन चू ही पड़ा। पनवाड़ी मुस्कराया।

"सुर्ती खाते हो?" पान आगे बढ़ाते हुए उसने तम्बाकू की एक डिबिया उठाई तो अली अहमद डर गया। तम्बाकू वह नहीं खाता था। एक बार खा लिया था तो उल्टी हो गई थी। मगर 'नहीं' कहना तो भोंदू बनना होगा; यह सोचकर धीरे से बोला :

"जादा नहीं, बस दू पत्ती देना।"

तम्बाकू तो ज़्यादा ही थी, पर पनवाड़ी की नज़र बचाकर उसने सब फेंक दिया, बस नाम करने को थोड़ा-सा मुँह में रख लिया। पान खाने की उसकी आदत ही नहीं थी; वह तो पंडितजी के बारे में दरयाफ़्त करने के उद्देश्य से पान की दुकान पर पहुँचा था। दो पैसे का पान खा लेने से अगर सारी जानकारी हासिल हो जाए तो इससे बढ़िया क्या हो सकता है?

पनवाड़ी ने जब देखा कि ग्राहक पान खाकर भी अभी तक वहाँ से गया नहीं है तो वह समझ गया कि यह नया-नया शहर आया है। उसने पान के फैले हुए पत्तों पर पानी का छींटा मारते हुए पूछा :

"कहाँ घर पड़ेगा?"

"करछना तहसील।"

"कौन गाँव?"

"करमा बाजार।"

"खास करमा बाजार?"

"करमा के पास ही एक गाँव है छीतूपुर, वहाँ अंग्रेजी स्कूल भी है।"

"तो छीतपुर गाँव है।"

"नहीं, छीतूपुर के पास ही एक गाँव है बलापुर।"

"तो ऐसे कहो न कि बलापुर के हो? वहाँ बिहारी बरई को जानते हो?"

"अरे, तुम जानते हो उनको? ऊ तो मर गए।"

"हाँ, ऊ हमारे रिस्तेदार रहे। एक दफा गए हैं हम बलापुर।"

"अच्छा!"

अली अहमद का दिल ख़ुश हो गया। यह तो बिलकुल अपना ही आदमी मिल गया।

"तुम कउन भाई हो?"

पनवाड़ी के इस सवाल से अली अहमद थोड़ा घबराया, फिर हिम्मत करके जवाब दिया :

"मुसलमान।"

"खाँ हो कि सैयद?"

"नाँहीं, हम चुड़िहार हैं।"

"अच्छा अच्छा। सहर कउनो काम से आना हुआ है?"

अली अहमद की इच्छा तो यह थी कि पनवाड़ी सबसे पहले यही सवाल करता, मगर नाम-गाँव, जाति-धर्म और हाल-चाल आदि पूछे बग़ैर मुख्य बात पर आने का रिवाज अपने यहाँ नहीं है, आगे भले हो जाय...यह सोचकर उसे तसल्ली हुई और उसने कहना शुरू किया :

"हम आए हैं पंडित जवाहरलालजी से मिलने के वास्ते। हमारे गाँव में एक बाम्हन हैं, रामवृक्ष पांडे। बहुत जालिम हैं। हमें बेबात के मारा है। वही आए हैं सिकायत करने। जवाहरलालजी तो अपने ही जिले के हैं, अब राजा भी वही हैं, क्या अपने जिले की जनता के वास्ते कुछ न करेंगे...?"

पनवाड़ी अली अहमद की बात चुपचाप सुनता रहा, फिर कत्थे की गिलसिया में लकड़ी की चमची हिलाता हुआ बोला :

"देखो भइया, तुम मुझे बहुत सीधे जान पड़ते हो, या फिर किसी ने तुम्हें बेकूफ बनाकर यहाँ भेजा है। पहली बात तो ये जान लो कि पंडित जवाहरलालजी से भेंट करना इतना सहल नहीं है। उनसे तो बड़े-बड़े लोग नहीं मिल सकते, हमारी-तुम्हारी क्या बिसात है? फिर वे यहाँ मिलेंगे कहाँ? वे तो दिल्ली में रहते हैं। राजधानी तो वहीं है न।"

"मगर सुना है कि जवाहरलालजी पहले के राजा लोगों की तरह राजा नहीं हैं। वे परधानमंत्री हैं। उनका काम है देस की देखभाल करना और इसके वास्ते उन्हें तनखाह भी मिलती है। तो यह तो वैसे ही है जैसे नौकरी। और इलाहाबाद में उनका घर है तो छुट्टी में तो जरूर आते होंगे। आजकल गर्मी की छुट्टी है कि नहीं?"

"नहीं मेरे भाई, तुम्हें कुछ भी नहीं पता है। पहले के राजा और अब के राजा में बस इतना ही फरक है कि वो राजा कहाते थे, ये परधानमंत्री कहाते हैं...वे हाथी-घोड़े पर चढ़कर निकलते थे, ये मोटरकार में बैठकर निकलते हैं। बाकी सब वैसा ही है।"

"मगर हमारा देस तो अब आजाद हो गया है। जनता का राज है यहाँ।"

"हाँ है तो, मगर जनता तो मेरे भाई इस चौराहे पर अपनी गुमटी में बैठी पान बेच रही है, राजकाज दिल्ली में चल रहा है।"

अली अहमद का चेहरा उतर गया। पनवाड़ी के इस मज़ाक़ में उसे रत्ती भर भी मज़ा नहीं आया।

"देखो मेरे भाई, तुम वापस लौट जाओ और गाँव में सबसे मिलकर रहो। किसी से रार करना ठीक नहीं। मगर से बैर करके पानी में क्या रहा जा सकता है?"

"अच्छा, आनन्द भवन कहाँ है?"

"वह देखो, उस टीले पर जो इमारत चमक रही है न, वही है। गेट पर खड़े होंगे बन्दूक लिये संतरी...क्या करोगे उधर जाकर? सामने भरद्वाज ऋषि का आश्रम है। मगर तुम तो मुसलमान भाई हो, क्या करोगे उसे देखकर?"

अली अहमद ने आगे कोई बहस नहीं की; चुपचाप वहाँ से चल पड़ा।

अली अहमद पराजित हो गया था और पराजय का यह बोध उसे बाहर-भीतर से मथे डाल रहा था। हालाँकि गाँव में किसी को पता नहीं था कि वह कहाँ गया है और किस उद्देश्य से गया है, किन्तु उसे तो पता था। मनुष्य की सबसे बड़ी पराजय तभी होती है जब वह अपनी दृष्टि में पराजित हो जाता है। संसार जिसे जानता है वह संसार की भाँति ही फैलकर व्यापक हो जाता है। किन्तु जिसे मनुष्य अकेला ही जानता है, वह उसके एकान्त में सिमटकर दुरूह हो जाता है। अल्ली चुड़िहार का मन भी दुरूहता से भर उठा था और वह अपनी ही नज़रों में शर्मिंदगी महसूस कर रहा था। वह गाँव के किसी भी परिचित व्यक्ति का सामना नहीं करना चाहता था। न जाने क्यों उसे बार-बार यही लग रहा था मानो कोई उससे पूछ रहा हो, कहो अल्ली मिल आए जवाहरलालजी से?

वह इसी उधेड़बुन में उलझा हुआ छह आने का टिकट लेकर एक सिनेमा-टाकीज़ में घुस गया। निकला तो शाम हो गई थी। गऊघाट और वहाँ से घूरपुर पहुँचते-पहुँचते रात हो गई। देर हो जाए तो नैनी की तरफ़ से नहीं लौटना चाहिए, मटियार में डाकू छिपे रहते हैं; यह बात पूरे इलाक़े में प्रचारित थी। इसलिए वह घूरपुर तक इक्के पर आया, फिर करछना जानेवाली कच्ची सड़क पर पैदल ही चल दिया। लगभग कोस-भर आगे चलने के बाद बाईं ओर मुड़ जायँ तो समझो बलापुर पहुँच गए।

अल्ली जिस समय बलापुर में दाख़िल हुआ, पूरा गाँव अँधेरे में डूबा हुआ था।

5

पं. रामवृक्ष पांडे पुत्री का विवाह करके निश्चिंत हो गए थे और घर का सारा दायित्व सृष्टिनारायण को सौंपकर स्वयं विवेकानंद के साहित्य का अध्ययन करने में जुट गए थे। कभी-कभार खेती-बाड़ी के मामले को लेकर छोटे भाई से वार्तालाप करने का अवसर मिलता तो लगे-हाथ वे उन्हें अपने पटेलवादी सिद्धान्तों का उपदेश दे लिया करते थे।

रनिया को टोले की स्त्रियों ने सलाह दी थी कि सवा महीने तक खटिया से नहीं उठना है और नियमित रूप से अछवानी का सेवन करते रहना है। छट्ठी के दिन भउजी ने ढेर सारा सोठउरा बना दिया था और जिन घरों में छूत-छात का व्यवहार नहीं था वहाँ बँटवा दिया था। दस-बारह रोज़ तक अली अहमद गुमसुम घर में पड़ा रहा, फिर भौंके में चूड़ियों के तोड़े सजाकर गँवइयों का फेरा लगाने लगा।

काँच की चूड़ियाँ दिल्ली के पास फ़िरोज़ाबाद में बनती थीं और वहाँ से दूरदराज़ के शहरों में थोक विक्रेताओं के पास पहुँचा करती थीं। वे थोक विक्रेता चुड़िहार नहीं हुआ करते थे। उनमें हिन्दू-मुसलमान दोनों तरह के सेठ होते थे जो सुहाग के व्यापार से अपनी कोठियाँ तनवाया करते थे। इसी तरह का एक थोक विक्रेता घूरपुर में भी था, जहाँ से अली अहमद चूड़ियाँ लाता था। मगर वह चुड़िहार था। नाम था बक़र। बक़र पहले इलाहाबाद के 'सुहाग भंडार' से ही चूड़ियाँ ले आता था, मगर अब वह भी फ़िरोज़ाबाद जाने लगा था। फ़िरोज़ाबाद से चूड़ियाँ लाने में उसे कई फ़ायदे थे। एक तो उसमें बचत काफ़ी थी, दूसरे चूड़ियों के जो बक्से मिलते थे वे भी दस-दस रुपयों में बिक जाते थे। पतले लोहे के वे भारी-भरकम बक्से गद्दे-रज़ाई रखने के लिए बहुत उपयुक्त होते थे। यही नहीं, चूड़ियों के जो तोड़े दो भागों में कट्टों के तौर पर बिकते थे उन पर लिपटा बाँस का काग़ज़ भी इकन्नी-अधेले का बिक जाता था। विद्यार्थी उसे अपनी पुस्तकों पर 'चढ़उना' चढ़ाने के लिए ख़रीद लेते थे। इस तरह बक़र मियाँ चुड़िहार होते हुए भी चुड़िहार नहीं, बल्कि सेठजी कहलाते थे और उधारी करने पर अल्ली जैसे चुड़िहारों को घुड़क देते थे।

अल्ली की गृहस्थी अभी नई थी, इसलिए रुपये-पैसों की तंगी बनी रहती थी। फिर चूड़ियों का रोज़गार ऐसा था कि टोकरा भरा रहने पर भी 'मेल' लगाने के लिए चूड़ियों की ज़रूरत बनी रहती थी। टोकरे में हर तरह की चूड़ियों का मेल ज़रूरी होता था। दस आनी, बारा आनी, चौदा आनी, दुढ़ू इंची और ढाई इंची से लेकर बचकानी चूड़ियाँ तक...हर तरह की चूड़ियाँ रखनी होती थीं। पता नहीं कब कैसा 'हाथ' मिल जाए। रनिया को तो अपने 'हाथों' के पते तक मालूम थे। "हथिगन् में

फलाने का हाथ दुई इंची है और गोंती में फलाने की बिटिया को बारा आनी चूड़ी लगेगी।" इसलिए जब-तब वह अली अहमद को निर्देश भी दिया करती थी कि जाके बक़र सेठ के यहाँ से फलानी नाप की चूड़ी ले आओ।

मगर रनिया की जचगी से सारा काम गड़बड़ा गया था। टोकरे में जो कुछ थोड़ी-बहुत चूड़ियाँ थीं उन्हीं को लेकर अली अहमद गँवइयों का चक्कर लगाता और कभी चार-पाँच चवन्नियाँ तो कभी सेर-डेढ़ सेर अनाज लेकर घर लौटता। दरअस्ल भीतर से वह इतना टूटा हुआ था कि काम में उसका मन ही नहीं लगता था। अपमान और असफलता ने उसे इतना निकम्मा बना दिया था कि घर में अगर दो दिनों तक खाने के लिए भी कुछ होता तो वह बाहर नहीं निकलता था।

दौंगरा पड़ गया था और बैसाख-जेठ की गर्मी से लोगों ने थोड़ी राहत महसूस की थी। आकाश पर बादल घिरे ही रहते थे, मगर रात में तारे मोगरों की तरह खिल उठते थे। पुरवइया ने पुरानी चोटों के दर्द जगा दिए थे। "अकाल पड़ेगा का हो? घाघ कवि ने कहा नहीं है कि; दिन-भर बद्दर रात निबद्दर, बहे पुरवाई झब्बर-झब्बर; कहैं घाघ कुछ होनी होई, काढ़ कुआँ से धोबी धोई।" लोग आपस में बतियाते और चिन्तित हो जाते।

किन्तु खेती का कामकाज शुरू हो गया था। पूरा गाँव चमरौटी का चक्कर लगाने लगा था। किसी को अपना खेत जुतवाना था। किसी को अपनी खपरैल ठीक करानी थी। किसी को घूरे की खाद फिंकवानी थी और किसी को अपना छप्पर बनवाना था।

ऐसी व्यस्तता के दिनों में एक रात चमरौटी में भयानक शोर होने लगा। लोग गोजियाँ ले-लेकर दौड़ पड़े। मगर चोर तो यह जा वह जा। सुबह पता चला कि फुल्ली दाई दालान में सोई थी और उसकी नातिन मड़हे में। अचानक मड़हे से एक चीख़ उठी और कोई आदमी अपनी धोती सँभालता भागता हुआ दिखाई पड़ा।

"दाई दाई, ऊ दहिजरा हमरे उप्पर गिरि के हमका दबाए देत रहा...।"

बारह बरस की नातिन रामकली बहुत घबराई हुई थी।

"के? के रहा, बोल?" फुल्ली दाई ने पूछा तो रामकली काँपने लगी। ऊ बगिया वाले छोटे पंडित...।"

"चुप-चुप...सो जा।" फुल्ली दाई ने नातिन को लिटाया और ख़ुद भी वहीं लेट गई।

अली अहमद अपने चउतरे पर खटिया डाले आसमान पर उड़ते बादलों को देख रहा था और सोच रहा था। सोच रहा था कि इस गाँव में अब उसका रहना ठीक नहीं। जब फुल्ली दाई की नन्ही-सी नातिन पर लोगों की नीयत बिगड़ सकती है तो

रनिया पर क्यों नहीं? वह तो चुड़िहाइन है, उसे घर-घर जाना होता है। किसी रोज़ अगर रामवृक्ष पांडे के यहाँ से बुलावा आया तो क्या वह नहीं जाएगी?

इतना सोचते-सोचते अली अहमद को पं. रामवृक्ष पांडे की मार और इलाहाबाद से बैरंग लौटने की घटनाएँ याद आ गईं। जैसे बाल को आग दिखाएँ तो वह सिकुड़ता चला जाता है, ठीक उसी तरह अली अहमद का चेहरा सिकुड़ने लगा। तभी हल्की-हल्की फुहार पड़ने लगी और भीतर की आग में ऊँची-ऊँची लपटें उठने लगीं। वह खटिया उठाकर भीतर आ गया। कोठरी में उमस के साथ-साथ अनगिनत मक्खियाँ भरी हुई थीं। वह चादर से मुँह ढाँककर खटिया पर किसी लाश की तरह पड़ गया। "नहीं, अब इस गाँव में उसे नहीं रहना है।" मगर जाएगा कहाँ? यह सवाल मुश्किल था। अपना गाँव तो फिर भी अपना है। यहाँ एक कोई अपमान करनेवाला है तो चार ढाढ़स बँधानेवाले भी हैं। परदेस में परायों का क्या भरोसा? फिर कलकत्ता? वहाँ तो कमरू-कमच्छा की औरतें इस मुलुक के आदमियों को बकरा बनाकर रखती हैं।

ईस्ट इंडिया कम्पनी के कारण कलकत्ता की अहमियत इतनी अधिक बढ़ गई थी कि यू.पी.-बिहार के लोग अपनी अपमान-भरी ज़िन्दगी से मुक्ति पाने के लिए आँख मूँदकर उधर ही रुख करते थे। ब्याह होते ही गाँव के जवान कमाने-धमाने और मेहरिया के लिए अच्छी-अच्छी साड़ियाँ लेकर लौटने के इरादे से कलकत्ता की ओर चल देते थे। नई-नवेली बहुएँ गाती रह जाती थीं :

लागा झुलनिया कइ धक्का
बलम कलकत्ता निकरि गए...

मगर कलकत्ता जाने के लिए भी कोई डोर तो चाहिए न। और वह नहीं थी। अली अहमद की जान-पहचान का कोई आदमी कलकत्ता नहीं गया था। तब वह कहाँ जाएगा?

"ए हो, बबवा के अब्बा, तनी उठो। देखो, कहसी बलेरी घिरी है। जाके मोती के इहाँ से गुड़ ले आओ तो ठोकवा बनाएँ।"

रनिया ने चादर खींची तो अल्ली चौंककर उठा और अपने चेहरे की सिकुड़न को मिटा डालने की कोशिश करने लगा। मगर वह मिटी नहीं, पत्नी के प्यार-भरे सम्बोधन से और गहरी हो गई।

"क्या हुआ? मुँह काहे लटकाए हो। तनी बबवा को देखो।"

रनिया की गोद में दुबका बच्चा मुलुर-मुलुर ताक रहा था, मानो अपने बाप को ही देख रहा हो। जचगी के बाद रनिया का रंग और भी निखर आया था। फिर, जिस स्त्री की गोद में बच्चा हो उसके रूप का कहना ही क्या? मगर अल्ली के भीतर उत्साह न जागा तो न जागा।

"बात का है, तुमको हमारी कसम, बताओ।"

रनिया ज़मीन पर बैठ गई और पति के चेहरे को घूर-घूरकर देखने लगी। अली अहमद तो मानो यही चाहता ही था। दुखी व्यक्ति चाहता है कि कोई उससे उसके दुख का कारण पूछे। फिर तो दुख अपने सारे बाँध तोड़ देता है।

"बबवा की अम्माँ, अब ई गाँव से हमारा जी उचट गया है। चलो कहीं दूसरी जगह चलें।"

"काहे? ई गाँव में क्या सेर-भालू आ गए हैं?"

"हम बेइज्जती की जिन्दगी नहीं जिएँगे।"

"तो क्या चीलर के डर से कोई अपनी कथरी छोड़ देगा? तुम जाके थाने में रपट काहे नहीं लिखाते।"

रनिया यह सलाह उसी वक़्त देना चाहती थी जब उसने सुना था कि पाँड़े बबा ने उसके 'आदमी' को बेबात के मारा है, मगर पति के घाव को वह कुरेदना नहीं चाहती थी। हाँ, उस दिन बात आने पर अपने को वह न रोक सकी।

अल्ली भी अपनी असफलता की कहानी पत्नी को सुनाना चाहता था, पर जचगी में पड़ी रनिया को तकलीफ़ न हो यह सोचकर मन का दर्द मन में ही दबाए रहा। छेड़ने पर वह फूट पड़ा।

"अरे बबवा की अम्माँ, हम तो गए थे जवाहरलालजी से सिकायत करने, मगर अल्लामियाँ जब हमारी किस्मतै लोढ़ा से लिक्खे हैं तो क्या करें?"

इसके बाद पति-पत्नी में कोई और बात न हो सकी। बच्चा रोने लगा था। रनिया उठकर भीतर चली गई और अली अहमद फिर मुँह ढककर लेट गया।

शरीर जब किसी आवरण से ढका हो तो मनुष्य कुछ क्षणों के लिए संसार से परे हो जाता है। न वह किसी को देखता, न कोई उसे। चरम एकान्त। और उस दशा में सोची गई या निश्चित की गई बात दृढ़ होती है। अली अहमद ने एक बार फिर सारी बातों पर ग़ौर किया और अन्ततः इसी निर्णय पर पहुँचा कि बलापुर में अब नहीं रहना है। कलकत्ता में तो नहीं; पर मध्य प्रदेश के शहपुरा नामक किसी बाज़ार में करमा के दलाल चच्चा रहते हैं। नाम तो उनका कुछ और था मगर बैलों की खरीद-फरोख़्त में लम्बे समय तक दलाली का काम करते रहने के कारण उन्हें लोग दलाल-दलाल कहने लगे थे। उनके ज़माने में दलाली के भी अपने क़ायदे-क़ानून थे, मगर आज़ादी के बाद जब सारे क़ायदे-क़ानून टूटने लगे तो करमा छोड़कर वे किसी डोर के सहारे शहपुरा चले गए। दलाल चच्चा अली अहमद के अब्बा के दोस्त थे। उसने तय किया कि दलाल चच्चा के पास चलकर उनसे कहें, कि उसे भी किसी काम से लगा दें।

रनिया बच्चे को लेकर परेशान थी। वह लगातार रोए जा रहा था। एक-दो बार भउजी भी आकर चुपाने की कोशिश कर चुकी थीं। अब उन्हें शक हो रहा था

कि कहीं उसे 'जमुआ' तो नहीं हो गया है। मगर मोती बनिया की स्त्री ने देखकर बताया कि बच्चे की हँसुली उखड़ गई है। गाँव-भर में हँसुली बैठाने का तरीक़ा सिर्फ़ सत्तार की अम्माँ को मालूम था। रनिया बच्चे को लेकर हँसुली बैठवाने के लिए निकल पड़ी।

दालान में एक तखत पर जब्बार मोलबी मसनद से टिके बैठे थे और सामने खड़े अपने बेटे सत्तार को कुछ समझा रहे थे। सत्तार इलाहाबाद में रहकर तालीम हासिल कर रहा था। लड़के-बच्चे तो उनको कई हुए थे, पर यही एक ज़िन्दा था और इसी के भविष्य को लेकर वे चिन्तित रहा करते थे।

रनिया ने सत्तार और उसके अब्बा को देखते ही घूँघट से अपना चेहरा छिपाया और किंकियाते हुए बच्चे को कंधे से चिपटाए चोर की तरह दुबककर भीतर घुस गई।

"सलामालेकुम भउजी।"

रनिया का इतना कहना था कि सत्तार की अम्माँ का चेहरा सख़्त हो गया। बाहर से जब्बार मोलबी की फड़कती हुई आवाज़ आई :

"कौन है सत्तार की अम्माँ?" सत्तार की अम्माँ ने उनके सवाल का जवाब नहीं दिया, वे धीरे से बोलीं :

"तुम लोगन को कितनी बार समझाया कि भाभी कहा करो, मगर बोलोगी वही गँवरपनवाली ज़बान।"

रनिया का चेहरा उतर गया। वह कठघरे में लाए गए मुजरिम की भाँति सिर झुकाए खड़ी रही। बच्चा उसी तरह किंकिया रहा था। जब्बार मोलबी शान्त थे।

"क्या हुआ इसे?"

"कजनी का हो गया है भाभी, कब्बै से रोए जा रहा है। मोती-बउ कह रही थीं कि हँसुली उखड़ गई है।"

सत्तार की अम्माँ उठीं और दीवार पर टँगी लालटेन को उतारकर उसका काँच साफ़ करने लगीं। शाम का अँधेरा आँगन-भर में फैल गया था। लालटेन जलाकर उन्होंने सत्तार को पुकारा तो वह भीतर आकर लालटेन ले गया। फिर उन्होंने लैंप जलाकर ताख पर रखा और हाथ धोकर रनिया की गोद से बच्चे को ले लिया। रनिया खड़ी-खड़ी थक गई थी, बच्चे से मुक्त होकर ज़मीन पर बैठ गई। सत्तार की अम्माँ बच्चे को अपने घुटनों पर लिटाकर उसकी गर्दन के इर्द-गिर्द एक विशेष अन्दाज़ में मालिश करने लगीं। बच्चा और ज़ोर से चीख़ने लगा। मगर थोड़ी ही देर बाद वह शान्त हो गया।

"कुछ पता चला रनिया, पांडेजी ने अल्ली को काहे मारा था?"

सत्तार की अम्माँ ने बच्चे को सौंपते हुए यह सवाल पूछा तो रनिया उत्तेजित हो उठी।

"अरे भाभी, जुलुम है और क्या? इसके अब्बा तो गए रहे सहर नेहरूजी से सिकायत करने..."

"अच्छा!"

अपने पति और पुत्र की प्रशंसा करना अधिकांश स्त्रियों का स्वभाव होता है। इस मामले में वे मौक़ा-महल को देखकर बात करना नहीं जानतीं।

पं. रामवृक्ष पांडे की शिकायत करने के लिए अली अहमद इलाहाबाद गया था—नेहरूजी से मिलने, यह बात बाहर बैठे जब्बार मोलबी के कान में नुकीली कील की तरह घुस गई और वे तिलमिला उठे। आज यह पांडेजी के ख़िलाफ़ आवाज़ उठाने की तैयारी कर रहा है तो कल उनके ख़िलाफ़ भी आवाज उठा सकता है। अगर ऐसा ही होता रहा तब तो इस मुल्क में शरीफ़ों का रहना ही मुश्किल हो जाएगा। उन्होंने सोचा और चिन्तित हो उठे। हालाँकि उन्हें विश्वास नहीं था कि नेहरूजी इलाहाबाद में रहे होंगे और इस दो कौड़ी के चुड़िहार से मिले होंगे, पर एक आशंका ने उन्हें बेचैन कर दिया। क्या पता, नेहरूजी को इसने कोई अर्जी ही भिजवाई हो? न नेहरूजी को तो किसी मंत्री-फंत्री को, या फिर थाने-वाने में! यह तो बहुत बुरी बात है...जब्बार मोलबी सोच में पड़ गए। रनिया अपने बच्चे की हँसुली बैठवाने क्या आई, वह तो जब्बार साहब की हँसुली उखाड़कर चली गई। रातभर वे ठीक से सो नहीं सके।

उस रात रनिया और अली अहमद भी काफ़ी देर तक जागते रहे। अली अहमद ने गाँव छोड़ने का दृढ़ निश्चय कर लिया था। मगर सवाल था पैसों का। शहपुरा तक पहुँचने का किराया और फिर जब तक कोई काम-धंधा न मिल जाए, तब तक के खर्च के लिए इंतज़ाम किए बग़ैर घर से बाहर क़दम रखना मुश्किल था; जबकि उसकी इच्छा थी कि अगले रोज़ ही वे लोग यहाँ से चल दें।

"तुमको ई क्या सनक चढ़ गई है? तनी देखो तो, बबवा कैसे ओंठ फरका रहा है।"

रनिया ने सोए हुए बच्चे की ओर इशारा करके पति को बहकाने की कोशिश की, मगर अल्ली ने उधर कोई ध्यान नहीं दिया। रनिया बिलकुल नहीं चाहती थी कि गाँव छोड़कर कहीं जाएँ। उसे अपनी कच्ची कोठरी, अपने आँगन और अपने गाँव-जवार के लोगों से इतना लगाव था कि वह उन्हें मरकर भी नहीं त्यागना चाहती थी।

"गहना-जेवर भी तो नहीं है। रुपिया कहाँ से पाओगे?"

रनिया ने पति को हतोत्साहित करने की कोशिश की, पर अल्ली ने तो जैसे सब कुछ तय ही कर लिया था। बोला :

"भउजी से कहेंगे कि गँवई रेहन रख लें और सौ रुपिया दे दें।"

"क्या? गँवई रेहन रखोगे? पगला तो नहीं गए हो।"

"हाँ, हम गँवई रेहन रखेंगे।"

अली अहमद ने दृढ़तापूर्वक कहा और चादर में अपना मुँह छिपा लिया। रनिया की आँखों में आँसू आ गए। वह थोड़ी देर तक चुपचाप बैठी-बैठी बिसूरती रही; फिर वह भी बच्चे के पास लुढ़क गई।

सुबह हुई, बादलों से लुका-छिपी खेलते सूरज ने बलापुर के मन्दिरों, गड़हियों-तालाबों और आसपास फैले जुते-अनजुते खेतों पर अपनी धब्बेदार किरनों का जाल फेंका, चिड़ियों ने उड़ान भरी, गायें रँभाईं, मोती-बउ ने पूजा के गीत गाए और इसके साथ ही गाँव के जीवन में एक ज़बर्दस्त हलचल हुई। जब्बार मोलबी कुल्ला-दतौन करके सीधे पं. रामवृक्ष पांडे की बखरी में पहुँच गए। पांडेजी तखत पर पालथी मारे बैठे थे और पीतल के लोटे में भरी चाय को फूँक-फूँककर सुड़क रहे थे। जब्बार साहब को देखते ही वे खिल उठे।

"आइए मोलबी साहब आइए, बहुत दिनों के बाद दिखाई दिए। कहीं चले गए थे क्या?"

जब्बार मोलबी सामने बिछी खटिया पर बैठ गए और पं. रामवृक्ष पांडे को एकटक देखने लगे।

"अरे भाई मोलबी साहब बरे भी चाह लिआओ।"

पांडेजी ने भीतर की ओर मुँह करके पुकारा तो जब्बार मोलबी थोड़ा तनकर बैठ गए। क्षण-भर बाद ही काँच के एक बड़े-से गिलास में उनके लिए भी चाय आ गई। पंडित रामवृक्ष पांडे के यहाँ भाँति-भाँति के जात-धर्मवाले रईसों का आना-जाना लगा ही रहता है; इसलिए काँच के बर्तन हमेशा धुले-धुलाए रखे रहते हैं।

"कुछ सुना आपने?"

रामवृक्ष पांडे चौंके। कहीं ऐसा तो नहीं है कि नेहरूजी ने भारत में रह गए मुसलमानों के वास्ते राजनीति में कुछ सीटें-वीटें तय कर दी हों; पर्सनल ला तो बना ही दिया है।

"क्या? कोई बिसेस बात हुई है का?"

पंडितजी ने लोटा बगल में रख लिया और जब्बार मोलबी को रहस्य-भरे नेत्रों से देखने लगे।

"आपने उस रोज उस अल्ली चुड़िहार को मारा था न..."

"मारेंगे नहीं तो क्या पूजा करेंगे उसकी? अरे का हो, सारी परजा आई, अउर ऊ ससुर के नाती..."

"वह इलाहाबाद गया था, नेहरूजी से आपकी शिकायत करने...।"

"का? का कहेय? ऊ सरवा सिकाइत करी हमार? अरे सृष्टी, तनी पकड़ि त लइ आवा सारे के..."

पंडित रामवृक्ष पांडे क्रोध से काँपने लगे। सृष्टिनारायण तत्काल नहीं उपस्थित हुए तो वे स्वयं खड़े होने के लिए खड़ाऊँ पहनने लगे। मगर तब तक

सृष्टिनारायण आ गए थे और उनके चेहरे से लग रहा था कि वे ख़ुद उनसे कुछ कहनेवाले हैं।

"का बात है? जाय के ऊ चुड़िहरवा के बच्चा क पकड़ि त लियावा।"

"भइया, समधियाने से नाऊ-ठाकुर आए हैं। आपका बुलावा है। काम बहुत आवश्यक है। आज ही जाना होगा।"

यह सुनकर पंडितजी का मस्तिष्क द्वंद्व में फँस गया। कहीं ऐसा तो नहीं है कि राजनीति में कोई नया मोड़ आ रहा हो। समधी तो अख़बार वग़ैरह बहुत पढ़ते हैं। ज़रूर कोई ख़ास बात होगी तभी बुलाया है...वे विचारमग्न हो गए। कुछ क्षणों तक बखरी में सन्नाटा छाया रहा, फिर पं. रामवृक्ष पांडे ने ही उसे भंग किया।

"अच्छा सृष्टी, तुम हमारी यात्रा का प्रबन्ध करो। कन्या के गाँव-घर में तो हम कुछ खाएँगे नहीं, अपनी भउजी से कहो कि कुछ लाई-सत्तू बाँध दें। साथ में लोटा-डोर भी। और नाऊ-ठाकुर से कहो, हम साथ ही चलेंगे। ऊ चुड़िहरवा से बाद में निपटेंगे।"

"अच्छा पंडितजी, हम चलते हैं।"

जब्बार मोलबी ने उस वक़्त टरक जाना ही उचित समझा और प्रणाम करके बाहर आ गए। सृष्टिनारायण अपने भइया की यात्रा का प्रबन्ध करने में जुट गए। अली अहमद ने अपनी भउजी से जब गँवईं रेहन रखने की बात की तो पहले तो उन्होंने बहुत समझाया-बुझाया, मगर उसे ज़िद पर अड़ा देखकर मन ही मन बहुत ख़ुश हुईं। उन्हें पहले ही इस बात का बहुत मलाल था कि अच्छे-अच्छे गाँव रनिया के हिस्से में आ गए हैं। लेकिन अब बिल्ली के भाग से छींका टूट गया था। वे चुपचाप उठीं और पेटी से सौ रुपये निकाल लाईं।

"कहाँ जाओगे?"

नोट अल्ली के हाथ में थमाते हुए उन्होंने पूछा तो उसने धीरे से कहा, दक्खिन।

इलाहाबाद ज़िले के अनेक मुसलमान मध्य प्रदेश के पूर्वी इलाक़े में जाकर तरह-तरह के रोज़गार कर रहे थे और उन्होंने उसे 'दक्खिन' नाम दे रखा था। जो लोग वहाँ नहीं गए थे उन्हें 'दक्खिन' शब्द में एक ख़ास चमक दिखाई पड़ती थी। भउजी की आँखें भी आश्चर्य से फैल गईं। वे चुपचाप उठकर वहाँ से खिसक लीं।

अल्ली जब अपना असबाब उठाए पत्नी और बच्चे के साथ बाहर निकला तो सामने से रस्सी-बाल्टी लिये लल्लू आता दिखाई पड़ा। वह काछी के कुएँ पर नहाने जा रहा था। असगुन देखकर रनिया का मन ख़राब हो गया। बोली :

"आज रुक जाओ, कल चलेंगे।"

"क्यों?"

"देखो, ललुवा छूछी बाल्टी लिये चला आ रहा है।"

"नहीं, अब हमें नहीं रुकना है।"

अली अहमद ने सख़्ती से कहा और चलता रहा। रनिया के मुँह से अपना नाम सुनकर लल्लू पहले मुस्कराया, फिर बाल्टीवाला हाथ ऊपर उठाकर ज़ोर से बोला :

"क्वीन विक्टोरिया की जय।"

6

शहपुरा में घनघोर बारिश हो रही थी। इर्द-गिर्द के जंगल घटाटोप में छिपे हुए थे। लाल मिट्टीवाली धरती पर बहनेवाली जल-धाराएँ एकदम रुधिर की तरह लग रही थीं। अल्ली का परिवार अपने असबाब के साथ किसी तरह बस से नीचे उतरा और भागकर एक दुकान के सामने, टिनशेड के नीचे खड़ा हो गया। उस टिनशेड के नीचे और लोग भी खड़े थे। घुटनों तक की धोती और बंडी पहने मज़दूर, पल्लेदार तथा कछाड़ा मारके साड़ियाँ और ब्लाउज़ की तरह का पोलका पहने स्त्रियाँ। दुकान किराने की थी और दुकानदार शरीफ़ लगता था; वरना भीड़ की वजह से उसकी दुकान में घना अँधेरा भर गया था। बगल में चाय-भजिए का ठेला धारासार जल में नहाए जा रहा था।

अली अहमद किसी ऐसे आदमी की तलाश में था जिससे वह दलाल चच्चा का पता पूछ सके। इस बीच रनिया ज़मीन पर रखे अपने बक्से पर बैठ गई थी और बच्चे को बौछार से बचाने के लिए लगातार पहलू बदल रही थी।

तभी एक आदमी बोरे से बना बोझ उठाने का चौड़ा-सा पट्टा माथे पर लपेटे, बालों से चू रहे पानी को पोंछता हुआ दौड़कर वहाँ आया और टिनशेड के नीचे खड़ा हो गया। उस आदमी का चेहरा बहुत बीभत्स और डरावना था। उसके पूरे चेहरे पर मटर और बेर के आकार के छोटे-बड़े मस्से उभरे हुए थे। मस्से के कारण एक आँख बिलकुल ही दब गई थी और दूर से देखने पर वह काना लगता था। नाक काफ़ी मोटी और भद्दी थी, जैसे सौरी मछली का मुँह। कान मोटी-मोटी जलेबियों की तरह। गला घेघा रोग से फूलकर तुंबा हो गया था। उस आदमी के हाथों और पाँवों पर भी मस्से भरे हुए थे। उसकी पिंडलियों की नसें इस तरह उभरी हुई थीं, मानो ख़ून पिए बड़े-बड़े जोंक चिपके हों। उस आदमी के बदन पर चारखाने की एक गंदी-सी लुंगी थी और हाफ़ कमीज़। दाढ़ी की कटिंग से वह मुसलमान जैसा लगता था। अली अहमद ने ध्यान दिया कि जब से वह टिनशेड के नीचे आया है, रह-रहकर उसी की ओर देख रहा है।

"तुम परदेसी हो क्या भाई?"

“हाँ, यहाँ मेरे चच्चा रहते हैं, उन्हीं की तलाश में आया हूँ।”

अली अहमद उस आदमी की आत्मीयता के आगे पूरी तरह खुल गया।

“मुसलमान हो?”

“हाँ, और तुम?”

“सलाँवालेकुम। मेरा नाम है नूरू। क्या नाम है तुम्हारे चच्चा का?”

“हम उन्हें दलाल चच्चा कहते हैं।”

“दलाल। ऊ इलाहाबादवाले दलाल?”

“हाँ-हाँ, वही।”

नूरू क्षण-भर को चुप हो गया, फिर थोड़ा-सा बाहर झाँककर उमड़ते-घुमड़ते बादलों को देखता हुआ बोला :

“आज कई दिनों बाद दई बरसे हैं, लगता है खुलेंगे नहीं। तुम्हारा नाम क्या है परदेसी?”

“अली अहमद। तुम दलाल चच्चा का पता बता दो तो बड़ी मेहरबानी होगी।”

तभी बच्चा रोने लगा और रनिया उसे लेकर खड़ी हो गई। अली अहमद ने घूमकर इस प्रकार उधर देखा कि नूरू मियाँ सब कुछ समझ गए। फिर भी पूछा :

“ये तुम्हारे ही बाल-बच्चे हैं?”

“हाँ, हम मुसीबत के मारे हैं। दलाल चच्चा मिल जायँ तो...।”

“चलो, बूँदें हल्की हो गई हैं।”

इतना कहकर नूरू ने अली अहमद का बक्सा उठा लिया और बाहर निकल पड़ा।

“अरे-अरे, लाओ, मुझे दो।”

“तो क्या हुआ? आओ।”

अली अहमद और रनिया नूरू के पीछे-पीछे चल पड़े।

बूँदें हल्की तो हो गई थीं, मगर जब-तब हवा के झोंकों के साथ वे तेज़ हो जाती थीं। रनिया बच्चे को सीने से चिपकाए, अपने चेहरे का ओट किए उस नई जगह की नई धरती पर रुआँसे मन से चली जा रही थी। उधर अली अहमद का कलेजा धक्-धक् कर रहा था। नूरू अपने साथ तो उन्हें ले जा रहा था, पर चच्चा का पता अभी तक नहीं बताया था। दुबारा उससे पूछे, यह हिम्मत अली अहमद में नहीं थी।

नूरू जिस गिरी-पड़ी सी कोठरी के द्वार पर रुका उसके किवाड़ बन्द थे और कुंडे में छोटा-सा ताला लगा हुआ था। उसने बक्से को नीचे रखा और जेब से धागे में बँधी एक नन्ही-सी कुंजी निकालकर ताला खोलने लगा।

“यही है भाई अपना गरीबखाना।”

बक्सा उठाकर भीतर रखते हुए नूरू ने कहा और पीछे मुड़कर खड़ा हो गया। अली अहमद तो दहलीज़ डाँककर थोड़ा-सा अन्दर आ गया था, पर रनिया बच्चे को चिपकाए बाहर ही खड़ी थी। बूँदें अब भी पड़ रही थीं।

"आ जाओ आपा, भीतर आ जाओ। बच्चा बीमार हो जाएगा। इसे अपना ही घर समझो।"

नूरू के इतना कहने पर अली अहमद ने भी रनिया को भीतर आने का इशारा किया और वह ओरी के पानी से बच्चे को बचाती हुई कोठरी में घुस आई।

"बैठो, बैठ जाओ।"

नूरू ने कोठरी में बिछी चारपाई पर के बिछौने को झाड़ते हुए कहा और ख़ुद ढिबरी जलाने के लिए माचिस ढूँढ़ने लगा। शाम तो अभी नहीं हुई थी, मगर घटाटोप के कारण दिन में ही अँधेरा हो गया था।

अली अहमद और रनिया एक-दूसरे को ताकते हुए गुमसुम बैठे थे। जब-तब वे उस डरावने आदमी को भी देख लिया करते थे। रनिया मन ही मन कुढ़ रही थी, कि कहाँ की साइत वे लोग घर से निकले। यह आदमी पता नहीं क्या करनेवाला है? और अली अहमद लगातार सोचे जा रहा था कि इस आदमी ने अगर किसी क़िस्म की बदमाशी की तो वह किस प्रकार इससे निपटेगा?

रनिया ने देखा, कोठरी के एक कोने में चूल्हा बना हुआ है, जहाँ वह भयानक आदमी बैठा है और अल्मुनियम की एक थाली में आलू काट रहा है। उसने पति के बगल में कोंचकर उस तरफ़ इशारा किया तो अल्ली बोल पड़ा :

"क्या कर रहे हो भाई?"

"अरे कुछ नहीं, तुम लोग आराम करो, मैं जरा रोटी-तरकारी बना लूँ। आपा आखिर भूखी होंगी कि नहीं?"

उस बड़े-बड़े मस्सों और कानी आँखवाले भद्दे से आदमी के मुँह से इस तरह की मीठी बात सुनकर रनिया का दिल भर आया। उसने बच्चे को चारपाई पर लिटाया और उठकर चूल्हे के पास पहुँच गई। नूरू से चाकू और थाली उसने छीन ली। "भैया तुम बैठो, मैं अभी बनाए देती हूँ...बबवा को देखना, जग न जाए।"

रनिया ने पति को सचेत किया और बैठकर आलू छीलने लगी। नूरू उठकर अली अहमद के पास बैठ गया। फिर शायद उसे लगा, कि बच्चा कहीं जाग न जाय, इसलिए अलगनी पर टँगी एक पुरानी-सी दरी उतारकर उसने उसे ज़मीन पर बिछाया और दोनों जने दरी पर जम गए। फिर तो रनिया खाना बनाती रही और ये दोनों मर्द दुनिया-जहान की चर्चाओं में डूब गए।

थोड़ी देर तक इधर-उधर की बातें होती रहीं; फिर नूरू ने एक लम्बी दास्तान शुरू कर दी :

" मैं दो बरस पहले शहपुरा आया। इससे पहले अपने गाँव मुड़की में ही बनी-मजूरी किया करता था। मगर गाँव में गुजारा नहीं। बस फसल के वक्त निराई-कटाई का काम मिलता है; वो भी दाने पर। एक रोज का तीन बरिहा कोदो, या डेढ़ बरिहा धान। तीन जनों के परिवार में इतने से भला काम चलता है? जी, घर में बीवी है और एक लड़की।

" तुम्हारे दलाल चच्चा से यहीं मेरी भेंट हुई थी। तब वे किराने की दुकान किया करते थे। मगर वह चली नहीं। दुकान करना यहाँ सबके बस की बात नहीं है। यह काम तो बस सिंधी ही जानते हैं। अपनी उधारी वे गाँव-गाँव जाकर, डंडा मारके वसूल कर लेते हैं। और बिना उधारी के इस इलाक़े में दुकानदारी चल ही नहीं सकती।

" तो भइया, सिंधियों ने उनकी दुकान नहीं चलने दी। सारा पैसा डूब गया। तब वे यहाँ से बिक्रमपुर चले गए। वहाँ सिर पर कपड़ों का गट्ठर लेकर फेरी लगाने लगे। मगर वे ठहरे इलाहाबादी आदमी, आदत तो थी नहीं, पड़ गए बीमार। पहले तो सोचा, ऐसे ही खाँसी-बुखार होगा, मगर आने लगा मुँह से खून। टोले-पड़ोस के लोगों ने कुछ जड़ी-बूटियाँ दीं, मगर कोई फायदा नहीं हुआ। तब मैंने ही उन्हें सलाह दी, कि जाकर दुल्लोपुर के ईसाई अस्पताल में दिखाओ। तब से वे वहीं हैं।

" दुल्लोपुर में ईसाइयों का बड़ा अच्छा अस्पताल है। एक स्कूल भी है। अस्पताल में अम्माँजी लोग डाक्टर हैं और बहुत अच्छा इलाज करती हैं। टी.बी. और गरमी रोग का तो अचूक इलाज होता है वहाँ। रोगियों को भरती भी करते हैं वे लोग। उनके लिए खूब हवादार चार कोठरियाँ बनी हुई हैं। इलाज तो मुफ्त में करते ही हैं, खाना भी मुफ्त देते हैं। सच भइया, ईसाई लोग बड़े रहमदिल होते हैं। ऐसी रहमदिली न अपने हिन्दू भाइयों में है और न मुसलमानों में। फिर दुल्लोपुर के 'फादर' तो बहुत ही नेक इनसान हैं। सब लोग उन्हें लार्ड हेरटुम कहते हैं। मैं तुम्हें ले चलूँगा वहाँ। "

अली अहमद कान लगाकर नूरू की बात सुनता रहा और मन ही मन पछताता रहा कि ख़ामख़ा वह गाँव छोड़कर इधर आया। जिसके सहारे आया, वह ख़ुद ही बेसहारा है...बेचारे दलाल चच्चा!

"क्या सोचने लगे भाई? तुम्हारे दलाल चच्चा मिल जाएँगे तुम्हें, घबराते क्यों हो?"

नूरू ने टोका तो अली अहमद की निगाह उसके बीभत्स और डरावने चेहरे पर इस तरह टिक गई मानो वहीं कहीं किसी मस्से के पीछे दलाल चच्चा बैठे हुए हों। अल्ली ने अपनी चिन्ता छिपाई और बोला :

"क्या इस इलाक़े में ईसाई और सिंधी बहुत हैं?"

"हैं न भाई, जब अंग्रेज़ों की हुकूमत थी तो न जाने कितने अंग्रेज पादरी इस इलाक़े में आए और उन्होंने जगह-जगह स्कूल, अस्पताल और गिरजाघर बनाए। खाना, कपड़ा और पैसा भी बाँटा। उनकी रहमदिली को देखकर तमाम लोगों ने उनका दीन कबूल कर लिया। और सिंधी? उनकी तो यहाँ जागीरदारी ही समझो। पाकिस्तान बनने के बाद तो इतने सिंधी और बलूची इधर आए कि कुछ न पूछो। मगर बलूचियों ने कारोबार न करके लूटपाट और ठगी का ही पेसा अपनाया। जो

कुछ मिला, ले-देकर चम्पत। अब तो वे दिखाई भी नहीं पड़ते। मगर गाँव के बच्चे आज भी 'बलूची' के नाम से डरते हैं और किसी झोला-डंडावाले अजनबी आदमी को देखकर छिप जाते हैं।"

"चलो भइया, खाना तैयार है।"

तभी रनिया ने चूल्हे के पास से आवाज़ लगाई तो नूरू उठ खड़ा हुआ और अल्मुनियम के एक बधने में पानी लेकर हाथ धोने के लिए बाहर चला गया। पीछे-पीछे अल्ली भी। खटिया पर पड़ा बच्चा धीरे से कुनमुनाया, फिर कें-कें करके रो उठा। रनिया ने खाना लगाया और बच्चे को उठाकर दूध पिलाने बैठ गई। दोनों मर्द चुपचाप खाना खाने लगे।

अगले रोज़ रग्गी हो गई। सूरज अपनी पूरी चमक के साथ उदय हुआ। हालाँकि आसमान पर जहाँ-तहाँ बादलों के झुंड विचर रहे थे, मगर सूरज की चमक पर कोई असर नहीं था। नूरू ने प्रस्ताव रखा कि पहले मुड़की चलकर आपा और बच्चे को घर पर छोड़ दें, फिर दुल्लोपुर चलें। अब तक अली अहमद उसकी शराफ़त का पूरी तरह क़ायल हो चुका था, इसलिए उसने कोई उज्र नहीं किया। थोड़ा-बहुत नाश्ता करके वे लोग मुड़की के लिए चल पड़े।

मुड़की पहुँचने के लिए शहपुरा से जोगीटिकरिया तक बस से जाना होता था, फिर पैदल। वह रास्ता क़रीब चार मील लम्बा था और बीच में नदी-नाले, झाड़ी-जंगल कम ही थे। रग्गी हो जाने के कारण खेतों में काम शुरू हो गया था।

नूरू की बीवी और लड़की गाँव के बाहर ही मिल गईं। वे झरने में नहाकर घर लौट रही थीं। नूरू ने बीवी से अपने इलाहाबादी दोस्त और रनिया आपा का परिचय रास्ते में ही करा दिया। घर पहुँचकर दोनों स्त्रियाँ खाना पकाने में जुट गईं और दोनों मर्द बाहर मुनगे के झाड़-तले चारपाई पर जम गए। आँगन में रंग-बिरंगी मुर्गियाँ टहल रही थीं, जिन्हें पास के खँडहर में छिपा एक बिलार घूर रहा था।

अगली सुबह बादल फिर छा गए थे और सूरज की चमक ग़ायब हो गई थी। लेकिन, नूरू ने एक टूटा हुआ-सा छाता कंधे पर रखा और अली अहमद को लेकर दुल्लोपुर के लिए चल पड़ा। मुड़की से दुल्लोपुर की दूरी लगभग आठ मील थी और रास्ते में कई नदी-नाले तथा टीकरे पड़ते थे। नदियों-नालों में बरसात का मटमैला पानी छुल-छुल करता हुआ बह रहा था। जगह-जगह बच्चे बंसियाँ लगाए बैठे थे। टीकरों पर तरह-तरह के अजनबी दरख़्त उगे हुए थे। अली अहमद के लिए वह पूरा परिवेश बेगाना-जैसा लग रहा था। वह उस वक़्त थकान भी अनुभव कर रहा था, इसलिए उसकी रफ़्तार बहुत धीमी थी। मगर नूरू अपने भद्दे जिस्म को किसी टट्टू की तरह ढकेलता हुआ तेज़ी के साथ बढ़ा जा रहा था।

अली अहमद का मन ठिकाने नहीं था। वह कभी दलाल चच्चा के बारे में सोचता, तो कभी पं. रामवृक्ष पांडे के बारे में। कभी उसकी आँखों के आगे अपने गाँव की धरती कौंध जाती तो कभी नूरू के घर में बच्चे के साथ पड़ी हुई रनिया का चेहरा।

"तो यहाँ किसी काम से आना हुआ है भाई, कि बस अपने दलाल चच्चा से मिलने?"

नूरू ने सवाल किया तो अली अहमद चौंक गया। वह क्या जवाब दे इस सवाल का? कह दे कि बस दलाल चच्चा से मिलने! मगर नहीं, यह तो झूठ होगा। बोला :

"दलाल चच्चा से तो मिलना ही है, कोई काम-धंधा मिल जाएगा तो यहीं रुक जाएँगे।"

नूरू पलटकर खड़ा हो गया।

"काम-धंधा? यहाँ कहाँ काम-धंधा धरा है? देख नहीं रहे हो कि मैं खुद अपना गाँव-घर छोड़कर परदेस में पल्लेदारी कर रहा हूँ। तुमसे तो भाई यह भी नहीं होगा। तुम ठहरे इलाहाबादी। क्या वहाँ कोई काम-धंधा नहीं है?"

इतना पूछकर नूरू फिर चल पड़ा। अब वे लोग एक कच्ची सड़क पर आ गए थे जो लाल-काली चौड़ी टाट-पट्टी की तरह बिछी हुई थी।

"यह सड़क क्या सरकार ने बनवाई है?"

अली अहमद ने नूरू का सवाल टाल दिया था। उस बीहड़ जंगल में, ऊबड़-खाबड़ धरती पर साफ़-सुथरी सड़क को देखकर उसे अपना बलापुर याद आ गया था, जहाँ आज़ादी के बाद भी कोई सड़क अब तक नहीं बन पाई थी।

"नहीं भाई, सरकार ने नहीं, यह सड़क दुल्लोपुर के 'फादर' लार्ड हेरटुम ने बनवाई है।"

"अपने खर्च पर?"

"खर्च? खर्च कैसा? सड़क तो श्रमदान से बनी है। लोगों ने मुफ्त काम किया है। फादर भी तो मुफ्त में बहुत सारी चीजें बाँटते हैं।"

"कौन-सी चीजें?"

"यही, बच्चों को बिस्कुट और लिबनचूस वगैरा। कभी-कभी पाउडरवाला दूध और अपने त्योहार पर केक नाम की अंग्रेजी मिठाई। हिन्दुओं को थोड़ी-बहुत दारू भी पिलाते हैं।

"फादर लोग कौन-सा त्योहार मनाते हैं?"

"बड़ा दिन। चौबीस और पच्चीस दिसम्बर को होता है। कहते हैं, इसी रोज ईसा अलैहिस्सलाम पैदा हुए थे।"

"तो क्या फादर लोग भी ईसा अलैहिस्सलाम को मानते हैं।"

"हाँ न भाई, इसीलिए तो ईसाई कहलाते हैं ये लोग।"

"तब तो मुसलमानों को बहुत मानते होंगे, हम लोग भी तो ईसा अलैहिस्सलाम को मानते हैं।"

"अब ये तो भाई मैं नहीं जानता...वह देखो, गिरजाघर दिखाई पड़ रहा है।"

अली अहमद ने आँखें उठाईं तो सामने पहाड़ी पर घने दरख़्तों के बीच एक आलीशान सफ़ेद इमारत की मीनार चमकती हुई दिखाई पड़ी। बादलों की छाया में उसकी सफ़ेदी हल्के नीले रंग की दिखाई पड़ रही थी। अली अहमद का जी दलाल चच्चा से मिलने को व्याकुल हो उठा।

बलापुर या उसके आसपास कहीं भी ईसाई लोग नहीं थे, इसलिए अली अहमद उनके बारे में कुछ भी नहीं जानता था। उसकी सारी जानकारी बस अपनी चुड़िहार बिरादरी तथा इस्लाम की कुछ छोटी-मोटी बातों तक ही सीमित थी। अब एक नई दुनिया से उसका परिचय होगा, यह सोचकर वह जल्द से जल्द दुल्लोपुर पहुँचने के लिए उतावला हो उठा।

"वह देखो, नीचे की तरफ़ कुछ घर-जैसे दिखाई पड़ रहे हैं न।" नूरू ने अँगुली उठाकर इशारा किया तो अली अहमद चलता-चलता रुक गया।

"वही हैं मरीजों को भरती करनेवाली कोठरियाँ। तुम्हारे दलाल चच्चा भी वहीं होंगे।"

अब अली अहमद की रफ़्तार बढ़ गई। इस बियाबान में वह अपने इलाक़े के किसी परिचित व्यक्ति से मिलेगा, यह एहसास ही अपने आपमें उत्साह बढ़ानेवाला था। अजनबियों के बीच अचानक मिल जानेवाला अपना परिचित दुश्मन भी कितना आत्मीय लगता है। फिर ये तो अपने दलाल चच्चा ही होंगे...

अब वे दुल्लोपुर के बिलकुल क़रीब पहुँच गए थे। गाँव दो खंडों में बँटा हुआ था। कुछ घर पहाड़ी के इस पार थे और कुछ उस पार। पहाड़ी पर ईसाइयों ने गिरजाघर, अस्पताल और स्कूल आदि बनवा रक्खे थे। पहाड़ी के उस पार वाले घरों में वहाँ की स्थानीय जातियाँ-गोंड़, कोल, बैगा-आदि रहती थीं, जबकि इस पार वाले घरों में धर्मपरिवर्तन से बने ईसाई परिवार रहा करते थे, जो कैथलिक मत को माननेवाले थे।

अभी वे लोग ईसाइयों की बस्ती से थोड़ी दूर ही थे कि सामने से एक काफ़िला-सा आता हुआ दिखाई पड़ा। आगे-आगे सफ़ेद गाउन पहने भव्य आकृति के एक वृद्ध और उनके पीछे उसी तरह के, मगर हल्के कपड़ों के गाउन से सुसज्जित कुछ पुरुष तथा स्त्रियाँ। बस्ती के लोग उस काफ़िले का स्वागत करने के लिए ही मानो अपने-अपने घरों से निकलकर सड़क पर आ गए थे। नूरू और अली अहमद भी आगे बढ़कर उसी भीड़ में खड़े हो गए।

उस बस्ती में और किसी को तो नहीं, पर पतरस नाम के एक ईसाई को नूरू जानता था। उससे आँख मिलते ही नूरू ने हाथ उठाकर सलाम किया तो जवाब में पतरस इन लोगों के पास ही आ गया।

"फादर कहीं जा रहे हैं क्या पतरस भाई?"

नूरू ने फुसफुसाकर पूछा तो पतरस ने भी उसी तरह फुसफुसाकर उत्तर दिया :

"हाँ, अपने वतन जा रहे हैं। हमेसा के लिए। इनकी जगह दूसरे फादर आ गए हैं। वे इंडियन हैं। फादर असोक फ्रांसिस।"

"ये तो बिलकुल अंग्रेज लग रहे हैं नूरू भाई।"

अली अहमद ने अपने जान बहुत धीरे से यह बात नूरू से कही, पर उसने मुँह पर अँगुली रखकर उसे बोलने से मना कर दिया और सिर्फ़ इशारे से बताया कि हाँ, फ़ादर अंग्रेज़ ही हैं।

अली अहमद को आश्चर्य हुआ। "तो क्या आज़ादी के बाद भी हिन्दुस्तान में अंग्रेज रह रहे हैं? गांधीजी तो कहते थे कि अंग्रेज़ों को हम भारत से भगाकर रहेंगे।" अल्ली सोचने लगा। मगर उसकी समझ में कुछ नहीं आया। तब उसने सोचा, "हो सकता है, ये अकेले अंग्रेज बचे रह गए हों इस जंगल में..." अल्ली के दिल में एक टीस-सी उभरी। "ओह! हिन्दुस्तान से आख़िरी अंग्रेज भी जा रहा है।"

फिर अचानक न जाने क्या हुआ कि पूरी भीड़ सड़क पर घुटनों के बल खड़ी हो गई और अस्पष्ट सुरों में कुछ बुदबुदाने लगी। अली अहमद ने देखा कि नूरू भी घुटने मोड़कर खड़ा हो गया है और उसे भी ऐसा करने का इशारा कर रहा है। वह समझ तो कुछ नहीं सका, मगर नूरू के बगल में ही घुटने मोड़कर खड़ा हो गया।

बुदबुदाहट जब समाप्त हो गई तो पूरी भीड़ एक साथ फिर उठ खड़ी हुई। फ़ादर का क़ाफ़िला आशीर्वाद की मुद्रा में हाथ हिलाता हुआ आगे बढ़ गया। वातावरण में केवल 'जय यीशु! जय यीशु!' की ध्वनियाँ गूँजती रहीं।

क़ाफ़िले के ओझल होते ही भीड़ तितर-बितर हो गई। सड़क पर सिर्फ़ तीन लोग खड़े रह गए : नूरू, अली अहमद और पतरस। पतरस ने नूरू और उसके परिवार का हालचाल पूछा। फिर वे तीनों लोग थोड़ा आगे बढ़कर एक झरने पर बनी हुई पुलिया पर बैठ गए।

"ये कौन हैं?" पतरस ने अली अहमद के बारे में सवाल किया तो नूरू ने बताना शुरू किया :

"ये हैं अली अहमद। मेरे रिस्तेदार ही समझो। इलाहाबादी हैं। इधर किसी काम-धंधे की तलास में आए हैं...।"

"क्या काम करेंगे ये?" पतरस ने बीच में ही टोक दिया।

"कोई भी, जो मिल जाए।" अली अहमद ने तपाक से जवाब दिया।

"यहाँ जंगल में हमें सबसे बड़ी तकलीफ यह है कि कोई दुकान नहीं है। छोटी-

छोटी चीजों के लिए डिंडौरी जाना होता है। बरसात के दिनों में तो बड़ी मुश्किल होती है। नर्मदा मैया बढ़ आती हैं। तीन कोस का चक्कर काटने पर पुलवाला रास्ता मिलता है। अगर ये कोई दुकान खोल लें यहाँ तो बहुत चलेगी। जगह मैं देने को तैयार हूँ। मेरे यहाँ एक कोठरी बिलकुल ख़ाली है..."

"मगर अभी तो ये अपने दलाल चच्चा से मिलना चाहते हैं; जो यहाँ इलाज के लिए आए हुए हैं।"

नूरू ने बीच में ही पतरस की बात काट दी और उठ खड़ा हुआ।

"कौन दलाल? वो इलाहाबादी?"

"हाँ, हाँ, वो भी इलाहाबाद के ही हैं। इनके चच्चा लगते हैं। उनसे भी तुम्हारा मेल-जोल हो गया है क्या पतरस भाई?"

नूरू की इस बात पर पतरस नाम के उस अधेड़ उम्र के इंडियन ईसाई का सिर झुक गया।

"हाँ नूरू भाई, वो अब इस दुनिया में नहीं है। खुदा ने उसे निजात दे दी।"

पतरस ने बहुत सँभल-सँभलकर यह बात कही और अपने माथे तथा सीने पर हाथ ले जाकर कुछ बुदबुदाने लगा।

"यहाँ बस मैं ही उसका दोस्त था। जितना मुझसे हो सकता था, मैंने उसकी खिदमत की। मगर...प्रभु यीशु की मर्जी। मैंने ही उसे दफन किया..."

पतरस अवरुद्ध कंठ से बोल रहा था और नूरू तथा अली अहमद अवाक् खड़े थे। पतरस का काला, कठोर चेहरा अनेकानेक सिकुड़नों से भर गया था।

"चलो, मैं तुम्हें उसकी कब्र पर ले चलता हूँ।"

इतना कहकर पतरस पुलिया से नीचे उतरा और जंगल की ओर चल पड़ा। नूरू और अली अहमद भी चुपचाप उसके पीछे हो लिए। अली अहमद को तो मानो काठ मार गया था।

कुछ दूर आगे जाकर घने जंगल के बीच एक छोटा-सा नाला बहता था, जिसके किनारे-किनारे झाड़ियों से भरी हुई असंख्य छोटी-बड़ी घाटियाँ थीं। पतरस उन्हीं में से एक घाटी में घुसकर खड़ा हो गया। वहाँ अली अहमद की कल्पना का कोई कब्रिस्तान नहीं था। न वहाँ कब्रों के चबूतरे थे और न ही फूल। बस ऊबड़-खाबड़ धरती पर एक लम्बा-सा गड्डा-भर बना हुआ था, जिसके इर्द-गिर्द कुछ जंगली पौधे उगे हुए थे।

"यहीं वह दफ्न है।"

पतरस ने कहा तो नूरू के मस्सों-भरे बीभत्स और भयावने चेहरे पर आँसू की लकीरें खिंच गईं, जैसे चट्टानों के बीच जलधाराएँ फूट उठी हों। अली अहमद सन्न मारे खड़ा रहा।

पतरस घुटनों के बल खड़ा हो गया और बुदबुदाने लगा :

क्रूस का चिह्न
पिता, पुत्र और पवित्रात्मा के नाम पर
तथास्तु।
हे हमारे पिता! जो स्वर्ग में है
तेरा नाम पवित्र हो।
तेरा राज्य आवे।
तेरी इच्छा जैसे स्वर्ग में पूरी होती है,
पृथ्वी पर भी हो।
तू प्रतिदिन का आहार हमें दे।
जैसे हम दूसरों के अपराध क्षमा करते हैं,
तू भी हमारे अपराध क्षमा कर!
आमीन!

धीरे-धीरे बादलों के झुंड घाटियों में भरते जा रहे थे और इक्की-दुक्की बूँदें टप्प-टप्प गिरने लगी थीं।

7

लोग कहते हैं न, कि समय गुज़र जाता है और पता भी नहीं चलता। तो, बलापुर के अल्ली चुड़िहार को यह पता ही नहीं चला कि मध्य प्रदेश के उस दुल्लोपुर गाँव में रहते हुए कितना समय बीत गया? रनिया अपनी गोदी में जिस नन्हे-से बालक को लेकर यहाँ आई थी, वह अब स्कूल जाने लगा था और उसकी गोद में एक नन्ही-सी बालिका भी आ गई थी। अली अहमद ने लड़के का नाम रफ़ी अहमद रक्खा था, मगर उसके स्वभाव के अनुसार रनिया उसे बुद्धू कहा करती थी और यही नाम बस्ती में प्रचलित भी था। 'रफ़ी अहमद' सिर्फ़ स्कूल के रजिस्टर में लिखा था।

बुद्धू का नाम 'इंडियन मिडिल स्कूल दुल्लोपुर' के प्राइमरी सेक्शन में दर्ज हो गया था, जहाँ अध्यापकों से लेकर विद्यार्थी तक सब ईसाई थे। वैसे तो वे गोंड़, बैगा, कोल या पनिका जाति के ही थे; पर ईसाई हो गए थे और अपने नाम अंग्रेज़ी में रख लिए थे। उनके बीच रफ़ी अहमद नाम एक पैबन्द की तरह लगता था।

मिशन के इंडियन फ़ादर अशोक फ्रांसिस सीधे-सादे सज्जन पुरुष थे। मगर धर्म के मामले में बहुत कट्टर थे। वे अपने स्कूल में नियमित रूप से एक धार्मिक

कक्षा लगवाया करते थे, जिसमें गिरजाघर का कोई न कोई 'ब्रदर' पढ़ाने के लिए जाता था और बाइबिल के 'न्यू टेस्टामेंट' से यूहन्ना, लूका तथा मरकुस आदि के 'सुसमाचार' पढ़ाया करता था।

अली अहमद जब-तब स्कूल में जाता रहता था और कभी-कभी जब फ़ादर से उसकी मुलाक़ात हो जाती तो अशोक फ्रांसिस मुस्कराते हुए उससे कहते, "अरे अली अहमद, तुम ईसाई क्यों नहीं हो जाते? आख़िर प्रभु यीशु ख्रीस्त को तो तुम लोग भी मानते हो। अगर तुम ईसाई हो जाओ न, तो तुम्हारे बेटे को हम विलायत भिजवा दें पढ़ने के वास्ते।" अली अहमद हँसकर उनकी बात को टाल देता था।

मगर एक रोज़ जब पतरस ने भी वही बात उससे कही तो वह परेशान हो गया। पतरस ने उसे शरण दी थी। इस परदेस में बस दो लोग ही उसके हितैषी थे—नूरू और पतरस। मगर नूरू तो ख़ुद परेशान था। अपना घर-परिवार छोड़कर शहपुरा में पल्लेदारी कर रहा था। यहाँ पतरस न मिलता तो उसे अपने गाँव ही लौटना पड़ता। फिर वहाँ क्या मुँह दिखाता वह? पं. रामवृक्ष पांडे को तो और मौक़ा मिल जाता जुल्म करने का। मगर नहीं, पतरस ने उसे अपनी एक कोठरी दे दी; कुछ पैसों की मदद भी कर दी और उसकी दुकानदारी चलने लगी।

अली अहमद ने डिंडौरी के एक सिंधी से अपना व्यापारिक सम्बन्ध जोड़ लिया था। उस सिंधी की बहुत बड़ी दुकान थी, जिसमें घरेलू इस्तेमाल की लगभग सारी वस्तुएँ उपलब्ध थीं। अली अहमद वहीं से चाय-पत्ती, गुड़, मीठा तेल, साबुन, नून, मिट्टी का तेल, बीड़ी, माचिस, तमाखू, मसाले तथा अन्य चीज़ें ले आया करता था। ये चीज़ें पतरस की दी हुई उस कोठरी में बड़ी तरतीब के साथ सजी हुई थीं। किस वस्तु को कितना मूल्य लेकर बेचना है, यह बात अली अहमद को तो पता ही थी, रनिया भी सब समझती थी। मगर गाँव की दुकानदारी में सबसे बड़ी समस्या यह थी कि लोगों के पास पैसे नहीं होते थे, इसलिए सामान या तो अनाज के बदले दिया जाता था या फिर उधारी पर। मगर इस छोटे-से परिवार का काम दुखे-सुखे चल ही रहा था और अली अहमद को भरोसा था कि आनेवाले दिनों में, जब बेटा पढ़-लिखकर कोई बड़ा 'बाबू' बन जाएगा, तो उनके भी दिन लौटेंगे।

दुल्लोपुर गाँव पहले की अपेक्षा अब थोड़ा बड़ा हो गया था। कुछ घर और बस गए थे। नाले के किनारे एक मुसलमान परिवार भी न जाने कहाँ से आ गया था। जलील और खलील नाम के उन दोनों भाइयों को पतरस मज़ाक़ में हाबिल और काईन कहा करता था। वह अक्सर यह भविष्यवाणी किया करता कि देखना, एक रोज़ ये लोग भी हाबिल और काईन की तरह लड़ेंगे। मगर अली अहमद की निगाह में वे निहायत भोले-भाले इनसान थे और उनसे अपना सम्पर्क बढ़ाकर उसने एक बिरादराना माहौल बना लिया था। परदेस में यह बहुत ज़रूरी था उसके लिए।

अली अहमद अपनी दुकान में गुमसुम बैठा था और पत्थर के बटखरों से खेल रहा था। बीच-बीच में कोई ग्राहक चाय-पत्ती या बीड़ी-तमाखू लेने आता तो ग्राहक की गठरी में बँधे अन्न को एक ओर गिराकर, चुपचाप उसे इच्छित वस्तु थमा देता और फिर अपने बटखरों से खेलने लगता। रनिया परछी के एक कोने में भात पका रही थी। उसे चिन्ता थी कि बेटा स्कूल से भूखा-प्यासा लौटता होगा। मगर अली अहमद का मन तो किसी बियाबान में भटक रहा था। गांधी, नेहरू, सरदार पटेल, मौलाना आज़ाद और पं. रामवृक्ष पांडे, सत्तार के अब्बा तथा बलापुर से लेकर दुल्लोपुर तक के लोग—सभी की छायाएँ उस बियाबान में तेज़ी के साथ इधर-उधर भाग रही थीं। यह कैसी आज़ादी मिली है हमें कि अपने राज में भी हम दुख भोग रहे हैं?

देश में दूसरी बार चुनाव होने जा रहा था। कांग्रेस इस बात का धुआँधार प्रचार कर रही थी कि देश को हमारे नेताओं ने आज़ादी दिलाई है और यहाँ की जनता के एकमात्र कर्णधार हमीं हैं। इसलिए 'दो बैलों की जोड़ी' पर मुहर लगाकर पुन: हमीं को विजयी बनाएँ। मगर अली अहमद के लिए तो 'कांग्रेस' थे सिर्फ़ जवाहरलाल नेहरू, जो मुल्क के राजा थे। और जो राजा राजपाट मिलने के बाद अपने गाँव-घर को भूल जाय उसे राजा कहलाने का भला क्या अधिकार है?

जाड़ों के दिन थे; कुहरा पूरे जंगल में झीने दुपट्टे की तरह फैला हुआ था। हवा चलती तो बदन में कँपकँपी छूट जाती। सामने, श्रमदान से बनी सड़क पर इक्के-दुक्के लोग चादर लपेटे आ-जा रहे थे। अली अहमद ने देखा, कुहरे के उस दुपट्टे में से पतरस का चेहरा धीरे-धीरे प्रकट हो रहा है और वह साक्षात् प्रभु यीशु ख़्रीस्त की तरह सामने से चला आ रहा है। अल्ली एकटक उसकी ओर ताकने लगा।

पतरस की नेकदिली ने अली अहमद को नतमस्तक कर रखा था। न सिर्फ़ पतरस, बल्कि उसका पूरा परिवार अली अहमद और उसकी पत्नी के प्रति बहुत दयाभाव रखता था। पतरस की पत्नी फ़ादर के बँगले पर सफ़ाई का काम करती थी। एक लड़का था, जो स्कूल में चपरासी लग गया था। लड़की मरियम पन्द्रह बरस की हो चुकी थी और पतरस उसके विवाह के लिए चिन्तित था। चार-पाँच रोज़ पहले वह वर की खोज में ही दुधनिया नाम के किसी गाँव में गया हुआ था। वह बताया करता था कि इधर आसपास दुधनिया के अलावा और कहीं ईसाई परिवार नहीं हैं। वहाँ का गिरजाघर छोटा ज़रूर है, मगर मैदानी इलाक़े में बने होने के कारण बहुत ख़ूबसूरत लगता है...

"जय यीशु भाई अली अहमद!"

निकट आकर पतरस ने अभिवादन किया तो अल्ली घबरा गया। यह कहीं फिर न धर्म-परिवर्तन की बात छेड़ दे, यह सोचकर उसने बड़े बेमन से उसके

अभिवादन का उत्तर दिया और अपने बटखरों को एक के ऊपर एक रखकर व्यवस्थित करने लगा।

"भाभी, जरा चाय पिलाना, बहुत ठंडी है।"

पतरस ने रनिया की ओर देखते हुए कहा और भीतर घुसकर दुकान की दहलीज़ पर उकड़ूँ बैठ गया।

"क्या हुआ पतरस भाई, लड़का देखा?"

अली अहमद ने अत्यंत पारिवारिक ढंग से यह सवाल पूछा तो पतरस मुस्करा उठा।

"हाँ, बात पक्की हो गई है। जरा एक सीजर देना तो, ठंड बहुत है।"

अली अहमद ने कैंची-छाप सिगरेट की डिब्बी से एक सिगरेट निकालकर उसे थमा दी। माचिस सामने ही रखी थी, पतरस ने सिगरेट सुलगा ली।

"उधर क्या पोजीसन है? किसकी उम्मीद है?"

अली अहमद ने ख़ुद ही बातचीत शुरू की।

"क्या मतलब?"

"अरे इलक्सन आ गया है कि नहीं?"

"ओह! हाँ। मगर हमें तो इसमें कोई दिलचस्पी नहीं है।"

"क्यों?"

"हमें तो बस आँख मूँदकर वोट डालना है।"

"कहाँ?"

"कहाँ? अरे दो बैलों की जोड़ी पर और कहाँ? हम सारे ईसाई लोग कांग्रेस को ही वोट देंगे।"

"क्यों?"

"ये लो। अब यह भी कोई पूछने की बात है?"

"क्या तुम सभी लोग कांग्रेसी हो?"

"कांग्रेसी कौन होता है और कौन नहीं यह तो मैं नहीं जानता, मगर इतना मालूम है कि कांग्रेस ही वह पार्टी है, जिसे हमारे अंग्रेज बहादुर ने अपनी हुकूमत सौंपी है। उन्होंने आखिर कुछ समझकर ही तो ऐसा किया होगा।"

"हुकूमत सौंपी है या कांग्रेस ने लड़ाई लड़के हुकूमत उनसे छीनी है।"

"अरे कहाँ की बात, हुकूमत उनसे भला कोई छीन सकता था?"

"देखो पतरस भाई, तुम यहाँ गलती पर हो..."

इसी बीच रनिया चाय ले आई और पतरस ने कप-बसी को अपनी ठिठुरती हुई हथेलियों के बीच कसकर थाम लिया।

"दूध तो है नहीं भइया, लाल चाय ही पीनी पड़ेगी।"

रनिया ने वापस मुड़ते हुए कहा और सड़क पर निकलकर स्कूल की ओर देखने लगी। बुद्धू अभी नहीं लौटा था।

ठिठुरन इतनी थी कि गरम-गरम चाय में अमृत जैसा स्वाद मिल रहा था। दुकान में चल रही राजनैतिक बहस बन्द हो गई थी। मगर दो-चार चुस्कियों के बाद ही पतरस ने फिर बोलना शुरू कर दिया :

"तो क्या सोचा तुमने?"

"किस बारे में।"

"अरे भूल गए? देखो भाई, यहाँ सब लोग हैं मूरख। अगर तुम जैसा कोई इलाहाबादी आदमी ईसाई बन जाय न, तो हमारे समाज की हालत सुधर सकती है। फिर यह भी तो सोचो, कि इस दुकानदारी में धरा क्या है? अगर तुम ईसाई होते तो यहाँ अस्पताल में, या स्कूल में कहीं तुम्हें नौकरी मिल सकती थी। बँधी-बँधाई तनखाह मिलती और जिन्दगी आराम से कट जाती। न कोई हय-हय न खट-खट।"

"नौकरी? मगर हम तो पढ़े-लिखे हैं नहीं।"

"अरे हमसे तो अच्छे ही हो, मेरा खयाल है कि इस बारे में तुम जल्दी ही फैसला कर डालो।"

अभी इतनी ही बातचीत हुई थी कि पतरस की बीवी स्कर्ट-ब्लाउज़ पहने, एक हाथ में तेल की ख़ाली शीशी लिये दुकान में हाज़िर हो गई।

"अरे, ये कब आ गए?" पतरस को देखकर वे चौंक पड़ीं। "जरा भइया दो आने का मीठा तेल देना तो।"

अली अहमद ने कनस्तरी से तेल नापकर शीशी में डाला और बगल में रखी कापी पर हिसाब लिखने लगा। पतरस के यहाँ भी उधारी पर ही सामान जाता था। पतरस उठा और अपनी बीवी के पीछे-पीछे वह भी वहाँ से चला गया।

"आज क्या बात हो रही थी तुम लोगों में?"

शाम को, जब अली अहमद चूल्हे के पास हाथ सेंकने के लिए बैठा तो रनिया ने यह प्रश्न अत्यंत गम्भीरता के साथ उससे पूछा। कोठरी में एक ढिबरी जल रही थी, जिसके पास बैठा बुद्धू स्लेट पर लकीरें खींच रहा था। बगल में एक बोरे पर नन्ही गुड़िया सोई हुई थी। माँ को बोलते सुनकर बुद्धू ने लकीर खींचनी बन्द कर दी और चूल्हे की तरफ़ देखने लगा।

अली अहमद थोड़ी देर तक तो ख़ामोश रहा, फिर दोनों हथेलियों को आपस में रगड़ता हुआ बोला :

"पतरस कह रहा था कि ईसाई हो जाओ तो तुम्हारे सारे दुख दूर हो जाएँगे?..."

"क्या? ईसाई?"

"हाँ! यह बात एक रोज मुझसे फादर ने भी कही थी। कह रहे थे, तुम्हारे बेटे को बिलायत भिजवा देंगे।"

"आग लगे उनके बिलायत को। एकठे तो लड़का है, उसे मैं आँख से दूर होने दूँगी?"

रनिया जल उठी।

"मगर वहाँ से वह पढ़-लिखकर लौटेगा तो कितना बड़ा साहब बनेगा, पता है?"

"अच्छा-अच्छा, बस करो अब! वही मसल है कि रहें भुईं चाटें बादर।"

हालाँकि अली अहमद धर्म-परिवर्तन का विरोधी था, मगर कभी-कभी ऐसा भी होता है कि व्यक्ति अपने विरोध की प्रतिक्रिया में अरुचिकर बात के पक्ष में भी दलीलें देने लगता है। उस समय पत्नी के विरोध की यही प्रतिक्रिया अली अहमद बोला :

"क्यों, क्या गरीब आदमी को ख्वाब देखने का कोई हक ही नहीं है?"

"तो क्या तुम ईसाई हो जाओगे? या अल्लाह! धरती तो छूट ही गई, लगता है अब अल्ला-रसूल भी छूट जाएँगे। पता नहीं कौन कुसाइत में जन्मी थी मैं..."

और रनिया सुबुक-सुबुककर रोने लगी।

तभी पिछवाड़े से पतरस की गरजदार आवाज़ सुनाई पड़ी :

"तो क्या वो प्रभु ख्रीस्त का बन्दा नहीं है? क्या उसके परमेश्वर और हमारे परमेश्वर अलग-अलग हैं?"

जवाब में पतरस की बीवी ने भी चीख़कर कुछ कहा और अली अहमद उठकर बाहर चला गया। "लगता है; मियाँ-बीवी में कुछ झगड़ा-वगड़ा हो गया है," उसने सोचा और पतरस की दहलीज़ पर जा खड़ा हुआ।

अली अहमद को देखते ही पतरस की बीवी को मानो कोई ज़बर्दस्त सहारा मिल गया। वह सामने आकर उसी को सम्बोधित करती हुई अपनी बात कहने लगी :

"देखो अली अहमद, अब तुम्हीं फैसला करो। ये दुधनिया में मरियम के लिए जो लड़का ठीक करके आए हैं न, उसका बाप पहले कोल था। मैं उस अन्तोनी को खूब अच्छी तरह जानती हूँ, जो अभी पन्द्रह बरस पहले तक भुलवा कोल था। मेरे देखते-देखते वह भुलवा से अन्तोनी हुआ है। वह अपने बेटे का ब्याह रूपसिंह गोंड़ की लड़की से करेगा? तुम्हारे पतरस भाई तो असल में रूपसिंह गोंड़ हैं न। उसकी यह मजाल? हमने धरम बदला है, जात नहीं। और इनकी सुनो, कहते हैं वो भी तो प्रभु ख्रीस्त का बन्दा है। अरे प्रभु ख्रीस्त के बन्दे तो तमाम ऐरे-गैरे पड़े हैं। तो क्या हम अपनी बेटी उन ऐरों-गैरों के गले में बाँध देंगे। देखो अली अहमद, अब तुम्हीं इसका नियाव करो। तुम मुसलमान भाई हो और मुसलमान से बढ़कर इंसाफ भला कौन कर सकता है?"

अली अहमद की समझ में कुछ भी नहीं आ रहा था कि वह क्या जवाब दे, मगर पतरस की बीवी की इस बात ने उसका सीना चौड़ा कर दिया था कि एक मुसलमान से बढ़कर इंसाफ भला कौन कर सकता है? अपने उसी गर्व के जोश में उसने कहना शुरू किया :

"देखो पतरस भाई, मरियम की माँ ठीक कह रही हैं। अपना धरम बदलकर एक गलती तो तुमने पहले ही की है, अब अपनी जात भरस्ट करके दूसरी गलती मत करो। आदमी को अपनी कोई न कोई चीज तो बचाकर रखनी ही चाहिए।"

इतना कहकर वह वहाँ से चल दिया। पीछे फिर कोई आवाज़ नहीं सुनाई पड़ी।

असल में, अली अहमद ने पतरस की बीवी का समर्थन करके अपना ही बोझ हल्का किया था। एक तो, इस तरह वह इस दुविधा से पूरी तरह उबर गया था कि उसे ईसाई धर्म अपना लेना चाहिए अथवा नहीं? दूसरे, उसकी बात में उसकी अपनी स्थिति का मर्म भी छिपा हुआ था। आख़िर उसके बाप-दादा ने भी तो किसी ज़माने में अपना धर्म बदला था और हिन्दू से मुसलमान हुए थे। मगर जाति? जाति तो नहीं बदली थी उनकी। वे पहले भी निम्न जाति के थे और अब भी हैं। ऊँच-नीच का यह भेदभाव हर मज़हब और मुल्क के हर हिस्से में मौजूद है। इस भेदभाव को न कोई संत मिटा सका न कोई पैग़ंबर।

लेकिन इससे भी अधिक अली अहमद को उत्तेजित करनेवाली बात यह थी कि लोगों में मुसलमानों के प्रति एक विशेष प्रकार के आदर का भाव है, जो इस्लाम की श्रेष्ठता का सबूत है। वह अपनी उसी कल्पित श्रेष्ठता के सपनों में डूबता-उतराता अपनी कोठरी तक पहुँचा और बच्चों के बग़ल में लेटकर सो गया।

अगली सुबह, अली अहमद अभी दुकान खोलकर डब्बी-डब्बों को झाड़-पोंछ ही रहा था कि जलील का छोटा भाई खलील आ पहुँचा। वह ठंड से सिकुड़ा जा रहा था। बोला :

"भइया ने बुलाया है। बहुत जरूरी काम है।"

रात की घटना ने अली अहमद को बिलकुल बदल दिया था और अब वह मन ही मन सोच रहा था कि न सिर्फ़ अपने दीन पर मज़बूती के साथ क़ायम रहना है, बल्कि दूसरों को भी इसकी नसीहत देनी है। इस्लाम से बढ़कर वाकई कोई मज़हब नहीं।

जलील के बुलावे ने इस नेक काम के वास्ते सहज ही एक अवसर उपलब्ध करा दिया था। अत: दुकान को रनिया के हवाले कर वह खलील के साथ चल पड़ा।

जलील और खलील ने अपना घर नाले के बिलकुल कगार पर बनाया था। घर क्या था, बस दो कोठरियाँ थीं घास-फूस की। सामने के हिस्से को झाड़ियों से घेरकर आँगन-जैसा बना लिया गया था। झाड़ियों पर लौकी, सेम और कुम्हड़े की बेलें फैली हुई थीं। कुछ बेलें छप्पर पर भी चढ़ गई थीं। घर के पिछवाड़े सहिजन के झाड़ लगे हुए थे, जिनके नीचे खड़े होने पर नाले का पानी चाँदी-जैसा दिखाई पड़ता था। उसकी कल-कल ध्वनि प्राणों में नई स्फूर्ति भरती थी। उस पार जंगल

था, जिसमें कहीं-कहीं खेत के टुकड़े आसमान में बादलों से बन जानेवाली डिज़ाइनों की तरह लगते थे।

जलील आँगन में बिछी एक खटिया पर गुमसुम बैठा हुआ था और बड़ी बेताबी के साथ सामने की ओर देख रहा था। अली अहमद के पहुँचते ही वह तेज़ी के साथ उठा और सलाम करके ज़मीन पर उकड़ूँ बैठ गया। खलील भी उसी मुद्रा में अपने भाई के पास बैठ गया। अल्ली चारपाई पर जम गया।

"क्या इलाहाबादी भाई, तुम मौलूद पढ़ना जानते हो? हम मौलूद सुनना चाहते हैं।"

जलील ने बुलावा भेजने का कारण स्पष्ट किया तो अल्ली को मौक़ा मिल गया। बोला :

"मैं तो तुम लोगों के पास खुद ही आना चाहता था। देखो जलील, तुम भी मुसलमान हो और मैं भी। तुम लोग पढ़े-लिखे नहीं हो, मुझे मेरे वालिद साहब ने थोड़ी-बहुत दीनी तालीम दी है। मैं चाहता हूँ कि हम लोग इस इलाक़े के तमाम मुसलमानों से अपना मेल-जोल बढ़ाएँ। तुमने मीलाद सुनने का जो नेक इरादा किया है, वह बहुत उम्दा है। मेरे पास किताब तो नहीं है, पर मैं मुड़की जाकर नूरू भाई से कहूँगा कि कहीं से इंतजाम कर दें। उन्हें भी बुला लेना। इस इलाक़े में ईसाई लोग बड़ी गड़बड़ी फैलाए हुए हैं। सीधे-सादे लोगों को लालच दे-देकर अपने मजहब की तरफ़ खींच रहे हैं। मगर मुसलमानों पर उनका बस नहीं चलनेवाला है। इस्लाम तो खुद ही एक पाक मजहब है..."

"तभी तो मुसलमानों ने अपने मुल्क का नाम पाकिस्तान रखा है।"

खलील ने टोकारा दिया तो अली अहमद चुप हो गया। उसी क्षण भीतर से एक गोरी-सी, चौड़े मुँह की स्त्री बाहर निकली और ज़मीन पर चाय के प्याले रख गई।

"ये तुम्हारी बीवी है क्या जलील?"

अल्ली ने सवाल किया तो जलील लजा गया। 'जी,' उसने धीरे से जवाब दिया।

"तो अपनी बीवी से कहो कि हमारे घर भी आया-जाया करे।"

"हम तो इलाहाबादी भाई, चाहते हैं कि तुम इधर ही क्यों नहीं आ जाते? यहीं बगल में तुम भी अपना घर बना लो।"

अल्ली चौंक गया। "यह तो और अच्छी बात होगी। मगर...मगर मेरी दुकान?"

"दुकान तो इलाहाबादी भाई यहाँ भी चलेगी। इधर कोई दुकान है कहाँ? फिर तुम ऐसा करना, कि जैसे हमने अपने खेत बनाए हैं जंगल में, तुम भी बना लेना। जुतवाने-बोवाने का जिम्मा हमारा।"

"क्या कोई रोक-टोक नहीं है?"

"उधर गिरजाघर की तरफ़ तो फादर का कब्जा है, मगर इधर की तरफ़ कोई नहीं रोकता। जंगल ही तो है, कभी-कभी फारेस्ट गाड आता है तो चाय पीकर चला जाता है। वो भी मुसलमान है।"

"ठीक है, पहले तुम मीलाद का इंतजाम करो। कब कर रहे हो? जुमा के रोज करना, जुमेरात या जुमा के रोज नेक काम करने से ज्यादा सवाब मिलता है।"

इतना कहकर अली अहमद उठ खड़ा हुआ। फिर चलते-चलते उसने पूछा : "वोट किसे दोगे जलील? दो-तीन महीने बाद तो वोट भी पड़ेंगे।"

"सब लोग कहते हैं इलाहाबादी भाई कि मुसलमानों को तो कांग्रेस को ही वोट देना चाहिए। तुम्हारा क्या बिचार है?"

जलील ने अत्यंत भोलेपन से यह बात कही। अली अहमद ने चुपचाप सुन ली। अपने दिल की बात तो वही जाने, या फिर जाने उसका ख़ुदा, कि उसने जलील से इस बारे में कोई बहस क्यों नहीं की? उसने इधर-उधर पड़ी ज़मीन पर एक नज़र दौड़ाई और मन ही मन कुछ तय करता हुआ तेज़-तेज़ क़दमों से चल पड़ा।

8

नाले के किनारे जो छोटी-सी नई बस्ती आबाद हुई थी उसका नाम 'खाल्हे टोला' पड़ गया था। दुल्लोपुर की मुख्य आबादी की अपेक्षा यह आबादी थी भी खाल्ह यानी निचली ज़मीन पर। लेकिन लोगों के घर चूँकि कगार पर बसे हुए थे, इसलिए वे दूर से ही दिखाई पड़ते थे। अब अली अहमद भी पतरस का घर छोड़कर खाल्हे टोला आ गया था और जलील-खलील की सहायता से दो कोठरियाँ अपने लिए बना ली थीं। बुद्धू ने सामने के आँगन को रंग-बिरंगे जंगली फूल लगाकर बहुत ख़ुशनुमा कर दिया था। पीछे बह रहे नाले की कल-कल ध्वनि दिन-रात मन मोहे रहती थी।

मगर रनिया का मन तो अपने बलापुर में ही रमा हुआ था। उसके सपनों में अक्सर उसकी गँवइयाँ और उनमें बसनेवाली वे स्त्रियाँ आया करती थीं, जिन्हें वह चूड़ियाँ पहनाया करती थी। अगर यहाँ भी वह चूड़ियों का कारोबार कर पाती तो शायद उसके मन की दशा कुछ बदलती, पर यहाँ की स्त्रियों में चूड़ियों के लिए उतनी ललक उसने नहीं देखी। उनका काम तो बस लाख अथवा गिलट के चूड़ों से ही चल जाता था। जो स्त्रियाँ चूड़ियाँ पहनती भी थीं तो उनके लिए डिंडौरी का बाज़ार था, जहाँ वे हर इतवार को घरेलू ज़रूरतों की वस्तुएँ ख़रीदने जाया करती थीं; या फिर यदा-कदा पास के एक गाँव से जोगी जाति की कोई स्त्री आती और उन्हें चूड़ियाँ पहना जाती। इस इलाक़े में मुसलमान स्त्रियाँ यह काम नहीं करती थीं। मुसलमानों में चुड़िहार नाम की कोई जाति होती है, यह बात यहाँ के मुसलमान जानते भी नहीं थे। वे सब तो अपने को पठान कहते थे और नाम के आगे 'ख़ाँ'

लगाते थे। लोग अली अहमद को भी 'अली अहमद ख़ाँ' कहा करते थे। यह तो अली अहमद ही जानता था कि वह कितना 'ख़ाँ' है और कितना 'चुड़िहार'? अपने भतीजे को ख़त लिखते वक़्त जब वह 'करीम अहमद चुड़िहार को मिले' लिखता था तो अपने जातीय गर्व से भर उठता था और यहाँ के पठान लोग उसे अपने से निम्न प्रतीत होने लगते थे।

अली अहमद ने एक ख़त दलाल चच्चा के घर और दो ख़त अपने भतीजे को भेजे थे, मगर कहीं से जवाब न पाकर वह निराश हो गया था। 'लगता है अब दुल्लोपुर में ही ज़िन्दगी के बाक़ी दिन गुज़रेंगे,' यह बात उसके दिल में बैठ चुकी थी।

लेकिन कैसे? यह प्रश्न जटिल था। प्रश्नों में भी पेट का प्रश्न अधिक जटिल होता है। पेट के कारण मनुष्य क्या-क्या नहीं करता। मसल है, 'पेटै के कारन नाचत-गावत, पेटै के कारन बाजा बजावत।' अली अहमद ने पेट चलाने के वास्ते दुकान खोली थी, मगर खाल्हे टोला आने के बाद उसकी दशा पतली हो गई थी। अब पतरस ने भी उसी तरह की दुकान खोल ली थी और ग्राहक बँट गए थे। ईसाई लोग पतरस की दुकान से ही सौदा खरीदते थे। गाँव के अन्य लोगों के लिए भी वही दुकान नज़दीक पड़ती थी। अली अहमद की दुकान पर तभी कोई आता था, जब पतरस की दुकान में कोई चीज़ नहीं मिलती थी या अधिक उधारी देने से वह मना करता था। अनाज के बदले चीजें खरीदनेवालों को भी पतरस हतोत्साहित करता था, अत: ऐसे लोग भी खाल्हे टोला का रुख किया करते थे। मगर, बदलते हुए देश के बदलते हुए समाज में जिस प्रकार बाज़ार और दुकानों का महत्त्व बढ़ता जा रहा था, उसमें सिक्कों के रूप में पूँजी का होना बहुत ज़रूरी था। डिंडौरी का सिंधी अनाज के बदले में या अधिक दिनों की उधारी पर सामान नहीं देता था। ये परिस्थितियाँ ऐसी थीं, जिनमें अली अहमद का रोज़गार डूबता जा रहा था।

और परिणामत: अली अहमद ने धार्मिक कार्यों को अपना साइड बिज़नेस बनाने की कोशिश शुरू की थी। पूरे इलाक़े में चूँकि वही एक 'पढ़ा-लिखा' मुसलमान था, इसलिए लोग उसी से अपने धार्मिक कार्य सम्पन्न कराया करते थे। मीलाद, निकाह, अक़ीक़ा और जनाज़े की नमाज़ पढ़ाने के लिए अली अहमद को ही बुलाया जाता था। इलाहाबादी होने के नाते उसकी प्रतिष्ठा भी बहुत थी। एक तरह से वह 'जहाँ पेड़ न रूख, वहाँ रेंड़ै महापुरुख' की तरह था। मगर इन कार्यों के एवज़ में जो आमदनी होती थी, उसे तो रनिया से बताने में भी उसे शर्म लगती थी। कहीं दो रुपया और चंद बताशे, तो कहीं एकाध कुर्ते का कपड़ा...

गर्मी की शुरुआत हो चुकी थी; लोग ठंडे पहर काम पर निकल जाया करते थे। मगर अल्ली कहाँ जाय? वह दिन-भर अपनी दुकान में बैठा रहता और ग्राहकों का इंतज़ार किया करता। जलील कई बार उससे जंगल की ज़मीन साफ़ करके

खेत बनाने के लिए कह चुका था, मगर हर बार उसने टाल दिया था। अब तो वह बाज़ार भी नहीं जाता था। दुकान की चीज़ें खतम ही नहीं हो रही थीं। सिंधी के तगादे अलग बढ़ते जा रहे थे।

इतवार का दिन था। रनिया बिटिया को लेकर जलील के घर गई हुई थी। अली अहमद आँगन में चारपाई बिछाकर बैठा था और बुद्धू का इम्तहान ले रहा था।

"हाँ, तो बताओ रफी, क्या-क्या याद है तुम्हें? तोला-माशा-रत्ती याद है?"

"हाँ याद है।"

"सुनाओ।"

"आठ रत्ती बराबर एक माशा, बारा माशा बराबर एक तोला।"

"कितने तोले का एक छटाँक होता है?"

"चार..."

"चार नहीं, पाँच। पाँच तोले का एक छटाँक होता है। अच्छा मन-सेर-छटाँक का हिसाब बताओ।"

"चार छटाँक का एक पाव, चार पाव का एक सेर, चालिस सेर का एक मन।"

"ठीक। अच्छा अद्धा सुनाओ।"

"एक अद्धा अद्धा, दो अद्धा एक। तीन अद्धा डेढ़, चार अद्धा दो..."

"पवन्ना?"

"एक पवन्ने पवना, दो पवन्ने डेढ़। तीन पवन्ने सवा दो..."

"सवइया, डेवढ़ा और अढ़इया भी याद है?"

"कहीं-कहीं भूल जाता हूँ अब्बा।"

"तब तो ढहूँचा-पहूँचा बिलकुल न याद होगा? याद करो। रटो, ऐसा रटो, ऐसा रटो कि घोंटकर पी जाओ। यह सब आगे चलकर बहुत काम आएगा। अच्छा पौंड-पेंस-शिलिंग याद है कि नहीं?"

"ये तो नहीं बताया गया है।"

"स्लेट निकालकर लिखो। जैसे रुपया-आना-पैसा-पाई का हिसाब जानना जरूरी है, उसी तरह पौंड-पेंस-शिलिंग को जानना भी जरूरी है। मुझे देखो, ज्यादा पढ़ाई-लिखाई तो नहीं की, मगर हिसाब की बारीकियों को जानने का ही नतीजा है कि डिंडौरी का सिंधी मुझे आज तक बेवकूफ नहीं बना सका।"

"अब्बा, वो देखो पतरस काका।"

बुद्धू ने फाटक की ओर इशारा किया तो अली अहमद चौंक गया।

"जय यीशू पतरस भाई, आओ।"

"मैं अम्माँ के पास जाऊँ अब्बा?" बुद्ध ने मौक़ा देखकर बाप से अपना पिंड छुड़ाया और अली अहमद के जवाब का इंतज़ार किए बग़ैर ही वहाँ से उठकर भाग खड़ा हुआ।

"ये क्या पढ़ा रहे थे अली अहमद बेटे को?" पतरस ने चारपाई पर बैठते हुए बातचीत शुरू की, "अब तो नेहरूजी नया जमाना ला रहे हैं, यह पढ़ाई अब चंद दिनों की मेहमान है समझो। मैं बहुत देर से खड़ा-खड़ा तुम्हारा हिसाब सुन रहा था। मेरे भाई ये ढहूँचा-पहूँचा, मन-सेर वगैरा नहीं चलेंगे अब। आने-पैसे तो बन्द ही हो गए हैं।"

"क्या कहा?" अली अहमद को विश्वास नहीं हुआ। "आने-पैसे नहीं चलेंगे अब? तब क्या चलेंगे?"

"अब चार आने से कम कोई आना नहीं होगा और चार आने में होंगे पचीस पैसे। सौ पैसों का होगा रुपिया। सब हिसाब अब सौ से ही हुआ करेगा। नए तरह के पैसे तो अब चलने भी लगे हैं। मुझे भी क्या पता चलता, वो तो समझो, फादर ने मुझे बताया। गए थे दक्खिन न, वहाँ से नए ढंग के कुछ पैसे ले आए हैं। ये देखो, ये दस पैसा है।"

पतरस ने जेब से एक सिक्का निकालकर अली अहमद को दिखाया तो अपनी इकन्नी से बड़े आकार के उस सिक्के को देखकर वह चकित हो उठा। अली अहमद के लिए यह भी एक नई सूचना थी कि इस दक्खिन के अलावा भी कोई दक्खिन है, क्योंकि उसके तरफ़ तो लोग इसी इलाक़े को दक्खिन कहा करते थे। बोला :

"फादर कौन-से दक्खिन गए थे?"

"एक जगह है न, केरल; वहीं गए थे। वहाँ काथलिक मजहब के काफी लोग रहते हैं।"

"अच्छा। फादर तो तुम लोगों को हमेशा नई-नई जानकारियाँ देते होंगे। मुल्क में और क्या हो रहा है, कुछ बताओ।"

किसी से प्राप्त जानकारी को दूसरों में बाँटने का उत्साह मनुष्य की स्वाभाविक प्रवृत्ति है। अली अहमद के उकसाने पर पतरस का वह उत्साह दोगुना हो गया। बोला :

"अली अहमद भाई, यह तो तुम जानते ही हो न कि जनसंघ एक ऐसी पार्टी है, जो तुम मुसलमानों के लिए आगे चलकर बहुत खतरनाक साबित हो सकती है।"

"तो?" अली अहमद बुरी तरह डर गया।

"घबराओ नहीं, इस इलेक्सन में उसे करारा धक्का लगा है। सिर्फ चार सीटें मिली हैं संसद में।"

"अच्छा, और तुम्हारी कांग्रेस के क्या हाल हैं?"

"कांग्रेस? दो बैलों की जोड़ी को भला कौन मार सकता है? हाँ, केरल में जरूर गड़बड़ी हुई है।"

"क्या हुआ वहाँ?"

"वहाँ कम्युनिस्टों का बोलबाला हो गया है।"

"मगर तुम तो बता रहे हो कि वहाँ ईसाई लोग बहुत हैं। और कभी तुम यह भी कहा करते थे कि ईसाइयों को तो कांग्रेस को ही वोट देना चाहिए।"

"लेकिन सब ईसाई एक जैसे थोड़े होते हैं।"

अली अहमद की इच्छा हुई कि कहे, हाँ कुछ लोग गोंड़-ईसाई होते हैं और कुछ लोग कोल ईसाई। मगर पतरस बुरा न मान जाय, यह सोचकर वह सिर्फ़ मुस्कराकर रह गया। फिर, पता नहीं अली अहमद की मुस्कान के कारण या न जाने क्यों पतरस उत्तेजित हो उठा। बोला :

"लेकिन केरल की काथलिक कांग्रेस ने कम्युनिस्टों की हालत खराब कर रखी है।"

"क्या? क्या कहा? काथलिक कांग्रेस? ये क्या चीज है?"

तभी रनिया अपनी बिटिया को गोद में लिये आँगन में घुसी और पतरस को 'जय यीशू' कहती हुई भीतर चली गई।

"भाभी, चाय मिलेगी?"

पतरस ने मुस्कराते हुए पूछा और खड़ा हो गया।

"अरे, मैंने तो देखा ही नहीं कि तुम्हारी तरफ़ धूप आ गई है। चलो दुकान में चलकर बैठते हैं।"

यह कहते हुए अली अहमद भी उठ खड़ा हुआ और दोनों जने दुकान में घुसकर बैठ गए।

"अली अहमद भाई, मैं एक जरूरी काम से आया था तुम्हारे पास।"

चाय पी चुकने के बाद पतरस ने दुकान में रखी चीज़ों पर नज़रें दौड़ाते हुए कहा तो अली अहमद कुछ-कुछ समझ गया। बोला :

"क्या चाहिए, बोलो।"

"इधर मैं सिंधी के यहाँ जा नहीं सका, बीड़ी एकदम खतम हो गई है। अगर हो तो एक पुड़ा दे दो मुझे। लाऊँगा तो ले लेना। या फिर दो-चार आने बढ़ाकर दाम ही ले लेना।"

"एक पुड़ा तो नहीं दे पाऊँगा, पाँच-छह कट्टे ले जाओ। कुछ अपने पास भी तो होना चाहिए, कि नहीं।" इतना कहकर अली अहमद ने बीड़ी के कट्टे निकाले और पतरस को थमा दिए। फिर बोला :

"दुकान तो तुम्हारी अच्छी चल रही है, सुना।"

"सब उस खुदा के बेटे की मेहरबानी है।"

पतरस ने उत्तर दिया और अँगोछे में बीड़ी के कट्टों को बाँधता हुआ चल दिया। अली अहमद मुँह लटकाए चुपचाप बैठा रहा और चाय के जूठे कपों पर भिनभिनाती हुई मक्खियों को देखता रहा।

पतरस को गए अभी आधा घंटा भी नहीं हुआ होगा कि बुद्धू हाँफता हुआ दुकान में पहुँचा और जल्दी-जल्दी बोलने लगा :

"अब्बा-अब्बा, देखो तो हमारे यहाँ कौन आ रहा है?"

अली अहमद ने बाहर निकलकर देखा, सामने से नूरू चला आ रहा था। पीछे-पीछे एक स्त्री और एक जवान-सी लड़की।

"अरे बुद्धू की अम्माँ, देखो तो अपने नूरू भाई मय बाल-बच्चों के चले आ रहे हैं। खाना बढ़ा देना।"

अली अहमद ने आँगन से ही रनिया को आवाज़ लगाई। ख़ुद वहीं खड़ा मेहमानों की प्रतीक्षा करने लगा।

पता नहीं उसकी आवाज़ सुनकर या कैसे जलील-खलील भी अपने घर से निकलकर वहाँ आ गए और वे भी अली अहमद के बग़ल में खड़े हो गए।

लेकिन जैसे-जैसे आगन्तुक पास आते गए, उनके चेहरे स्पष्ट होते गए। पता चला कि नूरू के पीछे-पीछे आनेवाली स्त्री और लड़की कोई और ही हैं, नूरू की पत्नी और बेटी नहीं। नूरू का चेहरा ऊपर से बहुत बीभत्स दीखता था, पर उसमें एक अजीब तरह की मासूमियत भरी हुई थी। जबकि उस स्त्री का चेहरा दीखता तो था मासूमियत भरा, मगर एक अजीब-सी क्रूरता वहाँ जमी हुई थी। वह दुबली-पतली लम्बे क़द की एक प्रौढ़ महिला थी। कत्थे से उसके सारे दाँत काले पड़ चुके थे। लड़की का चेहरा चौड़ा और रंग गोरा था। दोनों ने साड़ियाँ पहन रक्खी थीं।

"सलामालेकुम इलाहाबादी भाई।"

आँगन में आकर नूरू ने अली अहमद को सलाम किया और दोनों महिलाएँ अपना आँचल ठीक करती हुई भीतर घुस गईं।

नूरू, अली अहमद और जलील-खलील दुकान में जाकर बैठ गए। कुछ देर तक इधर-उधर की बातें होती रहीं, फिर नूरू ने अपने साथ आई महिलाओं के बारे में बताना शुरू किया :

"मुड़की में इन्हें सब बिट्टन कहते हैं। शौहर इनके कजा कर गए हैं। बस यही एक बेटी है राबिया। इधर कुछ दिनों से इसकी तबियत अनमन रहा करती है। अब बेचारी औरत जात, कहाँ लेकर जायँ? मैंने कहा चलो, दुल्लोपुर के अस्पताल में दिखा देता हूँ। तुम तो जलील जानते होगे इन्हें?"

"हाँ, मैं भी जानता हूँ।"

खलील बीच में ही टपक पड़ा और सब हँस दिए।

"तब तो खलील, तुम्हीं चले जाओ साथ में। हो सके तो पतरस भाई को भी ले लेना। उसकी वजह से दवाई अच्छी मिल जाएगी।"

अली अहमद ने कहा तो खलील ख़ुशी-ख़ुशी तैयार हो गया।

खाना खाने के बाद वे लोग अस्पताल के लिए रवाना हो गए। जलील बीड़ी पीने के उद्देश्य से अली अहमद के साथ दुकान में आकर बैठ गया।

"अरे जलील, तुमसे मुझे एक बात करनी थी।" अली अहमद ने उसे बीड़ी थमाते हुए कहा तो जलील डर गया। दरअस्ल अली अहमद कई बार जलील से

कह चुका था कि वह नमाज़ पढ़ा करे, मगर जलील ने उसकी बात पर कोई ग़ौर नहीं किया था। कहीं, उसी बाबत तो फिर कोई बात नहीं करना चाहते थे, यह सोचकर ही वह घबराने लगा था। बोला :

"आज मुझे एक बात बता दो इलाहाबादी भाई, कि मान लो जंगल में हम किसी ऐसी जगह लकड़ी काट रहे हों जहाँ पानी न हो और नमाज का टेम हो जाय तो वजू कैसे बनाएँगे?"

"मिट्टी से। ऐसे वजू को तयम्मुम कहते हैं।" अली अहमद ने तपाक से उत्तर दिया और आगे बोला, "मगर मैं तो जलील दूसरी बात करना चाहता हूँ। तुम कह रहे थे न, कि जंगल को साफ करके खेती की जा सकती है। तो भाई, तुम मेरी थोड़ी मदद कर दो। कोई अच्छी-सी जगह बता दो, जिसे मैं खेत बना सकूँ और कोई रुकावट भी न हो। इस दुकानदारी से तो मैं भर पाया।"

"अरे, तो इसमें फिकर किस बात की है इलाहाबादी भाई? तुम कल चलो मेरे साथ, मैं कल बता दूँ। यह तो बहुत ही अच्छी बात है। खेत तुम तैयार कर लो, जुताने-बुआने का जिम्मा मेरा...जरा माचिस तो देना इलाहाबादी भाई, बिड़ी बुझ गई सायद...।"

अली अहमद ने जलील को माचिस थमाई और आँगन की ओर देखने लगा। वहाँ टट्टर की छाया में बैठा बुद्ध किसी लड़की के साथ गुड्डी-गुड्डे का ब्याह रचा रहा था। रह-रहकर दोनों खिलखिला उठते थे। थोड़ी दूर पर जलील की मुर्गी मिट्टी खोदने में जी-जान से जुटी हुई थी।

जलील ने अली अहमद को खेत बनाने के लिए जो जगह बताई, वह बहुत ऊँची-नीची थी। तेंदू तथा पलाश के झाड़-झंखाड़ वहाँ भरे हुए थे।

"कोई समतल जमीन नहीं होगी क्या?"

अली अहमद ने पूछा तो जलील के होंठों पर एक तिरछी-सी हँसी तैर गई।

"यहाँ जितनी समतल जमीन देख रहे हो न इलाहाबादी भाई, सब पर किसी न किसी का कब्जा है। और फिर समतल तो यह भी नहीं थी, इसे बनाया गया है। जिसने जितनी ज्यादा जमीन को समतल बनाया, वह उतनी ही जमीन का मालिक हो गया। सबसे ज्यादा जमीन यहाँ दसरथ सिंह गोंड़ के पास है। इसीलिए वह पूरे गाँव का मुकद्दम कहलाता है। हम लोग जहाँ पहले रहते थे, वहाँ आसपास इतना जंगल नहीं था। यहाँ तो खूब जंगल है। और यह जंगल ही हम लोगों का देवता है। जो खाने को दे, वही देवता।"

"देवता नहीं, फरिश्ता कहो। यह न भूलो कि तुम मुसलमान हो।"

अली अहमद ने जलील को टोका और उस ऊँची-नीची धरती का मुआयना करने लगा।

जेठ लग गया था और तेज़ लू बहने लगी थी, मगर अली अहमद ने तो अब यह तय ही कर लिया था कि उसे अपने लिए एक खेत तैयार करना है। इस ख़बर से रनिया के साथ-साथ बुद्धू भी बहुत ख़ुश था। उसके स्कूल में अब छुट्टियाँ हो गई थीं, इसलिए माँ-बाप के साथ वह भी खेत बनाने के वास्ते चल पड़ा।

अली अहमद की कुल्हाड़ी तेंदू तथा पलाश के झाड़ों को साफ़ करने लगी। रनिया ने बुद्धू को सहेजा कि वह बच्ची को लेकर किसी पेड़ के नीचे बैठ जाय और ख़ुद भी उस ऊँची-नीची धरती की कोख में उतर गई। अली अहमद झाड़-झंखाड़ों को काटता और रनिया उन्हें उठा-उठाकर एक जगह इकट्ठा करती। सूरज आग बरसा रहा था। हवा बदन को झुलसाए दे रही थी। कपड़े पसीने से तर हो गए थे। मगर एक उत्साह था, जो पति-पत्नी के भीतर निरन्तर शक्ति का संचार किए जा रहा था।

रनिया जब थक गई तो पेड़ के नीचे बच्चों के पास चली गई। अब उसकी जगह बुद्धू काम पर जुट गया। उसके नन्हे-नन्हे हाथ मशीन के पूर्ज़ों की तरह चलने लगे। इससे पहले न तो रनिया और अली अहमद ने इस प्रकार का काम किया था और न ही बुद्धू ने, मगर उन्हें लग रहा था कि असल में काम तो यही है। अली अहमद को अचानक ही गांधीजी के भाषण की याद हो आई, कि कैसे उन्होंने 'मेहनत' की अहमियत बताई थी और कहा था, जो आदमी बग़ैर मेहनत किए खाता है वह चोरी का अनाज खाता है। शायद उन्होंने इसी मेहनत की ओर इशारा किया था। अरे, जिस काम में बदन से पसीना न बहे, वह भी कोई मेहनत है?

दिन ढला। जंगल में सूरज लुकाछिपी खेलने लगा। कीड़े-मकोड़े बसेरे की खोज में उड़ने लगे। तब अल्ली भी अपने परिवार के साथ घर की ओर चल पड़ा। दिन-भर के कठोर श्रम के बाद थककर वे चूर हो चुके थे। जब पूरा परिवार घर लौटा, तो एक अजीब तरह का आनन्द उनके दिलों में भरा हुआ था। रात में बुद्धू ने अपने बाप से कहा :

"अब्बा, अपने खेत में हम धान बोएँगे, है न? अब तो हम भी खूब चावल खाएँगे है न अब्बा।"

अली अहमद क्षण-भर ख़ामोश रहा, फिर बोला :

"सब्र करना सीखो बेटे, अभी से क्या कह सकते हैं? जब निवाला पेट तक पहुँच जाय तब समझो कि तुमने खाया।"

"क्यों अब्बा?"

"सुनो!" अल्ली अब लेट गया। बुद्धू उसके पाँव दबाने लगा।

"एक किसान था। उसने भी एक खेत तैयार किया और उसमें धान बोया। उसका भी एक बेटा था। धान में जब बालियाँ लगीं तो बेटे ने कहा, अब हम चावल खाएँगे। बाप ने कहा, अभी तो बहुत कुछ होना है बेटे। बालियाँ पकेंगी। धान कटेगा। घर में आएगा। उसमें से चावल निकाला जाएगा। फिर भात पकेगा। वह थाली में

परोसा जाएगा। तब कहीं चावल खाने की नौबत आएगी। ख़ैर, दिन बीते। धान कट गया। उसकी माँ ने दर-कूटकर चावल निकाल लिया। भात भी पक गया और माँ ने थाली में चावल परोस दिया। बाप-बेटा खाने बैठ गए। तब बेटे ने कहा, अब तो हम चावल जरूर खाएँगे। ठीक उसी वक्त बाहर शोर हुआ। बाप उठकर भागा। गाँव में शेर घुस आया था और एक बछड़े को उसने पकड़ लिया था। लोग शेर से बछड़े को बचाने के लिए आगे बढ़े। बाप भी बढ़ा। फिर क्या हुआ कि शेर ने बछड़े को तो छोड़ दिया, बाप को पकड़ लिया। बाप मर गया। घर में मातम छा गया। थाली का चावल थाली में ही रह गया।"

कहानी सुनते-सुनते बुद्धू को नींद आ गई थी। रनिया ने उसे जगाया। फिर खा-पीकर सब सो रहे।

अगले दिन पूरा परिवार फिर काम में जुट गया। इस तरह कई दिनों की मेहनत के बाद वह ऊँची-नीची धरती सफाचट मैदान-जैसी दिखाई पड़ने लगी। फिर एक रोज़ अली अहमद ने कटे हुए झाड़-झंखाड़ों में आग लगा दी और देखते ही देखते पूरी धरती काली हो गई।

"ठीक।" जलील ने उस तैयार होते हुए खेत को देखकर कहा। "जब पानी बरसेगा न, तो यह राख खाद बन जाएगी। अरे इलाहाबादी भाई, तुमने तो कमाल ही कर दिया।"

"अच्छा जलील यह बताओ, तुम्हारा यह खलील क्या करता रहता है? अब तो माशा अल्लाह जवान हो चला है। रेखें निकल रही हैं। मगर मैं देखता हूँ कि दिन-दिन भर ख़ाली इधर-उधर डोलता रहता है। इससे भी कछ काम लिया करो।" जंगल से लौटकर साथ-साथ चलते हुए अली अहमद ने जलील से कहा तो वह मुस्कराया।

"वह देखो इलाहाबादी भाई, कर तो रहा है काम।"

जलील ने नाले की ओर इशारा किया। खलील नहा-धोकर एक झाड़ की छाया में बैठा था और कंघी से अपने बाल सँवार रहा था।

"अरे इलाहाबादी भाई, इसकी अभी उमर ही क्या है? दो-चार साल और बन-ठन ले, फिर तो जिन्दगी-भर खटना ही है।" यह कहते हुए जलील ने नाला पार किया और अपने घर की ओर निकल गया।

लेकिन अल्ली चुड़िहार के दिमाग़ में तो गांधीजी की बताई हुई 'मेहनत की अहमियत' भर गई थी, इसलिए रात में खाना-वाना खा चुकने के बाद अपनी चिन्ता को उसने रनिया के सामने भी प्रकट किया।

"देखो बुद्धू की अम्माँ, तुम जलील की बीवी को समझाना कि खलील अब जवान हो गया है, उसे भी कोई काम-वाम करना चाहिए। उसका इस तरह निठल्लों की तरह घूमना क्या अच्छा लगता है?"

हूँ हूँ। तो तुम क्या सोचते हो कि वह तुम्हारे खेत में हल जोतेगा?"

हो सकता है, अली अहमद के दिमाग़ में इसी तरह की कोई बात रही हो। वह झेंप गया।

"आजकल वह मुड़की के चक्कर बहुत लगा रहा है।" रनिया ने पति को मानो सूचित किया।

"क्यों?"

"अब ये मैं क्या जानूँ?"

फिर पति-पत्नी में खलील को लेकर कोई बातचीत नहीं हुई। वे अपने खेत के बारे में योजनाएँ बनाते हुए सो गए।

आषाढ़ बीता। सावन बीता। मगर आसमान से धरती पर एक बूँद भी नहीं टपकी। किसानों के हल खेतों में उलटे पड़े रहे। मक्का और धान-कोदो के बीज धीरे-धीरे पेट की आग बुझाने के साधन बन गए। नाले में जहाँ-तहाँ जमा पानी भी सूख गया। जंगल की हरियाली ग़ायब हो गई। ढोर-डाँगर पटापट मरने लगे। न खाने को चारा, न पीने को पानी। माँगने पर कोई किसी को बरिहा-भर अन्न देने को भी तैयार नहीं होता था; न जाने आगे क्या हो?

"राजा ने जरूर कोई पाप किया होगा, इसीलिए गिरानी पड़ी है।"

लोग एक स्वर में यही बात कहते और ईश्वर से प्रार्थना करते, कि यह ग्रह जल्दी से जल्दी कट जाए। मगर स्थितियाँ बद से बदतर होती चली गईं।

तब रनिया ने अपने पति से पूछा :

"अब क्या होगा बुद्धू के अब्बा।"

"वो किसी ने कहा है न, कि जब राजा नल पर बिपत परी तब भूँजी मछरी जल में गिरी।" अली अहमद ने सहज भाव से कहा। "हमारा हाल भी राजा नल-जैसा ही है। जब उन पर मुसीबत आई तो भूख से बेहाल राजा ने चाहा कि नदी-किनारे पड़ी, आग में भुनी हुई मछली उठाकर खा लें; मगर हाथ बढ़ाते ही वह जिन्दा होकर पानी में कूद गई। मुसीबत में खुदा भी इनसान का साथ छोड़ देता है।"

इलाक़े में ज़बर्दस्त अकाल पड़ गया। खेतों में बुआई नहीं हुई। जिन्होंने बोया वे अंकुर देखने के लिए तरस गए। न घर में दाना, न जेब में धेला। लोग काम की तलाश में गाँव छोड़कर इधर-उधर जाने लगे।

अल्ली की दुकान टूट गई थी। जो थोड़ी-बहुत चीज़ें बची भी थीं, उन्हें पूछने वाला कोई नहीं था। रनिया इधर-उधर से माँग-जाँचकर कुछ लाती तो किसी तरह एक जून का काम चलता। अल्ली दिन-भर गुमसुम बैठा रहता।

शाम का समय था। रनिया पानी लेने गई हुई थी। बुद्धू नन्ही बहिन को लेकर एक गिरगिट के पीछे दौड़ रहा था। अल्ली आँगन में खटिया डाले बैठा था और आसमान को देख रहा था। तभी जलील आया और सलाम करके खड़ा हो गया।

"बैठो।"

"ठीक है इलाहाबादी भाई, मैं एक बात कहने आया था।"

"क्या?" अल्ली डरा। कहीं यह कुछ माँगेगा तो नहीं।

"इलाक़े के तमाम लोग काम की तलाश में नौरोजाबाद जा रहे हैं। वहाँ कोयले के खदानों में काम मिल रहा है। तुम चलोगे इलाहाबादी भाई? मैं तो जा रहा हूँ।"

"चलूँगा।" अल्ली ने बस इतना कहा और जलील चला गया।

अगली सुबह अली अहमद और जलील आटा-प्याज गठरी में बाँधकर मुँह-अँधेरे ही नौरोज़ाबाद के लिए चल दिए।

9

दुल्लोपुर में साहब के बँगले के सामने बड़ी लम्बी लाइन लगी थी। अकालग्रस्त ग़रीबों को राहत-सामग्री बाँटी जा रही थी। लेकिन वह कोई ऐसी सामग्री नहीं थी, जिससे भूखे-नंगे भारतवासियों का पेट भरता या तन ढकता; हाँ वह उन्हें चमत्कृत कर देनेवाली ज़रूर थी।

लोग लाइन में खड़े थे और अपने पुराने साहब यानी 'लॉर्ड हेरटुम' का गुणगान कर रहे थे :

"अरे भाई, असली साहब तो वही थे। वे होते तो क्या इतनी देरी होती। अब तक तो कब की छुट्टी हो गई होती। ये देसी है न, हमीं लोगों की तरह अलहदी।"

"हेरटुम साहब की तो बात ही न करो; कहाँ वे अंग्रेज और कहाँ ये काला साहब?"

"क्या ताकत थी भाई उसमें, एक मर्तबा किसी की भैंस घुस आई बँगले की फुलवारी में। साहब ने हुमचके ऐसा घूँसा मारा पीठ पर कि भँइसिया जो गिरी तो फिर उठी ही नहीं। अगले दिन भद्दू चमार उसकी लहास उठाके ले गया।"

"ताकत तो थी ही, निसाना भी गजब का था। ये तो तुम सुनी हुई बात बता रहे हो, मैंने तो खुद अपनी आँख से देखा है उनके निसाने का कमाल। वो जो हर्रा का पेड़ देख रहे हो न, उस पर बैठा था एक अजगर। बस क्या था, टहलते-टहलते

साहब ने देख ही तो लिया। तुरन्त घुसे भीतर और निकाल लाए बन्दूक। फिर तानके ऐसा निसाना मारा कि अजगर गिरा लद् से। बाप रे बाप! क्या डबल अजगर था। साहब ने उसका चमड़ा अपने देस भिजवाया और वहाँ से उनके लिए जूता बनकर आ गया। वाह! क्या कारीगरी थी उस जूते में।"

"कारीगरी तो भाई रही ही होगी, बिलैत की किस चीज में कारीगरी नहीं रही? अब अपने पाँव के इस चमरौधे को ही देखो, अगर यह बिलैत में बना होता तो क्या इसी तरह कंडा-जैसा दिखता?"

"मगर तब इसकी कीमत भी तो बिलैती होती। हम तो भाई कंडा तापनेवाले लोग हैं। आज जो सारी परेसानी देख रहे हो वह इसी बिलैती बाने का ही तो कमाल है।"

लोग बतिया रहे थे और अपना नम्बर आने का इंतज़ार कर रहे थे। तभी खलील बाटा के जूतोंवाले डिब्बे की तरह का एक डिब्बा काँख में दबाए और हाथ में टिन का एक डिब्बा थामे कुछ बुदबुदाता हुआ बग़ल से गुज़रा।

"क्या बात है खलील, सामान खतम तो नहीं हो गया? देखें जरा क्या-क्या है इन डब्बों में?"

यह कहते हुए बाबूलाल गोंड़ ने झपटकर उसके डिब्बे ले लिए। फिर तो सभी लोग डिब्बे खोल-खोलकर उनमें भरी चीज़ों को आश्चर्य के साथ देखने लगे। एक डिब्बे में था पाउडरवाला दूध और दूसरे में पीलापन लिये सफ़ेद रंग का कोई गाढ़ा-सा पदार्थ। लोगों ने उन चीज़ों भी को अँगुली निकाल-निकालकर चखा, फिर डिब्बे खलील को वापस कर दिए।

"सामान तो खूब है, मगर साहब कंजूसी कर रहा है। यह भी कह रहा था कि अगली बार से पैसा लेकर आना। चवन्नी का पाउडर और अठन्नी का ये।"

इतना कहकर खलील चल दिया। बातें फिर शुरू हो गईं।

"ये पौडर क्या असली दूध होता है?"

"और नहीं तो क्या, नकली? अरे बिलैत में एक-एक गैया सौ-सौ सेर तक दूध देती है। वहाँ के लोग दूध को एक बड़ी-सी कड़ाही में रखकर पहले खूब औटाते हैं, फिर उसे घाम में सुखा लेते हैं। उसके बाद मसीन की चक्की में पिसवा लेते हैं। वही पौडर डब्बों में भर-भरकर यहाँ आता है।"

"और वो क्या था, टीनवाले डब्बे में?"

"वो घी था। घास का घी। बिलैत के जंगल में एक ऐसी घास होती है जिसकी पत्तियों से घी निकलता है।"

"ऐसी घास तो यहाँ भी होती है। जंगल में मैंने ऐसी घास देखी है। उसकी पत्तियों में इसी रंग का चिकना-चिकना-सा कुछ लगा रहता है। मगर उस घास को खाने से तो ढोर बीमार पड़ जाते हैं।"

"इसीलिए तो अब उसे आदमियों को खिलाया जा रहा है। आदमियों को यह घी फायदा करेगा।"

"क्या फायदा करेगा?"

"ये बात तुम्हें रात को मालूम होगी।"

और लाइन में खड़े सभी लोग ठठाकर हँस पड़े। अकाल से वीरान हो गए जंगल में लोगों की वह हँसी चुहचुही फूल की तरह खिल उठी।

धीरे-धीरे एक बरस का समय गुज़र गया था, मगर काम की तलाश में नौरोज़ाबाद गए लोगों की कोई खोज-ख़बर नहीं आई थी। यहाँ अली अहमद की दुकान टूट ही चुकी थी; उसकी ग़ैरमौजूदगी में अब रनिया भी जलील की बीवी तथा गाँव की अन्य स्त्रियों के साथ मजूरी करने जाने लगी थी। ईसाइयों की स्त्रियाँ फिर भी भली थीं, क्योंकि फ़ादर से उन्हें पाउडर-दूध और डालडा घी के अलावा थोड़ा-बहुत गल्ला भी मिल जाता था। उनके आँगनों में अमेरिका से आया हुआ बड़े-बड़े दानोंवाला घोड़े के दाँतों की शक्ल का मक्का फैला रहता, जिसका वे दलिया बनातीं और नमक-मिर्चा से खाकर प्रभु यीशु की प्रार्थना में डूब जातीं। उनके पतियों तथा बेटों को गिरजाघर, अस्पताल और स्कूल से भी कुछ न कुछ पैसे मिल ही जाते थे। वे सब वहाँ किसी न किसी काम से लगे हुए थे। मरन थी तो बस आदिवासी गोंड़ों, कोलों, बैगों और ग़रीब मुसलमानों की। गाँव में उन्हें मजूरी भी नहीं मिलती थी। हाँ, डिंडौरी के बाज़ार में कुछ न कुछ काम मिल जाता था। अली अहमद जिस सिंधी की दुकान से सामान ले आता था, रनिया और जलील की बीवी उसी दुकान में हल्दी-मिर्चा-धनिया वग़ैरह साफ़ करने का काम जब-तब कर दिया करती थीं। सिंधी उधारी पर भी अनाज दे देता था।

उन्हीं दिनों डिंडौरी में शराब बनाने की एक फैक्ट्री खुली, जिसमें देसी ढंग से लाइसेंसशुदा दारू बनने लगी। फैक्ट्री को अपनी भट्ठी के लिए लकड़ियों की ज़रूरत थी। यह ख़बर रातों-रात चारों ओर फैल गई। और वे लोग, जिनके पास कोई काम नहीं था, कुल्हाड़ी लेकर जंगल-जंगल घूमने लगे। एक रोज़ निठल्ला खलील भी पास के भड़गे से एक मोटा-सा कुंदा उठा लाया। खलील ने कुंदे को आँगन में पटका और रोटी पका रही अपनी भाभी के पास जाकर खड़ा हो गया।

"वाह, आज तो अपने खलील को भी घर-गिरिस्ती का खयाल आ गया है भाई।" जलील की बीवी चूल्हे में लगी पतली-पतली लकड़ियों को भीतर ठेलती हुई बोली। "अब जल्दी से खलील चीर डालो इस कुंदे को। देख रहे हो न, इन लकड़ियों की आग ठहर ही नहीं रही है।"

मगर खलील की योजना तो कुछ और ही थी। बोला :

"नहीं भाभी, इस कुंदे को तो मैं भट्ठी पर ले जाऊँगा। बेचूँगा इसे। घर के लिए कल दूसरी लकड़ियाँ ला दूँगा। आज-भर किसी तरह काम चला लो। मैं अभी नहाकर आता हूँ, फिर इसे लेकर जाता हूँ।"

भाभी ने प्रतिवाद नहीं किया। खलील नाले की ओर निकल गया।

चौमासे में पानी तो बरसा नहीं था, नाला सूखा पड़ा था। बस एक जगह थोड़ा-सा पानी जमा था, जो दूर से देखने पर किसी पुरानी हरी साड़ी के टुकड़े-जैसा दीखता था। पानी पर चिपचिपी काई जमी हुई थी। पास ही में एक ख़ूब गहरा गड्ढा खोदकर पीने के पानी का जुगाड़ किया गया था। खलील ने दोनों हाथों से काई हटाकर किसी तरह स्नान किया और कमर में गमछा लपेटकर अपने पैजामा-कमीज के एकमात्र जोड़े को सनलाइट साबुन के एक बहुत पुराने टुकड़े से धोकर सुखा दिया। फिर वह तब तक वहाँ बैठा रहा, जब तक कि कपड़े सूख नहीं गए।

घर आकर उसने चूल्हे में से बचे-खुचे अंगारे निकाले और उन्हें पीतल के लोटे में भरकर रख दिया। फिर एक चादर बिछाकर पैजामे को उस पर अच्छी तरह फैलाया और लोटा उठाकर उसकी पेंदी से बाक़ायदा इस्तरी करने लगा। यह दृश्य देखकर भाभी को हँसी आ गई। जलील की दुल्हन को बेसाख़्ता हँसती देखकर रनिया भी अपनी बिटिया को गोदी में लिये-लिये वहाँ आ गई। पीछे-पीछे बुद्धू भी।

"अरे कहाँ की तैयारी है खलील? ससुरारी जाओगे क्या?"

रनिया ने हँसते हुए पूछा तो खलील को जवाब देने का मौक़ा दिए बग़ैर ही भाभी बोल पड़ी :

"नहीं बाई, जा तो रहे हैं ये भट्ठी पर लकड़ी बेचने, मगर नया-नया काम है न, इसलिए बन-ठनकर करेंगे। देखती नहीं हो, जो कभी एक दूब उठाके नहीं लाया, आज इतना बड़ा कुंदा उठाके लाया है। मैंने कहा, लकड़ी खतम हो गई है इसे चीर दो तो बोला, बेचूँगा इसे।"

"देखो भाभी, बड़बड़ाओ नहीं। मैं जो करता हूँ, करने दो। खाना लाओ, मुझे देरी हो रही है। भइया के आगे तो बोलती बन्द रहती है, मेरे आगे दाँत निकालके ही-ही-ही कर रही हैं।"

"देवर नाराज हुआ जा रहा है आपा, खाना दो उसे। मैं चली, चल रे बुधुआ... कल तुम भी चले जाना चच्चा के साथ, दो-चार लकड़ियाँ ले आना। सुना है, भट्ठीवाले अच्छे पैसे दे रहे हैं।"

इतना कहकर रनिया अपनी तरफ़ चली गई। जलील की बीवी देवर के लिए खाना निकालने लगी।

"हाँ भई, अब तो काम करने लगे हो। दुधारू गाय की दो लात भी सहनी पड़ेगी।" भाभी मुस्कराती हुई बुदबुदाईं, मगर खलील कुछ नहीं बोला। पैजामे के

बाद अब वह कमीज़ पर लोटे की पेंदी चला रहा था। लेकिन अंगारे शायद बुझ गए थे, इसलिए आस्तीन की सिकुड़नें ज्यों की त्यों बनी हुई थीं। खलील ने हाथ रोककर लोटे के भीतर फूँक मारी तो चेहरा राख से भर गया। भाभी फिर बेसाख़्ता हँस पड़ीं।

उतरती जेठ की निचाट गर्मी से सड़क का डामर पिघल-पिघलकर बहा जा रहा था। उस पर नंगे पाँव चलना वैतरणी पार करने के ही समान था। खलील के पाँवों में न जूते थे, न चप्पलें। और कंधे पर मोटा-सा कुंदा। भट्ठी तक पहुँचते-पहुँचते उसे तारे नज़र आने लगे। मगर एक अजीब-सा जोश था, जो थकान को क़रीब आने से रोके हुए था। भट्ठी पर आज राबिया को भी आना है। इतवार के बाज़ार में उसने वादा किया है। उस रोज़ अम्माँ भी साथ थीं, मगर आज वह अकेली होगी। और आज खलील की जेब में पैसे भी होंगे।

कुंदा दस आने में बिका। खलील ने पैसों को जेब में रखा और सड़क किनारे आकर शीशम के नीचे बैठ गया। उसके दोनों कंधे फोड़े की तरह दुख रहे थे, मगर वह ख़ुश था। अचानक, आसमान पर न जाने कहाँ से बादल का एक भटका हुआ टुकड़ा आया और शीशम के ऊपर छा गया। खलील के तपे हुए तन में ठंडक भर गई।

तभी उसने देखा, नर्मदा को पार करके राबिया आ रही है। उसके सिर पर एक छोटी-सी गठरी है और साथ चल रही सहेलियों से वह ख़ूब हँसी-ठिठोली कर रही है। चेहरा बीमारी के कारण पीला पड़ गया है, मगर धूप में ताँबई पत्थर की तरह चमक रहा है।

शीशम के पास पहुँचते ही राबिया ने एक संकेत किया। खलील उठा और थोड़ी दूरी बनाकर पीछे-पीछे चल पड़ा।

आगे बाज़ार था। बाज़ार में तरह-तरह की दुकानें थीं। लड़कियाँ उन दुकानों में खो गईं। कोई चोटी खरीदने लगी, कोई कंघी। कोई मिट्टी के बर्तनों की ओर गई तो कोई बजाजे की ओर। राबिया उनकी आँख बचाकर खलील के पास पहुँच गई। वह उस समय जलेबियों की दुकान के पास खड़ा था।

"सलाँवालेकुम।"

राबिया के मुँह से बोल फूटे तो खलील मुस्करा उठा। राबिया अपनी अम्माँ की साड़ी और पोलके में एकदम भरी-पूरी औरत लग रही थी। चोटी नहीं थी तो बालों को उसने एक रंगीन धागे से ही बाँध लिया था। हाथों में चूड़ियाँ भी दो-तीन ही थीं। वह भी मोटी-मोटी, भद्दी। एक अँगुली में पीतल की अँगूठी बिलकुल सोने-जैसी चमक रही थी।

"राबिया, मझसे ब्याह करोगी?"

खलील ने बग़ैर कोई खैरियत-वैरियत पूछे सीधे यही सवाल किया। मगर यह सवाल चूँकि वह कई बार पूछ चुका था उससे इसलिए राबिया पर कोई असर नहीं पड़ा। बोली :

"पहले तो मैं जलेबी खाऊँगी, बहुत भूख लगी है। एक आने की दिला दो न।" खलील चिढ़ गया।

"तुम जलेबी भी खा लो और गुड़गप्पा भी। चलो, तुम्हें एक अच्छी-सी चोटी भी दिला देता हूँ। मगर आज तुम्हें मेरे सवाल का जवाब देना होगा।"

"ब्याह की बात अम्माँ से करना, मुझे तो इस बखत भूख लगी है... ऐ दुकानदार, एक आने की जलेबी देना।"

राबिया घूमकर ठीक दुकान के सामने खड़ी हो गई। दुकानदार मुस्कराया।

"घीवाली दूँ या तेलवाली बाई?"

दुकानदार ने पूछा तो राबिया ने कनखी से खलील की ओर देखा। बोली :

"घीवाली तो एक आने में थोड़ी-सी आएगी, तुम तेलवाली ही दे दो। यह भी तो भूखा है।"

राबिया ने मुस्कराकर कहा तो खलील ने पाव-भर जलेबियाँ लीं। दोनों ने ख़ूब जी भर जलेबियाँ खाईं। फिर वह राबिया को चोटी दिलवाने ले गया। मगर वहाँ उसकी सहेलियाँ मिल गईं। खलील चोटी के दाम राबिया की हथेली पर रखकर खिसक गया।

बादल के अब कई टुकड़े आसमान पर आ गए थे। वे पूरे बाज़ार पर जहाँ-तहाँ छा गए थे।

पानी बरसा। अकाल से बाँझ हो गई धरती की कोख हरी हो गई। गउवों के पाँवों के चिह्न भी नन्हे-नन्हे जलाशयों में बदल गए। चिड़ियाँ फुदक-फुदककर उनमें नहाने लगीं। चारों ओर न जाने किस-किस जाति के छोटे-छोटे, हरे-हरे अंकुर उग आए और किसानों ने अपनी मधुर तान छेड़ दी :

गरजय बादर, खाथय पछाड़
धर संगी नागर, आ गय असाढ़।

शाम को गाँव की औरतों ने भी अपने बाल-बच्चों के साथ दसरथ गोंड़ के बरोठे में अपना साज़-बाज जमाया। ढोलक की थाप और लोटे की टुन्न-टुन्न से दुल्लोपुर की खोरियाँ गूँज उठीं। पहले 'सोने क गडुवा गंगाजल पानी' और 'लवंग इलइची कइ बीरा लगाएँव' जैसे गाने हुए, फिर पतरस की बीवी ने गाया :

ले लीन्हा ख्रीष्ट अवतारा
मनाओ खुसी।
यहूदा देस के बैतलहम में
चमका चम चम तारा
मनाओ खुसी
जनम लिया है गौसाले में
मरियम की आँखों का तारा
मनाओ खुसी

मगर इस गाने में किसी ने गानेवाली का साथ नहीं दिया। स्त्रियाँ आँचल में मुँह दबाए सिर्फ़ हँसती रहीं। सो, पतरस की बीवी जल्दी ही चुप हो गई।

"अरे रनिया, तुम भी तो कुछ सुनाओ।" स्त्रियों ने छेड़ा तो रनिया ने नई चाल का एक गाना शुरू किया :

नजर लागी राजा तोरे बंगले पर
नजर लागी राजा...
जो मैं होती राजा बन कइ कोयलिया
कुहुक रहती राजा...
जो मैं होती राजा कारी बदरिया
बरस रहती राजा...
जो मैं होती राजा चम्पा चमेलिया
महक रहती राजा...
जो मैं होती राजा जल कइ घइलिया
छलक रहती राजा...
जो मैं होती राजा तुमरी दुल्हनिया
झमक रहती राजा...

गाने में इस तरह के अन्तरे थे, कि रनिया चाहती तो इस एक गाने को ही वह रातभर गाती रह सकती थी। मगर बाहर के मर्दाने में कुछ ऐसा शोर हुआ कि टेका देनेवाली स्त्रियों की बोलती बन्द हो गई। इस तरह का शोर अक्सर तब होता था जब गाँव में कोई भेड़िया आ जाता था, या किसी के घर में साँप निकलता था।

अन्ततः पता चला कि गाँव के जो लोग काम की तलाश में नौरोज़ाबाद गए थे, वे वापस आ गए हैं। इस समाचार को सुनते ही गानेवाली स्त्रियों में भगदड़ मच गई। रनिया भी अपनी सो गई बिटिया को कंधे से लगाकर जलील की बीवी

के साथ अपने घर की ओर चल पड़ी। बुधुआ तो कीचड़-भरे रास्ते में भी 'अब्बा आ गए, अब्बा आ गए' कहता हुआ उछल-उछलकर दौड़ रहा था।

जलील के आँगन में घंटे-भर तक ख़ूब भीड़ जमा रही। बच्चे उकड़ूँ बैठे नौरोज़ाबाद नामक किसी अनजाने देस की कहानियाँ सुन रहे थे और गाँव के बड़े-बूढ़े बीच-बीच में यह बताने से नहीं चूक रहे थे कि कैसे उन्होंने अपने अकालभरे दिन काटे हैं। कैसे 'फादर' ने उनकी सहायता की है। वहाँ दसरथ गोंड़ भी था और पतरस भी। स्त्रियाँ तो पहले ही पहुँच गई थीं। खलील सबके लिए चोंगी-तमाखू का इंतज़ाम कर रहा था।

"प्रभु यीशू की मेहरबानी से बिटिया का ब्याह भी मैंने ठीक कर दिया।"

चोंगी का दम लगाते हुए अचानक जब पतरस ने यह समाचार सुनाया तो अली अहमद को बीते बरस की बातें याद आ गईं। वह मुस्करा उठा।

"लड़का गोंड़-ईसाई है या कोल-ईसाई पतरस भाई?" उसने चुटकी ली।

"अपनी ही जात का है।"

पतरस ने धीरे से जवाब दिया और उठ खड़ा हुआ। आसमान पर घटाएँ फिर घिर रही थीं। झींगुरों की झन्नाहट भी तेज़ हो गई थी।

बाद में तो एक-एक कर सभी उठ खड़े हुए। सबको अपने-अपने घर पहुँचना था। बादल गरजने लगें, इससे पहले ही।

उस रात सुख-दुख बतियाने के बाद जलील की बीवी ने अपने शौहर को एक ख़ास ख़बर सुनाई :

"अपना खलील न, बिट्टन खाला की बिटिया राबिया से ब्याह करना चाहता है। क्या खियाल है?"

जलील चौंक पड़ा। उसने तो कभी सोचा ही नहीं था कि खलील का ब्याह भी करना है। बोला :

"वाह! तो अपने खलील मियाँ ने अपने लिए दुलहिन खुद ही खोज ली है। मगर दिन-दिनभर मटरगस्ती करनेवाले लड़के का ब्याह करके तुम करोगी क्या?"

"अरे नहीं, ऐसा न कहो। तुम तो यहाँ थे नहीं, वही तो सब काम-धाम करता था। अपने तो कोई बाल-बच्चे हैं नहीं, उसके ही बाल-बच्चे देखकर सबर करेंगे। फिर, राबिया मुझे पसन्द भी है। अब तो उसकी वह बीमारी भी ठीक हो गई है।"

"मगर बिट्टन खाला मानें तब न, तुम तो जानती ही हो, छील के पेड़ा खाती हैं वो।"

"मानेंगी काहे नहीं, अपने इलाहाबादी भाई को ले चलना। उनकी बात वो नहीं काटेंगी।"

"ठीक है, देखूँगा। अब जरा इधर आ जाओ तुम।"

इतना कहकर जलील ने उसे अपनी तरफ़ खींचा तो वह कटी हुई डाल की तरह भहरा पड़ी।

छप्पर पर बरखा की बूँदें टप्प-टप्प गिरने लगी थीं।

वर्षा ने सबकी व्यस्तता बढ़ा दी थी। जलील और खलील सुबह-सुबह ही खेत की ओर चले गए थे। बैल तो उनके पास थे नहीं, किसी से बिनती करके खेत जुतवाना था। भुट्टा बो दिया जाय, फिर देखा जाएगा।

अली अहमद का घर बुरी तरह चू रहा था। वह बुद्धू को साथ लेकर छप्पर को दुरुस्त करने में जुट गया था। रनिया चाहती थी कि अपनी मेहनत से जो खेत उन्होंने तैयार किया है उसमें भी भुट्टा बोया जाय, इसलिए वह भी किसी हल वाले की तलाश में निकल गई थी। इसी तरह पूरा का पूरा दुल्लोपुर चौमासे के किसी न किसी काम में उलझ गया था।

वर्षा के चार महीने। असाढ़, सावन, भादों और फिर क्वार। इन चार महीनों में कई-कई नक्षत्र। अद्रा, सरेखा, मघा...मघा में भी सोनवा, रुपवा, तंबवा, लोहवा...खलील के लिए ये चार महीने सतजुग, द्वापर, त्रेता और कलजुग जैसे हो गए। किसी तरह ख़ुदा-ख़ुदा क़रके चौमास बीता। तब जाकर कहीं तय हुआ कि इलाहाबादी भाई सबको साथ लेकर मुड़की चलेंगे और बिट्टन खाला के आगे ब्याह का प्रस्ताव रखेंगे।

पहले इरादा बना कि सोमवार के दिन चलेंगे, मगर दसरथ गोंड़ को जब कार्य और उद्‌देश्य का पता लगा तो वह गम्भीरतापूर्वक कुछ सोचने लगा। दसरथ गोंड़ उस पार वाले दुल्लोपुर का, जिसमें आदिवासियों के यही कोई पन्द्रह-सोलह घर थे; मुकद्‌दम था और गाँव में उसकी बड़ी प्रतिष्ठा थी। उसका व्यक्तित्व भी आकर्षक था। चौड़ी काठी, रंग काला, उम्र में अधेड़, किन्तु बलिष्ठ। पूरे गाँव में वह अकेला व्यक्ति था, जिसने अपने दाँतों में सोना मढ़वा रक्खा था और जिसके घर में ख़ूब बड़ा-सा बरोठा था। उसे अपने देवताओं पर बड़ी आस्था थी। शुभ-अशुभ का विचार किए बिना वह कोई काम न तो ख़ुद करता था, न किसी को करने देता था। थोड़ी देर तक विचारमग्न रहने के बाद वह बोला :

"सुम्मार को जाना ठीक नहीं होगा, मुड़की पूरब में है। सोम-सनीचर

पुरुब न चालू। मंगल-बुध उत्तर दिस कालू। जाना है तो अइतवार के दिन ही चले जाओ।"

सो, तय हुआ कि इतवार के रोज़ ही चलेंगे। प्रस्थान का समय रखा गया सूर्यास्त से थोड़ा पहले। यह भी निश्चित कर लिया गया कि दुल्हा, यानी खलील को छोड़कर बाक़ी सभी लोग चलेंगे।

इस प्रकार जब इतवार के दिन शाम के समय दुल्लोपुर से एक क़ाफ़िला चला, जिसमें आगे-आगे अल्ली चुड़िहार और जलील तथा पीछे-पीछे रनिया, जलील की बीवी, रफ़ी अहमद उर्फ बुद्धू; तो गाँववालों को लगा मानो साक्षात् एक बारात चली जा रही है। जब ये लोग लौटेंगे तो साथ में डोली-चढ़ी दुलहिनिया भी रोती-सिसकती ज़रूर आएगी।

मगर मुड़की पहुँचने पर पता चला कि बिट्टन तो घर में हैं ही नहीं, अपने पगलेट लड़के को लेकर बाज़ार करने डिंडौरी गई हुई हैं।

"चलो, नुरू भाई के यहाँ चलते हैं। रात में आकर बात कर लेंगे। तब तक तो राबिया की अम्माँ लौट ही आएँगी।"

अली अहमद ने समस्या का समाधान प्रस्तुत किया। पर जलील की बीवी को यह बात जँची नहीं। बिट्टन खाला न सही, राबिया तो घर में है ही। फिर किसी और के यहाँ क्यों जाएँ?

"बिट्टन खाला आती ही होंगी।" यह कहते हुए वह आगे बढ़ी और अपनी बिट्टन ख़ाला के आँगन में खड़ी हो गई। वहाँ एक चारपाई खड़ी थी। उसे गिराकर उसने बिछाया और बोली :

"तुम लोग इस पर बैठो, हम भीतर जाते हैं। तब तक राबिया से ही कुछ बोले-बतियाएँगे। नूरू भाई के घर सबेरे चलेंगे। या फिर किसी से खबर करा दो, वे खुद यहाँ आ जाएँगे। आखिर ये अपना ही तो घर है।"

और रनिया को साथ लेकर वह भीतर घुस गई। पीछे-पीछे बुद्धू भी उन्हीं के साथ चला गया। अली अहमद और जलील खटिया पर बैठ गए। पड़ोस के स्त्री-पुरुष बग़ैर मालिक वाले उस घर में बिन-बुलाए आए हुए मेहमानों को आश्चर्यचकित होकर देखने लगे।

भीतर राबिया खाना पका रही थी। चूल्हे पर चावल चढ़ा था। बग़ल में पिसा हुआ मसाला रखा था। अम्माँ कहकर गई थीं कि मसाला पीसे रखना, चाहे गोस और चाहे मछरी—कोई न कोई चीज़ वे ज़रूर लाएँगी। हर बाज़ार को लाती हैं।

राबिया उस वक़्त आटा गूँध रही थी। रनिया और जलील की बीवी को देखते ही वह समझ गई कि बात ज़रूर कुछ ख़ास है, वरना इस तरह यह क़ाफ़िला न धमकता। पहले तो उसने सलाम किया, फिर कुहनी से दुपट्टे को ढंग से कर लिया, ताकि सिर ढक जाए।

अभी रनिया कुछ बोलने ही जा रही थी कि बुद्धू ठीक राबिया के सामने जाकर बैठ गया। बोला :

"सलाँवालेकुम चच्ची।"

जलील की बीवी और रनिया खिलखिलाकर हँस पड़ीं। राबिया लजा गई। अब वह सब कुछ समझ गई थी। जिस बात को कहने के लिए बड़े-बूढ़े लम्बी-चौड़ी भूमिकाएँ बाँधा करते हैं, बच्चे उसे एक शब्द में और कभी-कभी एक हल्की-सी मुस्कान में ही व्यक्त कर देते हैं। बात एक तरह से व्यक्त ही हो चुकी थी। अब सिर्फ़ बिट्टन ख़ाला से उसके लिए मंजूरी लेनी थी।

बिट्टन ख़ाला को गाँव की सीमा में प्रवेश करते ही मालूम हो गया कि उनके यहाँ कुछ बिन-बुलाए मेहमान आए हुए हैं। 'जरूर दाल में कुछ काला है,' उन्होंने सोचा। 'हो न हो, राबिया के लिए ही आए होंगे।' इसलिए, बिट्टन ख़ाला समूचे विद्रोह के साथ नाज़िल हुईं और शुरू हो गईं :

"मुझे नहीं करना है अपनी बेटी का ब्याह-व्याह अभी। जब करना होगा तो देखा जाएगा। अरे, एकठे तो बेटी है मेरी। कहीं अच्छा घर-बार देखके करूँगी, कि ऐसे ही ऐरू-गैरू के गले बाँध दूँगी। क्या मैं जानती नहीं खलील को? क्या करता है वो? दिन-दिन भर जुल्फी में तेल लगाके घूमता ही तो रहता है। मुझे नहीं देनी है अपनी लड़की ऐसे घर में...।"

"अरे बिट्टन सुनो तो..."

अली अहमद ने बीच में टोकना चाहा तो बिट्टन खाला और भड़क उठीं :

"तुम क्या सुनाओगे आँ? तुम तो खुद उठल्लू का चूल्हा हो। ऐसे ही इज्जतदार होते तो अपने गाँव-देस में न होते! यहाँ क्यों दर-दर भटकते?"

इतना सुनना था कि भीतर से दोनों स्त्रियाँ बाहर निकल आईं। अपने शौहर को अपमानित होते देखकर रनिया तो ज़ार-ज़ार रोने लगी। मगर जलील की बीवी आगे बढ़कर बिट्टन ख़ाला से भिड़ गई। बिट्टन ने ग़ुस्से में आकर उसकी चोटी पकड़ ली तो जवाब में उसने भी बिट्टन का झोंटा धर लिया। देखते ही देखते बाक़ायदा एक जंग शुरू हो गई।

पहले तो पड़ोसियों को इस दृश्य में बड़ा मज़ा आया, मगर फिर कुछ बड़े-बूढ़ों ने आकर झगड़े को शान्त किया। दुल्लोपुर का पूरा क़ाफ़िला पराजित सैनिकों की भाँति वहाँ से चल पड़ा। रनिया ने घूमकर देखा; राबिया दहलीज़ पर खड़ी सुबक रही थी।

"चल भीतर जा।" बिट्टन ने उसे घुड़का और अपने दोनों हाथों की अँगुलियों को तोड़ती हुई पीछे-से चिल्लाई; "या अल्ला! जिसके कारन आज मेरी ये गत बनी, वो कुँवारा मर जाय।"

इतना सुनना था कि अली अहमद पलटकर खड़ा हो गया। बोला :

"देखना बिट्टन, इसी मुड़की में, आज ही हम खलील का ब्याह तय करके लौटेंगे और ईद के चाँद में बरात लेके आएँगे।"

"तब अपने मुँह पर तुम कालिख मल लेना।" रनिया ने इतना और जोड़ दिया, जिसे सुनकर टोले की स्त्रियाँ हँस पड़ीं। बिट्टन हाथ नचाती, राबिया को धकेलती हुई भीतर चली गई। उसका पगलेट लड़का आँगन में खड़ा-खड़ा बड़बड़ाता रहा।

क़ाफ़िला एक अँधेरी गली से निकलकर दूसरी अँधेरी गली में घुस गया।

अल्ली चुड़िहार ने अपना प्रण पूरा कर दिखाया। खलील का ब्याह नूरू की बेटी के साथ तय करा दिया।

"मुन्नी तो तुम्हारी ही बेटी है इलाहाबादी भाई, जिसे चाहो सौंप दो।" नूरू ने बस इतना ही कहा और उसका बीभत्स चेहरा फूल की तरह खिल उठा।

रनिया ने अपने कानों से चाँदी की बालियाँ उतारी और उन्हें मुन्नी के कानों में पहना दिया।

जलील और उसकी बीवी की आँखें डबडबा आईं।

10

अल्ली ने फिर अपनी दुकान शुरू कर दी थी।

एक रोज़, जब वह सिंधी की दुकान में बैठा अपनी दुकान के लिए सौदा-सुलुफ ख़रीद रहा था, रेडियो पर उसने सुना कि जबलपुर में दंगा हो गया है। "तो क्या हिन्दुस्तान के फिर दो टुकड़े होंगे? आखिर कितने टुकड़ों में बँटेगा यह मुल्क?" अल्ली चिन्तित हो गया। पाकिस्तान बनने के वक़्त भयंकर मार-काट हुई थी। वे ख़बरें इलाहाबाद होती हुई अली अहमद के गाँव बलापुर में भी पहुँची थीं। उसे तब जाकर मालूम हुआ था कि हिन्दुओं और मुसलमानों में कुछ वैर-भाव भी है। वह भी इसलिए कि मुसलमान अलग से अपना एक मुल्क बनाना चाहते हैं। मगर अब? इतने दिनों बाद, फिर से हिन्दू-मुसलमान एक-दूसरे का ख़ून बहा रहे हैं। यह तो विचित्र बात है।

अली अहमद का माथा चकरा गया। कुछ दिनों पहले भी उसने रेडियो पर

एक बुरी ख़बर सुनी थी; कि चीन और भारत में जंग हो रही है...माथा उसका तब भी चकरा गया था। मगर यह ख़बर तो बहुत भयानक थी।

"क्यों सिंधी भाई, क्यों लड़ रहे हैं ये लोग?"

अली अहमद ने सिंधी से सवाल किया तो उठकर उसने रेडियो का कान ऐंठ दिया और वह भयावनी आवाज़ बन्द हो गई।

"कुछ नहीं, चोंचले हैं और क्या!" सिंधी ने अपनी मटमैली गद्दी पर बैठते हुए कहना शुरू किया, "जबलपुर के एक सेठ का लड़का है अनवर और दूसरे सेठ की लड़की है ऊषा, दोनों में कुछ प्यार-मुहब्बत हो गई, बस... नामुरादों को मौका मिल गया। लड़ पड़े। अब न जाने कितने बेगुनाहों का खून बह रहा है..."

"क्यों सिंधी भाई, वो दोनों क्या तुम्हारे जैसे ही बहुत बड़े सेठ हैं?"

अली अहमद ने पूछा तो सिंधी भड़क गया। बोला :

"मैं अगर बहुत बड़ा सेठ होता न, तो इस तरह तुम लोग मेरी दुकान में बैठकर रेडियो नहीं सुन सकते थे। हमारे मुल्क में सेठ और सेठ में भी फर्क होता है। समझे, इलाहाबादी भाई।"

अली अहमद सिंधी का मुँह देखता रहा। उसकी समझ में कुछ नहीं आया। वह थोड़ी देर तक यूँ ही कुछ सोचता हुआ-सा बैठा रहा, फिर अपनी गठरी उठाकर चल पड़ा।

...और उस रोज़ दुल्लोपुर के स्कूल में जल्दी छुट्टी हो गई। बुद्धू लगभग दौड़ता हुआ घर आया और बस्ता फेंककर बाप के सामने खड़ा हो गया। अल्ली उस वक़्त एक ग्राहक के लिए नमक तोल रहा था। नमक को ग्राहक के अँगोछे में डालने के बाद बुद्धू पर उसने ध्यान दिया।

"अब्बा मैं डिंडौरी जाऊँगा।"

बुद्धू ने पहली बार इस तरह सीधे-सीधे अपनी बात कही थी। अल्ली को लगा कि लड़का अब सयाना हो रहा है। वह मुस्कराया। बोला :

"ठीक है जाओ। मगर बात तो बताओ। क्यों जा रहे हो?"

"जबलपुर में हिन्दुओं और मुसलमानों के बीच लड़ाई हो गई थी न; कल वहाँ हमारे देश के प्रधानमंत्री पंडित जवाहरलाल नेहरूजी आए थे। उनके भाषण को सुनने के बाद हिन्दुओं और मुसलमानों ने दंगा बन्द कर दिया। अब्बा, तुम जानते हो कि क्या कहा उन्होंने वहाँ? हिन्दुओं से बोले—मुसलमानों का क्या है, वे तो बकरे-बकरियाँ हैं। तुम लोग जब चाहो उन्हें काटकर खा सकते हो। मगर यह न भूलो कि वे भी तुम्हारे ही घर के सदस्य हैं। क्या अपने ही घर के सदस्यों

को मारने में तुम्हें दया नहीं आएगी? और हिन्दुओं ने दंगा बन्द कर दिया। फिर तो मुसलमानों ने भी खून-खराबा रोक दिया। यह सब हमारे गुरुजी ने बताया है हमें। उन्होंने ही यह भी बताया है कि आज पंडित जवाहरलाल नेहरू डिंडौरी आ रहे हैं। यहाँ भी वे भाषण देंगे। इसीलिए आज जल्दी छुट्टी हो गई है। हमारी कक्षा के सारे छात्र उनका भाषण सुनने डिंडौरी जा रहे हैं। मैं भी जाऊँगा।"

बुद्धू ने यह सब एक साँस में कहा और वहाँ से चल दिया। अली अहमद की इच्छा थी कि वह अपने बेटे को पंडित जवाहरलाल नेहरू से मुलाक़ात करने की अपनी योजना का क़िस्सा सुनाता मगर उसके मन की बात मन में ही रह गई।

बुद्धू बग़ैर कुछ खाए-पिए ही डिंडौरी के लिए चल पड़ा।

बुद्धू दुबला-पतला और बिलकुल मरियल-सा लड़का था। टिटिहरी की टाँगों-जैसे उसके पाँव थे और चेहरा बिन-पके पीले पड़ गए पपीते की तरह। आँखें धँसी हुईं, गाल पिचके हुए। कभी-कभी वह मुँह में हवा भर-भरकर अपने गालों को फुलाने की कोशिश करता, मगर हवा ख़त्म होते ही गाल फिर पिचक जाते। वह अपनी कम उम्र में ही काफ़ी लम्बा हो गया था। इससे वह और ज़्यादा दुबला लगता था। उसकी कलाइयाँ बिलकुल स्केल की तरह चपटी थीं, जिन पर नसें उभरी हुई थीं। बुद्धू पढ़ने में बहुत तेज़ था, मगर खेल-कूद में एकदम फिसड्डी। जरा-सा धक्का लगते ही ज़मीन थाम लेता था।

यानी कमोबेश उसकी हालत वैसी ही थी जैसी कि आज़ादी के बाद पैदा हुए उन तमाम बच्चों की थी, जिनके माता-पिता रोज़ी-रोटी के लिए दर-दर की ठोकरें खा रहे थे और जिनके भविष्य की तस्वीरें फ़िलहाल अस्पष्ट थीं।

बुद्धू पाँच मील का फ़ासला तय करके जिस वक़्त डिंडौरी पहुँचा, वहाँ के 'गांधी मैदान' में खचाखच भीड़ भर चुकी थी। मेहमान के लिए सजाया गया स्टेज दूर से नज़र ही नहीं आ रहा था। भीड़ को नियंत्रित करने के लिए पुलिसवाले डंडा उठाए इधर-उधर भाग रहे थे। कछ जानकार लोगों का कहना था कि डिंडौरी के इस 'गांधी मैदान' में नेहरूजी नहीं आ रहे हैं, बल्कि कोई अन्य कांग्रेसी नेता आ रहा है। नेहरूजी तो जबलपुर में भाषण देकर सीधे दिल्ली लौट गए। मगर भीड़ का यह पक्का विश्वास था कि नहीं, यहाँ नेहरूजी ही आ रहे हैं। और उस विश्वास की ही बात थी कि चिलचिलाती हुई धूप में लोग इस तरह बेचैन होकर आनेवाले मेहमान की प्रतीक्षा कर रहे थे, मानो नेहरूजी नहीं, बल्कि साक्षात् भगवान अवतरित होनेवाले हों। लोगों का मानना था कि नेहरूजी अगर इस पिछड़े हुए इलाक़े में आ जाएँगे तो यहाँ की तकदीर बदल जाएगी।

उसी भीड़ में भूखा-प्यासा बुद्धू भी खड़ा था और उचक-उचककर स्टेज को देखने की कोशिश कर रहा था...कि अचानक उसका सिर घूमने लगा। उसकी आँखें बन्द हो गईं। पहले कुछ रंग-बिरंगी-सी चिनगारियाँ चमकीं, फिर अँधेरा छा गया। बुद्धू बेहोश होकर गिर पड़ा। तभी शोर हुआ—'आ गए! आ गए!'...और शोर फिर बढ़ता ही चला गया।

दिन ढलते-ढलते अली अहमद को मालूम हुआ कि उसका पुत्र बुद्धू डिंडौरी की सभा में बेहोश होकर गिर पड़ा था और अब सिंधी की दुकान में आराम कर रहा है। ख़बर सुनकर अल्ली बेचैन हो उठा, रनिया छाती कूटने लगी। बिटिया रोने लगी। जलील की बीवी ने किसी तरह रनिया को ढाढ़स बँधाई। दसरथ गोंड़ और पतरस ने अली अहमद को सांत्वना दी। थोड़ी देर तक रो-पीट लेने के बाद दोनों परानी बिटिया को साथ लेकर डिंडौरी के लिए चल पड़े।

सिंधी ने बुद्धू को डिंडौरी के सरकारी अस्पताल में भरती कर दिया था। अल्ली और रनिया जब अस्पताल पहुँचे, बुद्धू बिस्तर पर बैठा था। रनिया ने आगे बढ़कर उसे गले से लगा लिया। "मेरा लाल, मेरा लाल..." बस यही उसके मुँह से निकल रहा था। अल्ली बिटिया का हाथ थामे चुपचाप खड़ा रहा। "चिन्ता की बात नहीं, दो रोज में ठीक हो जाएगा।" डाक्टर ने कहा, "और हाँ, लड़का बहुत कमजोर है। कुछ घी-सी, फल-वल खिलाया करो।" इतना कहकर डाक्टर वहाँ से चला गया। अल्ली ने रनिया की ओर और रनिया ने अल्ली की ओर देखा। मानो दोनों एक-दूसरे से पूछ रहे हों कि डाक्टर ने जो कहा, उसका मतलब क्या है?

अल्ली और रनिया दो दिनों तक अस्पताल में ही रहे। रनिया अपनी नन्ही-सी बिटिया को गोद में लिये-लिये नर्मदा के किनारे से सूखे कंडे बीन लाती और अल्ली अपने सिंधी भाई के यहाँ से आटा-नून ले आता। अहाते में, एक पेड़ के नीचे वे अपना भोजन तैयार कर लेते और खा-पीकर अस्पताल के बरामदे में पड़े रहते। दिन में बुद्धू भी अपने बिस्तर से उठकर उन्हीं के पास आ जाता। इन दो दिनों में ही वह और अधिक दुबला हो गया था।

तीसरे दिन बुद्धू जब अपने माता-पिता के साथ अस्पताल के अहाते से बाहर निकलकर सड़क पर पहुँचा तो अचानक ठिठककर खड़ा हो गया।

"क्या हुआ बेटे?"

अल्ली ने घबराकर पूछा तो बोला :

"मुझे तो कुछ याद नहीं अब्बा, पता नहीं नेहरूजी आए थे या नहीं?"

"अच्छा अब भूल जा वह सब।"

अल्ली ने कुछ-कुछ डाँटनेवाले अन्दाज़ में यह बात कही और सबको लेकर सिंधी की दुकान की ओर चल पड़ा। उसकी अपनी दुकान में बहुत-सी चीज़ें ख़त्म हो गई थीं, लौटकर दुकानदारी भी तो देखनी थी।

सिंधी ने पहुँचते ही अल्ली को एक पोस्टकार्ड थमा दिया। पोस्टकार्ड कई जगह से मुड़ा-चुड़ा था और तेल के धब्बों ने उसे गंदा कर दिया था। उसमें एक अजीब-सी तीखी बू भी भरी हुई थी। उसकी शक्ल बता रही थी कि वह कई दिनों पहले का चला हुआ है और यहाँ तक पहुँचते-पहुँचते बहुत थक गया है। पता लिखने की जगह के ऊपर। दाईं तरफ़ जो हरा-सा सरकारी-निशान था, उस पर पोस्टआफ़िस की मुहर इस बेरहमी के साथ लगाई गई थी कि पत्र पानेवाले का नाम भी उसकी चपेट में आ गया था।

उन दिनों दूर-दूर के कई-कई गाँवों का डाकख़ाना डिंडौरी में ही था। डाकिए भी कम ही थे। इसलिए डाक से आनेवाले पत्र कई-कई दिनों तक डाकख़ाने में ही पड़े रहते थे। फिर या तो वे पत्र उस गाँव के किसी आदमी को दे दिए जाते थे या फिर डिंडौरी में ही किसी ऐसी जगह पर पहुँचा दिए जाते थे जहाँ से वे कभी न कभी पानेवाले तक पहुँच ही जाते थे। अगर कोई पत्र अपने पानेवाले तक न पहुँच पाता तो यह उस पत्र का ही दुर्भाग्य होता। अंग्रेज़ों को अगर मालूम होता कि डाक विभाग का इस्तेमाल हिन्दुस्तानी लोग भी करने लगेंगे तो पता नहीं वे डाकख़ाना खोलते भी या नहीं। सिर्फ़ कुशल-क्षेम के ही सैकड़ों पत्र डाकख़ाने में रोज़ पहुँचते रहते थे। ऐसे पत्रों को तीन घाटियाँ और पाँच नाले पार करके दूर-दराज़ के जंगली गाँवों में कौन बाँटने जाय?

दुल्लोपुर के डाकिए को बहुत दिनों के बाद पता चला कि अली अहमद नाम का आदमी भी उस गाँव में रहता है और सिंधी की दुकान से उसका कुछ लेन-देन है। तब, इस पोस्टकार्ड को वह एक रोज़ यहाँ पहुँचा गया था। और सिंधी की दुकान का हाल यह था कि ऐसे न जाने कितने पत्र वहाँ आते ही रहते थे। सिंधी अपने पत्रों को तो छप्पर में फँसे एक टेढ़े से तार में गूँथ दिया करता था, मगर बाक़ी पत्रों को अपनी गद्दी के इर्द-गिर्द डाल देता था। फिर यह उसकी याददाश्त पर निर्भर था कि उसके किसी ग्राहक को उसका पत्र मिल पाता या नहीं। दरअस्ल डाकख़ानेवालों की तरह ही सिंधी का भी यह पक्का विश्वास था कि हिन्दुस्तानियों के पत्रों में कुशल-क्षेम के अलावा कुछ नहीं होता।

लेकिन अली अहमद तो उस गंदे, बदबूदार पोस्टकार्ड को पढ़कर बेचैन हो गया था।

"क्या बात है इलाहाबादी भाई? कोई बुरी ख़बर है क्या?" सिंधी ने पूछा तो अली अहमद चुप रहा।

"किसकी चिट्ठी है?"

रनिया ने पति के हाथ से पोस्टकार्ड ले लिया और उलट-पलटकर देखने लगी। बिटिया को उसने बुद्धू को दे दिया। बोली, "जा, इसे सड़क पर घुमा ला।"

रनिया पढ़ी-लिखी नहीं थी, मगर अपने गाँव-देस के लोगों ने अपढ़ों के लिए जो संकेत-भाषा ईजाद की थी, उसे वह समझती थी। पोस्टकार्ड एक कोने पर फटा हुआ था।

"क्या हुआ बुद्धू के अब्बा? कहाँ की चिट्ठी है?"

इतना कहते-कहते रनिया भोकार फोड़कर रो पड़ी।

"बलापुर से आई है। भाभी कजा कर गईं। बड़कऊ ने लिखा है कि आप खत पाते ही आ जाइए, हम लोग अब बिलकुल अकेले हो गए हैं। चुन्नी की शादी भी करनी है...।"

अली अहमद ने रनिया से पोस्टकार्ड लेकर उसे पढ़ना शुरू किया। मगर बीच में ही वह भी रो पड़ा। तभी बुद्धू नन्ही गुड़िया को लेकर वहाँ पहुँच गया और दोनों बच्चे भी रोने लगे। सिंधी की दुकान में मातम छा गया।

घर लौटते-लौटते उन्हें शाम हो गई थी। संध्या का रूप वैसे तो प्रतिदिन की तरह ही सुनहरा और चिड़ियों के गान से भरा हुआ था, मगर उस दिन वह मृतप्राय प्राणी के पीले पड़ गए चेहरे की तरह दिखाई पड़ रहा था। अली अहमद के लिए वह शाम बेहद मनहूस और नीरस थी। लग रहा था मानो गाँव में कोई दुर्घटना घट गई हो और गाँव के लोग घर छोड़कर कहीं भाग गए हों। चारों ओर सन्नाटा था, झींगुर बोल रहे थे।

रनिया बच्चों को साथ लिये द्वार का ताला खोलने लगी और अली अहमद आगे बढ़कर जलील के घर की ओर चला गया। मगर आँगन में पहुँचकर वह ठिठक गया। वहाँ कोई नहीं था, ताला बन्द था। 'कहाँ गए ये लोग?' अली अहमद का दुख और बढ़ गया। दुखी व्यक्ति जल्दी से जल्दी अपना दुख दूसरों से कह देना चाहता है। न कहे जाने पर वह दूना, तिगुना, चौगुना होता चला जाता है।

"अब्बा, माचिस दे दो, अम्माँ चिराग जलाएँगी।"

अली अहमद चौंका। उसने जेब से माचिस निकालकर बुद्धू को थमाया और जलील के घर में लगे ताले को एक नज़र फिर देखकर ख़ुद भी चल पड़ा।

"मैं अभी आता हूँ।"

घर लौटकर रनिया से उसने बस इतना ही कहा और पतरस के घर की ओर चल पड़ा।

अली अहमद बीड़ी पीता था। रास्ते में उसे तलब लगी तो माचिस के लिए

उसने अपनी जेब टटोली। मगर जेब तो ख़ाली थी। 'ओह!' अल्ली को याद आया कि माचिस तो वह बुद्धू को दे आया है। उसने मुँह में लगी बीड़ी को निकाला और वापस कट्टे में डाल दिया।

रात घिरने लगी थी। ईसाइयों की बस्ती अँधेरे में डूब गई थी। आकाश पर चूल्हों से उठनेवाला धुआँ बादलों की तरह छा गया था। बाहर रह गई इक्की-दुक्की मुर्गियाँ अपने दरबों की ओर भागी जा रही थीं। पतरस अपनी दुकान में बैठा चाय पी रहा था। उसकी दुकान अब ख़ूब चलने लगी थी; ग्राहक अभी-अभी विदा हुए थे।

"जय यीशू पतरस भाई।"

अल्ली ने दूर से ही अभिवादन किया तो पतरस ने चाय का गिलास बग़ल में रख लिया।

"आओ। आओ इलाहाबादी भाई, लड़के की तबियत कैसी है?"

"लड़का तो ठीक हो गया है पतरस भाई, मगर..." अल्ली ने बैठते हुए कहना शुरू किया,..."मगर घर से एक बुरी खबर आई है। मेरी भाभी चल बसीं।"

इतना सुनना था कि पतरस ने अपनी छाती पर क्रास का चिह्न बनाया और होंठों ही होंठों में कुछ बुदबुदाने लगा।

"उस परम पिता परमेश्वर की मर्जी है और क्या," उसने अली अहमद को ढाढ़स दी—"खुदा का बेटा सब भला करेगा। वह तो दुनिया का नेजात देहिन्दा है इलाहाबादी भाई।"

"तनी माचिस तो देना पतरस भाई, बीड़ी सुलगा लूँ।"

अली अहमद अब थोड़ा संयत हो गया था। तलब फिर ज़ोर मारने लगी थी।

"चाय पियोगे?" परतस ने माचिस देने के साथ ही पूछा तो अली अहमद ने इनकार कर दिया।

"नहीं, अभी तो चलूँगा। पतरस भाई, क्या तुम्हें कुछ पता है कि ये जलील वगैरह कहाँ गए हैं?"

"अरे, क्या तुम्हें नहीं मालूम?"

"मैं तो दो दिनों तक डिंडौरी में पड़ा रहा, सब खैरियत तो है?"

"खलील मुड़की से उस लड़की को...क्या नाम है उसका...राबिया; उसे भगा लाया था। दसरथ गोंड़ ने सलाह दी कि कुछ दिनों के लिए तुम लोग कहीं और चले जाओ वरना उसकी माँ आफत मचा देगी। और यह ठीक ही हुआ कि वे लोग चले गए। कल उसकी माँ आई थी। हे यीशू। उसे क्षमा कर देना...किस-किस तरह की गालियाँ दे रही थी..."

तभी एक ग्राहक चाय-पत्ती लेने चला आया और पतरस सौदा देने में व्यस्त हो गया। अली अहमद उठ खड़ा हुआ।

"अच्छा पतरस भाई, चलता हूँ। फिर भेंट होगी।"

कहते हुए अली अहमद तीर की तरह वहाँ से निकला और तेज़-तेज़ आगे बढ़ने लगा।

रात गहरी हो गई थी। रास्ता नहीं सूझ रहा था। लेकिन जितना घना अँधेरा बाहर था, उससे कहीं ज़्यादा ही अल्ली चुड़िहार के भीतर भर गया था। वह अपने देस में भले ही एक साधारण चुड़िहारा रहा हो, पर यहाँ आकर इलाहाबादी भाई के रूप में उसने पर्याप्त प्रतिष्ठा हासिल की थी। यहाँ के अपढ़-जाहिल मुसलमानों को 'दीन' की शिक्षा देने में भी अपनी महत्त्वपूर्ण भूमिका निभाई थी। कठिन मेहनत और लगन के ज़रिए अपनी उजड़ी हुई ज़िन्दगी को दुबारा व्यवस्थित किया था। अपनी सादगी, ईमानदारी तथा सद्व्यवहार से लोगों का दिल जीत लिया था। इसी का सुफल था कि राबिया की माँ से उपेक्षित और तिरस्कृत होने के बाद उस रात जब वह खलील को लेकर नूरू के यहाँ पहुँचा तो उसने उसकी लाज रख ली। ना नहीं किया। सहर्ष अपनी बेटी का रिश्ता पक्का कर दिया। अब वह नूरू को क्या मुँह दिखाएगा?

अली अहमद अपने विचारों में इस तरह गुम था कि रास्ते का उसे बोध ही नहीं रह गया...और उस ऊबड़-खाबड़ धरती में धँसे एक पत्थर से अड़ककर वह गिर पड़ा। दाहिने पाँव का अँगूठा बुरी तरह ज़ख़्मी हो गया।

ख़ून और मिट्टी में लिथड़े हुए पति के अँगूठे को देखकर रनिया घबरा गई। जल्दी से उसने एक कटोरी में तेल गरम किया और एक चीथड़े से बूँद-बूँद घाव पर चुआने लगी। अली अहमद दीवार के सहारे पसर गया।

बुद्धू और नन्ही, रनिया ने जिसका नाम ताहिरा रख रक्खा था, खा-पीकर सो गए थे। घाव पर तेल लगाने के बाद रनिया पति के लिए खाना ले आई। मगर अल्ली ने भोजन करने से मना कर दिया।

"क्यों? क्या बात है बुद्धू के अब्बा? कुछ तो खा लो, दिन-भर तो भूखे ही रहे हो।"

रनिया ने बहुत प्यार के साथ आग्रह किया तो दो-चार लुकमे उसने बेमन से मुँह में डाल लिये। बचा-खुचा रनिया ने भी खाया। फिर दोनों परानी लेट गए।

"बहुत दर्द है क्या बुद्धू के अब्बा?"

"हाँ, बहुत दर्द है," अली अहमद ने कराहते हुए कहा, "चलो बुद्धू की अम्माँ, अब अपने देस लौट चलें।"

"आँय!" रनिया चौंक गई। "ये का कह रहे हो बुद्धू के अब्बा? अब तो यही अपना देस हो गया है। जहाँ रोजी-रोटी चले, वही देस है। अब इतने दिन हो गए, वहाँ चलकर क्या करेंगे?"

"क्यों? क्या चूड़ी पहनाना भूल गई होगी तुम?"

"भूलूँगी क्यों, कहीं कोई अपना खानदानी पेसा भी भूलता है। मगर गाँव-गँवईं के लोग अब मुझे पहचानेंगे भी?"

"आदमी जैसे अपना खानदानी पेसा नहीं भूलता, वैसे ही धरती अपने वासियों को कभी नहीं भूलती। समझी?"

"मगर बुद्धू के अब्बा, अब तो यही देस अपना हो गया है। यहाँ भी तो अपने लोग हैं।"

"खाक अपने लोग हैं। अपने होते तो इस तरह दगा न करते।"

अल्ली उखड़ गया।

"क्यों, क्या हुआ?"

"खलील मुड़की से राबिया को भगा लाया है। उसकी माँ के डर से वे लोग घर छोड़कर भागे हुए हैं। अब तुम्हीं बताओ, नूरू को और उसकी बीवी को, और फिर उनकी बिटिया को हम क्या मुँह दिखलाएँगे?"

इतना सुनना था कि रनिया चिहुँककर उठ बैठी। मानो किसी ज़हरीले कीड़े ने उसे काट लिया हो।

"क्या सच?" उसने अविश्वास के साथ पूछा तो अल्ली भी उठ बैठा।

"हाँ, बुद्धू की अम्माँ सच। हमारी जबान ख़ाली गई। हमारी नाक नीची हो गई।"

फिर तो दोनों परानी देर रात तक यूँ ही गुमसुम बैठे रहे। और अन्त में यही निश्चय करके सोए कि अब यहाँ नहीं रहना है।

अगले दो दिनों के भीतर अली अहमद का घर उजड़ गया। जो बड़े सामान थे, वे औने-पौने दाम में बेच दिए गए। छोटी-मोटी चीज़ें यूँ ही गाँव में बँट गईं। किवाड़ों को दसरथ गोंड़ निकाल ले गया। सिल-बट्टा, पानी के घड़े, अल्मुनियम के बर्तन तथा कथरी-रजाई पतरस की बीवी उठा ले गई। इतने दिनों में रनिया ने अच्छी-ख़ासी गृहस्थी जमा ली थी। मगर सारी चीज़ें साथ में नहीं ले जाई जा सकती थीं। पहनने के कपड़े और कुछ बहुत ज़रूरी सामान ही चले जाएँ तो बहुत है। बुद्धू ने पहले तो अपनी किताबें भी बक्से में भर ली थीं, मगर पिता ने जब समझाया कि ये वहाँ नहीं चलेंगी, तो उठाकर अपने उस दोस्त को दे आया जो उससे एक दर्जा नीचे पढ़ता था। पास हो गया तो अगले साल काम आएँगी।

बलापुर को छोड़ने और दुल्लोपुर को छोड़ने में एक बड़ा फ़र्क़ था। वहाँ पीछे से निगरानी रखने और छूटे हुए का भोग करनेवाले पारिवारिक जन थे। यहाँ कोई नहीं था। उस वक़्त घर सिर्फ़ छूटा था; इस बार वह उजड़ गया था। बल्कि घर के

वासियों ने ख़ुद ही अपने हाथों से उसे उजाड़ दिया था। जैसे खेल-खेल में बच्चे घरौंदे बनाते हैं, फिर खेल ख़त्म होते ही उसे बिगाड़कर चल देते हैं।

असबाब के नाम पर अली अहमद के कंधे पर टीन का एक पुराना बक्सा था और रनिया के सिर पर एक गठरी। एक झोला बुद्धू के हाथ में भी था, जिसमें कुछ ज़रूरी चीज़ों के अलावा लत्तों से बनी एक गेंद भी थी, जिससे कभी-कभार वह खेला करता था।

जिस वक़्त अल्ली का परिवार दुल्लोपुर से चला, गाँव के लोग अपने-अपने घरों से बाहर निकल आए और एक जगह गुमसुम खड़े हो गए। पुरुषों की आँखें झुकी हुई थीं। स्त्रियाँ च्च: च्च: कर रही थीं। रनिया मुड़-मुड़कर पीछे की ओर देख रही थी। उसकी आँखों से तर-तर आँसू टपक रहे थे। कभी-कभी बुद्धू भी पीछे घूमकर देख लेता था। माँ के कंधे से चिपकी होने के कारण नन्ही ताहिरा का मुँह तो लगातार पीछे की तरफ़ ही था। मगर अल्ली ने एक बार भी पीछे मुड़कर नहीं देखा। जिसे त्याग दिया उसके प्रति मोह कैसा? लेकिन लाख कोशिश करने के बाद भी वह तेज़ नहीं चल पा रहा था। दुल्लोपुर की मिट्टी मानो चुम्बक हो गई थी।

वे लोग दोपहर होते-होते डिंडौरी पहुँचे। वहाँ पता चला कि जबलपुर वाली बस अब चार बजे मिलेगी। बस अड्डा बाज़ार के मैट्रिक स्कूलवाले छोर पर मुख्य सड़क से नीचे एक गलियारे जैसी जगह में था जहाँ बारहों मास काला-काला कीचड़ जमा रहता था। उसी कीचड़ में फँसी अमरकंटक और मंडलावाली दो-तीन बसें उस समय खड़ी थीं। जबलपुर वाली बस पीछे की तरफ़ कहीं छिपी हुई थी। वह अपने समय से आधा घंटा पहले वहाँ आकर लगनेवाली थी। जो बसें छूटने के लिए तैयार थीं वे लगातार भुर्र-भुर्र किए जा रही थीं और हाफ़ पैंट तथा हाफ़ कमीज़ पहने एक नाटा-सा आदमी चिल्ला-चिल्लाकर यात्रियों को पुकार रहा था।

अल्ली ने एक सूखी-सी जगह देखकर अपना असबाब वहाँ रखा और रनिया को बक्से पर बैठा दिया। बुद्धू झोला लिये गठरी के पास बैठ गया। नन्ही ताहिरा, जो रास्ते में माँ के कंधे से लगकर सो गई थी, अब जाग गई थी और चीख़-चीख़कर रो रही थी। रोते-रोते उसकी नाक से कीचड़ बहने लगा था, जिसे पोंछने पर वह और ज़ोर से चीख़ने लगी थी। अली अहमद ख़ामोश खड़ा था और सामने पानवाले की दुकान में लगे आईने में एकटक अपने आपको देख रहा था।

तभी अचानक, उसी आईने में उसने देखा कि पीछे से नूरू अपनी बीवी के साथ चला आ रहा है। आईने में नूरू का चेहरा उतना बीभत्स नहीं लग रहा था, जितना कि वह था।

"सलामालेकुम इलाहाबादी भाई।"

अली अहमद घूमा और सिर झुकाकर खड़ा हो गया। वह सोच रहा था कि शायद नूरू उसे न देखे और अपनी बीवी के साथ बाज़ार की तरफ़ निकल जाए। मगर नूरू अपनी चिर-परिचित आवाज़ के साथ ठीक उसके सामने खड़ा था। उसकी बीवी रनिया के पास जाकर उकड़ूँ बैठ गई थी।

"मैं जानता हूँ इलाहाबादी भाई, कि तुम्हें यहाँ कोई आराम नहीं मिला। मैं भी तुम्हारी कोई मदद नहीं कर सका। मगर इस तरह तुम्हारा लुक-छिपकर जाना क्या ठीक था?" नूरू ने कहना शुरू किया, "आज सबेरे ही दसरथ गोंड़ का लड़का किसी काम से मुड़की आया था। उसी से मुझे पता चला कि तुम सब कुछ बेच-बाचकर अपने देस जा रहे हो। मैं जानता हूँ कि तुम अब कभी नहीं लौटोगे। मैं यह भी जानता हूँ कि तुमने मुझे सन्देसा क्यों नहीं भेजा? मगर इलाहाबादी भाई..." नूरू ने अल्ली के कंधे पर अपना हाथ रख दिया, "इसमें तुम्हारा क्या दोस है?"

"नहीं नूरू भाई, दोस तो मेरा ही है..."

अली अहमद आगे शायद कुछ और कहता, मगर बीच में ही रनिया बोल पड़ी :

"उस खलील को मैं नहीं जानती थी कि ऐसा करेगा," फिर वह नूरू की बीवी की ओर मुख़ातिब हुई, "अल्ला कसम भाभी, मेरा बुद्धू इतना छोटा न होता तो मुन्नी की मँगनी मैं इसी से कर देती।"

"जी छोटा न करो आपा," नूरू की बीवी ने बीच में ही उसे लोक लिया, "अल्ला ताला जो करते हैं, ठीक ही करते हैं।"

तभी जबलपुरवाली बस वहाँ आकर लग गई और वह हाफ़ पैंटवाला आदमी चीख़ने लगा :

"जबलपुर, शहपुरा, बिक्रमपुर के जानेवालो! पैंतालिस छिहत्तर पर आकर बैठ जाओ। जबलपुर, शहपुरा, बिक्रमपुर..."

अली अहमद बस पर असबाब चढ़ाने लगा। नूरू उसकी सहायता में जुट गया। बुद्धू तो अपने होश में पहली बार यात्रा कर रहा था, वह पहले ही अन्दर पहुँच गया था।

नीचे दोनों स्त्रियाँ खड़ी थीं। दोनों की आँखें भीगी हुई थीं। नूरू की बीवी थोड़ी देर तक कुछ सोचती रही फिर साड़ी की खूँट में बँधी काग़ज़ की एक छोटी-सी पुड़िया निकालकर रनिया की तरफ़ उसे बढ़ा दिया। रनिया ने खोलकर देखा। पुड़िया में उसके कानों की बालियाँ थीं, जिन्हें खलील का रिश्ता पक्का करते वक़्त उसने मुन्नी के कानों में पहनाया था।

रनिया ने बालियाँ फिर नूरू की बीवी के आँचल में बाँध दीं।

"नहीं आपा, ये तो मुन्नी की ही हैं। अभी न सही, जब उसका ब्याह हो तो

इन्हें उसके कानों में पहना देना। मेरी तरफ़ से।" रनिया बड़ी मुश्किल से अपने आँसू रोकती हुई बोली और बस में सवार हो गई। नूरू की बीवी चुपचाप, किसी बुत की तरह नीचे खड़ी रही।

नूरू उसके आँचल के उस छोर को एकटक देखता रहा, जिसमें बालियाँ बँधी थीं।

बस धीरे-धीरे चलकर सड़क पर पहुँची और हार्न बजाती हुई आगे बढ़ गई।

दूसरा चरण

दालान में स्त्रियों, पुरुषों और बच्चों की भीड़ जमा थी। एक ओर चारपाई पर बक्से से तुरन्त निकाली हुई धारीदार धराऊँ चादर बिछी थी, जिसमें बसी हुई फुनैन की गंध पूरी दालान में भरी हुई थी। वह चादर अली अहमद के भतीजे को दहेज में मिली थी और यदा-कदा मेहमानों के आने पर ही निकाली जाती थी। चादर अभी तक नई थी, एक बार भी नहीं धुली थी। उसके एक कोने में मिल का ट्रेडमार्क भी अभी तक चिपका हुआ था। उस चादर-बिछी चारपाई पर अल्ली चुड़िहार बैठा हुआ था। बड़ा भतीजा करीम दहलीज़ पर उकड़ूँ बैठा था। अपने पास उसने बुद्धू और ताहिरा को भी बैठा लिया था। छोटकवा यानी सलीम पीछे खड़ा था। भीतर कोठरी में, दरवाज़े के ठीक सामने रनिया को घेरकर करीम की बीवी, चुनिया और टोले की तमाम स्त्रियाँ बैठी हुई थीं। सभी लोग तल्लीन होकर अली अहमद की दास्तान सुन रहे थे, जिसमें परदेस की ऐसी-ऐसी कहानियाँ थीं, जो न तो सुनी गईं कभी, न देखी गईं। स्त्रियाँ तो एकदम भकुआ बनी हुई थीं। बीच में कोई बच्चा अगर ज़रा-सा कुनमुनाता या बग़ल वाले बच्चे से फुसफुसाकर कुछ बतियाता तो लोग उसे डाँटकर चुप करा देते थे। अली अहमद की बातें सभी के लिए नई थीं। उनमें किसी बिराने लोक की कथाओं का मज़ा भरा हुआ था।

मगर अल्ली का मन दास्तान सुनाने में लग नहीं रहा था। एक तो सफ़र की थकान, दूसरे वह स्वयं यह जानने के लिए बेचैन था कि उसके जाने के बाद इस गाँव में क्या-क्या हुआ। गाँव छोड़कर उसके चले जाने के बाद पं. रामवृक्ष पांडे की क्या प्रतिक्रिया हुई? सृष्टिनारायण पांडे क्या कर रहे हैं? ललुआ दिखाई नहीं पड़ रहा है, कहाँ गया? सत्तार की अम्माँ इधर आया करती हैं या नहीं? जब्बार मोलबी की पं. रामवृक्ष पांडे से अब भी वैसी ही पटती है या नहीं? मख़दूम नाऊ ज़िन्दा है या मर गया? और सबसे बड़ी जिज्ञासा यह कि पं. जवाहरलालजी नेहरू कभी इधर आए थे या नहीं?

"पाँड़े बबा तो मर गए।"

अचानक भीड़ में से यह आवाज़ आई तो अल्ली चौंक उठा। पं. रामवृक्ष पांडे के बारे में वह कुछ सुनना तो चाह रहा था, मगर यह नहीं कि वे मर गए। वह

उनसे नाराज़ था, पर इतना नहीं कि उनकी मृत्यु से वह ख़ुश होता। आख़िर एक लम्बे समय तक वह उनकी 'परजा' रहा था। वे उसके भी तो 'बबा' थे। अल्ली का चेहरा मुरझा गया। भीतर रनिया का चेहरा भी ज़र्द पड़ा; उसकी तो आँखें भी डबडबा आईं।

"क्या हुआ था?"

अल्ली ने एक ठंडी साँस लेते हुए और मन ही मन मृतात्मा के लिए दुआ पढ़ते हुए पूछा तो उसका भतीजा करीम शुरू से पूरी दास्तान सुनाने लगा :

"जिस रोज आप गए, उसी रोज की तो बात है, समधियाने से बुलावा आया था। बेचारू गए तो थे खुस-खुस, मगर लौटे तो असुभ लेकर। समधी ने कहा, अपनी बिटिया को लेते जाइए, यह हमारे जोग नहीं है।"

"क्यों?" अल्ली ने बीच में ही टोका तो करीम चुप हो गया। भीड़ भी चुप रही।

"लड़के को वह पसन्द नहीं थी क्या?"

अली अहमद ने फिर टोका, मगर करीम ने उसके सवाल पर कोई ध्यान नहीं दिया। वह आगे बोलने लगा :

"फिर खटिया पर जो गिरे तो नहीं उठे। बिटिया का सदमा तो था ही, कुछ दिनों के बाद पता चला कि जवाहरलालजी जमीनदारी खत्म करनेवाले हैं। अब तो बबा को पैखाना-पेसाब भी बिस्तर पर होने लगा। सृष्टी कका इलाज के वास्ते सहर ले गए। मगर लौटे उनकी लहास लेके। पूरा गाँव इकट्ठा हो गया दुआरे... रोआ-रोवव्वल मच गया। मगर खुदा को तो जो मंजूर था, वह हो ही गया था..."

करीम की कथा ने पूरी भीड़ को उदास कर दिया था। दालान में सन्नाटा छा गया था। लोग अब एक-एक करके उठने लगे थे। सिर्फ़ वही लोग नहीं जा रहे थे जिन्हें उम्मीद थी कि यह सन्नाटा अभी टूटेगा और परदेस की कहानियाँ फिर सुनने को मिलेंगी।

"जमीनदारी खतम होने से जब्बार मोलबी साहब को भी बहुत रंज हुआ," करीम ने फिर बोलना शुरू किया, "मगर क्या करते? हाँ इतना जरूर किया उन्होंने कि कास्तकारों को समझा-बुझाकर जमीनें वापस ले लीं। अधिया पर खेती कराने लगे। पर अधिया-तिहाई में भला क्या बचता है? वो तो कहिए सत्तार को नौकरी मिल गई, कि कुछ सहारा हो गया; पोस्टमास्टर हो गए हैं..."

"सत्तार की अम्माँ कहाँ हैं?"

"हैं। यहीं हैं। पता नहीं क्यों नहीं आईं? सायद खबर न मिली होगी। मोलबी साहब बीमार भी तो रहते हैं। कमर में बहुत दर्द रहता है...।"

"सत्तार कहाँ नौकरी कर रहा है?"

"यहीं, अपने गाँव में।"

"तो क्या, बलापुर में पोस्टआफ़िस खुल गया है?"

अल्ली चौंका। वह तो अभी तक करमा को ही अपने गाँव का पोस्टआफ़िस समझ रहा था।

"हाँ, खुल गया है। सुना है, सड़क भी बननेवाली है। इधर नैनी की तरफ़ से एक कच्ची सड़क आ तो रही है..."

इस बीच कुछ और लोग भी उठकर चले गए थे। अब सिर्फ़ नई उम्र के लौंडे ही दालान में बचे हुए थे। वे बुद्धू को इशारे से अपनी ओर बुला रहे थे, मगर कुछ शर्म और कुछ अपरिचय के कारण वह अपनी जगह से टस से मस नहीं हो रहा था।

"मख़दूम दादा मस्त हैं।" करीम ने फिर कहना शुरू किया, "आजकल नमाज पढ़ना शुरू कर दिया है...।"

"अरे उस दिनवाला किस्सा तो बताओ...अजानवाला...।" पीछे से छोटे भाई सलीम ने टोका तो करीम पहले तो हँसा, फिर बोला :

"एक रोज की बात है, कि मख़दूम दादा शाम के बखत महजिद में अजान दे रहे थे। उधर छोटकी दादी बकरियों को बाँधने के लिए परेसान थीं। मख़दूम दादा ने अभी अपने हाथों को कानों तक ले जाकर 'अल्लाहो-अकबर' कहा ही था कि बकरियाँ मिमियाईं। उन्होंने हाथ छोड़ दिया और घूमकर चिल्लाए : "अरे छोटकी, बकरिया काहे चिल्लात आऽऽ, बाँध ओका..." उसके बाद फिर हाथों को कानों तक ले गए और 'अल्लाहो-अकबर' कहकर अजान देने लगे। तभी बकरियाँ फिर मिमियाईं...इस तरह बेचारू को दुहरा-तिहरा अजान देना पड़ा..."

इतना सुनना था कि दालान में बैठे सभी लोग हँस पड़े। भीतर स्त्रियाँ भी मुँह में आँचल दबाकर हँसने लगीं। फिर तो अल्ली को भी हँसी आ गई।

हँसी का वह प्रवाह अभी उठान पर ही था कि अचानक ललुआ आ धमका और अली अहमद के पास चारपाई पर बैठ गया।

"गुड नून।" लल्लू ने हुलसकर कहा और अपना दाहिना हाथ आगे बढ़ा दिया, "सेक हैंड।" और वहाँ उपस्थित स्त्री-पुरुष फिर हँस पड़े।

"अच्छा मिस्टर लल्लू, नीचे आकर बैठिए।"

मोती बनिया के लड़के ने लल्लू को टोका तो वह उखड़ गया।

"व्हाई?" उसने आँखें तरेरीं।

लल्लू अब काफ़ी बड़ा हो गया था। हृष्ट-पुष्ट नौजवान। चेहरे पर दाढ़ी बढ़ी हुई थी। नाखून बड़े और भद्दे लग रहे थे; उनमें मैल भरी हुई थी।

"अरे ए लल्लू, कुछ सुना दो भाई; देखो तो बुद्धू के अब्बा कितने दिनों बाद गाँव लौटे हैं।"

किसी ने टोका तो लल्लू चौंका। वह इधर-उधर चकर-पकर ताकने लगा।

"बुद्धू। व्हेयर इज दैट फेलो? हू इज बुद्धू?" वह बड़बड़ाने लगा। बुद्धू डरकर भीतर चला गया।

"बुद्धू से यार बाद में मिल लेना, पहले कुछ सुना दो। ऊ वाला सुनाओ, नाऊ वाला..."

मोती के लड़के मानिक ने लल्लू को फिर चढ़ाया तो वह मुस्करा उठा। उसने जेब से एक बीड़ी निकाली और उसे सुलगाने के लिए माचिस ढूँढ़ने लगा। "मैच बाक्स, माचिस...?" उसने भीतर की ओर घूरते हुए कहा तो चुनिया ने दूर से ही एक टूटी हुई माचिस फेंक दी।

"थैंक यू।" उसने शुक्रिया अदा किया और बीड़ी सुलगाकर धुआँ सुड़कने लगा।

"चलो, खाना तैयार है। पहले खा लो, फिर बैठो।"

करीम की बीवी ने पीछे से पुकारा तो लौंडों ने लल्लू को फिर हुरपेटा।

"अरे यार जल्दी सुनाओ, बहुत नखरा दिखा रहे हो। वही वाला सुनाना; नाऊ वाला।"

लल्लू ने बीड़ी बाहर फेंक दी और गला साफ़ करके बड़ी अदा के साथ बोला :

सोचिए तो वर्क की बातें इन्हें आती नहीं
सिर्फ आता है इन्हें टु फ्लाइट काइट नाउ अडेज।
डार्कनेस छाया हुआ इंडोस्टाँ में चारो ओर
नेम को बी है कहीं बाकी न लाइट नाउ अडेज॥

इसके बाद एक झटके के साथ वह उठा और दरवाज़े के बाहर निकल गया।

"अच्छा अब उठो, चच्ची भूखी होंगी। चच्चा भी थके हैं, खा-पीके आराम करें।"

भीतर से करीम की बीवी फिर बोली तो अली अहमद चारपाई से उठ गया। दालान में बैठे लौंडे भी उठ गए। बुद्धू, जो लल्लू से डर गया था, अब बाहर निकल आया और करीम के पास ही लुढ़ककर सो गई ताहिरा को जगाने लगा।

तभी बाहर टुनटुनाहट की ध्वनि सुनाई दी और सबने देखा कि साइकिल पर सवार सृष्टिनारायण घंटी बजाते हुए चले आ रहे हैं। पीछे कैरियर पर साँवले रंग का तीखे नाक-नक्शवाला एक लड़का बैठा था; जिसके तेल लगे बाल घने, काले और बड़े-बड़े थे। दालान से बाहर निकलते हुए लौंडे कुछ बुदबुदाए, मगर अली अहमद कुछ समझ नहीं सका। भीतर खाना लग गया था। करीम, सलीम और बुद्धू के साथ वह खाना खाने बैठ गया।

कच्चे फ़र्श पर नीली-सफ़ेद धारियोंवाली दरी और उसके ऊपर सस्ते क़िस्म के खद्दर का एक छींटदार दस्तरख़्वान बिछा हुआ था। तामचीन की प्लेटों में कच्चे आम की फाँक पड़ी अरहर की दाल थी और गोजई यानी जौ-गेहूँ की रोटियाँ। सब्ज़ी में चौराई का साग था। साथ में नई अँबिया का अचार। एक छोटी-सी तश्तरी में आम की मीठी चटनी भी थी। खाना सादा था, मगर अपने गाँव-देस का खाना

खाए पूरा एक युग बीत गया था। अत: अली अहमद के लिए वह अमृत के समान था। मगर बुद्धू तो होश सँभालने के बाद से ही मसूर की दाल और भात खाता रहा था। यू.पी. का यह भोजन उसे जँचा नहीं। उसने भर-पेट खाना नहीं खाया। बीच में ही उठ गया।

"बबवा की खुराक बहुत कम है।" बावर्चीख़ाने से करीम की बीवी बोली तो वहीं पास में बैठी रनिया ने तरस के साथ बुद्धू को देखा। बोली कुछ नहीं। चुपचाप ताहिरा को दाल-रोटी खिलाती रही।

"सृष्टी तो जनसंघी हो गए हैं।"

खाना खाते-खाते करीम ने एक और सूचना दी तो अली अहमद बस "अच्छा!" कहकर रह गया। फिर कोई कुछ नहीं बोला।

खा-पीकर अली अहमद दालान में बिछी चारपाई पर लेट गया। उतरते बैसाख के दिन थे। बाहर लू चल रही थी। हवा के गर्म झोंके खपड़ों और किवाड़ों की दरारों के भीतर भी आ रहे थे। तिस पर मक्खियों की फ़ौज ने अलग हमला बोल रखा था। अली अहमद को नींद नहीं आ रही थी। थोड़ी देर बाद बुद्धू भी उसी की चारपाई पर आ लेटा। जगह तंग हो गई। इसीलिए, थोड़ी-थोड़ी झपकी जो आ रही थी, वह भी भाग गई। अल्ली के दिमाग़ में अब सिर्फ़ एक ही विचार चक्कर काट रहा था, कि किस तरह वह फिर से अपने गाँव में देसवासी की तरह ज़िन्दगी व्यतीत करेगा? परिवार पालने के लिए कौन-सा उपाय अपनाएगा और किस उपाय में उसे कितनी सफलता मिलेगी?

तभी किसी के आने की आहट हुई तो अल्ली ने करवट बदल ली। रनिया सिरहाने की ओर ज़मीन पर बैठ गई।

"नींद नहीं आ रही है क्या?" उसने पूछा और पति की बग़ल में लेटे हुए बेटे के बाल सहलाने लगी।

"अब तो फिर से अपनी गिरस्ती जमानी होगी।" यह कहते हुए अल्ली पेट के बल हो गया। इस तरह दोनों के चेहरे आमने-सामने हो गए।

"करीम की दुल्हन कह रही थी कि...," रनिया ने धीरे-धीरे कहना शुरू किया, "कि चाहो तो कल से ही गँवईं जाना शुरू कर दो। वैसे भी उस बिचारी से गाँव-गवईं सपरता नहीं। गोदी में बच्चा भी है। भउजी के इंतकाल के बाद घर में मलिकाना तो उसी का हो गया है, मगर गँवईं के मामले में भउजी जैसी दौड़ारी वह नहीं कर पाती। बस पास-पास के गाँवों में चली जाती है। गोंती और हथिगन तो बस एकाध बार ही गई है।"

"मगर पहले पैसा भी तो अदा करना होगा, जो भउजी से लेकर गए थे हम। और सौ रुपिया अगर करीम को ही दे देंगे तो चूड़ी कहाँ से लाएँगे? बुद्धू का नाम भी लिखाना है स्कूल में।"

अली अहमद ने अपनी चिन्ता जताई तो रनिया भी थोड़ी देर को चिन्तित हो गई। मगर अगले ही पल बोली :

"उसकी फिकिर तुम न करो। मैं करीम की दुल्हन से बात कर लूँगी। तुम तो कल ही नई बजार जाके चूड़ी ले आओ।"

"नई बजार?"

"हाँ, अब वहाँ भी एक थोक दुकान खुल गई है। ऊ इस्माइल है न, उसी ने खोली है।"

"कौन इस्माइल?"

"अरे इस्माइल को नहीं जानते? इबराहिम का भाई। उसकी ससुराल भी भारतगंज में है।"

"अच्छा-अच्छा..."

"हुवाँ से कुछ उधारी भी मिल जाएगी।"

"मगर कल नहीं, परसों जाएँगे। कल तनी लोगों से मिल-मिला लें।"

"किससे मिलोगे?"

"अरे इतने दिन बाद लौटे हैं, जब्बार मोलबी साहब से मिल लें। पाँड़े बबा नहीं रहे, उनके घर भी जाएँगे। देखें, सृष्टी कका कैसे पेस आते हैं...?"

"तो उनके यहाँ भी जाओगे? याद नहीं है क्या?"

"अरे बुद्धू की अम्माँ, जो हुआ सो हुआ; जिसने हमारी बेइज्जती की वह तो अब रहा नहीं। और जो रहा नहीं, उससे क्या दुस्मनी? फिर इसी धरती के रहनेवाले वो भी हैं और हम भी, बैर कैसा? हमारे मन में तो कोई किना है नहीं...। फिर,... फिर और लोगों से भी तो मिलना है...पसियाने भी जाऊँगा। पता नहीं भगतराम कैसा है? और हाँ, सृष्टी कका से लता बिटिया का भी तो हालचाल लेना है...।"

लता का नाम आते ही रनिया का चेहरा बिगड़ गया। फुसफुसाकर बोली :

"सादी के बखत लतवा को हमल था किसी का..."

अल्ली चिहुँककर उठ बैठा। मगर बोला कुछ नहीं। रनिया थोड़ी देर के लिए रुकी, उसके बाद फिर बोलने लगी :

"बेचारू बाप खतम हो गए घुल-घुलके, मगर ऊ बेसरम जिन्दा है अभी तक। करीम की दुल्हन बता रही थी; सहर में कोई टरेनिंग कर रही है।"

अली अहमद फिर लेट गया। खपड़े की दरार से सूरज की किरने चिनगारियों की तरह उसके जिस्म पर झर रही थीं। वह उस दरार को एकटक देखे जा रहा था। दरार के पार, खुले आसमान में दहकते हुए सूरज का रूप कैसा होगा, इसका कुछ-कुछ अनुमान तो किरनों से निकलनेवाली आँच से हो ही रहा था; मगर सत्य फिर भी अकल्पनीय था।

2

पं. रामवृक्ष पांडे के ज्येष्ठ पुत्र पं. दयाशंकर पांडे और पं. दयाशंकर पांडे के ज्येष्ठ पुत्र अशोक कुमार पांडे। अशोक कुमार के साथ अभी 'पंडित' नहीं लगा है; कुछ दिनों में लग जाएगा। इनकी आयु अभी मात्र ग्यारह वर्ष है, मगर चाल-ढाल और रख-रखाव में पं. दयाशंकर पांडे भी नहीं, साक्षात् पं. रामवृक्ष पांडे लगते हैं। टखनों तक धोती, पूरी बाँह की कमीज़ और माथे पर लाल मिर्च के आकार का तिलक। ये ग्यारहवर्षीय पांडे-कुमार जब गाँव में निकलते हैं तो लाला और अहीर, लुहार और सुनार, बनिया और भड़भूँजा, चमार और पासी सभी जन इनके सम्मान में खड़े हो जाते हैं और दोनों हाथ जोड़कर, सिर झुकाकर, बड़ी श्रद्धा के साथ अभिवादन करते हैं : 'पायलागी महराज।' जिसके उत्तर में अशोक कुमारजी वरदान की मुद्रा में अपना दाहिना हाथ उठाते हुए 'जिया' अथवा 'खुस रहा' जैसे रटे हुए आशीषों का उच्चारण करते हुए बिलकुल उसी तरह आगे बढ़ जाते हैं जैसे इनकी उम्र के अन्य लौंडे अपने से छोटे बच्चों की उपेक्षा करते हुए उस तरफ़ दौड़े चले जाते हैं, जहाँ कोई मदारी बन्दर नचा रहा होता है।

पं. सृष्टिनारायण पांडे इन्हीं अशोक कुमार पांडे को उस दिन यण् संधि पढ़ा रहे थे। सृष्टिनारायण पालथी मारे तखत पर बैठे थे और अशोक कुमारजी सुतली से बिने हुए माचा पर ठीक उनके सामने।

"यण् संधि एक जटिल संधि है। इसका सूत्र जानते हो? नहीं। तुम्हारे अज्ञान का कारण मैं समझता हूँ। ख़ैर सुनो, इको यणचि। अर्थात् इक: स्थाने यण् स्यादचि। समझे? नहीं? इसे समझने के लिए यह जानना आवश्यक है कि 'इक' क्या है और 'यण्' क्या है? तो सुनो। शंकर भगवान के डमरू से निकली हुई ध्वनियों के आधार पर पाणिनी महाराज ने अष्टाध्यायी के मूल सूत्र की रचना की है। इसे माहेश्वर सूत्र कहते हैं। इस सूत्र में देवनागरी वर्णमाला के सभी स्वर और सभी व्यंजन समाहित हैं। सूत्र इस प्रकार है, ध्यान से सुनो :

अ इ उ ण्। ऋ लृ क्।
ए ओ ङ्। ऐ औ च्। ह् य् व् र् ट्। ल् ण्।
ञ् म् ङ् ण् न् म्। झ् भ् ञ्। घ् ठ् ध् ष् ज ब ग ड द श्। ख फ
छ् ठ् थ् ट् त् व्। क् प् य्। श् ष् र्। ह ल्। इसी में इक् भी है और यण् भी..."

"सलाम पंडितजी।"

इस आकस्मिक हस्तक्षेप से सृष्टिनारायण चौंके नहीं, तिलमिला गए। तिलमिला इसलिए गए, कि 'पाँयलागी' के अतिरिक्त और किसी अभिवादन के वे आदी नहीं थे। आँख उठाकर देखा तो सामने अल्ली चुड़िहार खड़ा था।

"अरे अल्ली तुम? कब आए?"

सृष्टिनारायण ने एक ओर पिच्च से थूकते हुए पूछा तो अली अहमद ने सिर झुका लिया। अशोक कुमार चले गए।

"कल ही आए। पाँड़े बबा के बारे में सुना तो बहुत तकलीफ हुई।"

"हूँ। अब करी क्या सकते हैं?"

सृष्टिनारायण ने अली अहमद की बात पर मानो विश्वास नहीं किया। उन्होंने उसकी ओर एक उचटती-सी निगाह डाली और आगे बात न बढ़ाकर भीतर घुस गए। अली अहमद तालाब की ओर निकल गया।

तालाब बिलकुल सूख गया था। बस एक किनारे, पीपल के पेड़ के पास थोड़ा-सा पानी भरा हुआ था, जहाँ कोई लड़की अपने कपड़े धो रही थी। उस पारवाली अमराई से कोयल की कूक सुनाई पड़ रही थी। अभी आठ भी नहीं बजे थे, मगर लगता था दोपहर हो गई है। अली अहमद नाले की ओर चला गया। नाले में तो एक बूँद पानी नहीं था। मगर उसके कगारों पर खड़े सरपत के झाड़ों में हरियाली भरी हुई थी। दूर-दूर तक टिकोरों से लदी हुई अमराइयाँ और पेड़ों में छिपी कोयलों की कूक। धरती पर चारों ओर छितरी हुई शंखपुष्पी, जुगनुओं जैसे उसके फूल... वह भर-नज़र अपनी धरती के सौन्दर्य को निहारने लगा।

तभी नाले के पास से एक हट्टा-कट्टा नौजवान नौफुटी लाठी लिये आता हुआ दिखाई पड़ा। शकल बिलकुल पाँड़े बबा से मिलती हुई। अली अहमद की आँखें उस पर टिक गईं। देखा, पं. रामवृक्ष पांडे के बड़े लड़के पं. दयाशंकर पांडे थे।

"अरे चाचा तुम? आदाबर्ज है।"

दयाशंकर ठीक उसके सामने खड़े हो गए। अली अहमद से पहली बार किसी ब्राह्मण ने 'आदाबर्ज' कहा था। वह सकपका गया।

"कब लौटे? तुम तो हमें भूल ही गए थे। हम तो समझ रहे थे कि अब तुम नहीं लौटोगे। ख़ैर, आ गए, अच्छा किया। अपना घर घर ही है। सुना है चुनिया का ब्याह हो रहा है। तिथि तो निश्चित हो गई होगी।"

खड़े-खड़े दयाशंकर इतनी बातें कर गए, पर अली अहमद गुमसुम खड़ा रहा। उसकी बकार ही नहीं फूटी। यहाँ तक कि दयाशंकर दूसरी बार 'आदाबर्ज' करके चले भी गए। अली अहमद ने सोचा, किसी ने ठीक ही कहा है कि हाथ की पाँचों अँगुलियाँ बराबर नहीं होतीं। कहाँ पं. रामवृक्ष पांडे, कहाँ पं. सृष्टिनारायण पांडे और कहाँ उन्हीं के परिवार का यह लड़का। दयाशंकर के प्रति असीमित स्नेह से उसका मन भर उठा। दिल का बचा-खुचा मैल भी साफ़ हो गया। अपने गाँव लौटना सार्थक हो गया। अब नए सिरे से ज़िन्दगी शुरू की जा सकती है।

जैसे रंगीन झीने वस्त्र के पार की सारी चीज़ें रंगीन दिखाई पड़ती हैं, वैसी ही स्थिति मन की भी है। उसे एक ख़ुशी कहीं से मिल जाय तो इर्द-गिर्द फिर ख़ुशी ही ख़ुशी नज़र आने लगती है। अली अहमद के मन का यही हाल था। वह चुनिया के ब्याह की तैयारियों में लग गया था और जैसे-जैसे तारीख़ नज़दीक आती जा रही थी, उसका उत्साह बढ़ता जा रहा था।

करीम ने भी घोषणा कर दी थी कि घर के मालिक हमारे चच्चा हैं। अब मैं कुछ नहीं, वही सब कुछ हैं। गंगा पारवालों—यानी चुनिया की ससुरालवालों—को भी कहला भेजा था कि सब कुछ चच्चा की मर्ज़ी से होगा।

अली अहमद के मलिकान का अन्दाज़ तो उसी रोज़ लग गया था, जब दिन-तारीख़ रखी गई थी। चुनिया के ससुर ने लाख कहा कि हम सौ आदमी बरात में लेकर आएँगे, मगर उनकी एक न चली। अली अहमद ने साफ़-साफ़ अपना फ़ैसला सुना दिया :

"सौ नहीं तुम दो सौ आदमी लेकर आओ, मगर इंतजाम हम चालीस का ही करेंगे। बाकी तुम जानो। देखो मुहम्मद भाई, अब तुम्हारी इज्जत और हमारी इज्जत बाँटी हुई नहीं है। इस तरह आओ कि अपने दरवाजे पर तुम्हारे बरातियों की हम ठीक तरह से खातिर कर सकें। हाँ, एक बात और सुन लो। बरात में हिन्दुओं को बिलकुल मत लाना। हम दो तरह का खाना नहीं पकवा सकते। मैं ये नहीं कहता कि हिन्दू तुम लाओ ही नहीं, बेशक लाओ; मगर उन्हीं को जो हमारा खाना खा सकें। और बरात एकदम सरई होनी चाहिए। कोई गाजा-बाजा नहीं होगा..."

चुनिया के ससुर मुहम्मद चुड़िहार ने अली अहमद की सारी बातें मान लीं, मगर आख़िरी बात पर अड़ गए :

"सरई बरात का रिवाज चुड़िहारों में अभी नहीं चला है। बिन बाजे की बरात तो जनाजे की तरह लगती है। बाजा तो होना ही चाहिए..."

"तब आतिसबाजी भी लाइए।"

बीच में करीम ने दबे स्वर में यह फ़रमाइश रखी तो मुहम्मद ने उसे स्वीकार कर लिया। फिर तो अली अहमद ने भी बाजे का विरोध नहीं किया। बल्कि चलते-चलते मुहम्मद ने जब कहा कि आप लोग दूल्हे के वास्ते घोड़े का इंतज़ाम यहीं कर दीजिएगा, तो उसे भी ख़ुशी-ख़ुशी स्वीकार कर लिया।

ब्याह की तारीख़ नज़दीक आती जा रही थी। करीम की बीवी स्त्रियों के बीच बैठती तो अँगुलियों पर गिन-गिनकर बताती कि अभी कितने दिन और हैं? बाद में रनिया अपना हिसाब इस तरह पेश करती कि दो दिन और कम हो जाते। कहती, "अरे आज का दिन तो गया ही समझो। और उस रोज तो बियाह ही है। समझो बस आठ रोज ही हैं।"

इस पर करीम की बीवी अब तक हुए इंतज़ामों का विवरण पेश करती और चिन्ता के स्वर में बताती, कि अभी क्या-क्या होना बाक़ी है। सलीम की ड्यूटी न्योता बाँटने में लगी हुई थी। करीम के जिम्मे था गेहूँ-चावल और बकरों का प्रबन्ध। देग-बर्तन तथा बावर्ची के इंतज़ाम में ख़ुद अली अहमद लगा हुआ था। दैजा का बहुत कुछ सामान ख़रीदा जा चुका था, बाक़ी के बारे में विश्वास था कि रिश्तेदारों के यहाँ से आएँगे। लड़के की डिमांड थी कि घड़ी-सैकिल ज़रूर लेंगे। मगर चिन्ता की कोई बात नहीं थी। घड़ी का जिम्मा करीम के साढ़ू भाई ने ले रक्खा था और साइकिल के लिए चुनिया के मामा कह गए थे, कि हम लाएँगे। रहा रेडियो, तो नैनी की एक दुकान में सलीम 'मर्फ़ी' देख आया था। उसका कहना था कि देंगे तो 'मर्फ़ी' ही देंगे, गंगा पारवालों के आगे अपनी नाक क्यों नीची होने दें?

"अरे बहू, गेहूँ-वेहूँ कब पिसेगा?"

एक रोज़ अली अहमद ने करीम की बीवी से पूछा तो घूँघट के नीचे वह खिस्स से हँस पड़ी। बोली :

"पिस जाएगा चच्चा। ये पिसा लाएँगे करमा से।"

"करमा से?" अली अहमद को आश्चर्य हुआ। "करमा में क्या क़िराए की पिसनहारिनें बैठी हैं?"

अली अहमद ने याद किया कि जब उसका ब्याह हुआ था तो गाँव की अनेक स्त्रियों ने मिलकर गेहूँ पीसा था। रात-रातभर चक्कियाँ चलती थीं घड़र-घड़र, घड़र-घड़र...साथ में गवनई...

"नहीं चच्चा। हुआँ चक्की खुल गई है। मसीन में आटा पिसता है।"

अली अहमद प्रसन्न हुआ। जब वह मध्य प्रदेश में था तो उसने सुना था कि डिंडौरी में मशीन पर आटा पिसता है। मगर वह गया नहीं था कभी मशीन पर। रनिया घर पर ही गेहूँ पीस लिया करती थी। "तो, अपने करमा में भी आटा पीसने की मसीन खुल गई। यानी तरक्की हो रही है।" वह मन ही मन प्रसन्न हुआ और चक की तरफ़ निकल गया। सिपाही नाऊ से कह आएँ कि एक रोज़ पहले आकर सबके बाल काट दे। मख़दूम को खाना पकाने का ज़िम्मा सौंपना था। छोटकी और बड़की को तो रनिया ने पहले ही कहला दिया था।

आख़िर शुभ घड़ी आई और अली अहमद का घर मेहमानों से भर गया। भीतर हिन्दू-मुस्लिम स्त्रियों का जमावड़ा और बाहर बच्चों का शोर। बुद्धू सबसे आगे-आगे। काम करने में होड़ लगी थी। कोई इधर दौड़ रहा था, कोई उधर। घर में रनिया का मलिकाना था, बाहर अल्ली का। कोई बात पूछनी हो तो उनसे पूछो, कोई चीज़ माँगनी हो तो उनसे माँगो।

दोपहर बाद बकरे ज़िबह हुए। बग़ल के बाड़े में देग चढ़ गए। मख़दूम नाऊ के निर्देशन में खाना तैयार होने लगा। स्त्रियाँ गीत गाने में लगी थीं। बिरादरी के लोग आवश्यक बातचीत में व्यस्त थे। आने-जानेवाले चकित होकर अल्ली के घर को देखते और शुभ वचन कहते हुए आगे बढ़ जाते।

सूरज डूबते ही बारात का इंतज़ार होने लगा। सलीम तो थोड़ी दूर तक जाकर देख भी आया। अँधेरा होते ही गैस की बत्तियाँ जला दी गईं। एक आँगन में, एक दरवाज़े पर और एक खाने के पास। तभी ख़बर मिली कि बारात आ गई है और तालाब के पास बगिया में ठहरी हुई है। लोग सज-धज रहे हैं। अली अहमद ने घोड़ेवाले से कहा कि फ़ौरन घोड़ा लेकर बगिया में पहुँच जाओ।

और क़रीब एक घंटे बाद बारात दरवाज़े पर आ लगी। आगे-आगे आतिशबाज़ी-फुलझड़ी, अनार और बान। उसके पीछे बैंड। बीच में हाथ मटका-मटकाकर थिरकता हुआ लवँडा। और फिर सेहरे-मकने से सजा हुआ, मेहँदी लगे दाहिने हाथ में रूमाल थामे, मुँह ढके दूल्हा। दूल्हे के ऊपर झिलमिलाता हुआ छत्तुर। सबसे पीछे बाराती। दोनों ओर क़तार से जलते हुए हंडे थामे स्त्रियाँ। बाराती दूल्हे के सिर पर से न्योछावर कर-कर के एक-एक के नोट लवँडे को थमा रहे थे और बैंड अपने पूरे जोश के साथ नई-नई धुनें बजा रहा था।

दूल्हे का घोड़ा जैसे ही द्वार पर आया, परछन हुआ। भीतर से उस पर चावलों की बौछार हुई, जिसे दूल्हे के आगे छाता तानकर रोक लिया गया। फिर दूल्हे को कुरान चुमवाया गया। दोनों समधियों ने एक-दूसरे को पान खिलाया और गले मिले। इस तरह बारात लगने की क्रिया सम्पन्न हुई।

फिर हुआ निकाह और निकाह के बाद बँटी सिन्नी। छुहारा और चीनी। अन्त में खाने का एलान हुआ और लोग पंगत में बैठ गए। सबके आगे परई-पुरवे रख दिए गए। एक आदमी परई में सालन और दूसरा पुरवे में पानी भरता हुआ निकल गया। तीसरा पीछे-पीछे आया और नान थमाता हुआ आगे बढ़ गया। तब अल्ली ने ज़ोर से कहा :

"हाँ साहबो, बिस्मिल्लाह।"

लेकिन लोगों ने अभी रोटी तोड़कर उसे सालन में डुबोया ही था कि 'रुक जाइए' की कर्कश आवाज़ ने सबके हाथ रोक दिए। आँखें उठीं। देखा, शब्बीर चुड़िहार था। वह बीच पंगत में तनकर खड़ा था।

"बोलो भाई शब्बीर, क्या बात है? कोई कमी है क्या?"

घबराए हुए अली अहमद ने उसके पास पहुँचकर पूछा, तो वह थोड़ा शान्त हुआ।

"नहीं। कमी-बेसी की बात नहीं है।" इतना कहकर वह क्षण-भर रुका, खखारकर गला साफ़ किया; फिर बोला, "साहबो! हम देख रहे हैं कि यहाँ कल्लू भी हमारे साथ बैठा हुआ है। उसी टाट पर, जहाँ हम बैठे हुए हैं। हम कल्लू के साथ बैठकर खाना नहीं खा सकते।"

"काहे भाई, क्या जुर्म है उसका?"

पंगत में से किसी ने सवाल किया तो शब्बीर चुड़िहार का पारा गरम हो गया।

"क्या आप लोगों को पता नहीं है कि कल्लू चुड़िहार ने रहमान बेहना की लड़की को रख लिया है? एक चुड़िहार बेहना की लड़की को बीबी बनाए, क्या यह बर्दास करने की बात है। कल्लू ने पूरे मुड़वारा टाट की तौहीनी की है।"

"बोलो कल्लू, तुम क्या कहते हो? क्या ये बात सच है?"

पंगत में से जैसे ही यह सवाल उठा, कल्लू भी खड़ा हो गया। बोला :

"बिलकुल झूठ। सरासर झूठ। सब्बीर के पास क्या सबूत है कि रहमान मियाँ बेहना जात के हैं?"

"सबूत? हम देंगे सबूत। बोलो कैसा सबूत चाहते हो?" शब्बीर दूनी आवाज़ से चीख़ा, "रहमान बेहना, उसका बाप सुलेमान बेहना, उसकी औलाद बेहना..."

तब तक वहाँ बुद्धू भी पहुँच गया था। उसने धीरे से अपने बाप से पूछा :

"अब्बा, ये बेहना क्या होता है? क्या ये लोग हम लोगों से नीची जात के हैं?"

अल्ली ने बेटे की बात सुनी ही नहीं, वह शब्बीर को फुसलाने की कोशिश करने लगा। मगर शब्बीर चुड़िहार अपनी बात पर अडिग था। उधर कल्लू चुड़िहार भी झुकना नहीं चाहता था। नतीजा यह हुआ कि सालन ठंडा हो गया। रोटियाँ सूख गईं। तारे मद्धिम हो गए। रात का रंग साफ़ होने लगा। झलफला हो गया। मख़दूम नाऊ अँगौछा बिछाकर फ़जिर की नमाज़ पढ़ने लगे। पर समस्या जहाँ की तहाँ बनी रही।

फिर अचानक, कल्लू पंगत से बाहर निकल आया। बोला : "लो साहबो, खाओ खाना। हम जा रहे हैं। हमने बियाह किया है, कोई गुनाह नहीं किया है।"

मगर आगे बढ़कर अली अहमद ने उसे रोक लिया।

"चलो, हम-तुम साथ खाएँगे।"

फिर तो ठंडे सालन और सूखी रोटियों पर लोग इस तरह टूटे; मानो अब न खाया तो सालन बह जाएगा, रोटियाँ उड़ जाएँगी।

चारों ओर सुबह का उजाला फैल गया था। गैस की रोशनी भद्दी मालूम हो रही थी। अल्ली थका हुआ-सा एक तरफ़ बैठा था।

थोड़ी देर बाद बिदाई की बात होने लगी। चुनिया के ससुर का कहना था कि ठंडे-ठंडे बिदाई हो जाए। मगर लड़की की बिदाई क्या हँसी-खेल है? दस बज गए थे। धूप तेज़ हो गई थी। मगर सलाम कराई के वास्ते आँगन में दूल्हे का बुलावा ही नहीं आया था। बाहर नीम के नीचे चुड़िहारों की सभा बैठी हुई थी, जिसमें एक पढ़े-लिखे क़िस्म के युवा चुड़िहार के इस प्रस्ताव पर विचार-विमर्श चल रहा था

कि सभी चुड़िहारों को अपने, नाम के आगे 'सिद्दीक़ी' लिखना चाहिए। युवक बोल रहा था : "सिद्दीक़ी का मतलब है हज़रत सिद्दीक़ रज़िअल्लाह तआला की नस्लवाले। हज़रत सिद्दीक़ रज़िअल्लाह तआला वो पहले शख़्स हैं जिन्होंने इस्लाम क़बूल किया था। हज़रत सिद्दीक़ चुड़िहार थे या नहीं, यह तो नहीं मालूम; पर जैसे वे सच्चे इनसान थे वैसे ही चुड़िहार भी हैं। अपना काम सिद्क दिल से करते हैं। इसलिए उन्हें सिद्दीक़ी लिखना चाहिए।"

तभी आँगन में दूल्हे का बुलावा आ गया और प्रसंग बदल गया। नौजवान लड़के दूल्हे के साथ आँगन में पहुँच गए। दूल्हा जानता था कि रनिया ही उसकी सास है और करीम की बीवी सरहज। उसने सास का आँचल पकड़ लिया और बोला : "नेग में हमें गैया चाहिए।"

अली अहमद बचे हुए खाने को घर के बर्तनों में रखवा रहा था और देग ख़ाली करवा रहा था। लगन बहुत तेज़ थी। शाम तक देगों को नई-बज़ार पहुँचना था। सलीम दैजावाले पलंग पर बैठा एक कापी में 'ब्यवहार' लिख रहा था। जात-परजात के सभी लोग अपना ब्यवहार लिखवा रहे थे। लिखना इसलिए ज़रूरी था कि जब उनके यहाँ 'कारज' पड़ेगा तो इसी हिसाब से ब्यवहार दिया जाएगा। जिसने दो रुपिया दिया उसके यहाँ दो रुपिया, जिसने पाँच दिया, उसके यहाँ पाँच...तभी 'आदाबर्ज' की आवाज़ सुनाई पड़ी। अली अहमद ने चौंककर देखा। पं. दयाशंकर पांडे उसे इशारे से बुला रहे थे।

"हमें न्योता तो नहीं मिला था चाचा, पर अपना कर्तव्य निबाहने हम चले आए हैं। बिटिया का ब्याह है, कन्यादान तो करना ही होगा। बेटा सिरिफ अपने बाप का होता है, मगर बिटिया तो पूरे गाँव की होती है न! यह लो।"

इतना कहकर पं. दयाशंकर पांडे ने अली अहमद के हाथ में पाँच रुपये का एक नोट थमाया और चले गए।

चुनिया की बिदाई हो गई। किराए के सामान जहाँ से लाए गए थे, पहुँचा दिए गए। घर में एक अजीब-सी उदासी भर गई। रात में गैस-बत्ती नहीं, सिर्फ़ एक लालटेन जली, जिसकी रोशनी में बैठे हुए अली अहमद ने अपने भतीजे करीम से पूछा :

"क्यों करीम, पाँड़े बबा के यहाँ न्योता नहीं गया था क्या? पं. दयाशंकर ब्यवहार दे गए हैं। यह तो हमारे-तुम्हारे मुँह पर तमाचा है कि नहीं?"

"अरे चच्चा..." करीम ने मुँह बिचकाकर कहा, "इन बाम्हनों को आप नहीं जानते। सब काफिर जनसंघी हो गए हैं। जो इतनी भलमनसाहत दिखा रहे हैं न, तो जरूर कोई बात होगी। रामबिरिछ पाँड़े का ब्यवहार याद नहीं है क्या? अउर ऊ सृष्टी; जनसंघी। ये दयासंकर महराज भी तो उसी बुंद से पैदा हैं। आप इनके

चकमे में न आइए, वरना समझे रहिएगा। मेरी बात झूठ निकले तो मैं अपनी मूँछ आपके मूत से मुड़वा दूँगा।"

3

बैसाख उतर गया। जेठ लगा। ख़ूब लू चली। धूल-भरी गरम-गरम आँधियाँ आईं। रातों में हवा बन्द हुई। लोग बनियाइन उतार-उतारकर भोरहरी तक टहले। दिन-भर कोठरियों में बन्द रहे। इस बार मृगशिरा ख़ूब तपा। फिर एक रोज़ आसमान में कुछ भूरे-भूरे बादल आए और दौंगरा धरती को तर कर गया।

वर्षा आ गई। जब देखिए तब आसमान पर बादल। कभी-कभी पड़पड़ाकर बूँदें बरस पड़तीं। गर्मी बढ़ गई। मगर बूँदाबाँदी के कारण रात में बाहर सोना मुश्किल। भीतर उमस, बाहर उमड़-घुमड़। लोगों के घर टपकने लगे। खपड़े छानेवालों की तलाश शुरू हुई। लेकिन चमरौटी के मजूर दाने पर नहीं, पैसे पर काम करने के लिए कहते। वह भी इस तरह, मानो एहसान कर रहे हों। देश आज़ाद हो गया था। ज़माना बदल गया था। गाँव भी बदलने लगे थे। मजूर अब काम की बाट नहीं जोहते, काम ख़ुद मजूरों की खोज में परेशान होने लगा। हलवाहे भी बँधुआ नहीं रहे। जिसका चाहेंगे जोतेंगे, जिसका नहीं चाहेंगे नहीं जोतेंगे।

फिर भी, खेतों में हल चले। खरीफ़ की बुआई होने लगी। चारों ओर हरी-हरी घास उग आई। तालाब तो भरा ही, दोनों गड़हियाँ भी भर गईं। नाले में तो एक रोज़ बाढ़ ही आ गई।

फिर कुछ दिनों तक इतना पानी बरसा, इतना पानी बरसा कि चारों तरफ़ जलाहल हो गया। न खेत दिखाई पड़े न पेड़। तालाब उफन पड़ा। गड़हियाँ उमड़ आईं। गाँव की गलियाँ नदियाँ बन गईं। कमज़ोर मकान ढह गए। जिनके खपड़े नहीं छाए गए थे, उनके घरों में सूखी ज़मीन का बित्ता-भर टुकड़ा भी नहीं बचा। लोग कम्मर-कम्मर तक पानी में चलकर दिसा-फरागत के वास्ते किसी तरह बगिया तक पहुँचते और निश्चिंत होकर निपटने के लिए जगह खोजते-खोजते हारी मानकर पानी में ही बैठ जाते। बड़े-बूढ़ों ने कहा, "अबकी मघा अच्छा बरसा है। लोहवा, तँबवा, रुपवा और सोनवा...एकदम सटीक। दऊ की बड़ी किरपा है, धान अच्छा होगा।"

और वाक़ई धान की फ़सल बहुत अच्छी हुई। खेतों में धान की पकी हुई बालियाँ इस तरह झूमीं जैसे सजी-बजी किशोरियाँ नाच रही हों। खेत तो खेत, पूरा जवार महमहा गया।

उन्हीं दिनों आ गया दशहरा। आसमान से बादल छँट गए। धरती सूखने लगी। लौकी, कुम्हड़े और सेम की लताएँ फलों-फलियों से लद गईं। एक साथ सबकी गोद भर उठी। लोगों के लिए खाने को बहुत कछ हो गया घर में। लोग निश्चिंत होकर रामलीला देखने लगे। नारद मोह, धनुष यज्ञ, राम बनवास और अंगद-संवाद में उन्हें बेहद मज़ा आया। फिर जगह-जगह दसहरे हए। हर जगह राम-लक्ष्मण की सजी हई चौकियाँ निकलीं। हर जगह रावण का पुतला बना। देखते ही देखते अनेक रावण जलाकर राख कर दिए गए।

जिन दिनों जगह-जगह दसहरे के मेले लग रहे थे, उन्हीं दिनों रनिया के कहने पर अल्ली ने पुन: अपना कारोबार शुरू करने का मन बनाया। रनिया ने अपने हिस्से के घर में नई गृहस्थी जमाई। अल्ली नई बज़ार से चूड़ियाँ ले आया। कारोबार की शुरुआत दसहरे के मेलों से ही हुई। आज पुरवा का दसहरा तो कल पतेवरा का। परसों बलापुर का तो नरसों करमा का। मेले में कोई भी दुकानदार अपनी दुकान लगा सकता है। कोई रोक-टोक नहीं। बस अगले साल की रामलीला के लिए एक रुपए का चंदा-भर देना होगा। इसके अलावा और कोई टैक्स नहीं। कमाई का दारोमदार अपनी-अपनी क़िस्मत पर...

दसहरे के मेलों में इतनी कमाई हो गई कि रनिया अब अपना रुजगार भली-भाँति 'इस्टाट' कर सकती थी। लेकिन तभी मैके से बुलावा आ गया। अब्बा और अम्माँ तो मर ही चुके थे, बड़े भइया को लकवा मार गया। रनिया ने सुना तो दहाड़ मारकर रो पड़ी। अल्ली ने अगले ही दिन उसे करछना के रेलवे स्टेशन से 'जनता' में बैठा कर भारतगंज पहुँचा दिया।

फिर आ गई दीवाली। घर-घर में सफ़ाई होने लगी। कोई घर मिट्टी से पुता तो कोई चूने से। मुसलमानों ने भी अपने घरों की पुताई कराई। बच्चों ने पटाखे ख़रीदे। करमा से दो रुपये के बान और फुलझड़ियाँ बुद्धू ने भी ख़रीदे। मगर दीवाली से चंद रोज़ पहले भारतगंज से ख़बर आई कि बुद्धू के मामा नहीं रहे। फिर कहाँ के पटाखे और कहाँ की दीवाली।

रनिया तीजा करके बलापुर लौट आई। दीवाली की रात बुझे मन से उसने सिर्फ़ एक दिया जलाया—अपनी चूड़ियोंवाली भौंकी के पास। लच्छमी खुस तो जहान खुस। इतना तो करना ही होगा। फिर जमजुतिया का मेला भी तो है। लच्छमी खुस रहेंगी तो मेला ठीक-ठाक हो जाएगा।

जमजुतिया। अर्थात् यमद्वितीया। कातिक का महीना। शुकुल पक्ष। तिथि द्वितीया। इस दिन यम की बहिन अर्थात् सूर्यपुत्री यमुना में स्नान करने का विधान है। स्त्रियाँ यमराज को प्रसन्न करने के लिए और मृत्युदेवता से अपने भाइयों की रक्षा के लिए व्रत रखती हैं। यमद्वितीया के दिन घूरपुर से आगे जमुनाजी के किनारे ख़ूब बड़ा मेला लगता है। जमजुतिया का मेला। मेले में घूरपुर, करमा और जारी बाज़ार के

अलावा आसपास के गाँवों के इतने दुकानदार और इतनी जनता आती है कि पूरा यमुना-तट सजी-बजी नगरी में बदल जाता है।

उस साल जमजुतिया में अल्ली का परिवार भी अपनी दुकान लेकर पहुँचा। लोग भोरहरी में ही चल दिए और नौ बजते-बजते जमुना के किनारे। तट पर जगह-जगह तखत बिछाए जा रहे थे, चँदोवे ताने जा रहे थे। भाँत-भाँत की चीज़ें सजाई जा रही थीं। हलवाई तो रात में ही पहुँच गए थे। उनकी भट्ठियाँ धधक रही थीं। जलेबियाँ छन रही थीं। एक तरफ़ झूला। कहीं रंग-बिरंगी चोटियाँ और फीते लटक रहे हैं तो कहीं कोई सींकिया पहलवान पिपिहरी बजा-बजाकर बच्चों को आकर्षित कर रहा है। आसपास खड़े वृक्षों के नीचे दूरदराज़ से मेला घूमने आए लोग चद्दर बिछा-बिछाकर विश्राम कर रहे हैं...

बिसातबाने की आगेवाली क़तार में ही चूड़ियों की दुकानें भी थीं। रनिया ने एक ख़ाली स्थान देखकर वहीं अपना टोकरा उतारा और लम्बे-लम्ब एक पुरानी धोती बिछाकर चूड़ियों के तोड़े सजा दिए। अल्ली पास के कुएँ से पानी भर लाया। खाना साथ में था। दोपहर में बच्चों को तो भूख लगेगी ही। मगर अभी तो बुद्धू ताहिरा की अँगुली पकड़कर उस तरफ़ भागा जा रहा था, जिधर चोंटहिया जलेबी बिक रही थी और लाउडस्पीकर पर गाना बज रहा था। हलवाई का लड़का गाने की नक़ल उतार रहा था :

लाले लाले ओंठवा से
बहे रे ललइया हो कि रस चूवेला
जइसे अमवा के मुजरा से
रस चूवेला
हो कि रस चूवेला...

सूरज ढलते-ढलते मेला उखड़ गया। भीड़ छँटने लगी। दुकानदार अपनी-अपनी दुकान उठाने लगे। अल्ली के परिवार ने भी चलने की तैयारी की और रास्ते-भर कमाई का हिसाब जोड़ते हुए वे देर रात अपने घर में दाख़िल हुए।

"कितनी आमदनी हो गई चच्ची।"

खाना-वाना खा चुकने के बाद करीम की बीवी ने पूछा तो रनिया ने असल आमदनी छिपाकर जवाब दिया :

"अरे आमदनी क्या होती बहू, कुल दस-बारा रुपिया मिला। बहुत औरतें तो बुलाने पर भी दुकान पर नहीं बैठीं। अब ई रुजगार में पड़ता नहीं है।"

"नहीं चच्ची, ऐसी बात नहीं है। मेला-ठेला में यही होता है। ई रुजगार तो

गँवइयों का है। अब तुम आ गई हो, अपनी गँवइयाँ सँभाल लो। हमसे तो भाई सपरता नहीं।"

"गँवईं तो बहू रेहन रक्खी हुई हैं। अउर अभी हमारे पास इतना पैसा नहीं है कि..."

"अरे चच्ची तुम कैसी बात करती हो," करीम की बीवी ने बीच में ही उसकी बात काट दी। "हमारा-तुम्हारा कुछ बाँटा है क्या? जब हो जाय तो अदा कर देना। कौन कहो कि हम गँवइयों की कमाई खा रहे हैं। तुम्हारे बेटवा कुछ चमड़ा-वमड़ा ख़रीद-बेच लेते हैं, समझो उसी से घर चलता है। अच्छा चलें, तुम भी आराम करो।"

इतना कहकर करीम की बीवी अपनी तरफ़ गई। रनिया का मन निश्चिंत हुआ। और अगले ही दिन वह चूड़ियों की भौंकी उठाकर हथिगन की तरफ़ चल पड़ी।

चारों ओर हरियाली छाई हुई थी। खेतों में कहीं मटर तो कहीं चने के पौधे लहरा रहे थे। अनबोई ज़मीन पर जगह-जगह घास उगी हुई थी और वहाँ बकरियाँ चर रही थीं। चरवाहे लड़के और लड़कियाँ बगिया में कैथ तोड़ रही थीं। नमक-मिर्च के साथ कैथ का गूदा खाने का मज़ा वही जाने, जिसने कभी खाया हो। कुछ बच्चे चने के खेत में घुसे हुए थे। चने का साग देखकर किसके मुँह में पानी नहीं भर आता? रनिया भी भौंकी लिये-लिये एक खेत में उकड़ूँ बैठ गई और साग खोंट-खोंटकर खाने लगी। मगर अभी वह तीन-चार मूठ ही खा पाई थी कि दूर कहीं से आवाज़ आई :

"के है रे? कउन घुसा है खेत में?"

रनिया सिटपिटाकर उठ खड़ी हुई। देखा, बगिया में खड़ा एक नौजवान उसे ग़ुस्से से घूर रहा था। चने का साग, ऊख, मटर की फलियों, और तमाम फ़सली चीज़ों पर तो गाँव में सबका अधिकार होता था; यह टोका-टाकी कब से चल पड़ी? ज़माना क्या इतना बदल गया है?

रनिया मन ही मन कुढ़ती, अपने को कोसती और ज़माने के नाम पर अँगुलियाँ चटकाती हथिगन की सीमा में पहुँच गई। उसने दूर से ही वहाँ की अनेक स्त्रियों को पहचान लिया। और जैसे ही वह फतेमोहम्मद के दरवाज़े पर पहुँची, 'चुड़िहाइन आ गई, चुड़िहाइन आ गई' कहती हुई आस-पड़ोस की स्त्रियों तथा लड़कियों की भीड़ जुट आई। रनिया ने सभी स्त्रियों को सलाम किया और भौंकी उतारकर ज़मीन पर बैठ गई। कुछ तो इतनी दूर पैदल चलने के कारण और कुछ शायद चने का साग खाने के कारण उसे प्यास लग आई थी। उसने पानी माँगा तो फतेमोहम्मद की बीवी ने एक लोटे में पानी लाकर रनिया के आगे रख दिया। रनिया ने लोटे को इस तरह देखा, मानो उसमें पानी नहीं ज़हर है। पहले कहीं ऐसा होता था? पिठूरा न सही, गुड़ की भेली तो साथ में ज़रूर होती थी। ख़ाली पानी कोई नहीं देता था।

"कब आयउ चुड़िहाइन? हम तो समझे रहे कि अब तुम न आओगी। मजे में तो रहिउ न।"

फतेमोहम्मद की बीवी ने पूछा तो रनिया ने पहले पानी पिया, फिर संक्षेप में अपना सारा हाल कह सुनाया। इस बीच लड़कियाँ भौंकी के इर्द-गिर्द बैठकर चूड़ियों को उलट-पुलटकर देखती रहीं। किसी-किसी ने तो कोई तोड़ा ही उठा लिया और अपनी अम्माँ अथवा भाभी से कहने लगी कि हम इसमें की चूड़ियाँ पहनेंगी। मगर स्त्रियों ने चूड़ियों की तरफ़ कोई ध्यान नहीं दिया।

हथिगन मुसलमानों का गाँव था। पहले-पहल अपनी जात-बिरादरी में जाकर शुभ करने के ख़याल से ही रनिया उस रोज़ हथिगन गई थी। मगर स्त्रियों की यह बेरुख़ी देखकर उसे हैरत हुई।

"क्या बात है बहिन, तुम लोग आज चूड़ी न पहनोगी क्या?"

उसने सामने खड़ी भीड़ की ओर नज़र उठाकर देखा तो क्षण-भर ख़ामोशी छाई रही, फिर फतेमोहम्मद की बीवी ने कहा :

"नहीं चुड़िहाइन, बात ये है कि अभी वारिस चच्चा की बिटिया का ब्याह रहा, उसी में सबने चूड़ी पहन ली है..."

"अच्छा-अच्छा, करीम-बउ पहना गई थी क्या?"

"नाँहीं हो, ऊ कहाँ आती रहीं? एकाध मर्तबा कहलाया भी, मगर ऊ तो आईं ही नहीं..."

"फिर? फिर अब तक किससे पहनती रहीं तुम लोग?" इस बीच वारिस की बीवी भी वहाँ आ गई थीं। बोलीं :

"एक मर्तबा नई बज़ार की एक चुड़िहाइन आई थी, मगर ई डर से कि बलापुर वाली चुड़िहाइन लड़ेगी; दुबारा ऊ नहीं आई। अब पुरवा की एक मनिहारिन आती है..."

"का?" रनिया चौंकी, "अब मनिहारिनें भी चूड़ी पहनाने लगीं?"

"अरे तो," एक जवान-सी अल्हड़ औरत, जो नई काट की सलवार-कमीज़ और ज़रीदार दुपट्टे में झमक रही थी, मुँह बिचकाकर बोली, "चूड़ी पहनाना का सिरिफ चुड़िहार लोग ही जानते हैं। ऊ मनिहारिन बड़ी अच्छी-अच्छी चूड़ियाँ ले आती है।"

इतना कहकर वह तो चली गई, मगर रनिया के दिल में लगी हुई आग भभक उठी। उसकी गँवईं पर किसी मनिहारिन का क़ब्ज़ा! यह तो वैसे ही हुआ जैसे अपने भतार पर मुई चुड़ैल का हक़...

रनिया ने भौंकी उठाई और ग़ुस्से में फनफनाती हुई वहाँ से चल पड़ी।

दिन कुछ छोटा ज़रूर होने लगा था, पर सूर्यास्त होने में अभी बहुत देर थी। अपनी छाया को देखकर रनिया ने अन्दाज़ लगाया कि चार घड़ी दिन बाक़ी है। वह पतेवरा

की ओर मुड़ गई। गँवईं का पहला दिन और बोहनी भी न हो तो रुजगारी का मन अशान्त हो जाता है।

मगर पतेवरा में तो ग़ज़ब ही हो गया। पुरइन के पत्तोंवाले ताल के किनारे-किनारे चलकर रनिया जब उपधिया बबा के दुआरे पहुँची तो देखा एक गोरी-चिट्टी स्त्री छींट की धोती पहने, पान खाए, चूड़ियों का टोकरा खोले बैठी थी और उपधिया बबा की बहू को लाल कामदानी की चूड़ियाँ पहना रही थी।

अचानक किसी स्त्री ने रनिया को देख लिया। उसने फुसफुसाकर कहा, "अरे ई तो अपनी चुड़िहाइन है।" तब तक रनिया एकदम नज़दीक पहुँच गई थी। चूड़ी पहनाने वाली स्त्री ने कनखी से एक बार उसे देखा, फिर अपने काम में लग गई। रनिया ने अपनी भौंकी उतारके एक तरफ़ रखी और झपटकर चूडीवाली की कलाई पकड ली। फिर दाँत पीसती हुई बोली :

"तैं कउन होती है रे हमारी गँवईं में पाँव धरनेवाली। चल हट्ट।"

इस पर चूड़ीवाली ने एक ऐसा झटका दिया कि कलाई छूट गई। रनिया पीछे की तरफ़ भहराकर गिर पड़ी।

"बड़ी आई है भगानेवाली। तैं पट्टा लिखाके बैठी है क्या री?"

इतना कहकर वह फिर चूड़ी पहनाने लगी। मगर अचानक तउवा के रनिया उठी और उसका टोकरा उठाकर ज़मीन पर पटक दिया। आधी चूड़ियाँ बिखर गईं, आधी टूट गईं। धरती पर चारों तरफ़ चूड़ियाँ ही चूड़ियाँ दिखाई पड़ने लगीं। अब तो मनिहारिन ने भी अपने हाथ में पकड़ी हुई चूड़ियाँ फेंक दी और लपककर रनिया का झोंटा पकड़ लिया। रनिया दोनों हाथों से उसका मुँह नोचने लगी। गालियों की धारा फूट पड़ी। झोंटा-झोंटव्वल और रँड़हो-पोतहो से पतेवरा के गली-चौबारे सब गूँज उठे। किसी स्त्री ने बीच-बचाव नहीं किया। हाँ, उपधिया बबा की बहू ने भीतर जाकर अपनी सास को यह सब बताया तो वे दौड़ी हुई आईं और मनिहारिन के दोनों हाथ पकड़कर ऐसा झटका दिया कि रनिया तो उसके चंगुल से छूट ही गई, मनिहारिन भी गिरती-गिरती बची।

"देख री मनिहारिन," उपधिया बबा की स्त्री ने कहना शुरू किया, "अब इस गाँव में अपनी सकल न दिखाना, समझी। तेरी मजाल कैसे हुई जो हमारी चुड़िहाइन को हाथ लगाया? जा, अपना टोकरा उठा अउर भाग इहाँ से। छिनार कहीं की...'

इतना सुनना था कि मनिहारिन बुसुक-बुसुक रोने लगी और बैठकर टोकरे में अपनी बची-खुची चूड़ियाँ उठाने लगी। अब अन्य स्त्रियाँ भी रनिया के इर्द-गिर्द जमा हो गई थीं। कोई उसकी धोती ठीक कर रही थी तो कोई उसके बाल सँवार रही थी। उपधिया बबा की बहू गुड़ और पानी लेकर आई तो रनिया ने पहले मुँह पर छींटा मारा, फिर एक रोरा गुड़ मुँह में रखा। 'अभी इनसानियत बाकी है। सब

कुछ नहीं बदला है।' उसने मन ही मन सोचा और मुँह से अँजुरी लगाकर बैठ गई। उपधिया बबा की बहू पानी पिलाने लगी।

"मनिहारिन की तो अच्छी गत बन गई आज।"

एक स्त्री ने कहा तो रनिया ने आँखें उठाईं। मनिहारिन झमक-झमक चली जा रही थी। रनिया चीख़ी :

"आज से हमारी किसी गँवईं में भूलके भी कदम न रखना, नहीं तो हमसे बुरा कोई न होगा, हाँ समझी रहना।"

"हाँ, हाँ; फाँसी चढ़वा देगी न।"

मनिहारिन पलटकर बोली और कमर मटकाती हुई आगे बढ़ गई। रनिया उपधिया बबा की बहू को चूड़ियाँ पहनाने लगी। स्त्रियाँ खिलखिला-खिलखिलाकर हँसने लगीं। मानो अचानक ताल में कुईं की कलियाँ खिल उठी हों।

4

खेतों के बीच बने हुए एक खपड़ैले कमरे के भीतर पं. सृष्टिनारायण पांडे खटिया पर लेटे हुए थे और मुन्ना उनके चरण चाँप रहा था।

भइया—यानी पं. रामवृक्ष पांडे की मृत्यु के बाद खेती-बारी का सारा काम पं. सृष्टिनारायण ही देख रहे थे। भतीजे दयाशंकर के बारे में उनकी राय थी कि वे बहुत सीधे हैं। परजा पर कोई कंट्रोल नहीं कर सकते। ज़मींदारी वैसे ही टूट गई थी। चमार-पासी धीरे-धीरे चालाक और बेलगाम होते जा रहे थे। हरवाहों-मजूरों पर ठीक से नियंत्रण नहीं रहा तो बची-खुची जैदाद भी डूब जाएगी। पं. दयाशंकर पांडे अपने चाचा के इस तर्क से सहमत थे या नहीं, यह तो पता नहीं; मगर मन ही मन मानो उन्होंने यह सब स्वीकार कर लिया था और सब कुछ उन्हीं पर छोड़ दिया था। ख़ुद थोड़ी-बहुत नेतागिरी करने लगे थे। जब-तब 'सहर' यानी इलाहाबाद जाकर कांग्रेस के दफ़्तर का चक्कर लगा आते थे। पं. सृष्टिनारायण पांडे को कांग्रेस से सख़्त चिढ़ थी, मगर भतीजे का तेवर देखकर वे उसके मामले में मौन ही रहते थे। हाँ, अशोक कुमार पांडे को वे अपने साँचे में ढालना चाहते थे।

खेतों के बीच यह कमरा उन्होंने ही बनवाया था। यदा-कदा, जब उनका मन घर में न लगता, यहीं आ जाते और मुन्ना को बुलवा लेते। मुन्ना इलाक़े का माना हुआ नचनिया था। उम्र यही कोई पन्द्रह-सोलह साल, रेखें अभी नहीं आई थीं। रंग साँवला, पर चेहरे पर एक ख़ास तरह का नमक था। लड़कियों की तरह बाल; जब

नाचता तो दो चोटियाँ गूँथ लेता था। गला भी ख़ूब पाया था। एकदम कोयल की तरह कुहुकता था। बिदेसिया, कहरवा और पूरबी से लेकर तरह-तरह की ग़ज़लें-कव्वालियाँ उसे कंठस्थ थीं; हालाँकि था निपट निरक्षर। ईश्वर ने नाक-नक्श ऐसा दिया था, कि साड़ी-ब्लाउज़ पहन लेने पर एकदम षोडशी लगता था। आवाज़ भी महीन थी। पं. सृष्टिनारायण पांडे ने करमा की एक नौटंकी में उसका नाच देखा था। फिर तो उनका कुँवारा मन उसके लिए तड़प उठा था।

मुन्ना बलापुर का नहीं, बल्कि पास ही के गाँव उभारी की चमरौटी का रहनेवाला था। नाचने के एवज़ में कुछ ख़ास नहीं मिलता था। अपना और बूढ़े माता-पिता का पेट पालने के लिए उसे मजूरी करनी पड़ती थी। इसलिए पं. सृष्टिनारायण पांडे ने जब कहा कि "मुन्ना, तुम मेरे साथ रहो; मैं तुम्हारी जिन्दगी बना दूँगा। तुम्हारे माता-पिता को भी किसी बात की कमी नहीं होगी।" तो वह सहर्ष तैयार हो गया। एक से एक कलाकार बड़े आदमियों की छत्रछाया पाने के लिए क्या-क्या नहीं करते? यहाँ तो छत्रछाया ख़ुद बाँहें फैलाए खड़ी थी। मुन्ना उन बाँहों में समा गया।

फिर तो नाच-नौटंकी का सट्टा भी पं. सृष्टिनारायण पांडे के माध्यम से ही होने लगा। मुन्ना को वे स्वयं अपनी 'ए-वन' साइकिल के डंडे पर बिठाकर ले जाते। वहाँ जो इनाम-इकराम मिलता, उसे भी पंडितजी ही लेते थे। नाच ख़त्म होता तो रात प्राय: थोड़ी-बहुत बाक़ी रहती। पंडितजी मुन्ना को स्त्री-वेश में ही साइकिल पर बिठाकर बलापुर लौटते और खेतों के बीच बने इसी कमरे में उसे लेकर पड़े रहते। धीरे-धीरे गाँव-जवार में यह मशहूर हो गया कि पं. सृष्टिनारायण पांडे ने मुन्ना को रखैल बना लिया है।

पंडितजी कमर दबवाने के उद्देश्य से अभी पेट के बल हुए ही थे कि किसी ने कुंडी खटखटाई। मुन्ना के हाथ रुक गए। पंडितजी उठ बैठे। जब वे अन्दर होते थे तो कोई उन्हें छेड़ता नहीं था। आज यह कौन आ गया? उन्होंने इशारा किया तो मुन्ना ने उठकर धीरे से साँकल खोल दी। सामने लल्लू!

"ओह! मुन्नीजान यू। हाउ आर यू मुन्नीजान?"

पं. सृष्टिनारायण का क्रोध एड़ी से उठकर सीधे कपार तक पहुँच गया। वे दाँत पीसते हुए द्वार तक पहुँचे और कसकर एक ऐसा झापड़ मारा कि ललुआ गिरते-गिरते बचा।

"अब सरऊ दिखाई पड़े तो टाँग चीर देंगे।"

इतना कहकर पंडितजी ने किवाड़ बन्द कर लिये। लल्लू अपनी कनपटी सहलाता हुआ चल दिया।

बाहर बाँस-भर दिन चढ़ गया था। क़िवाड़ों की दरार से प्रकाश की एक रेखा सीधे चारपाई तक आ रही थी, जिसमें धूल के नन्हे-नन्हे कण लहरों की तरह झिलमिला रहे थे। अचानक पंडितजी को याद आया कि आज तो पन्द्रह

तारीख़ है। अशोक की फीस जमा करनी है। फिर 'शाखा' में भी जाना है। पंडितजी उठ बैठे।

"मुन्ना, अब तुम जाओ। मुझे अशोक के स्कूल जाना है।"

यह कहते हुए वे खड़े हो गए। मुन्ना ने उनके पाँव छुए। फिर जाते-जाते रुक कर पूछा :

"अब कब आऊँ, महराज।"

"मैं बुलवा लूँगा। तुम चिन्ता न करो। हाँ, आज मेरे पास पैसे कम हैं; मैं सनीचर तक कुछ न कुछ प्रबन्ध कर दूँगा। पैसा न हुआ तो गेहूँ दिलवा दूँगा... बस मौका मिलने दो। मुझे परवाह तो किसी की नहीं है, मगर तनी दयाशंकर की निगाह बचानी पड़ती है..."

मुन्ना चला गया। पं. सृष्टिनारायण पांडे ने द्वार पर पान के आकारवाला लोहे का ताला लगाया और दीवार से सटी साइकिल उठाकर स्कूल की ओर चल पड़े।

स्कूल बलापुर से सिर्फ़ दो मील पर था। करमा जाते हुए रास्ते में पड़ता था। अली अहमद ने बुद्धू का नाम भी दर्जा छै में वहीं लिखवा दिया था। महीने की पन्द्रह तारीख़ को हर स्कूल की भाँति उस स्कूल में भी 'फ़ीस डे' होता था। चार पीरियड के बाद पढ़ाई बन्द हो जाती थी। अध्यापक अपने रजिस्टरों में डूब जाते और छात्र अपने घर चले जाते। मगर वे छात्र, जो शाम को लगनेवाली 'शाखा' में भाग लेते थे, रुके रहते थे। उनके अलावा कुछ ऐसे छात्र भी विद्यालय में मँडराते रहते थे, जो घर की अपेक्षा विद्यालय को अधिक महत्त्व देते थे।

विद्यालय परिसर में नीम के नीचे ऐसे ही छात्र बैठे हुए थे और दिमाग़ी व्यायाम में व्यस्त थे। उस रोज़ उन्होंने तय किया था कि हर विद्यार्थी कोई प्रश्न पूछेगा और अन्य विद्यार्थियों को उसका उत्तर देना होगा। बारी थी मनोज की।

"भई, मैं एक वाक्य बोलता हूँ। तुम लोग अंग्रेज़ी में इसका ट्रांसलेशन करो।"

इतना बोलकर मनोज थोड़ा रुका, फिर सारे छात्र जब ध्यानपूर्वक उसकी ओर देखने लगे तो बोला :

"गया गया गया।"

"बकवास। इसका क्या ट्रांसलेशन होगा? यह तो कोई सेंटेंस ही नहीं है।"

छात्रों ने उसे रगेद लिया। मगर वह तनिक भी विचलित नहीं हुआ। बल्कि एक शरारतपूर्ण मुस्कान के साथ बोला :

"सेंटेंस है और पूरा सेंटेंस है। तुम लोग हारी मानो तो मैं बताऊँ?"

विद्यार्थी चुप हो गए। मुँह से तो किसी ने हारी नहीं मानी, मगर मौनं स्वीकृति लक्षणं...मनोज फिर मुस्कराया।

"चलो, कोई बात नहीं। सुनो। इसका ट्रांसलेशन होगा : गया वेंट टू गया।" लड़के उसका मुँह देखते रहे।

"अच्छा, अब मैं एक दूसरा सेंटेंस बोलता हूँ। इसका ट्रांसलेशन बताओ। वह गया तो ऐसा गया कि आया ही नहीं।"

"इस प्रकार के सेंटेंसों का ट्रांसलेशन कैसे होगा, यह नियम मास्टर साहब ने हमें नहीं बताया है।"

किसी छात्र ने टिप्पणी की तो मनोज ठठाकर हँस पड़ा।

"इसमें नियम की क्या जरूरत है। सीधा-सीधा ट्रांसलेशन है। ही वेंट तो अइसन वेंट कि केमै नाट।"

और सारे छात्र खिलखिलाकर हँस पड़े।

"अच्छा मैं एक कविता सुनाता हूँ।"

अब दर्जा ग्यारह में पढ़नेवाला लालजी सामने आया।

"तुम लोग इसका अर्थ बताओ :

जामुन अन्त न पाई
बरा तर मचि गई रार।
ऊमर रहे निझर गै
पीपर लाई नार।

इसका क्या अर्थ होगा?"

सारे छात्र लालजी का मुँह ताकने लगे। लालजी मुस्कराया। बोला :

"मैं जानता था कि तुम लोग इसका अर्थ नहीं बता सकते। अरे भई, जामुन के दो अर्थ हैं—एक अर्थ है जामुन और दूसरा अर्थ है 'जो मुनि'। इसी तरह 'ऊमर' यानी उम्र और दूसरा अर्थ गूलर। वैसे ही पीपर, यानी पीपल और पराया पति..."

"हम यह सब नहीं समझते, कोई और कविता सुनाओ।"

छात्रों ने शोर करना आरम्भ किया तो लालजी ने दूसरी कविता दाग दी :

"अच्छा, इसका अर्थ सोचो :

धनिया कहे पियाजी से
सुन लेसुन मोरी बात
सोया था मेंथी नहीं
गाजर अस अहिवात।"

निचली कक्षा के विद्यार्थी इसका अर्थ भी नहीं बता सके। तब लालजी ने धनिया, पियाजी, लेसुन, सोया, मेंथी और गाजर की विस्तारपूर्वक व्याख्या प्रस्तुत की : "धनिया अर्थात् स्त्री ने अपने पति यानी पिया जी से कहा कि मेरी बात सुन

लो, तू अकेला सोया रहा और पास में मैं थी नहीं। मेरा ऐसा अहिवात अर्थात् सुहाग जल जाय।" मगर छात्रों को कोई आनन्द नहीं आया। वे बुरी तरह बोर हो गए। पहलू बदलने लगे। खिसकने की तैयारी करने लगे। तभी लालजी का ध्यान गया बुद्धू की ओर। उसने अशोक कुमार पांडे को आँख मारी और कुछ इशारा किया।

अशोक कुमार ने बुद्धू की पीठ पर धौल जमाई।

"अरे बुधुवा, तूँ भी कुछ बकर।"

"मैं?" बुद्धू घबरा गया।

"हाँ-हाँ, बोल कुछ।" लालजी ने उसे उत्साहित किया।

बुद्धू ने हिम्मत जुटाई। बोला :

"मैं कुछ पूछूँ?"

"अबे ये क्या में-में लगा रक्खा है। बोल।"

अशोक ने घुड़का तो बुद्धू सँभलकर बैठ गया। फिर, एक पल के बाद बोला :

"अच्छा, बताओ तो पंडित जवाहरलाल नेहरू का जन्म कब हुआ था?"

यह सुनना था कि सारे छात्र खिलखिलाकर हँस पड़े।

"येल्लो! अब आ गया भई, असली प्रश्न। इसके उत्तर के लिए तो हमें बजरंगी मास्टर के पास जाना होगा। क्यों बे मुसल्ले, नेहरूजी तुम्हारे नाना लगते हैं क्या?"

मनोज कुमार की इस टिप्पणी ने बुद्धू को आहत कर दिया। उसका मुँह लटक गया।

"अरे, कटुवा है न," अशोक कुमार पांडे बड़ी हिकारत के साथ बोला, "इन लोगों के सारे काम उलटे होते हैं। हम लोग सीधे ढंग से हाथ धोते हैं, ये लोग उलटे ढंग से। हम लोगों के यहाँ सीधे तवे पर रोटी बनती है, इनके यहाँ उलटे तवे पर। हम लोग बाल मुड़ाते हैं, ये लोग नूनी कटाते हैं। सुना नहीं है? हिन्दुअन की फलान और मिंयन की दाढ़ी..."

अभी छात्रों में ये बातें हो ही रही थीं कि पं. सृष्टिनारायण पांडे फ़ीस-वीस जमा करके अशोक कुमार को खोजते हुए नीम के नीचे पहुँच गए। उन्हें देखते ही सारे छात्र उठ खड़े हुए।

उजड़ी हुई गृहस्थी दुबारा सँवर गई; इसे अल्ला मियाँ की मेहरबानी और अपनी ख़ुशक़िस्मती समझकर अल्ली चुड़िहार संतुष्ट था। रनिया रोज़ सुबह गँवई जाती और रात को घर में पर्याप्त चीज़ें आ जातीं। चावल, दाल, लौकी-कुम्हड़ा, गुड़ की भेलियाँ...साथ में कुछ नकदी भी। ज़िन्दगी गुज़ारने के वास्ते इससे ज़्यादा क्या चाहिए? अल्ली सुबह-शाम कुएँ से पानी भरता। दिन में एकाध जगह जाकर चूड़ी पहना आता। बाक़ी समय में या तो नन्ही ताहिरा को बहलाता रहता या फिर मज़हबी किताबें पढ़ता रहता। उसे उम्मीद थी कि बुधुवा पढ़-लिखकर कुछ करने लगेगा,

तो उनके दिन भी फिर जाएँगे। और, अगर ज़रूरत महसूस हुई तो वह भी अपने नाम के आगे सिद्दीकी लगा लेगा।

उस दिन रनिया जल्दी घर लौट आई थी। ताहिरा भौंकी में चूड़ियाँ उलट-पुलट कर गुड़ की भेलियाँ ढूँढ़ रही थी। अली अहमद उकड़ूँ बैठा पैसे गिन रहा था। तभी बुद्धू स्कूल से लौटा और बस्ता एक तरफ़ पटककर खटिया पर पड़ गया। वह रो रहा था।

अली अहमद गिनती भूल गया। नन्ही ताहिरा गुड़ की भेली हाथ में लिये-लिये खटिया की तरफ़ भागी। रनिया का तो कलेजा ही मुँह को आने लगा।

"का बात है बेटवा, मास्टर साहब मारे हैं का?"

रनिया ने उसका सिर सहलाते हुए पूछा तो बुद्धू और ज़ोर से रोने लगा। अल्ली को ग़ुस्सा आ गया। न कुछ बोलता है, न बताता है, बस रोए जा रहा है। इतना बड़ा लड़का क्या इस तरह लाड़ करता है? उसने डपटकर पूछा :

"क्या बात है रफ़ी? बोलता क्यों नहीं?"

रफ़ी—यानी बुद्धू—अचानक चुप हो गया। अब वह सिर्फ़ सिसक रहा था। रनिया ने पुचकारा।

"ना बेटा ना, रो मत। हाँ, बता तो, का हुआ है?"

"अम्माँ, अब मैं स्कूल नहीं जाऊँगा।"

इतना सुनना था कि अल्ली का दिमाग़ भन्ना गया। "लड़का बिगड़ रहा है। ढोंग कर रहा है और कुछ नहीं।" बोला :

"क्यों नहीं जाएगा? अरे मास्टर साहब ने मार दिया तो क्या हो गया? हमारे ज़माने में तो ऐसी मार पड़ती थी कि अरहर का सोंटा टूट जाता था। पीठ पर नील पड़ जाती थी। वो तो हमारी कमअकली और बदकिस्मती थी कि मार के डर से भाग गए और पढ़-वढ़ नहीं सके। कम से कम तुम तो पढ़ लो।"

"नहीं अब्बा, ये बात नहीं है," बुद्धू ने सिसकते हुए कहा और उठकर बैठ गया। "हमारे स्कूल में न, शाम को 'शाखा' लगती है, मुझे उसमें जाने नहीं देते। कहते हैं, तुम मियाँ हो, 'शाखा' में तुम्हारा क्या काम? और अब सारे लड़के हमें मियाँ-मियाँ, मुसल्ला, कटुवा कहके चिढ़ाते हैं। बहुत बुरी-बुरी गालियाँ बकते हैं। मैं अब स्कूल नहीं जाऊँगा।"

इतना कहते-कहते बुद्धू फिर रोने लगा और रोते-रोते उसकी हिचकियाँ बँध गईं।

बुद्धू की पढ़ाई छूट गई।

अली अहमद बुझ गया।

मगर रनिया मन ही मन ख़ुश हुई।

चमरौटी का वह लड़का, जो रनिया के साथ टोकरा लेकर गँवईं जाया करता था, अब बड़ा हो गया था। उसका ब्याह होनेवाला था। दूसरा लड़का रुपया-डेढ़ रुपया पर यह काम करने को तैयार नहीं था। रनिया ने सोचा, अब तो बुद्धू ही यह काम कर सकता है। 'जाके अँगना बहे नदी, सो क्यों मरे पियास?' बाल-बच्चे आख़िर होते किसलिए हैं?

और अगले ही दिन से बुद्धू सिर पर टोकरा उठाकर माँ के साथ गँवईं जाने लगा।

"तो बुधुवा भी अब चूड़ियाँ पहनाएगा?"

अल्ली ने एक दिन यह प्रश्न रनिया से पूछा तो उसने दोटूक जवाब दिया :

"चुड़िहार का बेटवा चूड़ी न पहनाएगा तो क्या डिप्टी कलट्टरी करेगा?"

अली अहमद चुप रहा।

गर्मियों के दिन थे। लू चल रही थी। अमराइयों में 'पक्के' गिर रहे थे। धरती तवे की तरह तप रही थी। हवा आँच-जैसी मालूम होती थी। पगडंडियों की धल नंगे पाँवों में भट्‌ठी की राख की तरह लगती थी...बुद्धू सिर पर चूड़ियों का टोकरा लिये अपनी अम्माँ के साथ गोंती में घूम रहा था।

वहाँ एक ब्राह्मण परिवार में नई बहू आई थी। वह अपने नइहर से जो चूड़ियाँ पहनकर आई थी, उसकी सास को पसन्द नहीं थीं। वह तो बहू को अपनी चुड़िहाइन के हाथ से चूड़ियाँ पहनवाना चाहती थी। रनिया ने नीम की छाँव में अपना टोकरा उतरवाया और अन्दाज़ से दो-तीन तोड़े लेकर भीतर चली गई। बुद्धू टोकरे के पास बैठा रहा। मगर थोड़ी देर बाद ही रनिया बाहर आ गई। बोली : "ए बुद्धू, तनी तूँ तो कोसिस करो। ढाई इंची बड़ी हो रही है, दू इंची चढ़ ही नहीं रही है।"

बुद्धू शरमाता हुआ दालान में पहुँचा और उस नई बहुरिया के हाथों में 'दू इंची' नाप की चूड़ियाँ चढ़ाने लगा।

नीम की छाँव में खटिया पर बहुरिया के 'अदमी' लेटे थे। वे ससुराल में मिले ट्रांजिस्टर के कान उमेठ रहे थे।

"ये आकाशवाणी है। अब आप देवकीनंदन पांडे से समाचार सुनिए...।"

बुद्धू ने अपने कान बाहर कर लिए। मगर वहाँ तो कोई समाचार था ही नहीं। था सिर्फ़ एक वाक्य, जिसने उसे बेसुध कर दिया था। "पंडित जवाहरलाल नेहरू नहीं रहे।"

बुद्धू ने पहनाई जानेवाली चूड़ियाँ बहुरिया के मुड़े हुए पंजे में ही छोड़ दीं और उठ खड़ा हुआ। बहुरिया ने पंजा हिलाया तो चूड़ियाँ टूट गईं। हाथ लहूलुहान हो गया। बुद्धू बाहर निकला और बेजान-सा ज़मीन पर ढेर हो गया। ट्रांजिस्टर पंडित नेहरू के बारे में न जाने क्या-क्या बोलता रहा, बुद्धू ने कुछ नहीं सुना।

5

ताहिरा दौड़ती हुई आँगन में आई और माँ से लिपटकर रोने लगी।

"का है रे, का हुआ?"

रनिया ने उसे पुचकारते हुए पूछा तो ताहिरा ने अपनी मुट्ठी खोलकर हथेली माँ के आगे फैला दी।

"ई हमारा दाँत टूट गया।"

इतना कहकर वह फिर रोने लगी। मगर रनिया मुस्करा उठी। उसने ताहिरा की हथेली पर रखे ख़ून-सने दाँत को अपनी अँगुलियों से उठा लिया और बिटिया को दिलासा देती हुई बोली :

"अरे बिट्टी, ये दाँत तो पुराना हो गया था न, अब इसकी जगह नया दाँत निकलेगा। जा, इसे भीतरवाली कोठरी में चूहे के बिल में डाल दे।"

"काहे अम्माँ?" ताहिरा अब चुप हो गई थी। वह अपने टूटे हुए दाँत को माँ के हाथ से लेकर बड़ी हैरत के साथ देख रही थी।

"इस वास्ते, कि अब जो दाँत निकले, वो पहलेवाले दाँत से छोटा, मगर जादा तेज हो। बिलकुल चूहे की दाँत की तरह।"

ताहिरा ने आगे कोई बहस नहीं की। दाँत लेकर बिल की तलाश में चल पड़ी।

ताहिरा के दूध के दाँत टूट रहे थे और रनिया को उम्मीद थी कि नए दाँत अधिक सुन्दर और अधिक नुकीले निकलेंगे। आनेवाले नए दिनों के बारे में ऐसी ही उम्मीदें सबकी होती हैं। वर्तमान दुखद है तो क्या हुआ, भविष्य शायद सुखद हो।

नेहरूजी के निधन ने देश की जनता को किंकर्तव्यविमूढ़ बना दिया था। मगर धीरे-धीरे यह उम्मीद पुख़्ता होती जा रही थी कि नया युग अधिक सम्भावनापूर्ण होगा। अब देश के प्रधानमंत्री लालबहादुर शास्त्री थे। करमा बाज़ार में चायख़ानों और हलवाइयों की दुकानों में आनेवाले अख़बार बता रहे थे कि शास्त्रीजी एक ग़रीब परिवार से आए हैं। मिर्जापुर के लाल डिग्गी नामक मुहल्ले में उनकी ननिहाल है। रामनगर में घर। बचपन में संस्कृत पढ़ने रामनगर से बनारस नाव से जाया करते थे। एक रोज़ पैसा न होने के कारण तैरकर जा रहे थे कि गंगा में डूबने लगे...मल्लाहों ने उन्हें बचाया...

और करमा बाज़ार में आनेवाले उन्हीं अख़बारों से एक शाम मालूम हुआ कि हिन्दुस्तान-पाकिस्तान के बीच जंग छिड़ गई है।

रात के क़रीब ग्यारह बजे थे। अचानक रनिया के पेट में दर्द महसूस हुआ तो अल्ली सशंक हो उठा। कहीं फिर तो कुछ होनेवाला नहीं है। वह चुपचाप सत्तार की अम्माँ को जानकारी देने के लिए चल पड़ा।

जब्बार मोलबी यानी सत्तार के अब्बा बैठक में तख़त पर लेटे थे। सिरहाने एक ट्रांजिस्टर रखा हुआ था। उन्होंने एक मर्दानी सलवार पहन रखी थी और लम्बा कुर्ता। दाढ़ी में मेहँदी लगी थी। दाहिने हाथ की तीन अँगुलियों में चाँदी की अँगूठियाँ पड़ी हुई थीं। उस वक़्त उनकी आँखें लगभग बन्द-सी थीं और दाहिना कान ट्रांजिस्टर के स्पीकर से सटा हुआ था। पाकिस्तान से ख़बर आ रही थी। स्टेशन ठीक से लगा नहीं था, इसलिए आवाज़ में बहुत घरघराहट थी।

अल्ली ने सलाम किया तो मोलवी साहब ने चौंककर आँखें खोलीं, मगर अगले ही क्षण पलकें अपने आप फिर मुँद गईं। अल्ली की हिम्मत नहीं हुई कि भीतर जाकर सत्तार की अम्माँ से बात करे। वह उलटे पाँव वापस लौट आया।

सुबह रनिया को उसने भारतगंज यानी उसके नइहर पहुँचा दिया।

अख़बारों और अफ़वाहों से जंग के बारे में तरह-तरह की जानकारियाँ बलापुर को मिल रही थीं। लोगों में तरह-तरह की बातें, तरह-तरह की चेमेगोइयाँ हो रही थीं। मगर अपने मैके से लौटकर रनिया ने जो ख़बर अल्ली को सुनाई, वह इन सबसे बिलकुल अलग थी। बोली :

"अब हमारे यहाँ एक मिडवाइफ आ गई हैं। अरे वही—दाई। इँगरेजी में उसी को मिडवाइफ कहते हैं। ऊ बोली, कि बच्चा-वच्चा नहीं है, महिन्ना की गड़बड़ी से ई दर्द हुवा है। फिर अन्दर एक गोली लगा दी...अउर सब ठीक।"

इतना बोलकर वह थोड़ी देर के लिए चुप हो गई, फिर अचानक ही उत्साहित हो उठी। उठकर बिस्तर पर बैठ गई और अल्ली से लिपट गई। अल्ली चकित! क्या हो गया इसको? मगर रनिया ने तो पूछने का मौक़ा ही नहीं दिया। ख़ुद ही फूट पड़ी :

"अपना देस तो जीत गया जंग में। अउर कुछ जानते हो तुम? ई खुसी में हमारे राजा साहब गए रहे दिल्ली। समझ गए न? हमारे राजा माँड़ा। हुवाँ अपनी अँगुरी चीरके खून से तिलक लगाया सास्त्रीजी को...।"

पत्नी के प्यार भरे जोश ने अल्ली को उल्लसित तो ज़रूर किया, मगर न जाने क्यों वह चुप ही रहा। रात गहरा गई थी। अँधेरे में चूहों के दौड़ने की आवाज़ साफ़ सुनाई पड़ रही थी। वह टाँगें फैलाकर लेट गया। रनिया उसके बालों में तेल लगाने लगी।

फागुन का महीना था। धूप में हल्की-सी गर्माहट पैदा हो गई थी। वृक्षों के पत्ते पीले पड़ गए थे। फगुनहट बहती तो वे इस प्रकार डालों से टूट-टूटकर नीचे गिरते, मानो पीली-पीली उल्काएँ धरती पर झर रही हों। खेतों में जौ-गेहूँ की बालियाँ गर्भवती वधुओं की भाँति मगन-मन डोल रही थीं। युवकों की आँखें हिरन और युवतियों के नयन

साक्षात् बाण हो रहे थे। जहाँ देखिए, 'फगुआ' के बोल और 'कबीर' की ललकार। तालाब के भीटे पर खड़ी होलिका देवी फागुन-पूर्णिमा का इंतज़ार कर रही थीं...

संध्या के लगभग चार बजे थे। रनिया बिदाई पहनाने छीतूपुर गई हुई थी। अल्ली गया था करमा बाज़ार। गोश्त लेने। मंगल का दिन था। करमा में मंगल और शुक्रवार को हफ़्ते में दो दिन बाज़ार लगता था। बाज़ारवाले दिन ही गोश्त मिला करता था। ताहिरा मोती बनिया की बिटिया के साथ काछी के कुएँ के पास गुड़िया-गुडुवा खेल रही थी। बुद्धू घर में अकेला था। चारपाई पर लेटा-लेटा वह 'सुगम गद्य' का एक पाठ पढ़ रहा था। यह किताब उसके कोर्स में लगी हुई थी। पढ़ाई तो छूट गई थी, मगर किताब देखते ही उसका मन ललक उठता था।

अचानक कुंडी खटकी तो किताब उसने बिस्तर पर औंधा दी। उठा। बेमन से लकड़ी का बेंड़ हटाकर किवाड़ खोले। फिर आँखें मलीं। तब उसने कुंडी खटखटाने वाली लड़की को देखा।

आयु यही कोई बारह-तेरह वर्ष। क़द नाटा। रंग गेहुँआ। स्वस्थ। आँखें भूरी। बाल सुनहरे। हाथों-पाँवों की अँगुलियों के नाखून कत्थई नेल-पालिश से रँगे हुए। साड़ी और ब्लाउज़ पहने। चेहरे पर बिखरी हुई लटों से लापरवाह। अपनी बैल-जैसी आँखों से सामने ताकती हुई वह खड़ी थी।

"क्या है?" बुद्धू ने हकबकाकर पूछा तो लड़की हँस दी। अब उसके दाँत भी झलक उठे। सफ़ेद, मगर बीच-बीच में कुछ मटमैले। जैसे चाँद के बीच में बैठी बुढ़िया सूत कात रही हो...

"हम्में चूड़ी पहना दो।"

लड़की ने कहा और डेवढ़ी पर उकड़ूँ बैठ गई। अपनी छूछी कलाई उसने बुद्धू के आगे कर दी।

बुद्धू मुड़ा और भीतर घुसकर चूड़ियों के कई तोड़े उठा लाया। फिर लड़की का दाहिना पंजा पकड़कर उसने अन्दाज़ लगाया, "इसे चौदा-आनी लगेगी।"

लड़की ने हरे रंग की कामदानी चूड़ी पसन्द की। बुद्धू 'चौदा-आनी' नाप की हरी कामदानी चूड़ियाँ लेकर उसके पंजे को मुलायम करने लगा।

"किसकी लड़की हो?"

पंजे में चूड़ियाँ फँसाते हुए बुद्धू ने प्रश्न किया तो लड़की फिर हँसी। बोली :

"तोते पासी की।"

"तोते?"

"हाँ, उन्हें सब तोते ही कहते हैं। नाँव है भगतराम।"

"और तुम्हारा नाम क्या है?"

"भूरी।"

"भूरी?"

"हाँ, भूरी...इतनी जोर से काहे मसक रहे हो, तनी धीरे-धीरे चढ़ाओ न।"

भूरी ने इतराकर, आँखें नचाते हुए कहा, तो बुद्धू ने पंजे को थोड़ा ढीला किया। मगर ऐसा करने से एक चूड़ी टूट गई और भूरी के पंजे में उसकी नोक धँस गई। भूरी चीख़ उठी—"माई रे!"

तभी न जाने कहाँ से एक बर्रे उड़ता हुआ आया और भूरी के सिर पर मँडराने लगा। भूरी ने अपने सिर को झटक दिया तो बर्रे, उसकी गर्दन पर आ गया। भूरी ने झटककर बुद्धू से अपना हाथ छुड़ाया और खड़ी हो गई। बर्रे उड़ा और न जाने कहाँ ग़ायब हो गया। भूरी आँचल से पंजे का ख़ून पोंछने लगी। कुछ पीड़ा और कुछ लज्जा के कारण उसका पूरा चेहरा लाल हो गया था।

"अब चूड़ियाँ तो पहन लो।"

बुद्धू ने कहा तो भूरी चौंकी। फिर, घुटनों के बीच मुँह छिपाकर वह बैठ गई। बुद्धू जब तक कलाइयों में चूड़ियाँ चढ़ाता रहा, भूरी उसी तरह घुटनों में मुँह छिपाए बैठी रही। बीच में कई चूड़ियाँ टूटीं, कई बार पंजों में दर्द महसूस हुआ; मगर वह कुछ न बोली। बुद्धू भी चुप ही रहा। चूड़ियाँ पहन लेने के बाद भूरी उठी और पैसे देकर किंचित् मुस्कराती हुई चली गई। बुद्धू मुट्ठी में दो रुपए का मुड़ा-तुड़ा नोट थामे बैठा रहा।

शाम की सियाही धीरे-धीरे चमरौटी की खपरैलों पर पसरने लगी थी। नीम की डालियाँ चूँ-चिउँ के शोर से भर उठी थीं। बाहर, जिस तरफ़ भूरी गई थी उसी तरफ़ से मोती बनिया आ रहे थे। हाथ में लोटा और अपनी बकरी के लिए महुवे के पत्ते लिये। गली की धूल में पहले पड़े हुए पाँव के निशान मिट रहे थे और उनकी जगह नए निशान बन रहे थे। पेड़ों और मकानों के उस पार, आसमान पर भी तरह-तरह की तस्वीरें बन-बिगड़ रही थीं। बुद्धू देर तक उन्हीं सबमें खोया रहा। फिर धीरे-धीरे उठा और भीतर जाकर चारपाई पर लेट गया।

6

सृष्टिनारायण बाहर तखत पर लेटे थे और अपने भतीजे के बस्ते से इतिहास की पुस्तक निकालकर उसे उलट-पुलट रहे थे। वे देखना चाह रहे थे कि स्कूलों में सरदार पटेल के बारे में कुछ पढ़ाया जाता है या नहीं। गांधी-नेहरू की जय सुनते-सुनते तो कान पक गए। भीतर आँगन में चमरौटी की एक स्त्री घूँघट काढ़े गेहूँ पछोर रही

थी। अशोक कुमार अपनी अम्माँ की साड़ी पकड़कर लटके हुए थे और ज़िद कर रहे थे कि किसी भी क़ीमत पर उन्हें दो रुपए दिए जाएँ। आख़िर उनकी जीत हुई। सास ने बहू को आदेश दिया, कि पोते की इच्छा पूरी की जाए और नोट झटककर अशोक कुमार आँगन में आ गए। वे गेहूँ पछोरनेवाली स्त्री के ठीक सामने खड़े होकर अम्माँ को मुँह चिढ़ाने लगे। स्त्री ने सूप नीचे रख दिया। बोली :

"हटा बाबा, सूप की हवा लग गई तो बियाह में दैजा नहीं मिलेगा।"

अशोक कुमार ने घूरकर उस स्त्री की ओर देखा और मुँह से एक विचित्र-सी आवाज़ निकालता हुआ बाहर भाग गया।

शिवाले के पास गाँव के लड़के उसकी प्रतीक्षा कर रहे थे। पहुँचते ही अब्राह्मण बालकों ने उसे पैलगी की और ब्राह्मणपुत्र उससे लिपट गए। अशोक ने मोती बनिया के लड़के मानिक को भेजकर हलवाई की दुकान से अनरसा मँगाया और खा-पीकर पूरी बानर सेना गाँव के भीतर दाख़िल हो गई।

सब हर गाँव की भाँति बलापुर में भी चुनाव की गहमागहमी शुरू हो गई थी। आए दिन कांग्रेस, जनसंघ, सोशलिस्ट तथा अनेकानेक निर्दलीय पार्टियों की गाड़ियाँ आतीं और झंडे, पोस्टर, बैच आदि बाँटकर लाउडस्पीकरों से नारों का उच्चार करती हुई चली जातीं। इलाक़े की उपेक्षित प्रतिभाओं ने तरह-तरह के गाने बना दिए थे, जो किसी के भी मुँह से सुने जा सकते थे। घरों की दीवारें पोस्टरों से और खपरैलें झंडों से भर गई थीं। माहौल में ऐसा उल्लास समाया हुआ था मानो देश में चुनाव नाम के किसी नए त्योहार का आविष्कार हुआ हो और उसमें दीवाली-ईद से भी ज़्यादा मज़ा आने वाला हो।

बच्चे कुछ ज़्यादा ही जोश में थे। अलग-अलग पार्टियों को लेकर उनके अलग-अलग झुंड बन गए थे। छुट्टियों के रोज़ दिन में तथा शेष दिनों में रात के समय गली-गली घूमकर वे अपनी पार्टी का प्रचार करते। पं. सृष्टिनारायण पांडे ने अशोक कुमार पांडे को सख़्त हिदायत दी थी कि वह 'दीपक' का ही प्रचार करे। इसलिए, आगे-आगे अशोक कुमारजी रहठे में बँधा झंडा लिये और पीछे-पीछे पूरा झुंड अपनी कमीज़ों में बिल्ले खोंसे बलापुर की गलियों में घूम रहा था। वे लोग किसी की बनाई हुई 'बेलवरिया' गा रहे थे :

बरगद होइ गै सरगद हो
बरधा गरियार
जीतै दीपक वाला।

यानी संयुक्त सोशलिस्ट पार्टी, जिसका निशान बरगद का पेड़ है, वह तो नष्ट ही हो गया है; कांग्रेस के बैल भी आलसी और कामचोर हो गए हैं। अब तो बस दीपक चुनाव चिह्न वाले जनसंघ को ही जिताना है।

मगर सामने से एक दूसरा झुंड भी आ रहा था, जिसका नेतृत्व भूरी का मौसेरा भाई दुलारे कर रहा था। उस झुंड के पास भी एक 'बेलवरिया' थी, जिसमें जनसंघ तो जनसंघ 'साइकिल' चुनाव चिह्न वाली किसी निर्दलीय पार्टी की भी ख़बर ली गई थी। उस ओर से आवाज़ आई :

सैकिल होइ गै पंचर हो
दियना गइ बुझाइ
जीतै बैल की जोड़ी

इतना सुनना था कि अशोक कुमार पांडे के अनुयायी आगे बढ़े और दुलारे पर टूट पड़े। दोनों तरफ़ से ख़ूब घूँसे-मुक्के चले, झंडों का इस्तेमाल भी हुआ और अन्त में दोनों झुंड भिन्न-भिन्न दिशाओं की ओर निकल गए।

लालबहादुर शास्त्री की मृत्यु हो चुकी थी। अब देश की प्रधानमंत्री थीं स्वर्गीय पं. जवाहरलाल नेहरू की बेटी इंदिरा गांधी। इसलिए बलापुर की स्त्रियों को चुनाव से ज़्यादा दिलचस्पी इंदिरा गांधी में थी। उनकी कामना थी कि काश वे एक नज़र 'उसे' देख पातीं; जो वृद्धाओं की 'बेटी' थी और युवतियों की 'दीदी'।

जब्बार मोलबी साहब के आँगन में कई स्त्रियाँ जमा थीं। मोती बनिया की पत्नी, जवाहर हलवाई की छोटी बहू, रनिया तथा चमरौटी-पसियाने की दो-तीन स्त्रियाँ। सत्तार की अम्माँ यानी जब्बार मोलबी साहब की बीवी सबसे अलग एक चटाई पर बैठी, पान में कत्था लगा रही थीं।

"सुना है इंद्राजी बड़ी खपसूरत हैं।"

पसियाने की किसी स्त्री ने कहा तो सब उसका मुँह देखने लगीं। जवाहर की बहू बोली :

"हमरे 'ऊ' कहते रहे कि परधानमंत्री बनने के बाद अपना कायाकलप कराई हैं।"

"कायाकलप? ई का होता है बहिन?"

किसी ने पूछा, तो जवाहर की बहू मुस्कराई। बोली :

"अपने सरीर को मसीन से खपसूरत बनवाया है।"

"सुना है, बहुत अच्छी हैं। औरतन को अपनी बहिन-जैसी मानती हैं।" रनिया ने सोचा, वह भी अपनी राय प्रकट कर दे। मगर सत्तार की अम्माँ का चेहरा तन गया। मुँह में पान का बीड़ा दबाकर धीरे-धीरे, रहस्यात्मक ढंग से उन्होंने बोलना शुरू किया।

"शास्त्रीजी अपनी मौत नहीं मरे। उन्हें मरवाया गया है। एक जोतिशी का कहना है कि जिसने मरवाया है..." तभी बाहर से जब्बार मोलबी के खाँसने की आवाज़

आई और सत्तार की अम्माँ चुप हो गईं। स्त्रियाँ उनके मुँह से आगे की बात सुनना चाह रही थीं। वे आँखें फाड़े उनके चेहरे की तरफ़ देख रही थीं। मगर सत्तार की अम्माँ पीक थूकने के लिए उठ खड़ी हुईं। फिर तो धीरे-धीरे सारी स्त्रियाँ उठीं और सिर पर आँचल करती हुई बाहर निकल गईं।

रनिया जब जब्बार मोलबी साहब के यहाँ से लौटी तो अल्ली के भतीजे करीम की बीवी उसके पास आकर बैठ गई। बोली :

"कहाँ गई रहिउ चच्ची?"

"कहीं नहीं बहू, गई रही तनी सत्तार कइ अम्माँ के हियाँ।"

"अरे चच्ची, सत्तार कइ अम्मौं अब बदल गई हैं। इधर तो आती ही नहीं। अपने को न जाने का समझती हैं?"

"ई तो बहू हम्मैं भी लगा।"

"सत्तार को नौकरी मिल गई है न। जब कर्रे-कर्रे नोट आएँ महिन्ना में तो आदमी का दिमाग बदल जाता है।"

"ऊ तो है, मुलाँ जानकारी बहुत है उन्हें।"

"अरे कहाँ की बात चच्ची, सब मोलबी साहब बताते हैं।"

अभी चच्ची-बहू में ये बातें हो ही रही थीं कि अल्ली की आवाज़ सुनाई पड़ी। अली अहमद भीतर घुसने से पहले खखार देता था, जिससे करीम की बीवी या तो हट जाती थी, या फिर घूँघट काढ़के दीवार की ओर मुँह फेरकर बैठ जाती थी। लेकिन उस दिन तो वह उठी और लगभग दौड़ती हुई-सी अपनी तरफ़ भाग गई।

"आ जाओ।"

रनिया ने कहा तो अली अहमद भीतर घुसकर खटिया पर बैठ गया। बुद्धू और ताहिरा उसी खटिया पर सोए हुए थे।

"सृष्टिनारायण जनसंघ का परचार कर रहे हैं।" अली अहमद ने चिन्ता-भरे स्वर में कहना शुरू किया, "न जाने क्या हो गया है पंडितजी को? बबा तो कांग्रेसी थे। सुना है, दयासंकर भी कांग्रेसी हैं।"

रनिया एक चुप, हज़ार चुप।

मगर अल्ली बोलता गया :

"सुना है, तुम्हारे माँड़ा के पास जो बिजयपुर है न, वहाँ के राजा भी इलक्सन लड़ रहे हैं और इसी जनसंघ पार्टी से खड़े हैं। तो क्या तुम्हारे मैके की तरफ़ भी ई बीमारी फैल गई है?"

"तो? इसमें तुम्हारा क्या नुकसान है?"

अपने मैके की आलोचना सुनकर रनिया चिढ़ गई।

"अरे बुद्धू की अम्माँ, तुम नहीं समझतीं। जनसंघ पार्टी मुसलमानों की जानी दुस्मन है।"

"आँय?"

रनिया चिहुँक उठी।

तभी बाहर से किसी ने अल्ली को आवाज़ दी तो वह उठा और दरवाज़े की ओर निकल गया। बाहर प्रचार करनेवाले खड़े थे। वे अल्ली को कुछ समझाने लगे। भीतर झाड़ू उठाकर रनिया घर साफ़ करने लगी।

बरसात आ गई थी। पुराने ठाट उलटे जा रहे थे। उनके स्थान पर बाँस की नई फर्रियाँ लगाकर नए ठाट बनाए जा रहे थे। पुराने खपड़ों में कुछ नए खपड़े मिलाकर छाजन को बरसात झेलने योग्य बनाने में गाँव के वे तमाम घर व्यस्त थे, जिन्होंने अभी तक 'पक्का' नहीं बनवाया था। छाजन तो रनिया के घर का भी जीर्ण हो चुका था; कौवों और जेठ-बैसाख की आँधियों ने खपड़ों की दुर्गत बनाके रख दी थी। लेकिन बहुत विचार-विमर्श के बाद भी पति-पत्नी में यही तय हुआ, कि इस साल ऐसे ही काट लिया जाय।

बाहर झड़ी लगी थी। भीतर अल्ली और मख़दूम नाऊ बैठे आसमान से झरती बूँदों का नज़ारा देख रहे थे। खपरैल की ओरी से बहनेवाले पानी ने दरवाज़े पर अच्छा-ख़ासा गड्ढा बना दिया था। भीतर जहाँ-जहाँ पानी चू रहा था; रनिया ने थाली, पतीली, लोटा आदि तरह-तरह के बर्तन रख दिए थे। उनमें टपकनेवाली बूँदों से जल-तरंग जैसी आवाज़ निकल रही थी।

"ई मुरारजी कउन हैं हो?"

मख़दूम ने सवाल किया तो अल्ली का ध्यान भंग हुआ।

"काहे? का बात है?"

"सुना है, ऊ भी परधानमंत्री बनना चाहते थे।"

"मगर इस बार तो कांग्रेस की हालत ही खराब हो गई। सुना नहीं क्या, लोग धड़ाधड़ पार्टी छोड़ रहे हैं।"

"आयँ।" मख़दूम नाऊ चौंका। उसकी आँखें अल्ली के चेहरे पर टिक गईं। "अब का होगा?"

"होगा क्या? कुछ नहीं। हमें-तुम्हें तो इसी हाल में रहना है। कोउ नृप होय हमें का हानी; चेरी छाँड़ न होउबै रानी...तुमने अपना घर छवाया?"

अल्ली ने बात बदल दी।

"कहाँ हो। तुम्हारा घर तो फिर भी ठीक है। हमारे यहाँ तो तलाब बना हुआ है। रात-भर खटिया इधर से उधर करते रहते हैं। आसों दऊ भी तो उधिया गए हैं।"

तभी एक टूटा हुआ-सा छाता ताने बुद्धू बाहर से आया और बाप के आगे उसने एक पोटली रख दी। पोटली में ननकू भुँजवे के भाड़ में भुने हुए गरम-गरम

चने बँधे थे। दोनों जने चने खाने लगे। रनिया पिसा हुआ नमक और हरी मिर्चें ले आई। फिर घूमकर वह दीवार की आड़ में खड़ी हो गई।

"सुना है, लतवा आई हुई है।"

रनिया ने धीरे से इस तरह कहा, मानो यह कोई गोपनीय बात हो। मख़दूम नाऊ ने अल्ली की ओर देखा। मगर अल्ली तो द्वार की ओर देख रहा था, जहाँ बुद्धू का टूटा हुआ छाता औंधा हुआ था। उसकी तीलियों से बूँदें आँसू की तरह टपक रही थीं। बाहर अँधेरा छा गया था। लगता था, मानो रात हो गई हो। कभी-कभी बिजली चमकती तो आँखों में चौंधिया देनेवाली रोशनी झलक उठती, मगर उसके साथ ही बादलों की गड़गड़ाहट से धरती का रोम-रोम थर्रा उठता। "मख़दूम चच्चा ठीक ही कहते हैं, आसों दऊ भी उधिया गए हैं..." अल्ली सोच रहा था और लगातार छाते की तीलियों से टपकती बूँदों को देखे जा रहा था।

7

सोचो कुछ और होता कुछ है। अब सोचने से भी कोई लाभ नहीं है। मगर सोचे बग़ैर मनुष्य भला रह सकता है? जब तक हंसा उड़ नहीं जाता, सोचने से मुक्ति नहीं मिल सकती। अल्ली चुड़िहार तालाब के भीटे पर बैठा-बैठा सोच रहा है और सोचने से मुक्त होने के लिए छटपटा रहा है। सोचा था, परदेस जाकर जीवन को नया रूप देगा; मगर एक लांछन के साथ लौटना पड़ा। फिर सोचा, कि बेटे को पढ़ा-लिखाकर कुछ बना देगा; मगर वह भी न हुआ। अब तो रोज़गार-धंधे से भी जी उचटने लगा है। गाँव का रिश्ता शहर से बढ़ता जा रहा है। अनेक कच्ची-पक्की सड़कें बन रही हैं। आवागमन सुगम होता जा रहा है। पहले तीन-चार कोस पैदल चलते थे, तब जाकर सड़क मिलती थी। घंटों इंतज़ार करने के बाद कोई सवारी दिखाई पड़ती थी। अब तो एक मेंड़, दो मेंड़ पार करो और टेंपो हाज़िर। न टेंपो तो इक्का ही सही। कहीं-कहीं तो बसें भी चलने लगी हैं। शहर तक पहुँचना अब आसान हो गया है। और शहर में नए-नए फ़ैशन की चूड़ियाँ भरी हुई हैं। अब गाँव-गँवई की स्त्रियाँ अपनी चुड़िहाइन का इंतज़ार नहीं करतीं। वे सुबह-सवेरे सज-बजकर घर से निकलती हैं और टेंपो पर बैठकर सीधे गऊघाट। वहाँ हलवाई की दुकान में बैठकर दो-दो गुलाबजामुन का नाश्ता; फिर सीधे 'मानसरोवर' टाकीज़। तीन से छै सिनेमा देखने के बाद, ख़रीदारी करती हुई नए फ़ैशन की चूड़ियाँ पहनकर रात को आठ-नौ बजते-बजते वापस अपने घर। रनिया की भौंकी देखकर वे मुँह बिचकाती हैं और भीतर की तरफ़ मुँह करके

अपनी सास को आवाज़ देती हैं, "अरे अइया, चुड़िहाइन आई हैं, चूड़ी पहनना है क्या?" रनिया की चूड़ियाँ सिर्फ़ सधवा सासों और अम्माओं के काम की ही रह गई हैं। हालाँकि विधवाएँ भी अब रबड़ की चूड़ियाँ पहनने लगी हैं...

अल्ली सोचे जा रहा है। लगातार। बेरोकटोक। बीच-बीच में सोचने से छुटकारा पाने के लिए वह सिर को झटका देता है। आसमान को देखने लगता है। मगर सोचना बन्द नहीं होता। जिस बात से जितना ही बचने की कोशिश करो, वह अदबदाकर आगे-आगे नाचती है। यही हाल सोचने का है। जब न सोचना चाहो तो बस सोचना ही सोचना होता है...

क्या-क्या सोचें? परिवार के बारे में सोचें, रोज़गार के बारे में सोचें, कि गाँव-जवार के बारे में सोचें? कुछ भी सोचने का कोई फ़ायदा नहीं...अल्ली का सोचना जारी है...इस बलापुर गाँव को समझना भी भई बड़ा मुश्किल है। ऐसा गाँव तो तीनों लोक में कहीं न होगा। जिसे शरीफ़ समझो, वह बदमाश निकलता है। जिसे ईमानदार समझो, बेईमान। लोग तुम्हारे पेट की एक-एक बात उगलवा लेंगे और अपने पेट का हाल पता ही न लगने देंगे। अरे हालचाल तक पूछने पर लोग राज़ रखके बात करते हैं। अब उसी दिन देखो, पं. सृष्टिनारायण से पूछा कि सुना है लता बिटिया आई हुई हैं, कैसी हैं? तो इस तरह गोलमोल करने लगे, मानो हम जासूसी कर रहे हों। बोले, हाँ आई थी, चली गई। बस। इसके बाद एक लफ़्ज़ नहीं।

लता आई भी और चली भी गई, मगर गाँव के किसी आदमी ने यह नहीं कहा, कि हाँ मैंने देखा है। सब एक-दूसरे से सुन-सुनकर ही एक-दूसरे को बताते रहे। अरे भई, किसी ने तो देखा होगा। या वह कोई हवा-बतास है, जो उड़ती हुई आई और उड़ती हुई चली गई? मगर...

अल्ली अब उठ गया। सोचने का कोई आर-पार नहीं है। आदमी कहाँ से सोचना शुरू करता है और कहाँ पहुँच जाता है। आए थे दिसा-फ़रागत को और भीटे पर बैठकर सोचने लगे। फिर सोचने लगे तो सोचते ही चले गए। यह भी कोई बात हुई? अल्ली लोटा झुलाता हुआ चल पड़ा...नहीं, अब वह कुछ नहीं सोचेगा। सोचने से होगा ही क्या? ज़िन्दगी में कोई भी चीज़ तो तय नहीं है, सिवा मौत के। न जाने कब क्या हो जाय? अब यही देख लो, इलाहाबाद में जवाहरलालजी से भेंट नहीं हुई तो पूरी कांग्रेस पार्टी ही बुरी लगने लगी थी। और अब? अब जबकि चारों तरफ़ जनसंघ का बोलबाला हो रहा है तो वही कांग्रेस फिर अच्छी लगने लगी है। अरे मुसलमानों की हिफ़ाज़त तो कांग्रेस ही करेगी न, कुछ भी हो...

अल्ली उस वक़्त भी सोचे जा रहा था, जब वह कुएँ की जगत पर बैठकर दातून कर रहा था...

रनिया आँगन में बैठी ताहिरा के हाथ-पाँव धुला रही थी। ताहिरा गला फाड़कर चीख़े जा रही थी। बाहर चबूतरे से सटी हुई करीम की साइकिल खड़ी थी, जिसके

अगले पहिए में सलीम हवा भर रहा था। करीम को चमड़ा ख़रीदने पतेवरा जाना था। सभी लोग अपने-अपने काम में डूबे हुए थे। मगर बुद्धू अभी तक दिसा-फ़रागत से नहीं लौटा था।

बुद्धू नाले से बाहर निकलकर कगार पर खड़े महुवे की जड़ पर बैठ गया था और सामने से चले आ रहे सुअरों के झुंड को देख रहा था। आगे-आगे सुअरियाँ अपने बड़े-बड़े थन लटकाए मिट्टी सूँघती भागी आ रही थीं और पीछे-पीछे उनके छौने। कुछ छोटे-बड़े सुअर तथा बिना बच्चोंवाली सुअरियाँ सबके पीछे थीं। और उनके भी पीछे थी हाथ में छड़ी लिये भूरी।

भूरी कुछ बड़ी लग रही थी। बदन भरा-भरा। सिर से लेकर पाँव तक में अल्हड़ता। भूरे बालों के बीच चेहरा गेहूँ की पकी हुई बाली की तरह चमक रहा था। कलाइयों में कुमकुमे की चूड़ियाँ थीं—शायद शहर से पहनकर आई हो। लाल किनारीवाली काली धोती और साटन के काले ब्लाउज़ के बीच पूरा शरीर 'कोयली' के धब्बों से युक्त पके हुए आम की तरह दिखाई पड़ रहा था। जैसे-जैसे वह नज़दीक आती जा रही थी, बुद्धू की धड़कन बढ़ती जा रही थी। छाती में सड़क को समतल बनानेवाले रोलर की-सी आवाज़ हो रही थी और पलकें थीं कि मानो महुवे की डाल में कहीं अटक गई हों।

सुअरों का झुंड नाले में उतर गया। भूरी कगार पर छड़ी टेककर खड़ी हो गई। फिर एक नज़र महुवे की जड़ पर डालकर नाले की तरफ़ देखने लगी। बुद्धू ने सोचा, अब यहाँ बैठना उचित नहीं। उसने पलकें झपकाईं और लोटा उठाकर चल दिया। मगर जैसे ही भूरी की बग़ल से गुज़रा, पलटकर वह खड़ी हो गई। फिर अपनी बैल-जैसी बड़ी-बड़ी आँखों को बुद्धू के पूरे तन पर गड़ाती हुई हँस पड़ी। बुद्धू से अब आगे नहीं बढ़ा गया। वह जहाँ था, वहीं किसी खूँटे की तरह गड़ गया।

"का चुड़िहार, चुड़िया अब न पहनउबा?"

भूरी ने उसी तरह उसके तन पर आँखें गड़ाए-गड़ाए प्रश्न किया तो बुद्धू के ख़ून में हरकत हुई, वह मुड़ा और भूरी के सामने जाकर खड़ा हो गया।

भूरी पीछे हट गई। बुद्धू थोड़ा और आगे बढ़ा। भूरी के क़दम फिर पीछे की ओर चले। पर अचानक वह कगार के नीचे लुढ़क गई। बुद्धू ने लोटा फेंका और दौड़कर उसे थाम लिया। नाले और कगार के बीच में पानी के कटाव से एक चौड़ी-सी दरार बन गई थी, जहाँ ख़ूब ऊँची-ऊँची घास उगी हुई थी। दोनों उसी दरार में किसी तरह बैठ गए और एक-दूसरे को इस प्रकार देखने लगे, मानो बुद्धू ने अब तक न कोई स्त्री देखी हो और न भूरी ने कोई पुरुष। फिर बुद्धू ने भूरी की कलाइयों में चमक रही कुमकुमे की चूड़ियों को भर-नज़र निहारा और हिम्मत

करके उसका हाथ थाम लिया। उसकी अँगुलियाँ चूड़ियों को सहलाने लगीं। भूरी ने आँखें बन्द कर ली।

"कहाँ पहनी हो?" बुद्धू ने हकलाते हुए पूछा तो भूरी की आँखें यकबयक खुल गईं। उसने घुटनों में अपना चेहरा छिपा लिया।

"ए!"

बुद्धू ने उसका सिर उठाने की कोशिश की तो दरार की भुरभुरी मिट्टी खिसकने लगी और दोनों जने नीचे बने गड्ढे में जा पड़े।

गड्ढा ख़ूब लम्बा-चौड़ा था। बीच में घास और इर्द-गिर्द झाड़-झंखाड़ खड़े थे। नीचे सूखा हुआ नाला। बरसात में वही नाला इतना बढ़ जाता था कि लोग घंटों किनारे खड़े बाढ़ उतरने का इंतज़ार किया करते थे। ऊपर कगार और उसके ऊपर उगी हुई लम्बी-लम्बी घास। दूर-दूर तक सन्नाटा। न कहीं चिरई न चिरई का पूत।

बुद्धू जब ऊपर आया, उसके कपड़ों में मिट्टी भरी हुई थी। उसने चारों तरफ़ निगाह दौड़ाई। फिर महुवे के नीचे खड़ा होकर मिट्टी झाड़ने लगा। एक नज़र उसने नाले की ओर भी डाली। आगे जहाँ कीचड़ और थोड़ा-सा मटमैला पानी भरा था, सुअरों का झुंड अपनी थूथन रगड़ रहा था और वहीं एक तरफ़ भूरी सिर झुकाए खड़ी थी। फिर आगे बढ़कर बुद्धू ने उस गड्ढे को देखा जहाँ ज़मीन की घास दबकर पिचक गई थी। मानो किसी ने वहाँ हरे-हरे धागों से बुना छोटा-सा अँगौछा बिछा दिया हो।

एक बाँस दिन चढ़ आया था। चारों ओर सुनहरी धूप खिली हुई थी। बुद्धू का मन हो रहा था कि वह अनंत काल तक वहीं, महुवे के नीचे खड़ा रहे और गड्ढे में बिछे घास के उस अंगौछे को देखता रहे। मगर हर मन की हर इच्छा अगर पूरी होने लगे तब तो फिर चल चुकी दुनिया। खखारने की एक तीखी-सी आवाज़ ने बुद्धू को चौंका दिया। नाले के उसी कगार पर झाड़ियों के बीच से निकलकर कान में जनेऊ लपेटे, लोटा लिये, धोती सँभालते आते हुए पं. सृष्टिनारायण पांडे की टिटिहरी-जैसी काया को देखकर बुद्धू सकपका गया। वह चल पड़ा।

और महुवारी पार करके जब वह नैनी की तरफ़ से आनेवालो कच्ची सड़क पर पहुँचा तो उसका ध्यान अपने लोटे की तरफ़ गया। लोटा क्या हुआ? कहीं उसी गड्ढे में तो नहीं छूट गया? या महुवे के नीचे से कोई उठा ले गया? पीतल का लोटा है। अम्माँ अपने मैके से लाई हैं; खो गया तो ग़ज़ब हो जाएगा। चलकर देखें क्या? सोचता-सोचता बुद्धू खड़ा हो गया। अभी वह मुड़ने ही वाला था कि अचानक उसका ध्यान सामने की पुलिया पर बैठे हुए लल्लू पर गया, जो अपने पाँवों को लगातार हिलाए जा रहा था और उसकी ओर देख-देखकर मुस्कराए जा रहा था।

बुद्धू का ध्यान लोटे में था। लल्लू की मुस्कान उसे तीर की तरह चुभ रही थी। वह महुवे की तरफ़ चल पड़ा। लेकिन ठीक उसी समय लल्लू ने गाना छेड़ दिया :

जब लव किया तो डरना क्या
लव किया एनी चोरी नहीं की...

बुद्धू फिर खड़ा हो गया।

हाइड-हाइड आहें भरना क्या...

लल्लू ने अब अपने हाथ का लोटा ऊपर उठा लिया था और एक ही पंक्ति को दुहराए जा रहा था :

लव किया एनी चोरी नहीं
की लव किया...

"चोर कहीं का।" बुद्धू बुदबुदाया। फिर आगे बढ़कर लल्लू के हाथ से लोटा छीन लिया।

"कहाँ से उठाया? बहुत मार खाओगे बच्चू।" लोटे का पेंदा उसकी ओर तानते हुए बुद्धू ने कहा तो ललुआ खिलखिलाकर हँस पड़ा।

"गुड। वेरी गुड। योर लोटा इज हियर, एंड देयर? इन दि नाला?"

लल्लू ताली पीट-पीटकर हँसने लगा। मगर सामने से पं. सृष्टिनारायण पांडे को आते हुए देखकर सहसा चुप हो गया। पं. सृष्टिनारायण ने चलते-चलते बुद्धू की ओर ज़रा कनखी से देखा, तो उसने प्रणाम की मुद्रा में हाथ जोड़ दिए। वे सिर हिलाकर आगे बढ़ गए।

"कहो लल्लू, क्या हो रहा है आजकल?"

बुद्धू ने अपने मन का उद्वेग दबाते हुए पूछा तो लल्लू ने दाँत चियार दिए। फिर जेब से एक मुड़ा-तुड़ा काग़ज़ निकालकर उसे ध्यानपूर्वक देखने लगा।

"ये क्या है लल्लू?"

"ये?" लल्लू ने अत्यंत गम्भीर होकर कहना शुरू किया, "ये मेरा लव-लेटर है। इंद्राजी को लिखा है..."

"लल्लू तुम एक दिन बहुत पिटाओगे।" इतना कहकर बुद्धू चल पड़ा वहाँ से।

काछी के कुएँ के पास अच्छी-ख़ासी भीड़ जमा थी। पं. दयाशंकर पांडे, सत्तार, मोती बनिया, जवाहर तथा अन्य तमाम लोग खड़े-खड़े किसी गम्भीर विषय पर बातें कर रहे थे।

"मोरारजी देसाई को भला इस्तीफा देने की क्या जरूरत थी?" सत्तार ने चिढ़े हुए अन्दाज़ में कहा तो दयाशंकर जोश में आ गए। बोले :

"भला बताओ, जो काम जवाहरलालजी नहीं कर सके, वो इंद्राजी ने कर दिखाया। राजाओं का प्रिवीपर्स छीन लेना क्या कोई मामूली बात है? यह क्या कि रियासतें तो कब की खत्म हो चुकीं और आप हैं कि अभी तक राजा बने घूम रहे हैं; सरकार से वजीफा ले रहे हैं। और बैंकों का राष्ट्रीयकरण? इससे तो देश को फायदा ही होगा न! मगर इस मुरारजीवा को का कहें।"

"अब तो कांग्रेस गई..."

मोती बनिया ने टिप्पणी की तो दयाशंकर का चेहरा लाल हो गया।

"हाँ, काहे न? यही तो हमारे चाचा भी कहते हैं। मगर अगले इलक्सन में इन जनसंघियों की ऐसी खाट खड़ी होगी कि देखना।"

"अउर भगेड़ू कुनबी दलवालों का क्या होगा?"

जवाहर हलवाई ने मुस्कराते हुए कहा तो सभी लोग खिस्स से हँस पड़े।

दरअस्ल चौधरी चरणसिंह ने बी.के.डी. नाम की जो नई पार्टी बनाई थी उसके क्षेत्रीय समर्थकों में कुनबियों-अहीरों की संख्या ही अधिक थी। इसलिए मज़ाक़ में लोग उसे 'भगेड़ू कुनबी दल' ही कहते थे। चूँकि बलापुर में कोई कुनबी परिवार नहीं था, इसलिए किसी के बुरा मानने का ख़तरा भी नहीं था। मगर पं. दयाशंकर पांडे का चेहरा तन गया। जितनी चिढ़ उन्हें जनसंघ से थी, उससे कहीं ज़्यादा बी.के.डी. से थी। वे उसका नाम तक सुनना पसन्द नहीं करते थे। हालाँकि ख़ुद वे कांग्रेस के कोई बाक़ायदा लीडर नहीं थे।

"ई बीकेडी? हमारी इंद्राजी तो इसकी ऐसी-तैसी कर देंगी। तूँ लोग क्या समझते हो उनको? अउर ई जनसंघ फनसंघ? अरे इंद्राजी चाह लें न, तो इन सबकी मट्टी पलीद करके रख दें। बोलो, आज तक किया है अइसा राज किसी ने? औरत जात होके उसने वो-वो कमाल किया कि बड़े-बड़े तीसमारखाँ नहीं कर सकते..."

बातचीत में शामिल होने के लिए तो नहीं, पर मज़ा लेने के विचार से बुद्धू भी वहाँ खड़ा हो गया था। पं. दयाशंकर पांडे धाराप्रवाह बोले जा रहे थे...

कुएँ पर स्त्रियाँ पानी भर रही थीं। जो भर चुकी थीं, वे भी खड़ी होकर मर्दों की बातें सुन रही थीं।

"उहै मसल बा," अचानक एक स्त्री ने रस्सी लपेटते-लपेटते धीरे से कहा, "राँड़ साँड़ सीढ़ी सन्यासी, इनसे बचै त सेवै कासी।"

और वार्ता का क्रम भंग हो गया। सभी लोग उस स्त्री की ओर देखने लगे। वह बग़ल में ताँबे का गगरा दबाए, हाथ में रस्सी-बाल्टी लिये आराम से चली जा रही थी।

8

सत्तार अपने पोस्टआफ़िस में लकड़ी की हत्थेदार कुर्सी पर बैठा था और सामने खड़े लोगों को पोस्टकार्ड, लिफ़ाफ़ा तथा अन्तर्देशीय पत्र आदि दे रहा था। कुछ लोग रसीदी टिकट भी ख़रीद रहे थे। पोस्टआफ़िस का द्वार बन्द था, सारा काम लोहे की छड़ोंवाली खिड़की से सम्पन्न हो रहा था। सत्तार की कुर्सी के पीछे उस रोज़ की आई हुई डाक बिखरी पड़ी थी जिसे बिशुन भाट छाँट रहा था। गाँव में पोस्टआफ़िस खुलने पर सत्तार जब पोस्टमास्टर नियुक्त हुआ तो कोशिश-पैरवी करके उसने ललुआ के बापू को पोस्टमैन बनवा दिया था। बिशुन भाट अब बूढ़ा हो गया था। आँखें बहुत कमज़ोर हो गई थीं। मगर अपना काम वह पूरी मेहनत और लगन के साथ करता था। वह दुबला-पतला, किन्तु क़द में बहुत लम्बा था। हमेशा घुटनों तक की धोती और हाफ़ कमीज़ पहना करता। गले में लाल रंग का एक फटा-सा अँगौछा लपेटे रहता। काँच के गोल-गोल टुकड़ोंवाला चश्मा धागों के सहारे उसकी नाक में बस किसी तरह फँसा रहता। पोस्टआफ़िस की कोठरी में इतना अँधेरा होता था कि चिट्ठियों पर लिखे पते पढ़ने के लिए उसे उन्हें एकदम आँखों के क़रीब तक ले जाना पड़ता था।

पोस्टआफ़िस जब्बार मोलबी साहब के घर में ही था। पहले यहाँ जानवरों के लिए भूसा रखा जाता था, पर सत्तार के पोस्टमास्टर बनते ही कोठरी ख़ाली करा दी गई थी और भीतर कुर्सी-टेबुल की एक जोड़ी जमा दी गई थी। इस कोठरी का पन्द्रह रुपया किराया भी सरकार से मिला करता था।

जब्बार मोलबी का स्वास्थ्य दिन-ब-दिन गिरता जा रहा था। ज़मींदारी ख़त्म हो गई थी। खेती-किसानी में तरह-तरह के लफड़े पैदा हो गए थे। हर काम के लिए पैसों की ज़रूरत थी। ग़ल्ला लेकर काम करनेवाली बात अब क़रीब-क़रीब ख़त्म हो चली थी। अधिक पैदावार के लिए यूरिया खाद और सिंचाई जैसी ज़रूरतें आम हो गई थीं। प्रकृति में हो रहे परिवर्तनों के कारण वर्षा भी समय से नहीं होती थी। ऐसी स्थिति में सत्तार की नौकरी से भी कुछ ख़ास राहत नहीं थी। इसलिए यदा-कदा ऐसा भी होता कि घर का ख़र्च पोस्टआफ़िस में आनेवाले मनीआर्डर के रुपयों से चलाया जाता और पानेवाले को पैसे महीना-पन्द्रह रोज़ बाद ही मिल पाते। कुछ लोगों ने पोस्टआफ़िस में अपने बचत-खाते भी खोल रखे थे। सत्तार उसमें से भी पैसा निकालकर खेती-बाड़ी के काम में लगा दिया करता था। मगर ऊपर के अफ़सरों में अच्छी साख बना लेने के कारण उसे कोई दिक़्क़त पेश नहीं आती थी।

इधर कुछ दिनों से गाँव में दो अख़बार भी डाक से आने लगे थे। एक तो स्वयं सत्तार के पास आता था और दूसरा पं. सृष्टिनारायण पांडे के पास। सत्तार के पास हिन्दी का जो साप्ताहिक पत्र आता था, उसका नाम था 'कांति'। पं. सृष्टिनारायण के नाम 'पांचजन्य' आता था। 'कांति' जमाअते इस्लामी हिन्द, दिल्ली का अख़बार था, जिसमें इस्लाम धर्म की श्रेष्ठता और दूसरे धर्मों से उसकी तुलना के सम्बन्ध में भिन्न-भिन्न प्रकार के लेख प्रकाशित होते थे। कभी-कभी वेदों के बारे में भी कुछ नए विचार उसमें आया करते थे।

पोस्टकार्ड, लिफ़ाफ़ा और अन्तर्देशीय वग़ैरह बाँटने के बाद थोड़ी फुर्सत मिली तो सत्तार 'कांति' खोलकर बैठ गया। उन दिनों उसमें ऋग्वेद का नया अनुवाद धारावाहिक छप रहा था। अनुवादक थे ज़िला सिवनी, मध्य प्रदेश के कोई शास्त्रीजी। बिशुन भाट चिट्ठियों का खाकी थैला अपनी पीठ पर टाँगकर क़रीब दस मिनट पहले ही वहाँ से निकला था। अचानक पं. सृष्टिनारायण पांडे सामने से आते हुए दिखाई पड़े तो सत्तार ने 'कांति' को एक तरफ़ रख दिया और बाक़ी बची डाक में उनका 'पांचजन्य' ढूँढ़ने लगा।

"आज तो आपका कुछ नहीं है पंडितजी, सलाम।"

सत्तार ने दरवाज़ा खोलते हुए कहा तो 'कोई बात नहीं' कहते हुए पं. सृष्टिनारायण पांडे भीतर आ गए और बैठने के लिए जगह खोजने लगे।

"बैठिए न।" अपनी कुर्सी की ओर संकेत करते हुए सत्तार ने उनकी समस्या हल की और स्वयं उचककर टेबुल पर बैठ गया।

"ये कौन-सा अखबार है?"

पंडितजी 'कांति' की ओर ध्यानपूर्वक देखते हुए कुर्सी पर जम गए। सत्तार ने 'कांति' को उठाकर अपनी ओर रख लिया।

"दिल्ली से निकलता है। आजकल इसमें आप लोगों के वेद का नया तर्जुमा छप रहा है। वेद और कुरआन के मुताल्लिक एक लेख भी है इसमें।"

"अच्छा।" पं. सृष्टिनारायण पांडे ने कुर्सी को अब तिरछा कर लिया था, जिससे सत्तार और वे आमने-सामने हो जाएँ।

"तनी दिखाना..." पंडितजी ने हाथ बढ़ाते हुए कहा तो सत्तार ने अख़बार खोल लिया और इस अन्दाज़ में उन्हें सारी बातें बताने लगा, मानो पढ़-पढ़कर सुना रहा हो।

"इसमें लिखा है कि जैसे कुरआन अल्लाह की किताब है वैसे ही वेद भी ईशग्रंथ हैं..."

"अच्छा। तनी दिखाओ न।"

"अरे पंडितजी, इसे क्या देखिएगा," पंडितजी की उत्सुकता बढ़ाकर सत्तार ने मेज़ की दराज़ से एक पुस्तिका निकाल ली। "आप लोग मानते हैं न, कि कल्कि

भगवान ईश्वर के अन्तिम अवतार की शक्ल में आएँगे? तो ये देखिए, इसमें किस तरह साबित किया गया है कि कल्कि भगवान का अवतार तो काफ़ी पहले हो चुका है और वे थे हमारे रसूल हज़रत मुहम्मद सल्लल्लाहो अलैहे वसल्लम। हम भी तो उन्हें आख़िरी नबी कहते हैं...।'

पंडित सृष्टिनारायण पांडे ने सत्तार के हाथ से 'कल्कि अवतार और मुहम्मद साहब' नामक वह पुस्तिका छीन ली और उसके पृष्ठों पर उद्धृत श्लोकों को ध्यानपूर्वक देखने लगे। पंडितजी के आश्चर्य की सीमा नहीं रही।

"अरे, इसमें तो आदम-हव्वा के बारे में भी श्लोक दिया है। आदमनामासौ पत्नीहव्यवती तथा। अरे, कल्कि भगवान और मुहम्मद साहब के जीवन की समानताओं को प्रदर्शित करनेवाले तो कई श्लोक हैं इसमें। वधूर्मन्तो द्विर्दशः...।"

"कहिए पंडितजी, है न?"

सत्तार ने विजयपूर्ण नेत्रों से उनकी ओर देखा तो पं. सृष्टिनारायण पांडे ने पुस्तिका बन्द कर दी। बोले :

"सत्तार, इसे एक दिन के लिए मुझे दे दो तो। कहीं-कहीं व्याकरण की कुछ अशुद्धियाँ दिखाई पड़ रही हैं मुझे। द्वादशः को द्विर्दशः लिखा है। तुम यह बारीक़ी नहीं समझ सकते। संस्कृत एक ऐसी भाषा है, जिसमें व्याकरण के रंचमात्र भी उलटफेर से अर्थ का अनर्थ हो जाता है। यह तो मैं मान ही नहीं सकता कि तुम्हारे हज़रत मुहम्मद साहब कल्कि भगवान के अवतार होंगे।"

"छपाई की भूल भी तो हो सकती है पंडितजी।"

सत्तार ने मुस्कराते हुए कहा तो पंडितजी का नकबाँसा टेढ़ा हो गया। बोले :

"फिर भी मैं अपनी अष्टाध्यायी के अनुसार चेक करूँगा।"

तभी पसियाने का एक युवक अपने बचतखाते में पैसा जमा कराने आ गया और सत्तार उसमें व्यस्त हो गया। इस बीच पं. सृष्टिनारायण पांडे ने 'कांति' को भी उलट-पुलटकर देख लिया।

"सुनो सत्तार, हमें तुमसे एक बात कहनी थी।"

युवक जब चला गया, तो 'कांति' तथा 'कल्कि अवतार' और 'मुहम्मद साहब' को एक ओर रखते हुए पं. सृष्टिनारायण पांडे ने अत्यंत रहस्यभरे अन्दाज़ में कहा।

सत्तार के कान खड़े हो गए। क्या बात कहना चाहते हैं पंडितजी?

"ऊ जो बुधुवा है न," पंडितजी ने धीमे स्वर में कहना शुरू किया, "ऊ चुड़िहार के बच्चे को पंख निकल रहे हैं।"

"क्यों? क्या हुआ पंडितजी?"

"देखो सत्तार, तुम लोग एक जात-बिरादरी के हो, इसीलिए तुमसे कह रहा हूँ..."

"देखिए पंडितजी, अब ऐसी गाली तो न दीजिए। ऊ चुड़िहार है और हम तुरक। एक जात-बिरादरी के कैसे हुए?"

"अरे भई, हम तो यही समझते थे कि सारे मुसलमान एक ही जात-बिरादरी के होते हैं। ख़ैर, अच्छा हुआ कि ये बात भी मालुम हो गई। मगर तुम्हारे कहने और हमारे कहने में फरक तो पड़ेगा ही। उसको तनी समझा देना कि जादा इधर-उधर के चक्कर में न पड़े। गाँव में रहना है तो मजे से चूड़ी पहनाए और जैसे सब परजा रहते हैं, ऊ भी रहे। अल्ली को भी तनी भैया के जमानेवाली बात याद दिला देना।"

"मगर पंडितजी, यह तो बताइए कि हुआ क्या है?"

"अरे क्या नहीं हुआ?" पंडितजी अब तैश में आ गए थे। "हमने खुद अपनी आँख से देखा है। दूसरा कोई कहता तो फिर भी एक बार बिस्वास न करते। ऊ जो तोते है न, अरे वही भगतराम पासी, उसकी बिटिया के संग खेत-नार में ससुर रासलीला कर रहे हैं आजकल। कहना, कि अब भी टेम है; बाज आ जाय अपनी हरकत से, नहीं तो भई हिन्दू-मुसलमान का मामला बन जाएगा तो फिर हम नहीं जानते।"

इतना कहकर पंडित सृष्टिनारायण पांडे उठे और पोस्टआफ़िस से बाहर निकल गए। पुस्तिका ले जाना वे भूल ही गए।

सत्तार के पोस्टआफ़िस से निकलकर पं. सृष्टिनारायण ने सीधी राह धरी पसियाने की। बुधुवा और तोते की बिटिया के बारे में जब तक पूरे गाँव में हउरा न मचा दें, उन्हें किसी कल चैन नहीं था। सो, अपने टिटिहरी जैसे शरीर को साँड़ की तरह फुलाकर चलते हुए जब वे भगतराम पासी के दरवाज़े पहुँचे, भगतराम दीवार से पीठ टिकाए बाहर ही बैठा हुआ था और सुतली बनाने के लिए सनई साफ़ कर रहा था। बग़ल में गड़ही से निकाली गई सड़ी हुई सनई का ढेर पड़ा था, जिससे अजीब-सी तीखी बदबू आ रही थी। पंडितजी ने दूर से ही अपनी नाक भींच रखी थी। उन्हें देखते ही भगतराम खड़ा हो गया और पैलगी करके टुकुर-टुकुर उनकी ओर ताकने लगा।

"का हो रहा है तोते? सनई साफ हो रही है?" पंडित सृष्टिनारायण पांडे ने नाक बन्द किए-किए ही पूछा तो भगतराम ने इस प्रकार अपनी भंगिमा बनाई मानो कह रहा हो कि आप तो सब देख ही रहे हैं। बोला कुछ नहीं।

तभी भगतराम की बड़ी बेटी यानी भूरी की बड़ी बहिन जमुना गड़ही से बर्तन माँजकर लौटी और पंडितजी पर एक उचटती-सी नज़र डालकर भीतर घुस गई।

"भूरी कहाँ है जमुना?" भगतराम ने थोड़ा चिल्लाकर उससे पूछा और उत्तर की प्रतीक्षा किए बग़ैर ही पंडितजी के सम्मुख दीनता के साथ झुक गया। "बोलिए महराज, आज कैसे किरपा हुई अपातर पर?"

"कुछ नहीं भगतराम, बस ऐसे ही। जमुना के ब्याह की कुछ बात बनी?"

"कहाँ महराज..." भगतराम की आँखें सिकुड़ गईं।

"देखो तोते, मेरी सलाह मानो तो दोनों बेटियों का ब्याह अब जल्द से जल्द कर

दो। भूरी भी तो सयानी हो गई है। जमाना बहुत खराब है। अब तो धुनिया-चुड़िहार भी छैला बने घूमने लगे हैं।"

पंडित सृष्टिनारायण पांडे ने बस इतना ही उस समय कहा और चलते बने।

मंगल का दिन था। पंडित सृष्टिनारायण पांडे के यहाँ कथा का आयोजन था। सहन को लीप-पोतकर साफ़ कर दिया गया था। कोने में केले के कटे हुए तने खड़े थे। एक तरफ़ बड़े-से चूल्हे पर पंजीरी तैयार हो रही थी। दालान में पंडित अशोक कुमार के निर्देशन में बन्दनवार तैयार हो रहा था। उनके सहपाठी सुतलियों में लाल-हरी झंडियाँ चिपका रहे थे। आस-पड़ोस के बड़े-बूढ़े उस पूरी तैयारी का निरीक्षण भी कर रहे थे और भावी योजनाओं का उद्घाटन भी। उन्हीं की बातचीत से मालूम हुआ कि रात में रामायण का पाठ भी होगा। विचार तो यह बना है कि रामायण का पाठ अब प्रति मंगलवार को आयोजित किया जाएगा। इसी बहाने चार जने जुटेंगे और धरम-करम की बातें होंगी। इन चीज़ों की तरफ़ तो किसी का ध्यान अब जाता ही नहीं। जिसे देखो, बस साइंस की बातें करता है।

"अउर भई ई परचार तो हद ही है न, कि मृत्युलोक के प्राणियों ने चंद्रमा पर अपने पापी चरन रख दिए हैं।"

"अरे, संकर भगवान के माथे पर बिराजमान चनरमा के का कउनो पापी छुइ सकत है?"

"ऊ भी बिधर्मी, जो सराब पीते हैं अउर सुअरिया का मांस खाते हैं...।"

"राम का नाम लो भाई, अब बहुत हुइ गवा।"

इधर धर्मी जनों के बीच यही सब बातें हो रही थीं और उधर कुएँ की जगत पर पं. सष्टिनारायण पांडे और पं. दयाशंकर पांडे कमर में अँगौछा बाँधे खड़े थे। हरवाहा पानी खींच रहा था। कुल्ला-वुल्ला करने की तैयारी थी। दयाशंकर ने तो कुर्ता भी उत्तार रखा था। शायद स्नान भी करें। सृष्टिनारायण ने डरते-डरते बातचीत आरम्भ की।

"नहाओगे क्या?"

"हाँ, सोचते हैं नहा ही लें। ई नैनीवाली सड़किया पर गर्दा बहुत है।"

"कुबेला में नहाना ठीक नहीं। कहीं तबियत न खराब हो जाय।"

"अरे चाचा, कहाँ की बात!"

हरवाहे ने पानी खींचकर बाल्टी एक ओर रख दी और वहाँ से चला गया। पं. सृष्टिनारायण उसे तब तक देखते रहे जब तक कि वह सहन में नहीं पहुँच गया। जब पूरी तरह एकान्त हो गया तो बोले :

"देखो दयाशंकर, ई पसियानेवाले तो तुम्हारी ही पार्टी की भाषा बोलते हैं, तुम्हारा प्रभाव भी है उन पर; तनी उस तोते को समझाओ न।"

"क्या कर रहा है वह?"

सृष्टिनारायण अब बाल्टी के पास उकड़ूँ बैठ गए थे और लोटे में पानी निकालकर कुल्ला करने लगे थे।

"वह नहीं, उसकी जो छोटकी बिटिया है न; बहुत जवानी चढ़ी है उसे। आजकल ऊ बुधुवा चुड़िहार के साथ..." इतना कहकर पंडितजी ने मुँह में ढेर सारा पानी भर लिया और आगे के शब्द मुँह के उसी पानी में गुड़गुड़ करने लगे।

"देखो, मामला ई हिन्दू-मुसलमान का है।" मुँह के पानी को फर्र से नीचे उगलते हुए पं. सृष्टिनारायण पांडे ने आगे बोलना शुरू किया। "पासी हैं तो क्या हुआ, आखिर हैं तो हिन्दू ही। और क्या तुम इस बात को बरदास करोगे कि एक हिन्दू लड़की को कोई मुसल्ला..."

पंडितजी ने अब फिर से अपने मुँह में पानी भर लिया था और गलगलाने लगे थे। बाल्टी के बचे हुए पानी को जगत के नीचे फेंककर दयाशंकर ने ख़ुद ही बाल्टी कुएँ में डाल दी। गड़ारी की आवाज़ सुनकर हरवाहा दौड़ता हुआ आया और रस्सी उसने दयाशंकर से छीन ली। सृष्टिनारायण सहन की ओर चल दिए। वहाँ कथा की तैयारी पूरी हो चुकी थी।

कथा के शुरू होते-होते सहन में अच्छी-ख़ासी भीड़ भर गई थी। सत्तार को अलग से एक दरी पर बैठाया गया था। उसी के आसपास बलापुर और चक के अन्य मुसलमान भी बैठे थे। चमरौटी और पसियाने के लोग चबूतरे के नीचे एक तरफ़ इस प्रकार सिकुड़े हुए पड़े थे, जैसे कोलहउड़ में ऊख की खोइया पड़ी रहती है।

कथावाचक बड़ी अदा के साथ कथा सुना रहा था :

"व्यासजी ने कहा, एकदानैमिषारण्ये...एक वणिक था, जो नि:सन्तान था। उसने यह संकल्प किया कि यदि मुझे कोई सन्तान की प्राप्ति हो जाय तो मैं सपत्नीक सत्यनारायण भगवान की कथा सुनूँगा। भगवान सत्यनारायण के प्रसाद से उसके घर में एक कन्या ने जन्म लिया। वणिक ने उसका नाम कलावती रखा। जब उसकी पत्नी ने कहा कि अब कथा सुनना चाहिए तो उसने कहा कि जब मैं इसका विवाह करूँगा, उस समय सुन लूँगा..."

इस प्रकार बहुत देर तक वह कथा चलती रही। फिर अचानक घंटी और शंख की ध्वनि से समूचा वातावरण गुंजायमान हो उठा और इसके साथ ही लोगों की आँखें पीतल के बड़े-बड़े थालों और परातों में रखी पंजीरी पर जाकर अटक गईं।

"सुनो, पंजीरी ले तो लेना, पर उसे खाना हरगिज़ नहीं।"

सत्तार ने अपने इर्द-गिर्द बैठे मुसलमानों से फुसफुसाकर कहा तो सब चौकन्ने हो गए।

"क्यों भइया?" सिपाही नाऊ के बेटे ने बहुत डरते-डरते पूछा तो सत्तार ने आँखें तरेरीं। बोला :

"जानते नहीं क्या, पंजीरी में ये लोग चरनामृत भी डालते हैं। और चरनामृत में क्या होता है जानते हो? उसमें गाय का पेशाब मिला होता है।"

तभी घंटी और शंख की ध्वनि धीमी हुई और इसके साथ ही वह फुसफुसाहट बन्द हो गई।

कथा समाप्त हुई। पंजीरी भी बँट गई। सब लोग अपने-अपने घर चले गए। मगर जहाँ चमरौटी-पसियाने के लोग बैठे हुए थे, एक लड़का वहाँ अब तक जमा हुआ था। पं. सृष्टिनारायण पांडे ने ध्यान से देखा। मुन्ना था।

"कहो मुन्ना, पंजीरी नहीं मिली क्या?"

सृष्टिनारायण ने अत्यंत लाड़ के साथ उससे पूछा तो अपना झोला उठाकर वह खड़ा हो गया। उसके झोले में साड़ी-ब्लाउज़ का एक जोड़ा, मुर्दासंख, सस्ते दाम की क्रीम, लिपस्टिक, नेलपालिश और घुँघरूँ—ये चीज़ें हमेशा रखी होती थीं। झोला देखते ही पंडितजी को याद आया कि आज करछना में नाच है और उन्होंने मुन्ना का सट्टा कर रक्खा है।

अशोक कुमार रामायण-पाठ की तैयारी में लग गए थे। पाठ रात में खाना खा के शुरू होनेवाला था। सृष्टिनारायण ने अशोक को आदेश दिया कि रामायण वह करा ले, उन्हें तनी करछना तक जाना है। अशोक कुमार समझ गए। बोले कुछ नहीं। बस, एक हल्की-सी मुस्कान उनके होंठों पर फैली, जिसे छिपाते हुए वे भीतर चले गए।

सूरज डूब गया था। अँधेरा धीरे-धीरे सहन में भरने लगा था। पंडित सृष्टिनारायण पांडे ने साइकिल बाहर निकाली। हैंडिल पर मेकअपवाला झोला टाँगा और डंडे पर मुन्ना को बैठाकर घंटी टुनटुनाते हुए करछना की ओर चल पड़े।

9

नाच की तैयारी बलापुर में भी हो रही थी।

जैसे धान और गेहूँ की फ़सल के लिए गाँवों में ऋतुएँ निश्चित थीं, उसी प्रकार नाच का भी अपना मौसम होता था। दसहरा बीतने के बाद ही यह मौसम

शुरू हो जाता था। रोज़ सुनाई पड़ता कि आज हथिगन में नाच है, कल करमा में। इतवार को उभारी में, मंगल को करछना में...। और झुंड बाँध-बाँधकर लोग नाच देखने के लिए निकल पड़ते; जैसे भयंकर गर्मी के बाद, दौंगरे में धरती भीगते ही, बिल फोड़-फोड़ कर भाँति-भाँति के कीड़े-मकोड़े बाहर आ जाते और इधर-उधर घूमने-टहलने लगते। रात चाहे पूर्णिमा की हो चाहे अमावस की, लोग साइकिलों की पैडलें घुमाते, या फिर पाँव-पैदल ही नाच देखने के लिए चल पड़ते। नाच के कई शौक़ीन तो ऐसे भी थे कि नगड़ची की आवाज़ सुनकर ही बिस्तर छोड़ देते थे और जिधर से किर्र किर्र...की ध्वनि आ रही होती, उसी दिशा में बग़ैर सोचे-समझे ही चल पड़ते थे। नाच के आगे खाना-पीना तक व्यर्थ मालूम होता था।

नाच—यानी नौटंकी। कहीं 'सुल्ताना डाकू' खेला जा रहा है तो कहीं 'लैला मजनूँ'। कहीं 'दहीवाली' का खेल है तो कहीं 'ख़ुदा दोस्त सुल्तान'। पंडित नथाराम शर्मा गौड़ हाथरसवाले और श्रीकृष्ण पहलवान कानपुरवाले—दोनों शायरों के खेल समान रूप से इलाक़े में लोकप्रिय थे। दर्शकों को इस बात की चिन्ता न होती कि मंडली कहाँ की है। उनके लिए तो बस एक ही सत्य था—नाच। तीन मात्राओंवाले इस शब्द में गाँजे की कली से ज़्यादा नशा था और रसियावल से बढ़कर मिठास।

उस नशे और मिठास का ही चमत्कार था कि प्राय: हर गाँव में नाच की कोई न कोई छोटी-मोटी मंडली विद्यमान थी। जिनके पास अपना नचनिया अथवा नगड़ची नहीं था, वे लोग बाहर से किराए पर इनका इंतज़ाम कर लिया करते थे। मगर एक्टर सब अपने ही गाँव-जवार के होते थे। ढंग के पर्दे न होते तो चादरों से ही काम चला लिया जाता। वेशभूषा भी देसी ही होती। हाँ, राजा-रानी का ड्रेस कहीं से उधार ले लिया जाता। कुछ लोगों ने तो बाक़ायदा चंदा करके इलाहाबाद से नौटंकी का पूरा सरंजाम जुटा रखा था।

लेकिन बलापुर में कोई नाच-मंडली अभी तक क़ायम नहीं हुई थी। जबकि ज़माना बहुत आगे बढ़ गया था। अरे क्या-क्या नहीं हुआ देश-दुनिया में? दो बैलों की जोड़ी तक ख़त्म हो गई। कहाँ तो पाँच साल बाद चुनाव होते थे, कहाँ ढाई-तीन साल में ही सरकार दक्खिन लग गई। जनता की जानी-पहचानी 'पाल्टी' इंडीकेट-सिंडीकेट में बँट गई। लोगों ने टिप्पणी की :

"क हो, इतनी बड़ी बात देस में हो गई अउर अपने गाँव में एक नाच-मंडली तक नहीं बन सकी।"

इस पर किसी ने कहा :

"सब नामर्द हैं अउर कुछ नहीं।"

बस, बलापुर के मर्दों को ताव आ गया। पसियाने में नाच का रिहर्सल शुरू हो गया। इधर से पं. दयाशंकर पांडे का छोटा बेटा राजीव, मोती बनिया का लड़का मानिक, बुद्धू और लल्लू तथा उधर भूरी का मौसेरा भाई दुलारे, रामदेव का लड़का

मंगरू और दूसरे तमाम लौंडे रोज़ शाम को तोते पासी की दालान में जुटते और अपने-अपने पाठ का अभ्यास करते। जिसके गले से सुरीली आवाज़ न निकलती उसे सलाह दी जाती कि बासीमुँह काली मिर्च चबाए और घड़े में मुँह डालकर गाए। जिसे ताल-सुर का ज्ञान नहीं था उसे अनुभवी लोग गा-गाकर बताते कि दोहा-चौबोला ऐसे गाया जाता है और बहरत यानी बह्‌रे-तवील ऐसे। इन लोगों ने नचनिया का प्रबन्ध भी ख़ुद ही किया था। फुल्ली दाई तो मर-मुरा गई थी, उसकी नातिन विधवा होकर बलापुर में ही रह रही थी। उसका एक बेटा था दस-ग्यारह साल का। देखने में बिलकुल लड़की-जैसा लगता था। अतः, तोते पासी उसी को साड़ी-ब्लाउज़ पहनाकर ग़ज़ल और पूरबी गाना सिखा रहा था। ननकुआ था भी दिमाग़ का बहुत तेज़। पढ़ने-लिखने के नाम पर तो बस करिया अच्छर भँइस बरोबर था, मगर गाने का बोल तीन-चार बार सुन लेता तो नटई में बैठ जाता था।

शिवरात्रि नज़दीक आ रही थी। नाच-मंडली ने तय किया था कि उसी रोज़ बलापुर के नौनिहाल अपना कमाल दिखाएँगे। रिहर्सल बहुत ज़ोरों पर चल रहा था। कभी-कभी तो ऐसा होता कि रात के तीसरे पहर तक रिहर्सल चलता और सारे एक्टर तोते की दालान में ही पुआल पर सो रहते। नगड़ची का सट्टा और राजा-रानी के ड्रेस का इंतज़ाम बिशुन भाट ने बीस दिन पहले ही कर लिया था।

शिवरात्रि को तीन दिन रह गए थे। रिहर्सल करते-करते लड़कों का गला बैठ चुका था। तोते पासी सबको काली मिर्च चबवा रहा था। मंडली का मनीजर वही था, इसलिए सब लोग उसकी बात मानते थे। हालाँकि नाच का अनुभव उसे बस इतना था कि एक बार वह 'किसान-कन्या' नामक नौटंकी में किसी स्त्री का पाठ कर चुका था।

तोते के निर्देश पर उस रोज़ भी देर रात तक रिहर्सल हुआ और मुर्ग़ा बोलने के बाद सभी एक्टर गुड़ी-मुड़ी होकर पुआल पर पड़ रहे। रात में जागने की आदत न होने के कारण बुद्धू को जुकाम हो गया था। उसकी नाक बन्द थी। उसे मुँह से साँस लेना पड़ रहा था। वह एकदम किनारे लेटा था और जाग रहा था। उसकी आँखें बन्द थीं, मगर मन ही मन अपना पाठ दुहरा रहा था। अचानक उसे लगा कि कोई उसके सिरहाने बैठा है।

"कौन?"

उसने आँखें मलते हुए पूछा तो एक हथेली ने उसका मुँह बन्द कर दिया। फिर वह हथेली बुद्धू के मुँह से हटकर उसके पंजे के पास पहुँच गई। हथेली ने पंजे को धीरे से दबाया। बुद्धू उठ बैठा।

अगले पल वह एक खटिया पर लेटा था और भूरी तरह उसके पंजे को जकड़े हुए थी।

"हमारी महवारी बन्द हो गई है।"

भूरी ने धीरे से बुद्धू के कान में कहा तो वह सब कुछ समझ गया। बोला कुछ नहीं। दोनों जने थोड़ी देर तक चुपचाप पड़े रहे, फिर बुद्धू उठा और पुआल पर जाकर लेट गया।

सुबह भूरी की बड़ी बहिन जमुना ने मुँह पर पानी का छींटा मार-मारकर बुद्धू को जगाया; तभी उसकी नींद टूटी। और जागते ही मंडली मनीजर तोते ने काली मिर्च के आठ-दस दाने उसके मुँह में डाल दिए।

शिवरात्रि से एक रोज़ पहले पं. सृष्टिनारायण पांडे तोते पासी के द्वार पर जा खड़े हुए।

"पायलागी महराज!"

तोते ने हाथ जोड़कर सिर नवाया तो पंडितजी ने बजाय आशीष देने के सीधे काम की बात छेड़ दी।

"कहना ई है तोते, कि अपने नाच में हमरे मुन्ना को जरूर नचवाना। सट्टा कर लो।"

तोते ने तो सोचा था कि पंडितजी शायद उसकी लड़कियों के बारे में कुछ कहेंगे; मगर...

"महराज, मुन्ना को हम सौक से नचवाते, मुलाँ नचनिया तो है हमारे पास।" तोते ने रुक-रुककर बोलना शुरू किया। "फिर महराज, आपसे क्या चोरी? पइसा-वइसा तो है नहीं हमारे पास, अरे किसी तरह नगड़ची अउर ड्रेस वगैरा का अदा हो जाय यही बहुत है..."

"देखो तोते, गाँव की बात है, हम सिरिफ पन्द्रा रुपए में सट्टा कर लेंगे।"

पंडितजी ने बीच में ही उसे टोक दिया।

"नहीं महराज, छमा करें। मुन्ना को हम फिर कभी नचवाएँगे। इस बार तो... महराज आपै सोचें, कहाँ मुन्ना कहाँ ननकुआ। नया लड़का है। उसके आगे दब जाएगा कि नहीं? अउर कितना अरमान है उसके दिल में..."

आगे पंडितजी ने कोई बहस नहीं की। "ठीक है भई, तुम मंडली-मनीजर हो, जैसा उचित समझो, करो।" कहते हुए चले गए।

चहल-पहल सुबह से ही शुरू हो गई थी। एक तखत मोती बनिया के घर से, एक सत्तार के यहाँ से और दो कयथाने से लाकर खेत में डाल दिए गए थे। काछी के कुएँ की बग़लवाला खेत परती पड़ा था, उसे ख़ूब साफ़ करा दिया गया था। यह जगह गाँव के शिवाले के बिलकुल करीब थी। चमरौटी और पसियाने से बाँस और

बल्लियाँ आ गई थीं। सामने का पर्दा उभारी की नाच-मंडली से उधार माँगा गया था। पतंग की डोरी लपेटनेवाली गड़ारी की मदद से पर्दा उठाने-गिराने का सिस्टम बुद्धू ने तैयार किया था और ख़ास इसी काम के लिए एक लड़के को बाक़ायदा ट्रेनिंग भी दी गई थी। दो चादरों को अस्थायी रूप से एक साथ सिलकर पीछे का पर्दा बनाया गया था। सबसे पीछे, सजने-बजने के लिए टट्टरों की आड़ बनाई जा रही थी। बहुत कहने-सुनने के बाद पर्दे के पीछे से पाठ बताने का ज़िम्मा अल्ली चुड़िहार ने आख़िर ले ही लिया था। बिशुन भाट ने गाँव-भर में घूम-घूमकर प्रचार किया था कि आज रात 'अमरसिंह राठौर' नाच खेला जाएगा।

स्टेज तैयार हो गया तो करमा से लाई गई गैसबत्तियाँ जलाकर टाँग दी गईं। बुद्ध ने ख़ुद हवा भरकर मेंटल में फूँक मारी और घाटदार काँच के भीतर दप्-दप् करते हुए अंडे दमक उठे। हारमोनियम ने एक धुन शुरू की तो ढोलकची ने उस पर ताल दी और 'सहर' से आए हुए नगड़ची ने जब नक्कारों पर अपनी नुकीली डंडियाँ चलाईं तो किर्र-किर्र-किर्र-किर्र...कड़ाम...किर्र किर्र कड़ाम...की ध्वनि से बलापुर तो बलापुर, इर्द-गिर्द के कई-कई गाँव गूँज उठे। देखते ही देखते पूरा खेत दर्शकों से भर गया। स्त्रियाँ और पुरुष, बूढ़े और जवान, बच्चे और किशोरियाँ... हर आयु और हर जाति के लोग। नवयुवकों ने अपनी अलग ही टोली बनाई थी और वे बग़ल के महुवे के नीचे हाथ में चोरबत्ती (टार्च) लिये खड़े थे। किशोरवय के बालक किशोरियों से सटकर खड़े हो गए थे और उन पर भहराए जा रहे थे। किशोरियाँ कुईं की कलियों की तरह चटकी पड़ रही थीं।

मौसम में खुनकी अभी भरी हुई थी, इसलिए दो-तीन जगह कुंदे जला दिए गए थे। एक कुंदा तो ठीक नगड़ची के पीछे ही जल रहा था। नक्कारों को बीच-बीच में सेंकना पड़ता था, इसीलिए। पीछे टट्टरों की आड़ में एक्टर सज रहे थे। बच्चे झिरी से उन्हें ताकने की कोशिश कर रहे थे। विशेषकर ननकुआ को लेकर उनमें बेहद उत्सुकता थी, कि देखें साड़ी-ब्लाउज़ में वह कैसा दिखता है?

रात के दस बजते-बजते घोषणा हुई कि नाच अब शुरू हो रहा है और दर्शकों में सन्नाटा छा गया। लोगों की आँखें धीरे-धीरे उठते हुए पर्दे पर टिक गईं। स्टेज पर हाथ जोड़े, लाइन से सारे एक्टर खड़े थे। सबके चेहरे गोरे और बदन पर ऐसे कपड़े, जैसे उन्होंने कभी नहीं पहने थे...फिर एक स्वर में शुरू हुआ मंगलाचरण। साज़िंदे सतर्क हुए। स्टेज पर दोहा-चौबोला के लहकते हुए छंद गूँज उठे :

अलख अमल अज अगोचर, अगम अनादि अनंत।
ये जी-अजर अमर असरण सरण, अउर-त्राहि त्राहि भगवंत॥

नगाड़ा बजा—किर्र किर्र किर्र किर्र...कड़ाम

त्राहि त्राहि भगवंत वारिजा कंत संत सुखरासी
विभुम ब्रह्म स्वच्छंद स्वयं सच्चिदानंद अविनासी
किर किर्र किर किर...
स्वयं बिधाता स्वयं बिष्णु हो स्वयं संभु कैलासी
त्रिगुण त्रिविक्रम त्रिदिसालयपति त्रिदिस त्रिलोक प्रकासी
किर्र किर्र किर्र किर्र...कड़ाम

इस बीच मोती बनिया के लड़के ने पिछले पर्दे पर ठहोका मारा तो अल्ली चुड़िहार ने फुसफुसाकर अगली पंक्तियाँ बताईं और नगाड़ा बन्द होते ही 'दौड़' :

निरंतर घट घट वासी जी, स्वयं सर्वत्र विलासी जी
इंद्र सरणागति स्वामी
विस्वाधार बिष्णु नारायण नमो नमामि नमामी
किर किर्र किर्र किर्र...कड़ाम
किर्र किर्र...कड़ाम।

मंगलाचरण समाप्त होते ही सभी एक्टर एक-एक करके स्टेज से चले गए। मगर लल्लू अपनी जगह खड़ा रहा। यह देखकर लोग मुस्कराए। लौंडों ने आवाज़ लगाई :

"हाँ भई, लल्लू! हो जाय! तुम्हारा भी हो जाय यार।"

"प्लीज, प्लीज। सांती सांती।"

लल्लू ने स्वयं हँसते हुए, हाथ उठाकर जनता को शान्त करने की कोशिश की, फिर साज़िंदों की तरफ़ इशारा करते हुए उसने अपना 'मंगलाचरण' प्रस्तुत किया :

एलिजाबेथ सेकेंड एम्प्रेस, गुड ग्रेसस स्ट्रांग।
अरे—प्रेयर दिस आवर्स इज, मे यू लिव लांग लांग।

नगाड़ा बजा–किर्र किर्र किर्र किर्र...कड़ाम। और तालियों से पूरा मजमा गूँज उठा। लल्लू ने पंजा लहराकर फिर लोगों को शान्त किया। अब चौबोला की बारी थी—

मे यू लिव लांग लांग रूल बेनीफिसेंट कंटीन्यू
फारच्यूनेट वी आर आल हैविंग क्वीन गुड लाइक यू
किर्र किर्र किर्र किर्र किर्र...
अंडर इंगलिस सोवरेंस वी रिसीव्ड ब्लेसिंग न्यू न्यू
आल आफ देम हैड टु डू गुड टू अस इन देयर व्यू
किर्र किर्र किर्र किर्र...कड़ाम

"बाह लल्लू बाह!" दर्शकों ने उसे इस तरह उत्साहित किया कि नगाड़ा बन्द होने से पहले ही उसने 'दौड़' शुरू कर दी और नगड़ची को बीच में ही रुकना पड़ा।

योर ग्रेसस मैजेस्टी जी...
योर ग्रेसस मैजेस्टी जी, आफ दी सेम डाइनेस्टी जी
योर नेचर टूऽऽ काइंड
अरे-लांग रूल बी योर्स सिसीअरली वी प्रे कंबाइंड
किर्र किर्र किर किर्र...कड़ाम।
किर्र किर...कड़ाम।

लल्लू चला गया। तालियाँ बजती रहीं।

पर्दा गिरा। स्टेज पर बादशाह सलामत तशरीफ़फ़र्मा हुए। पर्दा उठा। बादशाह सलामत ने हुक्म दिया—"नाचनेवाली को बुलाओ।" दर्शकों ने फिर तालियाँ पीटी, सीटियाँ बजाईं। और उसी शोरोगुल के बीच साड़ी-ब्लाउज़ में लिपटा, चेहरे पर मुर्दासंख मले, किसी अल्पवयस दुलहिन की भाँति ननकू जब स्टेज पर आया तो महुवे के पास से चोरबत्ती की गोल रोशनी उसके गालों पर बिखर गई। मगर वह विचलित नहीं हुआ, उलटे मुस्करा उठा। युवकों की जान निकल गई! ननकू ज़रा-सा थिरका, तो पाँव में बँधे घुँघरू पहले छिम्म-छिम्म बोले, फिर वे छम्म-छम्म कर उठे। ननकू ने अत्यंत दर्द-भरी आवाज़ में गाया :

दो बैलों की जोड़ी
बिछुड़ गई रे
गजब भयो रामा, जुलम भयो रे
दो बैलों की जोड़ी...

लेकिन दर्शकों को इस गाने में मज़ा नहीं आया। वे शोर करने लगे।

"दूसरा! दूसरा!"

"ए ननकू, पूरबी सुरू कर।" पर्दे के पीछे से भगतराम पासी ने टोका तो ननकुआ क्षण-भर रुका, फिर उसने एक पूरबी छेड़ दी :

ताना मारैं सासु ननदिया
हम बउरहिया भइली ना
ताना मारैं...
सोरा रोटी हम सरपोटीं अउ बटुआ भर दाल
सासु गोसाईं तोहरी किरिया, हम कइलीं उपवास
कि हम बउरहिया भइली ना...

"ए भूरी, चल चलैं, हम्में नींद आ रही है।"

स्त्रियों के बीच बैठी जमुना ने धीरे से भूरी को कोंचा तो उसने हाथ झटक दिया।

"अभी तो खेला ठीक से सुरू भी नहीं हुआ।"

"ई रात भर चलेगा, चल। घर सूना है।"

जमुना ने फिर उसे उत्साहित किया, मगर वह तो एकटक स्टेज की तरफ़ ताके जा रही थी।

"न चलेगी?"

"तुम जाओ न। नींद तुम्हें आ रही है, कि हम्में?"

भूरी के इस रुख़ ने जमुना को हतोत्साहित कर दिया। और दोनों हथेलियों से अपनी आँखें मलकर वह भी स्टेज की तरफ़ टुकुर-टुकुर ताकने लगी।

गाने के बाद खेला शुरू हुआ। स्टेज पर सजे-बजे एक्टर आने लगे। मगर भूरी की आँखें जिसे खोज रही थीं, वह तो काफ़ी देर बाद निकला। बुद्धू अमरसिंह राठौर के भतीजे रामसिंह का पाठ कर रहा था। धोती-कुर्ता और पगड़ी में उसे देखकर भूरी का दिल बल्लियों उछलने लगा। आँखें चमक उठीं। मुस्कान पूरे चेहरे पर फैल गई। मानो एक ओंठ साक्षात् माथा हो और दूसरा ठुड्डी। भूरी को इस रूप में देखकर बुद्धू को भूला हुआ पाठ भी याद आ गया और अपने बह्‌रे-तवील को उसने दूने जोश के साथ अदा किया :

क्या उमर की तरफ़ ख़्याल करते चचा,
अभी जौहर मेरे की ख़बर ही नहीं
आप बैठे रहो दो इजाज़त मुझे
करना कोई तरह की फिकर ही नहीं
किर्र किर्र किर्र किर्र...कड़ाम।
अरे—या तो पाजी सलावत का सर ही नहीं
या हमारे ही धड़ पे ये सर ही नहीं
जो हसर में रखूँ वाँ जरा भी कसर
तो मैं जसवंत सिंह का पिसर ही नहीं
किर्र किर्र किर्र किर्र...कड़ाम।
किर्र किर्र...कड़ाम।

नाच सूरज उगते-उगते ख़त्म हुआ। कुछ लोग तो सीधे वहीं से दिसाफ़राग़त के लिए निकल गए। बच्चों को कोंच-कोंचकर जगाया गया। ऐसे लोगों ने, जो पूरा मज़ा लेने के लिए रुके तो रहे, पर नींद और थकान से चूर थे, टिप्पणी की :

"इतना लम्बा खेला नहीं करना था, इससे अच्छा तो 'दहीवाली' खेलते।"

जमुना भी कुढ़ी हुई थी। मगर जब पूरा परिवार नाच में जमा था, तो वह भला अकेली कैसे घर जाती?

लेकिन तोते पासी जब अपने परिवार के साथ घर पहुँचा तो खुला हुआ दरवाज़ा देखकर काँप उठा। वह झटके के साथ भीतर पहुँचा और चकर-पकर चारों तरफ़

देखने लगा। जमुना और भूरी भोकार फाड़कर रोने लगीं। घर में कुछ भी नहीं बचा था। चोर कपड़े-लत्ते और आटा-दाल तक उठा ले गए थे...

रोने की आवाज़ सुनकर पसियाने के तमाम स्त्री-पुरुष वहाँ जुट आए। गाँव में अपनी मंडली का पहला-पहला नाच हुआ और इतना बड़ा असगुन घट गया।

"इसमें जरूर किसी का हाथ है।"

किसी ने कहा, तो ड्योढ़ी पर खड़ी भूरी की आवाज़ आई :

"इ पाँड़े महराज की कारस्तानी है अउर कुछ नहीं।"

"चोप्प!" इस पर बाप ने भूरी को इस तरह डपटा कि सारे स्त्री-पुरुष सनाका खा गए। भूरी रुआँसी होकर भीतर चली गई।

10

उस रोज़ काछी के कुएँ पर जाकर बुद्धू ने ख़ूब अच्छी तरह स्नान किया और कपड़े पहनकर तैयार हो गया। पहले वह पैजामा और बुशर्ट पहना करता था, मगर अम्माँ से बड़ी चिरौरी-बिनती करके इधर उसने चिपकी मोहरी का एक पैंट और सफ़ेद रंग का हाफ़ शर्ट बनवाया था। अपने इस जोड़े को वह कभी-कभी ही पहनता था। उस रोज़ तो उसने पहली बार कमीज़ को पैंट के नीचे दबाकर पहना था और कमर में सस्ते क़िस्म की एक बेल्ट भी बाँधी थी। जूते पुराने ही थे, पास की बस्ती कटरा के बने हुए; मगर बाज़ारवाले दिन करमा से उन पर पालिश करा लाया था। मोज़े नहीं थे, इसलिए पाँव में वे कुछ बड़े लग रहे थे। बुद्धू ने उनके फ़ीतों को ख़ूब कसकर बाँधा था। उन दिनों बग़ल में बैग दाबकर चलने का रिवाज चला था, इसलिए बुद्धू ने भी एक बैग ख़रीदा था; जिसमें कौन-कौन-सी चीज़ें भरी होती थीं, इसका पता सिर्फ़ बुद्धू को था। चूँकि फ़ैशन यह भी था, कि पढ़े-लिखे लोग रास्ते में पढ़ने के लिए अपने साथ कोई न कोई उपन्यास या पत्रिका ज़रूर रखते थे, इसलिए कभी-कभार बुद्धू के बैग में भी 'धर्मयुग' हुआ करता था, जिसे वह घर में भी निकालकर जब-तब देखा करता था। घर के लोग सिर्फ़ यह जानते थे कि बुद्धू के बैग में एक रंगीन किताब हुआ करती है, जिसमें देश-दुनिया की नई-नई बातें लिखी होती हैं। गर्मी के दिनों में उस बैग से धूपवाला एक चश्मा भी निकलता था—गाढ़े नीले रंग का। एक बार ताहिरा ने उसे आँखों पर लगाया तो मालूम हुआ कि बाहर बादल छाए हुए हैं, बारिश जब न हो जाय! ताहिरा ने चश्मा अपनी अम्माँ की आँखों पर भी लगाना चाहा था, मगर रनिया ने सख़्ती से मना कर दिया था। उसका विश्वास

था कि चश्मा लगाने से लोग जल्दी अंधे हो जाते हैं। बुद्धू के बैग में शायद और भी चीज़ें रहती हों, मगर न तो अली अहमद ने उसे कभी खोलकर देखा और न रनिया ने। हाँ, पति-पत्नी ने यह ज़रूर महसूस किया कि बेटा अब बड़ा हो गया है। इसे एक अलग दुनिया की चाह है...

रनिया अब अकेले ही गँवईं जाती थी। बुद्धू बस लगन के दिनों में या अचानक कहीं से बुलावा आ जाने पर ही जाता था। वह भी करीम की साइकिल माँगकर और चूड़ियों से भरा झोला उसकी हैंडिल में लटकाकर। जब से गाँव में नाच-मंडली क़ायम हुई थी तब से तो उसे इसकी फुर्सत भी नहीं मिलती थी। सारा समय रिहर्सल में ही बीत जाता था। एकाध बार बाप ने कुछ डाँट-डपट की ज़रूर, मगर जब देखा कि बेटे की दिलचस्पी इसी में है, तो चुप लगा गया। जवान बेटे के साथ ज़्यादा सख़्ती भी तो नहीं की जा सकती। मसल है कि बेटे का पाँव जब बाप के जूते में समाने लगे तो समझ लो वह अपने बराबर हो गया। अपने बराबरवाले के साथ भला क्या सख़्ती की जाय?

बहुत दिनों बाद रनिया फिर गर्भवती हो गई थी। दिन क़रीब आ गए थे। सिर पर भारी टोकरा रखकर मेंड़-डाँड़ पर चलने में उसे तकलीफ़ होती थी। आमदनी भी कम ही थी। और ख़ास बात यह कि चमरौटी-पसियाने के लड़के अब सिर पर टोकरी रखकर साथ-साथ घूमने में अपना अपमान समझने लगे थे। इसलिए बुद्धू यदा-कदा साइकिल के कैरियर पर चूड़ियों का टोकरा बाँधकर उसे गँवईं में पहुँचा देता और फिर लौट आता। शाम को वह दुबारा जाकर टोकरा उठा लाता। रनिया ख़ाली हाथ पैदल जाती, ख़ाली हाथ वापस आती। फिर भी वह लस्त हो जाती थी। अल्ली ताहिरा को देखता, घर सँभालता और यदा-कदा पास-पड़ोस के गाँवों में गौना-बिदाई पहना आता।

उस रोज़ रनिया को हथिगन जाना था। मगर बेटे को बन-ठनकर तैयार होते देखकर वह समझ गई कि आज यह टोकरा नहीं पहुँचाएगा। फिर भी बोली कुछ नहीं, उलटे गोचना का एक मोटा-सा कोंइचा और लहसुन-मिर्चा की चटनी खिलाकर बैग उसके हाथ में थमा दिया। उसे पता था कि बेटवा जब इस तरह तैयार होता है तो नगड़ची ठीक करने शहर जाता है। मगर जैसे ही बुद्धू डेवढ़ी पर पहुँचा, अली अहमद ने टोक दिया :

"कहाँ जा रहे हो जी?"

बुद्धू ठिठककर रुक गया। भीतर से माँ की आवाज़ आई :

"बाहर निकलते बखत का इस तरह टोंका जाता है? कजनी का अच्छा-बुरा पड़ै। बाल पक गए मुलाँ अक्कल रत्ती-भर न आई। अरे, कहीं चोरी-चमारी करने तो जा नहीं रहा है..."

"अच्छा बाबा, अब बस करो...जाओ भइया जाओ।"

अली अहमद कुढ़ गया। बुद्धू बाहर निकल गया। लेकिन अल्ली के दिल की भड़ास अभी निकली नहीं थी। बुद्धू के जाते ही वह फिर बोलने लगा :

"इस हालत में सिर पर टोकरा लेकर जाना मंजूर है, पर बेटे को कुछ न कहा जाय। एकठे इन्हीं को तो नोखे का बेटा है। अरे हम तुम्हारे ही लिए फिकिर कर रहे हैं कि अपने लिए। मगर मसल है न, कि जाके कारन चोरी करो वही कहे चोरवा..."

अली अहमद बड़बड़ाता रहा, रनिया ने उधर कोई ध्यान नहीं दिया। वह चूल्हे के पास गई और चटनी के साथ एक कोंइचा लाकर पति के आगे रख दिया।

नैनी से जो कच्ची सड़क बलापुर की तरफ़ आई थी, उस पर पहुँचकर बुद्धू ने एक बार इधर-उधर निगाह दौड़ाई, फिर तालाब के भीटे की बग़ल से नीचे उतर गया। नीचे बरसाती नाले की एक लम्बी-सी सूखी लकीर थी, जिसे पार करते ही महुवारी के बीच से एक पगडंडी आगे की ओर निकल गई थी। महुवारी के बाद पगडंडी के दोनों ओर अरहर के खेत थे। अरहर के झाड़ इतने हरे थे कि पूरा जवार हरा-हरा दिखाई पड़ रहा था। उनमें हरी-काली फलियाँ लदी हुई थीं। बुद्धू ने राह चलते चार-पाँच फलियाँ सुड़क लीं और कच्चे कसैले बीजों को कचर-कचर चबाता हुआ वह नाले तक पहुँच गया। दाहिनी तरफ़ उभरी जड़ोंवाला महुवे का वह वृक्ष उसी तरह खड़ा था जिसके नीचे एक रोज़ वह बैठा था; जबकि भूरी से उसका सामना हुआ था। बुद्धू पलभर के लिए वहाँ रुका। उसने नाले में झुककर उस जगह को देखा, जहाँ घास का अँगौछा बिछा था। लेकिन अँगौछा ग़ायब था। वहाँ तो लम्बी-लम्बी घास थी। बुद्धू आगे बढ़ा और सिर झुकाए-झुकाए नाला पार कर गया।

आगे गन्ने के हरे-भरे खेत थे। मेंड़ों पर स्त्रियाँ कोइर कर रही थीं। बुद्धू कनखी से उनकी ओर ताकता हुआ आगे बढ़ गया।

करछना से पहले एक छोटी-सी बस्ती थी और उससे भी पहले एक सरकारी नहर। नहर के पार ईंटों का भट्ठा। भट्ठा क्या था, वह एक खँडहरनुमा घर-जैसा ही लगता था। बुद्धू ईंटों के उसी खँडहर में घुसकर बैठ गया और नहर की ओर ताकने लगा।

ताकते-ताकते उसकी आँखें पथरा गईं। झपकी आने लगी तो अपना बैग सिरहाने रखकर वह लेट गया। बुद्धू बहुत देर तक चित लेटा रहा। फिर उसने करवट लेने की कोशिश की...तभी नहर के पानी में छुलछुलाहट की ध्वनि सुनाई पड़ी और वह अकबकाकर उठ बैठा। उसने देखा, अपनी बाईं काँख में एक छोटी-सी गठरी दबाए भूरी चली आ रही थी।

भूरी का रंग उड़ा हुआ था और चेहरा फक। वह तेज़-तेज़ साँसें ले रही थी। बुद्धू मुस्कराया। उठकर उसने सहारा दिया तो भूरी आसपास बिखरी हुई ईंटों पर धम्म से बैठ गई।

"हम तो सोच रहे थे, कि सायद तुम धोखा दे दो, न आओ।"

बुद्धू ने उसकी आँखों में आँखें डालते हुए कहा तो भूरी सुबकने लगी।

"अरे...रे...रे...क्या हुआ?" बुद्धू परेशान हो गया। उसने भूरी का सिर थाम लिया। लेकिन वह अगले ही पल संयत हो गई।

"किसी ने देखा तो नहीं?"

बुद्धू ने उसके बाल सहलाते हुए प्रश्न किया तो भूरी ने पहले सिर हिलाकर इनकार किया, फिर बोली :

"नहीं। बस हमारी ऊ सुअरिया देख रही थी, जिसको अभी-अभी बच्चे हुए हैं...'

और इतना कहते-कहते भूरी फिर रो पड़ी।

"रोओ नहीं, उठो। गाड़ी का टेम हो रहा है। करछना टेसन पर 'जनता' तीन बजे के करीब आ जाती है।"

बुद्धू ने समझाया तो काँख में अपनी गठरी दबाकर भूरी उठ खड़ी हुई। बुद्धू ने भी अपना बैग उठाया और असली रास्ता छोड़कर, खेतों की मेंड़ों पर चलते हुए वे करछना की ओर चल पड़े।

"का का रक्खी हो गठरी में?"

चलते-चलते धीरे से बुद्धू ने पूछा तो भूरी लजा गई। बोली :

"कुछ नहीं, बस एक लुग्गा है, अउर ऊ...।"

"ऊ का?"

"वही जो सहर से लाकर तुमने दिया था।"

"का दिया था?"

"अब हम का जानें?"

"अच्छा-अच्छा, बाडी।"

भूरी चुप रही।

"कइसे लिआई हो ई सब?"

"बाबू गए रहे जमुना को लेके करमा–दरद हो रहा था ओकरे पेट में...डाग्दर खान हैं न हुवाँ, बहुत अच्छे डाग्दर हैं..."

"अच्छा-अच्छा..."

बुद्धू ने बीच में ही भूरी को रोका तो उसने झपटकर उसका बैग छीन लिया।

"अउर एम्में का है?"

"देख लो, बस एक लुंगी..."

"अरे...!" भूरी का चेहरा लटक गया।

"अच्छा अब जल्दी-जल्दी चलो, गाड़ी का टेम हो रहा है।"

बुद्धू ने ख़ुद तेज़-तेज़ चलते हुए कहा तो भूरी के क़दम भी जल्दी-जल्दी उठने लगे।

वे लोग उस छोटी-सी बस्ती को पार चुके थे। अब खेतों के बीच से चलना सम्भव नहीं था, इसलिए रास्ते पर आ गए थे। रास्ता चौड़ा था, मगर धूल से भरा हुआ। लगभग दौड़ते हुए-से चलने के कारण भूरी की टाँगें अकड़ गई थीं। उसकी दशा देखकर बुद्धू ने भी चाल धीमी कर दी थी। अचानक किसी घोड़े के गले में बँधी घंटी की घुनघुनाहट सुनाई दी तो वे ठिठक गए। घूमकर देखा, एक्का था। पता नहीं करमा से आ रहा था, या घूरपुर से। मगर एक्के के चारों तरफ़ बँधी हुई चादरों को देखकर बुद्धू समझ गया कि एक्के में या तो कोई दुलहिन बैठी है या कोई बड़े घर की बेटी-बहू। एक्का धूल उड़ाता हुआ बग़ल से गुज़र गया। एक्केवाले ने उनकी तरफ़ देखा भी नहीं।

"कहाँ चलोगे?"

भूरी ने थम-थमकर चलते हुए पूछा तो चिन्ता और थकान से भरे हुए बुद्धू के मन में शरारत सूझी। बोला :

"तुम्हारी ससुराल।"

बलापुर की खपरैलों पर, खेतों और अमराइयों पर, तालाब और कच्ची सड़क पर... सर्वत्र शाम उतर आई थी। काली झीनी साड़ी की तरह धीरे-धीरे अँधेरा फैलने लगा था। रनिया हथिगन से लौट आई थी और टोकरा उतारकर चूल्हे में लकड़ियाँ सुलगा रही थी। ताहिरा आँगन में बैठी बासन माँज रही थी। अली अहमद चादर लपेटे चारपाई पर पड़ा था और दीवार से लटकी लालटेन की रोशनी में कोई मज़हबी किताब पढ़ रहा था। बग़ल से बहुओं की खिलखिलाहट साफ़ सुनाई पड़ रही थी। जब से सलीम का विवाह हुआ था, दूसरी तरफ़ से ऐसी खिलखिलाहट अक्सर ही सुनाई पड़ा करती थी। सलीम की दुलहिन पड़ोस के नई बज़ार गाँव की थी, जहाँ की चुड़िहाइनों के बारे में मशहूर था कि चूड़ी पहनाने की अकल उनमें भले न हो, पर हँसी-दिल्लगी करने में वे अपनी अम्माओं तक के कान काटती हैं...

लालटेन ठीक से जल नहीं रही थी। बत्ती तिरछी हो गई थी और एक तरफ़ से काला-काला धुआँ निकलकर समूचे काँच पर फैल रहा था। अली अहमद कई बार बत्ती को कैंची से काट-काटकर उसकी लौ ठीक करने का यत्न कर चुका था, मगर हर बार वह फिर तिरछी हो जाती थी। अली अहमद को किताब के हरूफ़ ठीक से दिखाई नहीं पड़ रहे थे। अब उम्र भी ज़्यादा हो गई थी, आँखें पहले जैसी नहीं रह गई थीं। उसने किताब बन्द करके सिरहाने रख दी और बुद्धू के बारे में सोचने लगा। इतनी देर हो गई, लड़का कहाँ रह गया आज?

तभी बाहर कुछ शोर सुनाई पड़ा। वैसा ही शोर, जैसा कि गाँव में चोरी होने पर, या आग लगने पर सुनाई पड़ता था। लोग ज़ोर-ज़ोर से कुछ बोल

रहे थे, मगर शब्द साफ़ सुनाई नहीं पड़ रहे थे। अल्ली एकाग्र होकर अनकने लगा। चूल्हे के पास बैठी रनिया भी चौकन्नी हो गई। ताहिरा तो डरके मारे माँ से चिपटकर बैठ गई।

"निकर सारे चुड़िहार की औलाद। बाहर निकर।"

यह वाक्य अल्ली ने साफ़ सुना। वह उठकर चारपाई पर बैठ गया। रनिया और ताहिरा भी वहाँ पहुँच गईं। बाहर से लगातार किवाड़ों पर धक्के दिए जा रहे थे। बग़ल की खिलखिलाहट बन्द हो गई थी। बीच की डँड़वारी के कारण उधर से इधर तो कोई आ नहीं सकता था, इसलिए करीम और सलीम ने अपने आँगन से ही पूछा—"का हुआ चच्चा?"

मगर इससे पहले कि अली अहमद कुछ बोलता, बाहर से गालियों की बौछार होने लगी। कई-कई लाठियों के हूरे किवाड़ों से भिड़ गए। दरवाज़ा इस तरह हिलने लगा, मानो भूकम्प आ गया हो। अल्ली कुछ देर तक तो चुपचाप यह सब देखता-सुनता रहा, फिर उठकर उसने कुंडी खोल दी। रनिया रोकती ही रही, मगर वह बाहर निकल गया। बाहर पूरा पसियान इकट्ठा था। मोती बनिया के चबूतरे पर पं. सृष्टिनारायण पांडे, पं. दयाशंकर पांडे और पोस्टमास्टर सत्तार भी खड़े थे। मगर इस पूरे दृश्य को वे इस प्रकार देख रहे थे जैसे लोग दूर खड़े होकर मुर्गों की लड़ाई देखते हैं।

"भूरी कहाँ है?"

भीड़ में से भूरी के मौसेरे भाई दुलारे की गरजदार आवाज़ सुनाई पड़ी तो अल्ली भौचक्का रह गया। उसकी समझ में नहीं आया कि क्या जवाब दे?

"बुधुवा कहाँ है, निकार ओका।" भगतराम चीख़ा।

"बुधुवा...?"

"अरे मार सारे का...।"

बस। फिर तो लाठियाँ थीं और अल्ली चुड़िहार का जिस्म। वे लोग तब तक उसे मारते रहे जब तक कि वह धराशायी नहीं हो गया।

फिर अचानक सब कुछ शान्त हो गया। जैसे बरसाती नाले की बाढ़ देखते ही देखते उतर जाती है और लगता ही नहीं कि अभी थोड़ी देर पहले नाले का रूप कितना विकराल था। बाढ़ का अनुमान तो सिर्फ़ किनारे की गीली-चिपचिपी मिट्टी से ही लगाया जा सकता है। अल्ली के दरवाज़े पर भी उसके जिस्म से बहा गीला-चिपचिपा ख़ून-भर फैला हुआ था—बस।

दो-तीन रोज़ बाद सत्तार की अम्माँ आईं और रनिया के पास पसाड़ा मारकर बैठ गईं। कुछ देर इधर-उधर की बातें होती रहीं, फिर नसीहत करती हुई बोलीं :

"इतने बड़े गाँव में हम लोग बत्तिस दाँत में एक ज़बान की तरह हैं। कोई भी कदम हमें सोच-समझकर उठाना चाहिए। बुधुवा पर नजर रखी गई होती तो आज ई बात न होती।"

अल्ली खटिया पर पड़ा कराह रहा था। उससे कुछ बोला नहीं जा रहा था। रनिया बुलुक-बुलुक रो रही थी।

"फिर यही सब करना था तो क्या पासिन ही मिली थी? तोबा-तोबा। बदजनावर चरानेवाली अउर बदजनावर का गोश्त खानेवाली...या अल्ला, माफ़ कर...।"

सत्तार की अम्माँ ने बड़े अफ़सोस के साथ कहा और खटिया पर पड़े, कराहते हुए अली अहमद पर एक उचटती हुई-सी निगाह डालती हुई चली गईं।

"खलील...हाँ, यही तो नाम था उसका..." अल्ली ने 'दक्खिन' में घटी घटना के बारे में सोचने की कोशिश की। "सारे जवान लड़के एक ही जैसे होते हैं। मगर, ये भागकर कहाँ गए होंगे? किस हाल में होंगे..."

उसकी आँखों से गर्म-गर्म खारा पानी बहने लगा। चेहरे पर जगह-जगह घाव थे; धार उन तक पहुँची तो लगा कोई नमक छिड़क रहा है। लेकिन कौन?

रनिया के पेट में उसी रात भयंकर दर्द शुरू हुआ...

तीसरा चरण

बलापुर की 'परेड' कही जानेवाली हवाई-पट्टी के दोनों किनारे तंबुओं से भर गए थे। तंबुओं का यह सिलसिला गाँव की सीमा से शुरू होकर इलाहाबाद से घूरपुर की तरफ़ आनेवाली सड़क के क़रीब जाकर ख़त्म होता था। अंग्रेज़ों के ज़माने में गाँव-जवार के लोग यहाँ क़दम तक नहीं रख सकते थे। लेकिन अब तो साइकिल से शहर जानेवालों के लिए यह हवाई-पट्टी ही मुख्य मार्ग है। अभी कुछ दिनों पहले तक लोग निर्द्वंद्व भाव से इस मार्ग का उपयोग कर रहे थे। न कोई रोक न टोक...कि अचानक हवाई-पट्टी पर निषेधाज्ञा लागू हो गई थी। तंबुओं के विस्तार को मोटे-मोटे कँटीले तारों से घेर दिया गया था। जगह-जगह राइफलधारी तैनात थे। गाँव का एक कुत्ता भी वहाँ नहीं घुस सकता था।

रेडियो की ख़बरें बताती थीं कि पश्चिमी पाकिस्तान और पूर्वी पाकिस्तान में जंग छिड़ गई है। पूर्वी पाकिस्तान के क्रांतिकारी नेता शेख़ मुजीबुर्रहमान गिरफ़्तार कर लिए गए हैं। वे अपने इलाक़े को पश्चिमी पाकिस्तान से आज़ाद कराना चाहते हैं और 'बांग्ला देश' नाम से एक अलग देश बनाना चाहते हैं। भारत सरकार उनकी सहायता कर रही है। युद्ध की विभीषिका से त्रस्त लोग अपने-अपने घरों से भागकर भारत के गाँवों, क़स्बों और शहरों में पनाह ले रहे हैं। जगह-जगह रिफ़्यूज़ी कैंप बन गए हैं। भारत सरकार की ओर से उन्हें राशन-पानी उपलब्ध कराया जा रहा है।

"इसी को न कहते हैं कि आपन घर में अँधियार करके मन्दिर में गए हैं दिया बारने।"

काछी के कुएँ पर खड़े होकर इस समस्या पर अपनी-अपनी हाँकनेवाले लोगों के बीच जब जवाहर हलवाई ने यह टिप्पणी की तो मोती बनिया पिड़क उठा। बोला :

"अरे तोड़-मरोड़के काहे बोलते हो जी? कहनेवाले ई नाँहीं, ई कहते हैं कि अरे मनई पहले आपन घर में दिया जलाता है फिर मन्दिर की चिन्ता करता है। दू अच्छर पढ का लिए, टिपिर-टिपिर बोलेंगे जरूर। चाहे बात करे का सहूर हो चाहे ना हो।"

मोती बनिया की डपट सुनकर जवाहर हलवाई चुप हो गया।

"मगर बात तो ई सही कह रहा है गुप्ताजी," सत्तार पोस्टमास्टर ने अपने हाथ के अख़बार को बग़ल में दबाते हुए कहना शुरू किया, "अरे आज़ादी मिलेगी

बंगालियों को, न कि हमको। जितना रुपया सरकार इन शरणार्थियों पर खर्च कर रही है, उससे कम में तो हमारे गाँव की सड़क पक्की हो जाती और रोडवेज की एक बस भी चलने लगती।"

"ल्या हला, पोस्टमास्टर साहब को सड़क अउर बस की पड़ी है। अरे जो महँगाई बढ़ रही है दिन-दूनी रात-चौगुनी, ऊ काहे बरे है। इन्हीं बंगालियों की खातिर तो। सारा रासन-पानी तो इन्हीं के पेट में भरा जा रहा है।"

मोती बनिया ने चिढ़कर अपनी बात कही और चल पड़ा। तभी वहाँ श्री रामेश्वर मौर्य पहुँच गए। मौर्याजी विचारों से आर्यसमाजी थे। स्वामी दयानंद सरस्वती के पक्के भक्त। पहुँचते ही उन्होंने सत्तार पोस्टमास्टर साहब से बाक़ायदा जिरह शुरू कर दी।

"मुलाँ सत्तार, एक बात समझ में नहीं आई। अरे ई पच्छिमी पाकिस्तानवाले भी मुसलमान अउर ई पूरबी पाकिस्तानवाले भी मुसलमान। जैसे जनरल यहिया खान वैसे सेख मुजीबुर्रहमान। फिर ई झगड़ा काहे हो रहा है? अउर अगर झगड़ै होना रहा तो ई बुजरी के पाकिस्तान काहे बना था हो?"

श्री रामेश्वर मौर्य के सवाल ने सत्तार साहब को लाजवाब कर दिया था। मगर अपनी झेंप मिटाते हुए उन्होंने दलील देनी शुरू की :

"दरसल बात ये है मौर्याजी, कि पूर्वी पाकिस्तान में जो चावल पैदा होता है न, ऊ जाता है सीधे पच्छिमी पाकिस्तान। अउर जब इन्हें चावल की जरूरत होती है तो जनरल यहिया इन्हीं का चावल इन्हें तिगुने दाम में दिया करते हैं। अब ई तो आप जानते ही हैं कि बंगाली लोग खासकर चावल ही खाते हैं। मसल है, भूखा बंगाली भात भात। सो, ई बात इन्हें नागवार गुजरी। अउर जंग छिड़ गई।"

सत्तार पोस्टमास्टर का यह तर्क सुनकर लोग हँस पड़े। मगर श्री रामेश्वर मौर्य गम्भीर बने रहे। बोले :

"अच्छा सत्तार साहब, आप किधर हैं? यहिया खान की तरफ़ या सेख मुजीबुर्रहमान की तरफ?"

"हम चाहे जिस तरफ हों मौर्याजी, मगर फतह तो जनरल यहिया खाँ की ही होगी, आप देखते रहिएगा।"

"बस-बस, समझ में आ गया।" इतना कहते हुए मौर्याजी चल दिए। फिर तो धीरे-धीरे सभी लोग चल पड़े। सत्तार को अब जाकर एहसास हुआ कि जल्दबाज़ी में उन्होंने कोई गड़बड़ बात कह दी है।

सावन का महीना था। ख़ूब झमाझम वर्षा हो रही थी। खेतों में धान के पौधे लहरा उठे थे। बगियों के पेड़-पालो नहा-धोकर तरोताज़ा दिखाई पड़ रहे थे। पानी में रहने वाले डोंड़हा साँप तालाब में तो डुबकियाँ मार ही रहे थे, कभी-कभार खेतों-मेंड़ों पर

भी बैठे हुए दिखाई पड़ जाते थे। ताल-तलैया और नदी-नाले तो क्या बाग-बगीचों के गड्ढों तक में इतना बरसाती पानी भर गया था कि उनमें मेंढकों-मेंढकियों के अलावा भाँति-भाँति की छोटी-छोटी मछलियाँ अठखेलियाँ करने लगी थीं...परेड के जीवन में बहार आ गई थी। कहते हैं न; बंगाली क्या चाहे, माछ-भात! और माछ के झोल का पूरा इंतज़ाम विधाता ने कर दिया था। शरणार्थी कैंप के बंग-मानुख कपड़ों के छोटे-बड़े टुकड़े लेकर सावन की फुहार में भीगते हुए मछलियों के चक्कर में दौड़ते फिर रहे थे। स्त्रियाँ तो बाहर निकल नहीं पाती थीं, मगर मछली फँसाने गए अपने घरवालों की प्रतीक्षा में वे बाड़ के तारों को पकड़कर घंटों खड़ी रहतीं और ड्यूटी पर खड़े सिपाही उन्हें घूरते रहते। कभी-कभार गाँव की कोई स्त्री दूर से गुज़रती तो वे परदेसी स्त्रियाँ उसे इस प्रकार एकटक देखने लगतीं जैसे ग़रीब बच्चे थाल में सजी हुई मिठाई को देखते हैं। संयोग से ड्यूटी पर अगर कोई नरम स्वभाव का सिपाही तैनात होता तो वे उस स्त्री को इशारे से अपने पास बुलातीं और अपनी ही भाषा में उससे कुछ बतियाने लगतीं।

इस तरह कैंप में क़ैद शरणार्थियों का सम्पर्क गाँव के लोगों से अब जुड़ चला था। धीरे-धीरे पाबन्दियाँ भी ढीली पड़ने लगी थीं। शब्द जब संकेतों के साथ बोले जाते तो उनके अर्थ भी खुल ही जाते थे। और गाँव के लोग किसी न किसी तरह उन्हें समझ भी लेते थे। वे लोग भी गाँववालों की भाषा को समझने और बोलने का प्रयास करने लगे थे। दो अजनबी दुनियाएँ एक-दूसरे में घुलने-मिलने लगी थीं।

एक रोज़ शाम के वक़्त तालाब से मछली फँसाकर एक बंगाली बाबू कैंप की ओर लौट रहा था, कि अल्ली चुड़िहार के खुले हुए द्वार के भीतर टोकरी में रखी चूड़ियों पर उसकी नज़र पड़ गई और वह ठिठककर खड़ा हो गया।

"कहो बंगाली बाबू, क्या हाल है? कितनी मछली मिली?"

अल्ली ने भीतर से ही पूछा तो वह चबूतरे पर चढ़ आया।

"नोमश्कार।"

बंगाली बाबू ने सिर झुकाते हुए कहा और चूड़ियों की तरफ़ घूर-घूरकर देखने लगा।

"आओ, बैठो।"

बंगाली बाबू बाहर, द्वार पर ही बैठ गया।

"तुम ये बैंगेल काँ से लाता। क्या करते इतने बैंगेल का।"

"हम इसे गाँव की औरतों को पहनाते हैं।"

यह सुनकर बंगाली बाबू की आँखें चमक उठीं।

"तुम हमारा स्त्री को भी पैनाएगा?"

"हाँ हाँ, क्यों नहीं? हमारी जनाना पहना आएगी जाकर।"

"तो बेज देना ओशे। कली बेज देना।"

"चाय पियोगे?"

"नईं। अम चोलेगा। सिपाई मारेगा नईं तो। तुम ये बैंगेल जोरूर बेज देना, आँ...।"

इतना कहकर वह उठा और तेज-तेज़ चलता हुआ गाँव की गलियों में कहीं खो गया।

चार-साढ़े चार बजे के क़रीब वर्षा बन्द हुई थी, अब फिर बूँदें पड़ने लगी थीं। रनिया अपनी छोटी बिटिया मुन्नी को लेकर सत्तार की अम्माँ के यहाँ गई थी—खपड़ा माँगने के लिए। घर बहुत चू रहा था। सत्तार ने इस साल निजी तौर पर खपड़े बनवाए थे। रनिया ने सोचा, सौ-पचास खपड़े अगर मिल जायँ तो टूटे हुए खपड़ों को बदलवाया जा सकता है। ताहिरा खाना बना रही थी।

अल्ली चारपाई पर लेट गया और बंगाली बाबू की भावनाओं में अपनी भावनाओं को गड्डमड्ड करने लगा। "औरत तो औरत है, चाहे बंगाल की हो चाहे बलापुर की। औरत की सबसे कीमती चीज है उसका सुहाग। सुहाग—यानी सेंदुर और चूड़ियाँ। औरत के परान हैं ये; चाहे वह शरणार्थी कैंप की औरत ही क्यों न हो...।"

और अल्ली ने तय किया कि रनिया को वह कल सबेरे ही परेड पर भेज देगा।

सहसा द्वार पर आहट हुई। अल्ली उठ बैठा। रनिया भीतर आकर ज़मीन पर बैठ गई। उसके चेहरे पर ख़ुशी की एक अद्‌भुत-सी चमक थी।

"काम बना?"

"हाँ, पचास खपड़े की बात भई है।"

"मोलबी साहब कैसे हैं?"

"बस, आजै-कल के मेहमान हैं। बोली-वोली बन्द है।"

"अरे!"

"हाँ।"

"सहर नहीं ले गए?"

"ऊ जाई नहीं रहे हैं। कह रहे हैं, मरना तो हई है, अपनी देहरी पर मरेंगे।"

"सुन।"

"का।"

"एक बंगाली बाबू आया था आज, उसकी बीवी चूड़ी पहनेगी। कल परेड पर चली जाना।"

"ना बाबा, हम ना जउबे हुवाँ।"

"काहे?"

"हुवाँ तो पुलुस लगी है।"

"अब उतनी सख्ती नहीं है। चली जाना। ऊ बिचारी चूड़ी पहनना चाहती है।"

"मुलाँ हम उहै पहचानब कइसे?"

"बंगाली बाबू होगा तो हुआँ।"

"मुलाँ, बंगाली बाबू को हम कइसे पहचानब?"

"हूँ! सुन। दुबले-पतले हैं। धोती और हाफ कमीज पहनते हैं। बाल खिचड़ी, गाल पिचके..."

"अइसे तो सभी बंगाली बाबू हैं।"

"तूँ तो खामखा बहस कर रही है। ऊ खुद पहचान लेगा, बस। मगर तुम्हें जाना है।"

"अब्बा! खाना निकालें।"

इसी बीच ताहिरा की आवाज़ बाहर तक आई और पति-पत्नी की वार्ता बन्द हो गई। रनिया ने उठकर ज़मीन पर एक बोरा बिछाया, लोटे में पानी रखा और ताहिरा नें खाना लगाना शुरू किया। कहुली हुई अरहर की दाल, गेहूँ की मोटी-मोटी रोटियाँ, चावल, आम का अचार और कटे हुए प्याज़। अल्ली हाथ धोकर खाना खाने बैठ गया।

अगले दिन रनिया जब चूड़ियों की भौंकी लेकर कैंप में पहुँची तो ड्यूटी पर तैनात सिपाही ने उसे भीतर जाने से रोक दिया। बंगाली बाबू ने निवेदन किया कि फिर उसकी स्त्री को ही बाहर निकलकर बैंगेल पहनने की आज्ञा दे दी जाय, पर सिपाही ने इस निवेदन को भी अस्वीकार कर दिया। तब रनिया भौंकी उतारकर बाड़ के इस पार बैठ गई और बंगाली बाबू की स्त्री को इशारा किया कि वह तारों के बीच से अपनी कलाई बाहर कर दे, वह चूड़ियाँ पहना देगी।

बंगाली बाबू की स्त्री बाड़ के भीतर, काँटेदार तारों के पार उकड़ूँ बैठ गई और अपनी दाहिनी कलाई उसने बाहर कर दी। एक औरत बाड़ के भीतर, बन्दिनी। दूसरी औरत बाड़ के बाहर, भारत देश का मूल नागरिक, स्वतंत्र। रनिया उदास मन से उस बंगालिन स्त्री को चूड़ियाँ पहना रही थी और उसका पति सिर झुकाए, चुपचाप खड़ा था।

धरती पर नन्ही-नन्ही फुहारें पड़ रही थीं। पास की अमराई पें परिंदे फड़फड़ा रहे थे। ज़मीन पर बैठी रनिया के इर्द-गिर्द गीली धरती पर बीरबहूटियाँ तथा एक के ऊपर एक सवार गुवालिनें टहल रही थीं। चूड़ियाँ पहन लेने के बाद स्त्री ने अपना आँचल खोल दिया। उसमें थोड़े-से चावल बँधे हुए थे।

"टाका आमरा पास नईंए, ये रख लो। आज हम भात नईं खाएगा।"

बंगाली बाबू ने रनिया से कहा तो रनिया मुस्करा दी।

"ई चूड़ी हमारी तरफ़ से।"

रनिया ने कहा और टोकरा उठाकर खड़ी हो गई। उसने एक बार उस स्त्री को बड़े प्यार के साथ देखा, फिर अमराई की ओर मुड़ गई। गाँव और हवाई-पट्टी के बीच का रास्ता अमराई के भीतर से ही था।

फुहार बन्द हो गई थी। ठंडी बयार बह रही थी। आसमान पर काले-भूरे बादल उड़ रहे थे। शाम होने को थी। मौसम ख़ूब सुहावना हो गया। बिशुन भाट डाक बाँटकर थोड़ी देर पहले ही घर लौटा था और लुंगी बाँधकर सहन में पड़ी चारपाई पर लेट गया था। उसे झपकी आ गई थी। सत्तार की अम्माँ कयथाने से लौट रही थीं। अचानक वे बिशुन भाट के दरवाज़े पर खड़ी हो गईं। नींद की गफ़लत में उसकी लुंगी अस्त-व्यस्त हो गई थी। सत्तार की अम्माँ झल्ला उठीं। उन्होंने लुंगी खींची और—"अब सो दहिजरा के नाती।" कहती हुई लुंगी लिये-लिये भाग चलीं।

बिशुन भाट एकदम आदमज़ाद...

रनिया ने दूर से ही देखा कि बिशुन भाट के दरवाज़े पर लौंडों-लपाड़ों की भीड़ जमा है और सब खी-खी खी-खी हँस रहे हैं। ललुआ तो एकदम कूदे जा रहा था। वह कतराकर आगे निकल गई। फिर तेज़-तेज़ क़दम बढ़ाती हुई सत्तार की अम्माँ के एकदम क़रीब पहुँच गई। सत्तार की अम्माँ ने उसे देखा तो लुंगी उन्होंने एक ओर फेंक दी और खड़ी होकर रनिया का इंतज़ार करने लगी।

"का हुआ भउजी—अरे, भाभी।"

रनिया ने हकलाते हुए पूछा तो वे धाराप्रवाह बोलने लगीं :

"हरामी के तहमद पहने का भी सहूर नहीं है। बुढ़ापा आ गया, मुलाँ अभी तक लँड़बहेरई नहीं गई। अरे नीचे अगर जाँघिया पहन लो तो क्या बिगड़ जाएगा? ढाई गज का तहमद पहन सकते हैं और गज भर का जाँघिया नहीं सिला सकते। अब्भी चल के सत्तार से कहते हैं कि तुम्हारे चिट्ठीरसा का ई हाल है...कहाँ गई रही?"

"बगबना?"

अब वे आहिस्ता-आहिस्ता चलने लगी थीं।

"नहीं भाभी, गई रहे कंप में?" रनिया ने पीछे-पीछे चलते हुए जवाब दिया।

"कंप में? का करे हुवाँ गई रही?"

"चूड़ी पहनावे भाभी, एक बंगाली बाबू काल्ह आया रहा, उही की बीबी को।"

"अच्छा!"

सत्तार की अम्माँ ने रनिया की ओर आश्चर्य के साथ देखा। फिर एक पल बाद पूछा :

“बुधुवा का कुछ अता-पता चला?”

“कहाँ भाभी, एक्कौठे चिट्ठियो त नाहीं लिखेन।”

“ऊ पसिनिया हरामजादी तुमरे लड़का की जिन्दगी बरबाद कर दिहिस।”

“नहीं भाभी, ओकर का गल्ती। जब अपनै सोना खोट, त परखैया के का दोस?”

इतना कहते-कहते रनिया का चेहरा लटक गया। आज कई दिनों के बाद बेटे की याद ने उसे फिर विचलित कर दिया था। अत: अपने आपमें वह इस तरह खो गई कि सत्तार की अम्माँ कब अपने घर की तरफ़ मुड़ गईं और कब वह अपने घर पहुँच गई, उसे पता ही नहीं चला। शाम अब पूरी तरह धरती पर उतर आई थी। आसमान घटाओं से भर उठा था। चारों ओर एक भयावह अँधेरा फैलता जा रहा था।

2

वर्षा ऋतु बीत गई थी। शामें तो कुछ गर्म होती थीं, मगर रात में हल्की-हल्की ठंडक महसूस होती थी। भोर होते-होते चादर ओढ़नी पड़ती थी। बाहर अच्छी-ख़ासी ओस गिरने लगी थी। खेतों में धान पकने लगा था। तालाब में सौरी मछलियाँ मिलने लगी थीं। दिन में धूप इतनी तेज़ होती थी, कि आदमी की चमड़ी काली हो जाय। यानी क्वार आ गया था और जगह-जगह रामलीलाएँ शुरू हो गई थीं।

बलापुर में रामलीला कमेटी का आरम्भ लगभग पचास वर्ष पूर्व हुआ था। पहले बाहर की मंडलियाँ आती थीं, फिर गाँव के लोग ही लीला करने लगे। पहले रामलीला का अपना कोई संविधान नहीं था, अब बन गया था। पहले वह साल-भर में एक बार आनेवाला एक पर्व मात्र थी, अब गाँव की पॉलिटिक्स का एक हिस्सा थी। अत: पिछले कुछ वर्षों से बलापुर में एक रामलीला कमेटी बन गई थी; जिसके अध्यक्ष, उपाध्यक्ष, मंत्री, कोषाध्यक्ष और कार्यकारिणी के सदस्यों का बाक़ायदा चुनाव होता था। पहले गाँव की रामलीला कयथाने में हुआ करती थी मगर जब से पं. सृष्टिनारायण पांडे कमेटी के अध्यक्ष हुए हैं, लीला अब बम्हनौटी में ही होती है। शुरू-शुरू में लोगों ने उनसे पूछा था, कि पंडितजी ने स्थान क्यों बदल दिया? तो उत्तर मिला था :

“रामायण में है कोई कायस्थ पात्र? बोलिए।”

लोग निरुत्तर हो गए थे।

उस रात धनुषयज्ञ की लीला थी। फुलवारी प्रसंग, धनुषयज्ञ, राम-वन-गमन और अंगद-संवाद की रात दर्शकों की संख्या बढ़ जाती थी। शाम से ही भीड़ जुटने लगी थी। गाँव में बिजली के तार तो खिंच गए थे, मगर लाइन अभी चालू नहीं हुई थी। इसलिए करमा से किराए पर पेट्रोमैक्स मँगाए गए थे और उनकी दप्-दप् करती रोशनी में बैठी हुई भीड़ स्टेज पर लटक रहे पर्दे को बड़ी हसरत के साथ देख रही थी। पर्दे पर विष्णु भगवान शेष-शय्या पर लेटे हुए थे और लक्ष्मीजी उनके चरण चाप रही थीं। नीचे एक कछुवा फुदक रहा था। स्टेज के सामने जो सहननुमा जगह बनी हुई थी, वहाँ एक चौकी पर शिव-धनुष रखा हुआ था। गाँव में एक कथा किंवदंती के रूप में प्रचलित थी; कि पहले यह धनुष इलाहाबाद से बनकर आता था। मगर एक बार हुआ क्या कि पिछले बरस की धनुष-बनवाई का पैसा कम मिलने के कारण धनुष बनाने वाले ने शरारत की। धनुष के भीतर उसने लोहे की छड़ मोड़कर लगा दी और ऐन मौक़े पर धनुष टूटा ही नहीं। तब से गाँव में ही धनुष बनने लगा। अब चक-निवासी सिपाही नाऊ का ख़ानदान ही यह कर्तव्य निबाहता है। वह भी फिरी! सिपाही नाऊ का कहना है कि धरम के काम में पइसा लेना सत्तर गुनाह के बरोबर है। इस बार सिपाही के बड़े बेटे शब्बन ने धनुष बनाया है। नीचे फूस का ढाँचा, फिर लाल कपड़े का कवर और उसके ऊपर सुनहरे तार। भीतर, बीच में ऐसा जोड़ कि टूटने के बाद भी धनुष सुन्दर दिखाई दे।

भीड़ की आँखें पर्दे पर से हटती हैं तो धनुष पर टिक जाती हैं। पुरुष उसमें भगवान राम का पौरुष देखते हैं और स्त्रियाँ सीताजी का सुहाग। बच्चे उस टंकार को सुनने के लिए उत्सुक हैं जो धनुष से नहीं, बल्कि धनुर्भंग के समय बन्दूक की नली से गूँजने वाली है।

"अलो अलो..."

अचानक माइक से एक आवाज़ फूटी तो भीड़ की आँखें आतुर हो उठीं। शायद अब पर्दा उठे!

"पंडित सृष्टिनारायणजी जहाँ कहीं भी हों, स्टेज के पीछे चले आएँ।"

भीड़ की आँखें निराश हो गईं। मगर किशोरवय बालकों में एक अजीब क़िस्म की स्फूर्ति जाग उठी। वे स्टेज के पीछे सज रहे पात्रों को देखने के उद्‌देश्य से आहिस्ता-आहिस्ता उधर की तरफ़ खिसकने लगे।

पं. सृष्टिनारायण पांडे धोती की लाँग ठीक करते हुए और पेट्रोमैक्स पर मँडरा रहे पतंगों से अपनी रक्षा करते हुए किनारे-किनारे चलकर स्टेज के पीछे पहुँच गए। उन्हें देखते ही बालकों की टोली ठिठक गई। सृष्टिनारायण चारों ओर से घेरे गए टाट के पर्दे को नीचे से उठाकर लेटते हुए-से घुस गए। तब धीरे-धीरे आगे बढ़कर बालकवृन्द पर्दे से सटकर खड़े हो गए, और उसकी झिरियों से भीतर का दृश्य देखने की कोशिश करने लगे।

राम और सीता का श्रृंगार पूरा हो गया था। राजा जनक गोंद से अपनी दाढ़ी चिपका रहे थे। लछमनजी चेहरे पर मुर्दासंख मल रहे थे। एक तरफ़ मुन्ना अपनी कंघी-चोटी करने में व्यस्त था। पंडित सृष्टिनारायण पांडे ने एक उड़ती हुई-सी नज़र उस पर डाली और लछमनजी के पास बैठ गए। फिर, वे स्वयं उनके गालों पर मुर्दासंख मलने लगे।

मुन्ना अब जवान हो गया था। दाढ़ी-मूँछ निकल आई थीं। रंग गहरा हो गया था। ब्लाउज़ के बाहर निकली हुई काली-काली कलाइयाँ भद्दी लगती थीं, इसलिए अब वह कलाइयों पर भी मुर्दासंख लगाया करता था। चूँकि रामलीला में रोज़ ही नाचना होता था, इसलिए दाढ़ी-मूँछ भी उसे रोज़ मुड़ानी पड़ती थी। पता नहीं रोज़-रोज़ की अस्तुरा-घिसाई के कारण, या फिर मुर्दासंख लगाते-लगाते उसका चेहरा इतना काला हो गया था कि मुर्दासंख के ऊपर से ख़ूब रूज़ लगाने के बाद भी उसके गालों पर अब पहलेवाली लुनाई नहीं आ पाती थी। मुन्ना ने चोटी में पीले रंग का फीता गूँथते हुए अपने स्वामी को उस समय दीनता के साथ देखा। मगर पं. सृष्टिनारायण पांडे लछमनजी के श्रृंगार में लगे रहे।

रात ज़्यादा नहीं हुई थी, मगर धनुषयज्ञ की लीला के कारण गाँव में सन्नाटा छा गया था। बचपन और जवानी के दिनों में अल्ली भी ख़ूब जाता था लीला देखने। "कैसी चहल-पहल रहती थी लल्लन लाला के दरवाजे पर। धनुषयज्ञ के दिन वे खुद बनते थे राजा जनक..." अली अहमद अपनी कोठरी में आँखें बन्द किए लेटा था और सोच रहा था। बीच-बीच में हारमोनियम और ढोलक की आवाज़ें आतीं तो अनकने लगता। रनिया चूल्हे के पास बैठी ताहिरा को रोटी बेलना सिखा रही थी। छोटी बिटिया सोई हुई थी। तभी बाहर किसी के चलने की आवाज़ हुई। पल-भर बाद उढ़के हुए किवाड़ खड़के। अल्ली ने लेटे-लेटे ही दरवाज़े की ओर देखा। पहले एक किवाड़ खुला, फिर दूसरा खोला जाने लगा। बारिश में दूसरा किवाड़ कुछ अकड़ जाता था, इसलिए देर में खुलता था और उसमें से चिंचियाहट जैसी आवाज़ निकलती थी। जब वैसी आवाज़ हुई तो अल्ली उठकर बैठ गया।

"कौन है?"

इस प्रश्न के साथ ही हाथ में एक बक्सा लिये बुद्धू भीतर घुसा।

"सलाँवालेकुम अब्बा!"

पीछे अपनी बिटिया को कंधे से चिपकाए, एक हाथ में झोला लिये, भूरी खड़ी थी।

फिर तो पूरे घर का दृश्य ही बदल गया। रनिया बेटे से लिपटकर रो रही थी। ताहिरा ने भूरी की बिटिया को झपट लिया था। मुन्नी जाग गई थी और बाप के पास आकर खड़ी हो गई थी। भूरी की आँखें डबडबाई हुई थीं। अल्ली दोनों हाथों

के पंजों को आपस में फँसाकर उन्हें अपने सिर से लगाए चुपचाप अपनी खटिया पर बैठा था।

"न रो अम्माँ, न रो।"

थोड़ी देर बाद भूरी ने रनिया को बुद्धू से अलग करते हुए कहा तो अचानक ही सब कुछ शान्त हो गया। भूरी एक किनारे बैठकर बिटिया को सुलाने लगी। रनिया और ताहिरा दुबारा चूल्हे में व्यस्त हो गईं। बुद्धू ने अपनी नन्ही बहन को गोद में उठा लिया और बाप की खटिया पर पैताने बैठ गया। लेकिन बच्ची फ़ौरन ही रोती हुई नीचे उतरी और ताहिरा के पास भाग गई। अल्ली दीवार से टेक लगाकर उठंगा हुआ-सा लेट गया।

"बहू ने कलमा पढ़ लिया है?"

अचानक अल्ली ने अपने बेटे से सवाल किया तो बुद्धू चौंका। इस बारे में तो उसने कभी सोचा ही नहीं था। वह ख़ामोश रहा। तभी भीतर से माँ की आवाज़ आई :

"कहाँ रहे बेटा?"

और बुद्धू उत्साहित हो उठा। वह खुलकर बोलने लगा :

"पहले गए मिर्जापुर, फिर चले गए रेनूकूट। वहाँ कोई काम-धंधा मिला नहीं तो आगे बढ़ गए।"

"आगे कहाँ?"

"मध्य प्रदेश में एक जगह है अम्माँ सीधी, वहीं।"

"तुम मध्य प्रदेश में थे? क्या करते थे वहाँ?"

यह सवाल बाप ने पूछा। बुद्धू ने सिर झुका लिया। बोला :

"पल्लेदारी।"

"पल्लेदारी?"

अली अहमद की आँखों में नूरू का चेहरा घूम गया।

"हाँ अब्बा। और जानते हैं, एक रोज वहाँ खलील भाई मिले थे..."

"खलील? कौन खलील?"

अल्ली ने यह सवाल इस तरह पूछा मानो ख़लील नाम के किसी आदमी को उसने कभी देखा ही न हो।

"वही अब्बा, दुल्लोपुरवाले खलील भाई। याद आया?"

अली अहमद ने एक ठंडी साँस ली। फिर, उठकर बैठ गया।

"कैसा है वह?"

"ठीक है अब्बा। तीन बेटे हैं।"

"खलील के?"

"और वहाँ की बात भी तो बताओ, मुड़की की।"

बीच में भूरी ने टोका तो अल्ली ने चौंककर अपनी बहू को देखा।

"बिटिया सो गई हो तो अम्माँ का हाथ बँटाओ न।"

बुद्धू को अब होश आया कि घर की बहू बाहर बैठी है और उसकी माँ-बहिन भीतर काम कर रही हैं।

"ए ताहिरा, तूँ इधर आना तनी।"

बीवी को आदेश देने के बाद उसने बहिन को पुकारा तो ताहिरा दुपट्टे से अपने हाथ पोंछती हुई बाहर आ गई।

"का है भाई?"

"अरे, तूँ तो बहुत बड़ी हो गई ताहिरा।"

यह कहते हुए बुद्धू उठा और अपना बक्सा खोलकर उसने एक पैकेट निकाला।

"ले। इसमें अम्माँ के लिए एक साड़ी है और अब्बा के लिए कुर्ते का कपड़ा। मुन्नी के वास्ते इलाहाबाद से कुछ ले आऊँगा। मगर तुम्हारे लिए एक सूट ले आया हूँ। इसी में है।"

ताहिरा पैकेट लेकर भीतर चली गई। बुद्धू फिर बाप के पैताने बैठ गया।

"मुड़की का हाल क्या बताएँ," बुद्धू ने कहना शुरू किया, "खलील की सास कजा कर गईं।"

"अरे! कब?"

अली अहमद ने चौंककर पूछा।

"हम लोग जब आए, उसी साल।"

"अउर नूरू भाई?"

भीतर से रनिया की आवाज़ आई तो अल्ली ने भी अपनी आँखें बेटे की ओर उठा दीं।

"वो भी नहीं रहे अम्माँ।"

इतना सुनना था कि रनिया सुबक-सुबककर रोने लगी। अल्ली की आँखें भी भीग गईं। माँ-बाप को रोते देखकर ताहिरा भी रोने लगी...

यह दृश्य देखकर बुद्धू ने अपनी पत्नी को इशारा किया कि जाकर ज़रा 'चूल्हा' तो देख लो। लेकिन जैसे ही भूरी बावर्चीख़ाने में जाने को हुई, रनिया आँचल से अपनी आँखें पोंछती हुई दोनों कोठरियों के बीचवाले दरवाज़े पर आ खड़ी हुई।

"तुम बैठो बहू। खाना पक गया है। ताहिरा निकाल देगी।"

रनिया ने भूरी के कंधों पर हाथ रखते हुए कहा और उसे बैठाते हुए ख़ुद भी वहीं बैठ गई।

"हमारी याद आती रही बहू?"

रनिया ने मुस्कराकर भूरी से पूछा तो वह भी मुस्करा उठी।

"हाँ अम्माँ, काहे नहीं।"

बस इतनी-सी बात दोनों के बीच हुई, फिर रनिया उठकर कोठरी से बाहर निकल गई। निकलते-निकलते बेटे को उसने इशारा किया तो बुद्धू भी बाहर निकल गया।

बाहर सन्नाटा था। सिर्फ़ रामलीला के संवाद और हारमोनियम-ढोलक की आवाज़ें ही सुनाई पड़ रही थीं। रनिया और बुद्धू दीवार से लगकर इस तरह खड़े थे मानो भीतर हो रही किसी की बातें सुनने के लिए परधी पड़ रहे हों।

"का है अम्माँ?"

बात बेटे ने शुरू की तो माँ ने रुक-रुककर कहना शुरू किया :

"तूँ लोग आ गए बेटा, फिकर खतम हो गई। हम बुढ़िया-बुढ़वा का भला अउर कउन सहारा है। मुलाँ बुद्धू, मन में कुछ खियाल न करना, बहू को अभी चूल्हा-बासन से दूर ही रखना है। तूँ तो जानते ही हो, सत्तार की अम्माँ को पता चला तो एक हाथ ककरी अउर नौ हाथ बीजा करेंगी। बस, एही तोंसे कहना रहा। चलो खाना खाओ। बहू के साथ ताहिरा खा लेगी, ऊ अभी बच्ची है। चलो।"

इतना कहकर रनिया लौट पड़ी। बुद्धू पेशाब करने के लिए नीम की ओर निकल गया।

लीला में धनुष टूट चुका था। अब परशुराम-लछमन संवाद चल रहा था। लक्ष्मण का पाठ करनेवाला 'अजय' नाम का बालक परशुरामजी को चिढ़ा रहा था :

इहाँ कुम्हड़बतिया कोउ नाहीं।
जे तरजनी देखि मरि जाहीं॥

छोटे भाई की यह दिलेरी देखकर भगवान राम ने मुस्कराते हुए कटाक्ष किया :

टूटै टूटनहार तरु वायुहि दीजत दोस।
त्यों अब हर के धनुस को, हम पर कीजत रोस॥

इस पर परशुराम का पाठ करनेवाले रामशंकर पांडे उर्फ़ रामू पहलवान ने अपना फरसा आकाश की ओर ताना और तखत को तोड़ डालने के उद्देश्य से उस पर कूदते हुए चीख़ना शुरू किया :

केसव हैहयराज को मांस,
हलाहल कौरन खाइ लियो रे
ता लगि मेद महीपन को,
घृत घोरि दियौ न सिरानो हियो रे
खीर खडानन को मद केसव,

सो पल मैं करि पान लियो रे
तौ लौं नहीं सुख जौं लहुँ तू
रघुबंस को सोन सुधा न पियो रे

जिस समय भगवान राम, उनके भाई लक्ष्मण और परशुराम के बीच यह संवाद चल रहा था; ठीक उसी समय गाँव के बाहर गोंइड़े में बनी एक कोठरी के भीतर दूसरा ही संवाद चल रहा था।

हुआ यह कि मुन्ना नचनिया पंडित सृष्टिनारायण पांडे से रूठकर बीच में ही खिसक लिया वहाँ से। इधर कई महीनों क्या, क़रीब-क़रीब बरस-भर से वह देख रहा था कि पंडितजी उससे कुछ खिंचे-खिंचे रहते हैं। पहले तो अक्सर हालचाल पूछा करते, कभी-कभी कुछ अनाज भी दिलवा देते थे; मगर अब टालने लगे थे। एक रोज़ तो नाच से लौटते हुए रास्ते में ही उसे साइकिल से उतार दिया और बोले : "मुन्ना तुम घर जाओ, हमें कल सहर जाना है। इस बखत सोना जरूरी है।" आदमी का स्वभाव भी कभी-कभी कुत्ते जैसा हो जाता है। जहाँ से कौरा मिलने लगता है, वहाँ से कौरा पाने की चाह बन जाती है। नहीं मिलता, तो जी दुखी हो जाता है। फिर भी, मुन्ना ने अपने जी को समझा लिया था। लेकिन आज के उनके बर्ताव ने उसे झिंझोड़ दिया था। पता नहीं साड़ी-ब्लाउज़ पहनते-पहनते उसका दिल ही ज़नाना हो गया था, या फिर दूसरी कोई बात थी, मगर पंडितजी ने उसकी उपेक्षा करते हुए जब अजय के चेहरे पर मुर्दासंख मलना शुरू किया तो भीतर ही भीतर वह लावे की तरह दहकने लगा।

मुन्ना के ग़ायब होने का ज्ञान होते ही पंडित सृष्टिनारायण पांडे तत्काल उसकी खोज में चल पड़े। रात काफ़ी हो गई थी। लीला ख़ूब जमी हुई थी। लक्ष्मण-परशुराम संवाद के बाद राम-सीता के विवाह की तैयारियाँ होंगी। उस समय नाच का आयोजन ज़रूरी होगा। "मगर ई चमट्टे का बच्चा तो रामलीला कमेटी के अध्यक्ष की नाक काटने पर तुल गया।" पंडितजी दाँत पीसते हुए बढ़े जा रहे थे, कि नई-नई बनी हुई कच्ची सड़क की पुलिया पर दोनों की मुठभेड़ हो गई। पुलिया से थोड़ी ही दूर पर पंडितजी की बनवाई हुई कोठरी थी। रास्ते में कोई बात हो और चार जनों के कानों तक पहुँचे, इससे बचने के लिए वे आगे बढ़कर गोइंड़े में बनी अपनी कोठरी में घुस गए।

"हाँ, मुन्ना अब बताओ। का बात है?" कोठरी में पंडित सृष्टिनारायण पांडे और मुन्ना नचनिया आमने-सामने खड़े थे।

"हम का बतावैं महराज," मुन्ना ने स्त्रीसुलभ स्वर में कहना शुरू किया, "आप बताइए कि हममें दोख का है? हम त आपन बाप-मतारी, आपन पेट, आपन इज्जत, सब कुछ आपके चरनों में अरपित कर दिए हैं, मुलाँ आप...?"

पंडितजी को क्रोध आ गया। वे भूल गए कि लीला में इसकी ज़रूरत है।

"तो? तो का तूँ समझत हो कि हम तोहार गोड़ चाटेंगे।"

"बाह महराज, ऊ दिन भूल गए का, जब हम्में बगल में लेके सोते थे?"

मुन्ना ने मुस्कराते हुए पूछा तो सृष्टी के बदन में आग लग गई।

"देख मुन्ना, तैं अब चल जऽ हियाँ से।"

उन्होंने दाँत पीसते हुए कहा और अपनी मुट्ठियाँ भींच लीं।

"काहे महराज, अब हम कहाँ जाईं?"

"जहाँ तुम्हारा मन करे, हुवाँ जाओ।"

"अरे बाह! अच्छा महराज ई बतावें कि ऊ अजयवा माँ का है? ख़ाली गोल-गोल गलुवे देखि के लुभाय गए।"

"तो क्या तुम्हारे चूँची निकली हैं?" यह कहते हुए पंडितजी ने मुन्ना को ताबड़तोड़ मारना शुरू कर दिया। "चमार की औलाद, जबान लड़ाता है। आज के बाद इस तरफ़ दिखाई दिए तो जिन्दगी खराब कर दूँगा।"

फिर कोठरी से उसे बाहर निकालकर उन्होंने अन्दर से सिकड़ी बन्द कर ली।

बाहर, रात जा रही थी। सुबह आनेवाली थी। दोनों की देहरी पर एक विचित्र-सी आकृति खड़ी थी, जो बाहर से स्त्री थी; मगर भीतर से पुरुष।

3

कभी-कभी ऐसा भी होता है कि आकाश पर ख़ूब घने बादल छाए रहते हैं, लगता है ख़ूब मूसलाधार वर्षा होगी; मगर देखते ही देखते बादल ग़ायब हो जाते हैं और चमकीली धूप खिल उठती है। गाँववालों को जैसे ही ख़बर मिली कि बुद्धू और भूरी लौट आए हैं, उनमें चेमेगोइयाँ शुरू हो गईं। किसी ने कहा, अब बुद्धू की कुशल नहीं है। पसियाने वाले बख्शेंगे नहीं। जान से मार देंगे। किसी ने अपना मत दिया कि पसियाने के लोग चाहे कुछ न करें, मगर पं. सृष्टिनारायण पांडे ज़रूर कुछ करेंगे। कुछ नहीं तो रिपोट लिखाके बाप-बेटे को जेहल ही भिजवा देंगे। लेकिन ऐसा कुछ नहीं हुआ। हाँ, भूरी जब बिटिया को उठाए अपनी माँ के घर जा रही थी तो स्त्रियों ने उसे घूरकर देखा ज़रूर। बस।

शाम का समय था। बुद्धू घर से निकलकर तालाब की ओर चला गया। नैनी से आनेवाली कच्ची सड़क अब क़रीब-क़रीब पक्की जैसी हो गई थी। तालाब के पास, सड़क के किनारे कुछ गुमटियाँ बन गई थीं। भीटे पर वन-विभाग वालों ने

यूकिलिप्टस के वृक्ष लगा दिए थे। इर्द-गिर्द के महुवे और आम या तो कट गए थे या आँधी-तूफ़ान में गिर पड़े थे..."तो गाँव का विकास हो रहा है।" बुद्धू ने सोचा और आगे बढ़कर मोरी पर बैठ गया। "भूरी इस घर के लिए परजात ही बनी रहेगी," उसका मन गाँव के विकास से हटकर अपने घर-परिवार की ओर मुड़ गया। "वह बहू तो है, मगर बहू की तरह रह नहीं सकेगी। वह अम्माँ की कोई मदद भी नहीं कर सकती। रसोई में वह जा नहीं सकती और चूड़ी पहनाने का ढंग उसे आता नहीं। फिर? गुजारा कैसे होगा...?"

"अरे बुद्धू हो क्या?"

गुमटियों की तरफ़ से आवाज़ आई तो बुद्धू ने घूमकर उधर देखा।

"वहाँ क्या बैठे हो, इधर आ जाओ।"

बुद्धू उठा और गुमटियों की तरफ़ चल पड़ा। उसका चचेरा भाई सलीम एक गुमटी में लगे ताले को खोल रहा था। ताले में ज़ंग लग गया था, इसलिए वह खुल नहीं रहा था। सलीम चाभी को ज़ोर-ज़ोर से हिला रहा था।

"लाओ, मुझे दो।"

बुद्धू ने चाभी उससे ले ली और ताले का भली-भाँति निरीक्षण करने के बाद उसे आहिस्ता-आहिस्ता खोलने लगा। मगर ताले को न खुलना था, न खुला। तब सलीम ने फिर चाभी उससे ले ली।

"लाओ, ई ससुर के नाती अइसे न खुलिहैं।"

और ताले में चाभी डालकर उसने ऐसे ज़ोर का झटका मारा कि वह फड़ाक से खुल गया।

"जेकर बँदरिया उहै से नाचै।"

बुद्धू ने मुस्कराते हुए कहा और गुमटी को खोलने में सलीम की सहायता करने लगा।

गुमटी में बीड़ी के कुछ बंडल, सिगरेट की कुछ डिब्बियाँ और चंद माचिस—बस यही इतनी कायनात थी। एक पटरा भीतर की तरफ़ उलटा हुआ था, जिसे सीधा करने पर वह बाहर की तरफ़ निकल आया और सलीम उस पर उचककर बैठ गया।

"बैठो।"

उसने बुद्धू को भी बैठने के लिए कहा तो वह भी उचककर एक तरफ़ बैठ गया।

"ई सब हाल ही में हुआ है," सलीम ने बोलना शुरू किया। "सौ-सौ रुपिया लेके असोक कुमार ने ये जगह दी है।"

"मगर ई जगह उनकी थोड़े है।" बुद्धू को आश्चर्य हुआ।

"हो चाहे न हो। समरथ के नहिं दोस गोसाईं। असोकवा नेता हो गया है। जो चाहता है, करता है। चमार-पासियों के वास्ते सरकार ने कुछ जमीन दी थी—भूमिहीन वाली योजना में, मगर ऊ सब भी असोकवा ने हथिया लिया।"

"क्या?"

"जि हाँ। अब क्या किया जाय।"

"कोई कुछ बोला नहीं?"

"कहाँ की बात! पानी में रहै के है त मगरमच्छ से भला बैर लीन जाय सकत है? ऊ टेम हम कहा, कि सौ रुपिया इनका काहे बरे देई, मुलाँ जब सबै देय लगा तब हम अकेले का करित? हमहूँ दिहा।"

"इन गुमटियों में दुकानें हैं?"

"हाँ।"

"मगर ई तो सब बन्द हैं?"

"आजकल सब लीला में लगी हैं। हमरो दुकान त हुवँई है।"

"अच्छा!"

"हाँ। चूड़ी में अब कुछ रक्खा नहीं है। भइया तो करमा जाके सियाई सिख लिहिन्हें। ऊ हुवँई कपड़ा सियऽथिन। अब तुँहऊँ कुछ सोचो?"

इतने में सलीम की नज़र सामने से आ रहे व्यक्ति पर पड़ी और वह ख़ामोश हो गया। वह व्यक्ति साइकिल की हैंडिल पकड़े पैदल ही उसे घसीटता हुआ आ रहा था।

"बवाली है।"

सलीम ने उस व्यक्ति को पहचानते हुए कहा।

"कौन?"

"बवाली। इससे बचके रहना।"

"काहे?"

"नक्सलाइट है। चारों तरफ़ बवाल करता रहता है। येही से सब इसे बवाली कहऽथिन।"

"अच्छा!"

"का बवाली? सइकिलिया पंचर होई गइ बा का हो?"

सलीम ने उस व्यक्ति को पुकारा तो वह वहीं से मुस्कराया। फिर नज़दीक आकर बुद्धू को घूरकर देखने लगा।

"ई बुद्धू है। हमरे चच्चा का लड़िका।"

"ओह! तो तुम ही हो बुद्धू। महान क्रांतिकारी।"

बवाली कहे जानेवाले उस आदमी ने साइकिल से टिककर खड़े होते हुए प्रसन्नता के साथ कहा।

"सइकिलिया के का भै हो?"

सलीम उसकी साइकिल के बारे में कुछ ज़्यादा ही चिन्तित लगा।

"इसका कुत्ता फेल हो गया है। अब कल घुघापुर में ठीक कराएँगे।"

सलीम उचककर नीचे उतरा और झुककर साइकिल को देखने लगा।

"हम्में तो लागत बा कि एकर कोन-कटोरिया सब खराब है। अरे बवाली, इतना बचाके का करबा हो, एकठे नई सैकिल खरीद ल्या।"

तभी तेज़ रफ़्तार में एक मोटरसाइकिल फटफटाती हुई आई और धूल उड़ाती हुई बग़ल से गुज़र गई।

"कौन था यह?"

बुद्धू ने मोटरसाइकिलवाले के प्रति हिकारत से सोचते हुए पूछा।

"असोकवा रहा। यजदी से चलऽ थे।"

"सब पूँजीखोरवन का एक दिन नास होगा, देखते रहना।"

बवाली ने सड़क पर पिच्च से थूकते हुए कहा और जेब से चुनौटी निकालकर हथेली पर खैनी मलने लगा।

"बुद्धू, मैं तुमसे बहुत खुस हूँ," हथेली पर फट्ट-फट्ट करते हुए बवाली ने कहना शुरू किया, "तोते की बिटिया से ब्याह करके तुमने सामाजिक क्रांति की है। मैं चाहता हूँ कि देस में आनेवाली राजनीतिक क्रांति में भी तुम मदद करो।"

"अभी तो बवाली भाई, सोच रहा हूँ, करूँ क्या? कुछ काम-धंधे की बात बताओ।"

"काम-धंधा?" फट्ट...और फिर चुटकी का तम्बाकू निचले होंठ के भीतर... एक-दो बार जीभ ज़रा-सी हिली, फिर बवाली ने कहना शुरू किया, "काम ही काम है, काम की कमी कहाँ है? अब तो इलाक़े में नए-नए काम सुरू हो रहे हैं। इन्हीं को देखो, करीम सिलाई कर रहा है, सलीम बीड़ी-सिगरेट बेच रहा है। मोती बनिया के लौंडे ने चाय-पान की गुमटी लगा ली है। तुम भी ऐसा ही कुछ करो।"

"मगर क्या?"

बवाली ने पिच्च से सड़क पर थूका। थोड़ी देर तक कुछ सोचता रहा, फिर बोला—

"तुम कल घुघापुर आ जाना। हमारे भइया करते हैं डाक्टरी। वो तुम्हें भी सिखा देंगे। डाक्टरी में आजकल बहुत आमदनी है।"

"डाक्टरी?" बुद्धू का सिर चकराया। "मगर मैं इतना पढ़ा-लिखा कहाँ हूँ?"

"तो हमारे भैया ही कहाँ पढ़े-लिखे हैं। हाई स्कूल फेल हैं। मगर कोई ऐसा रोग नहीं, जिसका इलाज न कर लेते हों। इंजेक्सन वो लगा लें, गुलूकोज वो चढ़ा लें, फोड़ा-फुंसी का आपरेसन वो कर लें..."

"अच्छा?"

"और क्या? वो तुम्हें भी सिखा देंगे...। कल आना जरूर। अच्छा अब चलैं सलीम, दिनै-दिन पहुँच जाना ठीक है। तुम तो जानते हो, दोस-दुसमन भरे हुए हैं।"

इतना कहकर बवाली अपनी साइकिल घसीटता हुआ चल दिया।

"ई बवाली एकदम्मै बवाली है। खुद का ठिकाना नहीं, चले हैं तोहें काम बतावे। मुलाँ एक बात है, आदमी जबरजंग है। दरोगा तक से लड़ जाता है...।"

सलीम अभी इतना ही कह पाया था कि एक लड़का पसियाने की तरफ़ से दौड़ता हुआ आया और हाँफ-हाँफकर बुद्धू से कहने लगा :

"तोहरे ससुरारी में बड़ा कजिया मचा है। कजनी का होय..."

और बुद्धू तत्काल पसियाने की तरफ़ चल पड़ा।

झगड़ा भूरी की माँ और पड़ोस की किसी स्त्री के बीच हो रहा था। गाली-गलौज की आवाज़ें दूर से ही सुनाई पड़ रही थीं।

"अरे बेटखई, तैं राँड़ होइ जा। तोरे आदमी क लहास निकरे।"

"चोप्प भतारकाटी, कुलच्छिन, बिटिया मियाँ के संग भग गई अउर तैं जिन्दा है रे? सरम नहिं आवै।"

"हाँ, हाँ, मोर बिटिया त मियाँ के संग भग गई, मुलाँ ऊ बियाह किहीसे रे, बियाह। अउर तोर बिटिया? हम जनती नहीं का रे? परसाल के आपन बिटिया क पेट गिरवाय रहा? अरे मोर बप्पा। कुँवारि बिटिया क पेट।"

"चोप्प! निरबसिन, मोंही कहे त कहे, मोर बिटिया के कहबी त टाँग चीर के लुआठी घुसेर देबू।"

"आ, आ। घुसेर लुआठी। कहब, कहब, अऊर हजार बार कहब।"

बुद्धू जिस वक़्त तोते पासी के घर पहुँचा, दोनों स्त्रियाँ एक-दूसरे का झोंटा पकड़े बुरी तरह उलझी हुई थीं और सहन में भीड़ लगी हुई थी। लोग झगड़े का मज़ा ले रहे थे। उनमें उत्सुकता थी कि देखें क्या होता है। भूरी दहलीज़ पर रुआँसी-सी खड़ी थी। तोते पासी घर पर नहीं था। स्त्रियों के झगड़े में किसी पुरुष को क्या करना चाहिए, यह बात समझ में न आने के कारण बुद्धू ने कोई बीच-बचाव नहीं किया और आगे बढ़कर गड़ही के किनारे खड़ा हो गया। गड़ही में तोते पासी की पाली हुई बत्तखें तैर रही थीं, कलाबाज़ियाँ कर रही थीं, आपस में झगड़ रही थीं; मगर लगता नहीं था कि उनके मन में कोई मैल है।

अँधेरा गहरा होता जा रहा था और उसके साथ ही गड़ही का जल भी भयावह होने लगा था। स्त्रियों का झगड़ा शान्त हो गया था। भूरी बाहर निकलकर बुद्धू के पास खड़ी हो गई थी।

"चलैं?"

भूरी ने बुद्धू के कंधे पर हाथ रखते हुए पूछा तो बुद्धू चौंका।

"नहीं, अभी तुम यहीं रहो। जल्दी ही हम अपनी नई गिरस्ती बसाएँगे। मैं चलता हूँ।"

इतना कहकर बुद्धू वहाँ से चल पड़ा। भूरी गड़ही के किनारे खड़ी-खड़ी बत्तखों को देखती रही।

घर में सिर्फ़ ताहिरा और मुन्नी थीं। मुन्नी सो रही थी। ताहिरा गुमसुम बैठी हुई थी।

"क्या हुआ ताहिरा? अम्माँ-अब्बा कहाँ हैं?"

बुद्धू ने पूछा तो ताहिरा ने बुझे हुए स्वर में बताया :

"गए हैं सत्तार की अम्माँ के हिंया। मोलबी साहब की हालत बहुत खराब है।"

बुद्धू लेट गया।

"कोई भला करे चाहे बुरा, मगर दुःख तो दुःख है। दुःख बारिश की तरह है, वह सबको भिगोता है।" बुद्धू सोचने लगा। "हर आदमी अच्छा भी है और बुरा भी। दुःख में शायद हम उसकी अच्छाइयों को ही याद करते हैं। सोचने पर भी बुराई सामने नहीं आती...फिर, एक ही घर-परिवार में कोई बुरा है तो कोई अच्छा भी है। जो अच्छा है, उसके सहारे बुरा भी हमदर्दी पा जाता है... यही दुनिया है..."

अचानक ऐसा लगा मानो घर में कोई घुसा है। बुद्धू उठ बैठा। रनिया थी। उसकी आँखें डबडबाई हुई थीं।

"क्या हुआ अम्माँ?"

ताहिरा और बुद्धू ने एक साथ सवाल किया तो रनिया रोने लगी।

"मोलबी साहब गुजर गए।"

रोते-रोते बस इतना ही उसने कहा और एक तरफ़ बैठ गई।

बाहर ख़ूब घना अँधेरा फैल गया था। रामलीला की तरफ़ से हारमोनियम और ढोलक की जो आवाज़ आ रही थी, वह सहसा बन्द हो गई थी।

4

जवाहर हलवाई ने जैसे ही अपने फ़िलिप्स रेडियो का कान ऐंठा, उसमें से ऐसी गरज़दार आवाज़ आई कि वह चीख़ उठा :

"सेख मुजीबुर्रहमान।"

अपनी आज़ादी की ख़ुशी में शेख़ मुजीबुर्रहमान भाषण दे रहे थे। भाषण बंगला भाषा में था, पर ऐसा लग रहा था जैसे बलापुर के लोग उसे भली-भाँति समझ रहे

हैं। बंगला देश की आज़ादी में कहीं उन्हें अपनी आज़ादी का एहसास हो रहा था। यह जीत उन्हें अपनी जीत लग रही थी।

आज़ाद बांग्ला देश का आन्दोलन समाप्त हो गया था। दूर-दूर के देशों से पूर्वी पाकिस्तान कहे जानेवाले देश को 'बांग्ला देश' नामक एक स्वतंत्र देश की मान्यता मिलने लगी थी। भारत ने तो यह काम तत्काल ही कर दिया था।

सर्दियों के दिन थे। लोग सरे-शाम किवाड़ बन्द कर लेते और अपने बिस्तरों में दुबक जाते थे। गाँव में न तो पहले जैसी चौपालें थीं और न ही कोई अन्य स्थान, जहाँ बैठकर सारंगा-सदाबृज और सीत-बसंत की कहानियाँ सुनी जातीं। क़िस्से सुनानेवाले लोग भी मर-खप गए थे। नौजवानों को तो सिर्फ़ फ़िल्मों की स्टोरियाँ याद थीं। मगर कहीं-कहीं अब भी कउड़े जलते थे, लोग उनके गिर्द बैठते थे और नई-नई पैदा हो रही समस्याओं पर बातें करते थे। ऐसा ही एक कउड़ा काछी के कुएँ के पास जल रहा था जहाँ अल्ली चुड़िहार भी बैठा था। रात अभी ज़्यादा नहीं हुई थी, पर अँधेरा बहुत घना था। आसमान की तरइयाँ दिवाली के दियों की तरह जगमगा रही थीं।

"पुरवा में एक महात्माजी आए हैं।"

जवाहर हलवाई ने बिलकुल क़िस्सा कहने के अन्दाज़ में बात शुरू की तो कउड़े के इर्द-गिर्द बैठे सभी लोग जिज्ञासा से उसका मुँह ताकने लगे।

"बड़े प्रतापी महात्मा हैं।" जवाहर ने बात आगे बढ़ाई। "खूब भीड़ लगती है हुवाँ। जउने अदमी को भभूत दे देते हैं, समझो उसका काम हो गया। मुलाँ ऐसे नहीं देते। पहले खूब गरियाते हैं, चिमटा से मारते हैं। बहुत लोग तो घबराके चले जाते हैं, मुलाँ गारी सुनके, मार खाके भी जउन लोग चरनों में बैठे रहते हैं, उनका बरे देते हैं भभूत...।"

"अच्छा!"

किसी ने हुँकारी भरी तो वह उत्साहित हो उठा।

"अउर सुनो, ई महात्माजी कउनो अइसे-वइसे महात्मा नहीं हैं। अंग्रेजी में एमे-वोमे हैं। पहले परोफेसर रहे इलाहाबाद में। फिर एक रोज का भवा कि रात में उनको सपना दिखाई पड़ा। साच्छात् संकर भगवान आए अउर बोले, तुम मेरी भक्ती करो। बस परोफेसरी को लात मार दी अउर चले गए हिमाँचल पर। हुवाँ इनको गियान मिला। फिर का, घर-बार सब छोड़ दिहिन।"

"अउर मेहरारू, लड़िका?"

मोती बनिया के बेटे ने प्रश्न किया तो जवाहर ने कउड़े की आग को फूँक मारकर जगाते हुए फिर कहना शुरू किया।

"ऊ भी सुन लो। बहुत दिन तक तो ई रहे बहरै-बाहर। फिर एक दफा पहुँच गए घर। हुआँ भइया इनके पिता ने समझाया, माताजी ने समझाया, पत्नीजी खूब

रोईं-पीटी, मगर कउनो असर नहीं पड़ा। तब इनकी पत्नीजी ने इन्हें एक कमरे में ताले में बन्द कर दिया। मुलाँ संकर भगवान की किरपा देखो, सबेरे का देखते हैं कि कमरा खुला पड़ा है अउर महात्माजी गायब।"

तभी कउड़े के पास एक अजनबी-सा आदमी आकर खड़ा हो गया। ख़ाकी रंग का हाफ़ पैंट और आधी बाँह की गंदी-सी कमीज़ पहने, चँदुले सिर का वह आदमी कुछ परेशान-सा दिखाई पड़ रहा था।

"मैं हूँ, बंगाली बाबू।"

उस आदमी ने मुस्कराते हुए कहा और दोनों हाथ फैलाकर रामेश्वर मौर्य की बग़ल में बैठ गया। अब उसका साँवला चेहरा आग की रोशनी में साफ़ दिखाई पड़ रहा था।

"कहो बंगाली बाबू, क्या बात है? तुम्हारा मुल्क तो अब आजाद हो गया।"

अल्ली ने उसकी ओर ग़ौर से देखते हुए कहा तो उसने अपना सिर झुका लिया। बोला :

"मगर अम नईं जायगा अल्ली भाई, कईं नईं जाएगा। कैंप के शारे लोग चले गए आज। किंतू अम इदर भाग आय। तुम लोगों शे जो प्रेम मिला है, उसे अम नईं भुला शकता। अम इदरई रहेगा।"

"और तुम्हारी बीवी?"

अल्ली को उसकी पत्नी की चिन्ता हुई।

"वो जो ईंट का खंडर है न, कैंप के पास, वो वहीं छुपी है। अबी तो अम भी उदरई जाता। फिर आएगा। अम्में बस एक झोपड़ी की जगे दे देना आप लोग। अम मजूरी करके पेट पाल लेगा।"

"मगर तुम अपने देस में क्यों नहीं लौटना चाहते बंगाली बाबू?"

जवाहर हलवाई ने तर्क करने के उद्‌देश्य से पूछा तो बंगाली बाबू का कंठ भर आया।

"अमारा जवान बेटा मार दिया गया। अमारा घर लुट गया। अब अम क्या करेगा जाके। हमें जीवनदान दिया इंडिया ने, तुमारे गाँव ने। अम अब इसी जगे रहेंगा।"

इतना कहकर बंगाली बाबू उठा और जवाहर हलवाई के महात्मा की तरह ही ग़ायब हो गया।

अली अहमद ने चंदा-वंदा करके किसी तरह सौ रुपए जुटा लिए थे और तालाब के किनारे बंगाली बाबू को थोड़ी-सी जगह मिल गई थी। उसने वहाँ एक छोटी-सी झोपड़ी बना ली थी और पान की दुकान खोल ली थी। गाँव में शौकिया पान खानेवालों की तादाद दिन-ब-दिन बढ़ती जा रही थी। इसलिए दुकान अच्छी चल निकली थी।

उधर घुघापुर में बुद्धू की डाक्टरी भी चलने लगी थी। बवाली के सहयोग से उसका परिवार वहाँ आबाद हो गया था और दिन-भर में पेट भरने-भर को मिल ही जाता था। बुद्धू अब बुद्धू नहीं, बल्कि डा. रफ़ी अहमद सिद्दीक़ी कहलाने लगा था। सड़क के किनारे एक झोपड़ी में उसकी डिस्पेंसरी थी, जहाँ लकड़ी के एक रैक पर दवाएँ सजी रहती थीं। बुद्धू कुर्सी-टेबुल लगाए बैठा रहता था। एलोपैथिक मेटेरिया मेडिका का अध्ययन कर लेने के बाद बुद्धू उर्फ़ रफ़ी अहमद सिद्दीक़ी को मालूम हो गया था कि किस मौक़े पर पैरासेटामोल दिया जाता है और किस रोग में इंटेरोक्विनोल। इंजेक्शन लगाने और गुलूकोज़ चढ़ाने की विद्याएँ भी उसने अच्छी तरह सीख ली थीं। वह रेक्सीन के एक पुराने से बैग में दवाएँ तथा इंजेक्शन आदि भरकर आसपास के गाँवों में घूमा करता और शाम-सवेरे अपनी डिस्पेंसरी में बैठा करता। इस तरह उसे काफ़ी आमदनी हो जाती थी। सामान्य दवाइयों के नाम तो भूरी को भी याद हो गए थे। ऊपर की पन्नी देखकर ही वह उन्हें पहचान लेती थी। इसके अलावा ड्रेसिंग करने की कला भी उसने सीख ली थी। पति के काम में वह पूरी तरह सहयोग करती थी और उन दोनों के दिन मज़े में कटने लगे थे।

बवाली से बुद्धू की दोस्ती एकदम पक्की हो गई थी। वह रोज़ ही बुद्धू की डिस्पेंसरी में आ धमकता और अपने भारी-भरकम सिद्धान्तों से उसे परिचित कराने की कोशिश करता। मगर बुद्धू की अकल इतनी मोटी थी कि बवाली की बातें उसमें अँटती ही नहीं थीं। फिर भी बवाली ख़ुश था, कि उसे एक विश्वसनीय साथी तो मिला है।

अँधियारी रात थी। भूरी रोटी पकाने के लिए आटा गूँध रही थी। बुद्धू बाहर सहन में एक निखरी खटिया पर लेटा था और बिटिया को बहला रहा था। बिटिया का बाक़ायदे कोई नाम अभी नहीं रखा गया था। उसका रंग चूँकि कुछ सँवराया-सा था, इसलिए बुद्धू उसे कल्लो कहा करता था। भूरी को यह सम्बोधन अच्छा नहीं लगता था, पर बुद्धू ने एक रोज़ हँसी-हँसी में जो तर्क दिया उसने उसे ख़ामोश कर दिया।

"अरे बाप बुद्धू, अम्माँ भूरी अउर बिटिया कल्लो। माँ-बाप से रंग नहीं मिलता तो क्या, नाम तो मिल रहा है।"

कल्लो काली तो थी ही, कमज़ोर भी थी। हाथ-पाँव ककड़ियों की तरह और चेहरा गोल बैंगन जैसा। कोई न कोई बीमारी उसे हरदम लगी रहती थी और वह री-री किया करती थी। नमूने के तौर पर फ्री में मिले हुए तरह-तरह के टानिक बुद्धू उसे पिलाता रहता था, पर कल्लो थी कि जस की तस।

बुद्धू ने दोनों घुटने मोड़ रखे थे और कल्लो को पंजों पर बैठा लिया था। वह धीरे-धीरे पाँवों को ऊपर-नीचे कर रहा था और एक ख़ास लय में गुनगुना रहा था :

अन्ता खंता कउड़ी पाएवँ
ऊ कउड़ी घसियारा के दिहेवँ
घसियारा हमका घास दिहिस
ऊ घासे के गइया खियाएवँ
गइया हमका दूध दिहिस
ऊ दूधे के खीर पकाएवँ
सब केउ खाएँ थाली में
कल्लो खाएँ प्याली में
प्याली गई फूट
कल्लो गई रूठ

'रूठ' को वह काफ़ी खींचकर उच्चारित करता और पंजों को झटके से ऊपर उठाकर फिर नीचे गिरा देता। कल्लो पहले तो खिलखिलाकर हँसती, फिर रोने लगती।

"का बुद्धू, बिटिया खेला रहे हो?"

बवाली की आवाज़ से बुद्धू चौंक पड़ा।

"अरे बवाली, तुम? आओ आओ, बैठो।"

बुद्धू ने उठकर ख़ुद बैठते हुए कहा तो बवाली ने पहले पिच्च से खैनी की पीक थूकी, फिर खटिया की पाटी पर बैठ गया।

"अरे ठीक से बैठो।"

"ठीकै है हो। भउजी का कर रही हैं? खाना बना रही हैं?"

अभी उनमें इतनी ही बातचीत हुई थी कि कल्लो रोने लगी। बुद्धू थपकियाँ मार-मार के उसे चुपाने की कोशिश करने लगा। मगर जब वह नहीं चुपी तो भूरी घूँघट काढ़े हुए बाहर निकली और बिटिया को उठाकर उलटे पाँव भीतर लौट गई।

"बड़ी महँगाई है बवाली, क्या किया जाय?"

बुद्धू ने बात शुरू की तो बवाली उत्साहित हो उठा।

"वो तो रहेगी। जब तक जमीदारन अउर पूँजीपतवन का नास नहीं होगा, खुसहाली नहीं आएगी।"

"मगर ज़मींदारी तो कब की खत्म हो चुकी है।"

"यही तो! यही तो भूल है मेरे भाई, ई जो नए-नए धन्नासेठ पैदा हो गए हैं, ई जो नेता लोग हैं, ई का हैं?"

"मगर इनका नास होगा कइसे?"

"ससस्त्र क्रांति से। माओ का कहना है कि क्रांति बन्दूक की नली से आती है।"

"यानी खून-खराबा, क्यों?"

"जिसे तुम खून-खराबा कह रहे हो, उसे हम क्रांति कहते हैं। क्रांति का होना बहुत जरूरी है। जानते हो, हमें जो आज़ादी मिली है, वो कितनी नकली है? अउर क्या समझते हो, गांधी-नेहरू ने दिलाई है ई आज़ादी?"

"तब?"

"आज़ादी दिलाई है भगतसिंह, असफाकुल्ला खाँ अउर चंद्रसेखर आजाद की सहादत ने।"

"यही, नकली आज़ादी..?"

"तुम तो बुद्धू बात पकड़ते हो, उसे समझते नहीं। आज़ादी नकली इसलिए है कि आजाद भारत की बागडोर सुरू से गलत हाथों में रही।"

"देखो बवाली, तुम्हारी बातें मेरी समझ में नहीं आतीं। तुम तो लगता है, जिन्दगी में सिर्फ राजनीति करोगे अउर कुछ नहीं।"

"अरे बुद्धू, बिना राजनीति किए तो बच्चा तक पैदा नहीं होता, फिर हम-तुम राजनीति से कैसे बच सकते हैं।"

"ए हो, खाना लगाईं?" तभी बहुत धीमी आवाज़ में भूरी ने भीतर से पूछा तो बवाली खड़ा हो गया।

"अच्छा बुद्धू, अब चलैं, फिर बात होगी। अउर हाँ, घर की तरफ़ जाना हुआ?"

"सोच रहे हैं, कल जाएँगे। कल्लो की अम्माँ भी कह रही है बहुत दिन से।"

"नहीं भाई, जाना चाहिए। माँ-बाप हैं, दू बात बोल दें, फिर भी बुरा नहीं मानना चाहिए। हो आओ। मोका लगा तो हम भी चलेंगे।"

इतना कहकर बवाली आगे बढ़ गया और अँधेरे में कहीं खो गया। बुद्धू उठकर भीतर चला गया।

शाम के क़रीब चार बजे थे। तोते पासी के सहन में पड़ोस की कुछ स्त्रियाँ उसकी पत्नी के साथ बैठी गप्पें हाँक रही थीं। अचानक एक स्त्री ने अँगुली उठाकर सड़क के नीचे खड़े महुवे के पेड़ों की ओर संकेत करते हुए पूछा :

"ऊ कउन अहैं री?"

और सभी स्त्रियों की आँखें उधर उठ गईं। देखा, आगे-आगे एक युवक और पीछे-पीछे एक जवान लड़की गोद में बच्चा लिये गाँव की ओर बढ़े आ रहे हैं।

"अरे भूरी त अहै।"

भूरी की माँ लड़की को पहचानती हुई-सी बोली। इस पर एक अन्य स्त्री ने अविश्वास प्रकट किया :

"नहीं भूरी की माई, तोहार भूरी का एतना दुबराय गई बा।"

"नहीं सबितरी की अम्माँ, उहै अहै।"

तब तक युवक-युवती काछी के कुएँ के पास आकर धोबियाने की तरफ़ मुड़ गए थे। नानी ने आगे बढ़कर भूरी के कंधे से बिटिया को झपट लिया। अन्य स्त्रियाँ बच्ची के चेहरे पर झुक-झुककर उसे निहारने लगीं। बुद्धू दालान में घुसकर चारपाई पर बैठ गया।

स्त्रियाँ फिर ज़मीन पर बैठ गईं। तोते नहीं थे; भूरी की माँ ने पड़ोस के एक लड़के को जवाहर हलवाई के यहाँ दौड़ा दिया।

"कहना पहुना आए हैं, बढ़िया मिठाई देयँ। चाहे पेड़ा, अउर चाहे बरफी लियाए।"

स्त्रियाँ बच्ची की दुर्बलता पर अफ़सोस प्रकट करने लगीं। बच्ची रीं-रीं करके रोने लगी। तब स्त्रियों ने भूरी को मशवरे देने शुरू किए। पूरी दुनिया में भारत ही शायद एकमात्र ऐसा देश है, जहाँ हर आदमी को हर तरह के रोग का इलाज पता है। एक स्त्री ने कहा :

"बिटिया, तुम अइसा करो कि रोज संझा-सबेरे हनुमानजी के नाम का जाप किया करो। बड़े सक्तिसाली देउता हैं, सब ठीक होय जाई।"

"मुलाँ हम त मुसलमान हैं काकी...।"

भूरी ने तत्काल प्रतिवाद किया तो सारी स्त्रियाँ चौंक उठीं। मगर चुप नहीं हुईं। दूसरी ने कहा :

"तो अइसा करना, जुम्मावाले दिन अगरबत्ती सुलगाके गाजी मियाँ से मानता मान लेना।"

"अरे बबई तुहूँ हऊ," तीसरी स्त्री ने उसे बीच में ही टोक दिया, अपने 'उनसे' कहो, सहर से नूरानी तेल लियाय दें। महिन्ना भर मालिस करो, देखना फिर पहचान न पउबू आपन बिटिया।"

"ई सुना हो," एक अन्य स्त्री हँसती हुई बोली, "अरे भूरी के 'ऊ' त खुदै डाग्दर हैंन, ऊ का न करत होइहैं दवाई..."

लड़का मिठाई ले आया था। भूरी की माँ ने दोना उसके हाथ से लिया और दामाद के पास चारपाई पर रख दिया। गाँव में बस एक ही हलवाई था, जवाहर। उसके यहाँ बारिश के दिनों में अनरसा और अन्य दिनों में शक्कर की बनी बरफ़ी, पेड़ा, बुँदिया के लड्डू तथा बताशे आदि मिल जाते थे। ये मिठाई अक्सर हफ़्तों पहले की बनी होती थीं और उसकी दुकान में मक्खियों तथा बर्रइयों से अपनी रक्षा करती हुईं थालियों में दुबकी रहती थीं। लड़का उन्हीं में से छँटवाकर 'बढ़िया-बढ़िया' पेड़े ले आया था।

बुद्धू ने एक पेड़ा खाकर दोना अपनी सास को थमा दिया। फिर पानी पीकर उठ गया।

स्त्रियाँ फिर बतकही में डूब गईं। भूरी की माँ कटोरी में कड़ुवा तेल लेकर नातिन की मालिश करने बैठ गई।

बुद्धू जब घर पहुँचा तो बवाली को वहाँ बैठा हुआ पाया। अल्ली अपनी चारपाई पर उठंगा हुआ-सा लेटा था और रनिया खाना पका रही थी। बुद्धू सीधे बावर्चीख़ाने में घुस गया। पतीली से मसाले की ख़ुशबू उड़ रही थी।

"गोश पका रही हो का अम्माँ?"

पास बैठते हुए उसने पूछा तो रनिया खिल उठी।

"हाँ रे, आज बजार रहा न। बिटिया कइसी है?"

"अरे बहू के तो न पूछिउ, पोती के बरे बड़ी छोहान हऊ।"

बवाली ने हँसते हुए बाहर से ही टोका तो रनिया झेंप गई। बोली :

"जनत्या नाँहीं का, मूल से सूद जादा पियार होत अहै।"

तभी बाहर का दरवाज़ा खुला और एक हाथ में लोटा थामे ताहिरा रोती हुई भीतर घुसी। पीछे-पीछे सिसकती हुई मुन्नी। भइया को देखा तो ताहिरा की आवाज़ और तेज़ हो गई।

"का भवा रे?"

रनिया ने डपटकर पूछा तो ताहिरा रोते-रोते ही बोलने लगी :

"ऊ जउन असोकवा है न, हमका बुरी-बुरी गारी देत रहा।"

"गारी देत रहा? रो मत, का भवा सफा-सफा बता।"

रनिया ने अब प्यार से पूछा तो ताहिरा ने रोना बन्द कर दिया। बोली :

"ऊ हमार रस्ता छेकके खड़ा हुइ गवा अउर कहै लगा, ए ताहिरा ए ताहिरा, हमसे बियाह करबे?"

"अच्छा चुप रह अब, हम देख लेब ओका। चल हाथ-मुँह धो।"

बुद्धू ने आदेश दिया तो उठकर वह अँगनई में चली गई। मुन्नी अपनी माँ के पास दुबककर बैठ गई।

"तो इस लउँडे के भी अब पर निकल रहे हैं।"

बाहर से अल्ली की आवाज़ आई।

"अरे त खानदान क असर कहाँ जाई। उहै मसल बा, बापै पूत पिता पर घोड़ा, बहुत नहीं तो थोड़ै थोड़ा।"

भीतर से रनिया ने टिप्पणी की और गोश्त भूनने में जुट गई। बुद्धू बाहर आकर बाप की चारपाई पर बैठ गया।

"कल तुम ठीक कह रहे थे बवाली।" उसने बवाली की तरफ़ ध्यान से देखते हुए कहा।

तभी कमरे में इतनी तेज़ रौशनी फैल गई जैसी कभी उस घर में नहीं देखी गई।

बुद्धू चौंक गया। उसने चारों ओर निगाह दौड़ाई तो देखा दीवारों पर चंद उलझे हुए तार लटक रहे हैं और खपरैल में लगे बाँस पर लौकी की बतिया के आकार का एक लट्टू लटक रहा है। प्रकाश उसी लट्टू से फूट रहा था।

"ई बिजली कब लगी अब्बा?"

"अरे सलिमवा की सब कारस्तानी है। बाहर निकलोगे तो देखोगे, पूरे गाँव में अब बिजली की ही रोशनी है।"

"अच्छा।"

"मगर ई कानूनी बिजली नहीं है। कानूनी बिजली लेने में पाँच सौ रुपिया घूस देना पड़ता है। सब लोग तार में कटिया फँसा-फँसाके काम चला रहे हैं। कभी-कभी बिजलीवाला आता है और दस-पाँच में मान जाता है।"

"कल तुम वाकई ठीक कह रहे थे बवाली।"

बुद्धू ने फिर अपनी बात दुहराई तो बवाली मुस्कराया।

"अच्छा भाई मैं अब चलता हूँ, रात हो रही है।"

इतना कहते हुए बवाली उठा और चला गया।

"देख बेटा, इसके चक्कर में तूँ मत पड़ना। ई नक्सलाइट है। खुद तो फँसेगा ही, तुम्हें भी फँसा देगा।"

बाप ने बेटे को समझानेवाले अन्दाज़ में कहा तो बुद्धू ने अपने सिर को इस तरह हिलाया जिसका कोई मतलब नहीं निकलता था। वह 'हाँ' भी था और 'नहीं' भी।

उस रात सभी लोग बहुत देर में लेटे थे, इसलिए सूर्योदय हो जाने के बाद भी सब सो रहे थे। अचानक ज़ोर-ज़ोर से किवाड़ थपथपाने की आवाज़ सुनाई पड़ी तो पहले बुद्धू जागा, फिर एक-एक करके सभी लोग उठ गए। दरवाज़ा बुद्धू ने ही खोला। सामने लल्लू खड़ा था। सिर पर अधपके, उलझे हुए बाल, दाढ़ी बढ़ी हुई, अँगुलियों के बड़े-बड़े नाखूनों में मैल, एक फटी हुई-सी कमीज़ और पैंट पहने।

"गुड मार्निंग सर!"

उसने सैल्यूट मारने के अन्दाज़ में अपना दाहिना हाथ माथे से लगाया और भीतर आकर चारपाई पर जम गया।

"कहो लल्लू, क्या हाल है? बहुत दिनों में दिखाई पड़े?"

बुद्धू ने सवाल किया तो लल्लू गम्भीर हो गया। फिर अचानक ही वह बोलने लगा :

"ओह, ठीक। एक्चुअली आई एम वेरी बिजी। बुद्धू तुम्हें नालेज नहीं है; मैंने अब नौटंकी, रामलीला वगैरा में रोल करना बन्द कर दिया है। पूछो, व्हाई? बिकाज आइ एम द चेयरमैन आफ आल नौटंकीज एंड रामलीलाज कमेटी। बलापुर, करमा, उभारी, गोंती, घुघापुर, घूरपुर...आल...।"

"अच्छा, अच्छा। समझ गए। अब कोई गाना तो सुना दो।"

बुद्धू ने बीच में ही टोका तो वह उत्तेजित हो उठा।

"नो, नो। अब मैं एक सीरियस मैन हो गया हूँ। तुम इंग्लिस नहीं जानते, इसीलिए हिन्दी में बात कर रहा हूँ। बट, एवहरीव्हेयर आई यूज टू टाक इन इंग्लिस। लखनऊ में एक कम्पिटीसन हुआ था इंग्लिस टाकिंग का, उसमें मैं फर्स्ट आया हूँ।"

"अच्छा, अच्छा। और क्या हो रहा है आजकल।"

बुद्धू ने फिर टोका तो लल्लू फिर गम्भीर हो गया।

"यू नो, आजकल कोर्ट में केस चल रहा है।"

"कैसा केस?" बुद्धू घबराया।

"डोंट वरी, जीत हमारी ही होगी; मैंने पी.एम. पर यानी इंद्राजी पर मुकदमा कर दिया है। रायबरेली के इलेक्सन में गड़बड़ी की थी उन्होंने। अभी केस हाई कोर्ट में है। राजनारायन हमारे गवाह हैं।"

"अच्छा ए लल्लू, अब तुम जाओ यहाँ से। तुम्हारे बाबूजी को बुखार है, पता है?"

अल्ली ने उसे डराने की कोशिश की तो वह वाकई डर गया।

"अच्छा! ही इज इल?" फिर उसने कान में खुँसी एक अधजली बीड़ी निकाली और बावर्चीख़ाने की तरफ़ झाँकने लगा।

चूल्हे में आग जल गई थी। ताहिरा ने लल्लू का संकेत समझकर चिमटे से एक अंगारा उठाया और उसे बाहर की तरफ़ उछाल दिया। लल्लू ने उठकर उस अंगारे को दोनों हथेलियों के बीच उठाया और हथेलियाँ हिलाता, बीड़ी सुलगाता हुआ बाहर चला गया।

"क्रांति। ससस्त्र क्रांति की जरूरत है।" बुद्धू ने मन ही मन सोचा और उठकर कुएँ पर नहाने के लिए निकल गया।

5

सत्तार पोस्टमास्टर अपनी बखरी में चारपाई पर लेटे थे और 'कांति' का एक पुराना अंक देख रहे थे। उसमें एक लेख छपा था : 'गांधीजी और इस्लाम।'

'हँह!' सत्तार ने 'कांति' का अंक एक तरफ़ रखा और बुदबुदाए, "नाटक करता था और कुछ नहीं। रघुपति राघव राजा राम...बगल में गीता लेकर चलता था और मुसलमानों को फेवर में करने के लिए 'ईश्वर-अल्ला तेरे नाम' का नारा दिया करता था। फ्राड कहीं का..."

सत्तार पोस्टमास्टर पर बलापुर पोस्टआफ़िस में जमा बचतखातों में से बावन हज़ार रुपयों के गबन करने का आरोप था और वे मुअत्तल कर दिए गए थे। उनकी मुअत्तली के साथ ही पोस्टआफ़िस भी उनके घर से हट गया था और पं. सृष्टिनारायण पांडे के भुसौले से लगी हुई एक कोठरी में चल रहा था। ख़बर थी, कि सत्तार पोस्टमास्टर को किसी भी दिन गिरफ़्तार किया जा सकता है।

इसीलिए, सत्तार का मन खिन्न था। और मन जब खिन्न हो तो भली बातें भी बुरी लगती हैं। सत्तार के भीतर एक आग-जैसी जल रही थी। उस आग में कुछ भी भस्म हो सकता था। सत्तार उठे और बाहर निकल गए। भीतर की दुनिया से बाहर की दुनिया फिर भी राहत देती है। सत्तार की अम्माँ पड़ोस के आँगन में बैठी बतिया रही थीं। सत्तार ने चलते-चलते ही उनकी आवाज़ सुनी। लेकिन उन पर किसी बात का मानो असर ही नहीं था। सत्तार तालाब के भीटे से होते हुए आगे की बगिया में पहुँच गए। बगिया में चार-पाँच पेड़ महुवे के थे और एक पेड़ कैथे का। एक तरफ़ बिना जगतवाला एक पुराना-सा कुआँ एकदम उपेक्षित पड़ा था। सत्तार ने कुएँ पर खड़े होकर नीचे झाँका। कुआँ बहुत गहरा था। पानी काला दिखाई पड़ रहा था। सत्तार वहीं बैठ गए। ज़मीन पर इक्की-दुक्की दूब उगी हुई थी। दूब बिलकुल हरी थी।

सत्तार ने आँख उठाकर सामने की तरफ़ देखा। सामने खेत थे। दूर-दूर तक हरियाली फैली हुई थी। 'लड़के की सलाह अच्छी है।' सत्तार ने सोचना शुरू किया। "गाँव में रखा ही क्या है? रात-दिन का बखेड़ा। गंदी राजनीति। शहर में रहेंगे तो जिन्दगी बन जाएगी। नौकरी रहे चाहे न रहे, कोई कारोबार शुरू कर देंगे। कौन-सी जगह बताई थी उसने? हाँ, करेली। अभी सस्ते में ज़मीन मिल जाएगी..."

तभी पं. दयाशंकर पांडे उधर आते हुए दिखाई पड़े और सत्तार उठ खड़े हुए। लोगों का सामना करने से अब वे कतराने लगे थे। मगर गाँव-जवार में सबसे कटकर रह पाना क्या आसान है?

"का हो पोस्टमास्टर साहब, सलाम।"

दयाशंकर ने दूर से ही सलामी दागी और जवाब मिलते-मिलते कुएँ के पास आ खड़े हुए।

"हिंया कइसे?"

"बस यूँ ही गए थे अपने खेतों की तरफ़, लौटे तो कुछ थकान जैसी महसूस हुई; बस बैठ गए यहाँ।"

सत्तार ने अपने जान भरपूर सफ़ाई देने की कोशिश की, मगर पं. दयाशंकर पांडे ठहरे पं. रामवृक्ष पांडे के पुत्र; सहज ही भाँप गए कि बेचारे अपनी झेंप मिटा रहे हैं। भीतर से हैं बहुत परेशान। इसीलिए उपदेश देने के अन्दाज़ में बोले—

"देखिए पोस्टमास्टर साहब..."

"देखो भई, अब मुझे पोस्टमास्टर तो न कहा करो..."

"ख़ैर, देखिए सत्तार बाबू, आप अपराधी हैं या नहीं, इसका फैसला तो कानून करेगा, मगर गाँववालों के रुपये न मिले तो वे लोग क्या समझेंगे? इसलिए अच्छा तो यही होगा कि आप खातेदारों का पैसा अदा कर दें। आगे जैसी ईश्वर-इच्छा।"

"यहाँ बैठा-बैठा मैं भी यही सोच रहा था। न कुछ हुआ तो अपने कुछ खेत बेच दूँगा। अरे जब इज्जत ही न रही तो जायदाद किस काम की?"

"ये हुई न समझदारी की बात। मैं तो कहता हूँ कि सत्तार साहब किसी को शिकायत का मौका नहीं देंगे और कानूनन वे बेगुनाह भी साबित होंगे। मगर हमारे सृष्टी चाचा मानते ही नहीं।"

"वो क्यों मानेंगे भाई? ख़ैर...।"

इतनी बातचीत के बाद दोनों जने गाँव की ओर चल दिए। बगिया पार करते ही खेतों का सिलसिला...फिर इक्के-दुक्के पेड़ों के बाद तालाब का भीटा आ गया। दोनों के मन में कहने को तो शायद बहुत कुछ था, मगर वे ख़ामोश थे। सड़क पर पहुँचकर दयाशंकर चले गए बंगाली बाबू की दुकान पर और सत्तार धीरे से आगे बढ़ गए। उनकी दुविधा समाप्त हो गई थी।

सत्तार का बड़ा लड़का इलाहाबाद यूनिवर्सिटी से अरबी में एम.ए. कर रहा था। वह हसन मंज़िल नामक मुहल्ले में किराए का एक कमरा लेकर रहता था और हर शनिवार की रात में साइकिल से घर आ जाता था। इतवार को गाँव के दोस्तों के साथ मनोरंजन करता और सोमवार की सुबह फिर शहर के लिए रवाना हो जाता। सत्तार को उसी के माध्यम से मालूम हुआ था कि इलाहाबाद में नई-नई जगहों पर नई-नई आबादियाँ बस रही हैं। विकास हो रहा है।

"तो अब तय रहा कि वे शहर में जमीन लेकर वहीं बसने का बन्दोबस्त करेंगे।" सत्तार का इरादा मज़बूत हुआ और उनके क़दम तेज़ हो गए। "आगे बढ़ना है तो गाँव के पचड़ों से दूर होना ही होगा..." उनका सोचना बराबर जारी रहा।

'आगे बढ़ने' के लिए इसी प्रकार के क़दम उठाए जा रहे थे। जिनके मन में आगे बढ़ने की इच्छा थी, उनके वास्ते 'गाँव' में अब कोई आकर्षण नहीं रह गया था। उनका मन शहर की तरफ़ भाग रहा था। उनमें भी जो लोग किन्हीं कारणों से गाँव नहीं छोड़ पा रहे थे, वे गाँव में ही अपने लिए शहर जैसी व्यवस्था बना लेना चाहते थे। बलापुर में सड़क बनेगी, यह तो लोग जानते थे; मगर यह बात कल्पना से परे थी कि सड़क के किनारे दुकानें भी खुलेंगी। अब खुल गई थीं। गाँव का हलवाई, गाँव का काछी और गाँव के किराना बेचनेवाले अब अपने घरों में नहीं; तालाब-किनारे की गुमटियों में मिला करते थे। थोड़ा आगे बढ़िए तो घुघापुर में एक छोटा-मोटा बाज़ार ही बन गया था। पहले इक्के-दुक्के लोगों के पास ही साइकिलें दिखाई पड़ती थीं, अब हर सम्पन्न परिवार में मोटरसाइकिलें आ गई थीं। गाँव की छोटी-छोटी लड़कियाँ भी पहले साड़ी-ब्लाउज़ पहनती थीं, अब नए काट की

सलवारें और कमीज़ें पहनने लगी थीं। घर-घर में श्रृंगार-प्रसाधन मौजूद थे। घर-घर में रोज़मर्रा की बीमारियों के लिए टैब्लेट्स और कैप्सूल्स मौजूद थे। हींग, कपूर, और 'आमा हरदी' चोट मुसब्बर जैसी दवाएँ अवैज्ञानिक समझी जाने लगी थीं। खपरैलें ख़त्म हो रही थीं। उनकी जगह 'पक्के' तन रहे थे। बिजली आ ही गई थी, पानी के नल भी लग गए थे। विकास हो रहा था। उन्नति हो रही थी। गाँव में गाँव की व्यवस्था समाप्त हो रही थी। उसकी जगह एक नई व्यवस्था आ रही थी; जो न तो शहरी थी, न क़स्बाई। उसका रूप, उसका नाम, उसकी संज्ञा—सब कुछ अनिश्चित और अपरिचित...।

मगर यह तो निश्चित था कि बलापुर अब वह बलापुर नहीं रहा। गाँव में अब 'छापक पेड़ छिउलिया कि पतबन गहबर हो...' जैसे गीत नहीं गूँजते। अब तो 'बहारो फूल बरसाओ, मेरा महबूब आया है' की बहार है। शाम होने को थी। सर्दी का मौसम। बगियों में गाँव की लड़कियाँ पताई इकट्ठा कर रही थीं। आम और महुओं की सूखी पत्तियाँ। ठंड से निबटने का यह उपाय अब भी ज़िन्दा था। ताहिरा सिर पर पताई का बोझ लिये चली जा रही थी और पं. अशोक कुमार पांडे गुनगुनाते हुए उसका पीछा कर रहे थे।

बहारो फूल बरसाओ,
मेरा महबूब आया है...

"ए ताहिरा!"

अशोक ने गुनगुनाना बन्द करके उसे पुकारा तो ताहिरा ठिठककर खड़ी हो गई। घूमकर पीछे की तरफ़ उसने देखा भी, लेकिन तुरन्त ही मुँह बिचकाती हुई आगे बढ़ गई। अशोक ने दूसरा गाना छेड़ दिया

ओ जानेवाले मुड़ के जरा देखते जाना....

अब तो बलापुर में भी जाड़ों की सुबह नौ बजे से पहले नहीं होती थी। लेकिन ताहिरा की छोटी बहिन मुन्नी छह बजे ही जाग गई थी और स्कूल जाने की तैयारी कर रही थी। रनिया ने रोज़ की तरह उस दिन भी तख़्ती और दुद्धी रखनेवाली 'बोरिका' के साथ सरपत से बनी कलम उसके झोले में रख दी थी। मगर मुन्नी ने सारी चीज़ें निकाल बाहर की और चीख़ने लगी।

"क्या हुआ बेटी?"

अली अहमद ने रज़ाई से मुँह निकालकर स्थिति की जानकारी लेनी चाही तो मुन्नी को खुलकर बोलने का मौक़ा मिल गया।

"अब्बा, हमारी जो नई बहिनजी हैं न, वो कापी पर सब कुछ लिखवाती हैं। कहती हैं, तख़्ती बोरिका का जमाना अब चला गया है।"

"नई बहिनजी? वो कब आईं? कौन हैं वो?"

अली अहमद अब उठकर दीवार से उठंग गया था।

"हमने बताया तो था उस दिन।" अब ताहिरा ने अपनी रज़ाई से मुँह निकालकर बोलना शुरू किया, "लता नाम है उनका। रोज सहर से आती हैं और साम को लौट जाती हैं।"

"लता?"

"हाँ। कहती हैं, हैं तो वो इसी गाँव की, मगर अब यहाँ कोई नहीं है उनका।"

अली अहमद ख़ामोश हो गया। 'तो ये अपनी लता बिटिया ही हैं।' उसने मन में सोचा और एक ठंडी साँस लेकर फिर रज़ाई में दुबक गया।

"आज-भर ऐसे ही चली जा बिटिया, कल कापी-कलम मँगा देंगे।"

मौक़ा-महल को समझती हुई रनिया ने मुन्नी को आश्वासन दिया तो उसने कोई प्रतिवाद नहीं किया। वह अपना झोला उठाकर बाहर निकल गई।

इधर एक वर्ष से बलापुर में एक कन्या विद्यालय भी खुल गया है। आठवीं तक की पढ़ाई होती है। पाँचवीं तक की बच्चियों की पढ़ाई सुबह सात बजे शुरू हो जाती है। बाक़ी बच्चियाँ दस बजे जाती हैं। ताहिरा छठवीं में पढ़ती है। कन्या विद्यालय में पहले एक मुसलमान अध्यापिका आई थीं। अब लता आ गई।

"मगर इस गाँव को हो क्या गया है?" अल्ली चिन्तित हो गया। अपने गाँव में, अपनी ही एक लड़की पढ़ाने आ रही है और गाँव को कोई खबर नहीं।"

उस रोज़ नहा-धोकर साफ़ लुंगी और एक पुराना-सा कुर्ता पहनकर अल्ली चुड़िहार कयथाने में चल रहे कन्या विद्यालय में पहुँच गया।

सफ़ेद छींट की साड़ी और लाल ब्लाउज़ पहने लता लकड़ी की हत्थेदार कुर्सी पर बैठी थी। एक नज़र में वह अल्हड़ लता नहीं बल्कि अधेड़ उम्र की एक औरत जैसी दिखाई पड़ रही थी। सामने लड़कियाँ अपनी किताबों पर झुकी हुई थीं। अल्ली को देखते ही लता खड़ी हो गई।

"सलाम चच्चू। आइए, बैठिए।"

अल्ली की आँखें भर आईं। वह रुँधे गले से सलाम का जवाब देता हुआ आगे बढ़ा और एक तरफ़ खड़ा हो गया।

"अरे बिटिया, तुम तो बहुत सयानी हो गई हो।" अल्ली ने बड़े स्नेह के साथ कहा तो लता मुस्करा उठी।

"अपने घर नहीं गईं?"

इस प्रश्न ने लता को उदास कर दिया। उसने आँखें झुका लीं।

"मैं इस गाँव में सिर्फ एक अध्यापिका-भर हूँ चच्चू और कुछ नहीं। आप भी यही समझिए।"

इतना कहकर लता मुड़ी और एक लड़की की किताब उठाकर कुछ देखने लगी। अल्ली थोड़ी देर तक ख़ामोश खड़ा रहा, फिर चल पड़ा।

"सलाम चच्चू।"

जाते-जाते अल्ली ने ये शब्द फिर सुने। अबकी उसने सिर हिलाकर जवाब दिया; मुँह से कुछ नहीं बोला।

लता बलापुर में अध्यापिका होकर आई है, यह ख़बर पूरे गाँव को थी। लेकिन गाँव अब इतनी तरक़्क़ी कर चुका था कि इस तरह की ख़बरों का कोई महत्त्व नहीं रह गया था। यह ख़बर अगर किसी के लिए कोई अर्थ रखती भी थी तो वे सिर्फ़ लता की बूढ़ी माँ थीं, जो कई बार अपने बेटे दयाशंकर से कह चुकी थीं कि अपनी बहिन को समझा-बुझाकर घर ले आओ, मरने से पहले एक बार उसे देख तो लूँ। मगर न जाने क्या बात थी कि दयाशंकर ने हर बार उनका आग्रह टाल दिया था।

लता की माँ उस दिन भी दयाशंकर से यही आग्रह कर रही थीं, कि पं. सृष्टिनारायण पांडे के पदचाप से पूरा घर चौकन्ना हो गया। वे भीतर पहुँचकर दहाड़ने लगे :

"लता का अब इस घर से कोई नाता नहीं रहा। उसी ने भइया की जान ली है और उसी ने हमारी नाक कटाई है। देखो दयाशंकर, सरकार तो तुम्हारी पार्टी की है, किसी भी तरह इसका ट्रांसफर करा दो। समझ में आया।"

इतना कहकर पं. सृष्टिनारायण पांडे बाहर निकल गए। दयाशंकर और उनकी बूढ़ी माँ मूर्तिवत् बैठी रहीं।

बाहर पं. अशोक कुमार पांडे अपनी 'यज़दी' को किक मारने में जुटे हुए थे, मगर वह स्टार्ट ही नहीं हो रही थी। पं. सृष्टिनारायण पांडे को गाड़ी के बारे में ए.बी. सी.डी. तक का पता नहीं था, मगर वे नीचे झुककर बाकायदा उसका निरीक्षण करने लगे। बोले :

"गाड़ी रिजर्व में तो नहीं आ गई है।"

अशोक कुमार मुस्कराए।

"नहीं बाबा, ठंडी है न, तेल जम गया है।"

"ओह! तो पैदल ही चले जाओ, कहाँ जाना है?"

पं. अशोक कुमार पांडे को जाना तो कहीं नहीं था, मगर घर में जब गाड़ी हो तो कहीं न जाने के लिए भी गाड़ी को स्टार्ट तो करना ही पड़ता है। अब बाबा के सुझाव पर उन्होंने तत्काल अमल किया और उसे बग़ल की कोठरी में खड़ा करके पैदल ही चल पड़े।

पं. रामवृक्ष पांडे के पोते पं. अशोक कुमार पांडे के दो शौक़ प्रधान थे। एक—इलाहाबाद जाकर फ़िल्म देखना और दूसरा—लौटते वक़्त गुलशन नंदा अथवा प्यारेलाल आवारा के उपन्यास ख़रीदकर साथ लाना और उन्हें मनोयोग से पढ़ना। कभी-कभी वे समीर और कर्नल रंजीत के उपन्यास भी पढ़ लिया करते थे। मगर समूचे अध्ययन में उन्हें जो बात अर्थवान प्रतीत हुई, वह थी अनमेल और अविश्वसनीय प्रेम की दास्तान। यानी नायक निर्धन और नायिका धनाढ्य, नायक किसी अन्य जाति-धर्म का और नायिका किसी अन्य जाति-धर्म की...अन्त में सारे व्यवधानों को लाँघकर; दोनों का मिलन।

पं. अशोक कुमार पांडे अपने बाबा के प्रयासों से कट्टर हिन्दू बन चुके थे। मगर फ़िल्मों और उपरि-उल्लिखित उपन्यासों के कारण वे अल्ली चुड़िहार की जवान होती बिटिया ताहिरा को पूरी तरह 'पा लेना' चाहते थे। हालाँकि वे जानते थे कि यह अनुचित है, किन्तु उन्हें यह मानकर सन्तोष होता था कि शास्त्रों में भी लिखा है, "निम्न वंश की कन्या को उसी प्रकार अपना लेना चाहिए जिस प्रकार कि घूर में पड़े स्वर्ण को लोग अपना लेते हैं।"

इधर एक हफ्ते से ठंड बहुत बढ़ गई थी। शीतलहरी बह रही थी। ख़बर थी, कि पहाड़ों पर बर्फ़ गिरी है। शाम होते ही गाँव-भर में जगह-जगह कउड़े जल जाते थे। बिजली रहती तो सम्पन्न घरों में हीटर भी जलाए जाते। मगर ठंड थी कि लोगों के पीछे ही पड़ गई थी। बस, बलापुर के बच्चे ही ऐसे मौसम में अपनी दिलेरी दिखाते हुए घूम रहे थे; वरना बाक़ी लोग तो दिन-दिन भर आग तापते घरों में घुसे रहते थे।

सुबह का वक़्त था। पं. अशोक कुमार पांडे अपने घर से निकलकर जब काछी के कुएँ के पास पहुँचे तो देखा कि एक तरफ़ कउड़ा जल रहा है और इर्द-गिर्द तमाम लोग बैठे हुए हैं। जवाहर हलवाई बड़ी अदा के साथ जाड़े का रहस्य उद्घाटित कर रहा था।

"जाड़ा तो भई, जाड़ा है। ऊ कहता है, लरिकन के हम छुइत नाँहीं, जवानन के न सताई। हाँ, बुढ़वन के हम छोड़ित नाँहीं, केतनौ ओढ़ैं रजाई।"

पं. अशोक कुमार पांडे होंठों ही होंठों में मुस्कराए और आगे बढ़ गए। शायद ताहिरा इस समय बगिया में पताई बटोरती हुई मिल ही जाय।

बगिया में सन्नाटा था। न कहीं चिरई, न चिरई का पूत। चारों तरफ़ बस पेड़ और ज़मीन पर उगी हुई विरल घास। इर्द-गिर्द हरे-भरे खेत। अशोक कुमार पांडे ने थोड़ी देर तक टहल-टहलकर ताहिरा की प्रतीक्षा की, फिर ऊबकर वे चल पड़े वहाँ से। मगर कहाँ जाएँ? वे गुनगुनाने लगे :

जाएँ तो जाएँ कहाँ?

अशोक ने बहुत देर तक इस इकलौती पंक्ति को अलापा, फिर वे तालाब की ओर चल पड़े।

गाँव का यह तालाब बहुत पुराना था। तालाब के किनारे पीपल का एक ठूँठनुमा दरख़्त खड़ा था जिसकी जड़ों पर अनेक देवी-देवता बैठे हए थे। वहीं एकदम तट पर भूरे रंग का, घिसा हुआ-सा, ख़ूब बड़ा पत्थर पड़ा हुआ था। नहाने-धोनेवाले लोग उसी पत्थर का इस्तेमाल करते थे। इर्द-गिर्द कीचड़ भरा हुआ था। अशोक कुमार दूसरे छोर का भीटा उतरकर जब तालाब के किनारे पहुँचे तो पीपल के नीचे खड़ी ताहिरा को वे दूर से ही पहचान गए।

ताहिरा अपने अब्बा की लुंगी धोने के लिए तालाब गई थी। मगर लगे-हाथ नहा आने के उद्देश्य से अपनी माँ की एक पुरानी साड़ी भी वह उठा लाई थी। ताहिरा ने उस रोज़ भीगी हुई पोतनी मिट्टी से अपने बाल धोए थे और पत्थर के एक टुकड़े से एड़ियों पर जमी मैल भी साफ़ की थी। उस समय वह साड़ी पहनकर अपने बालों का पानी निचोड़ रही थी। अशोक को आता हुआ देखकर जल्दी-जल्दी उसने माथे पर बालों का जूड़ा बाँधा और उतारी गई सलवार-कमीज़ का पानी गार के लुंगी उठाती हुई चल पड़ी। पं. अशोक कुमार पांडे जब पीपल के नीचे पहुँचे तो ताहिरा सड़क पार करके महुवारी में पहुँच गई थी।

पं. अशोक कमार पांडे पीपल की जड़ों पर बैठे देवी-देवताओं के आगे नतमस्तक खड़े हो गए और बिलकुल फ़िल्मी अन्दाज़ में मन ही मन प्रार्थना करने लगे कि भगवान किसी भी प्रकार ताहिरा के मन में उनके प्रति आकर्षण उत्पन्न कर दें।

6

दालान में एक अत्यधिक पुरानी तखत बिछी हुई थी। उसकी प्राचीनता का अनुमान इसी से लगाया जा सकता था कि उसमें जड़े हुए पटरों में बेशुमार दरारें पड़ी हुई थीं, जिनमें काली-काली गर्द भर जाने के कारण तखत का रंग कुछ-कुछ राख-जैसा

हो गया था। उसका एक पाया सिरे से ही ग़ायब था। उसकी जगह ईंटों के टुकड़े लगाए गए थे। तखत में जो कीलें टँकी हुई थीं उनमें मोरचा लग गया था और कुछ कीलें तो बुरी तरह हिल रही थीं। वैसे हिलने को तो पूरा तखत ही हिल रहा था; बस हल्का-सा उसे छूने-भर की देर थी। उस तखत की आयु कितनी थी, यह तो तखत को ही मालूम रहा होगा; पर तखत के स्वामी का कहना था कि यह पिछले सौ वर्षों से इसी दालान में, इसी जगह बिछी हुई है।

तखत पर किसी बहुत पुरानी दरी का एक टुकड़ा बिछा हुआ था, जिस पर कुछ हस्तलिखित पोथियाँ और कुछ पतली-पतली पस्तिकाएँ बहुत व्यवस्थित ढंग से रखी हुई थीं। उन्हीं के बीच गेरुए रंग में रँगा एक नर-कपाल भी शोभायमान था। इर्द-गिर्द अनेक प्रकार के पाषाण खंड। एक तरफ़ थोड़े-से सफ़ेद-मटमैले काग़ज़ पड़े थे। वहीं एक बेमेल-सा पेन भी रखा हुआ था, जिसका निचला भाग काले रंग का था और कैप हरे रंग का। जेब में खुँसनेवाली क्लिप ग़ायब थी।

दीवार पर एक कैलेंडर टँगा था, जो पूरी तरह देवनागरी में छपा था। उसमें तिथि, वार, नक्षत्र, पूर्णिमा, अमावस्या, ग्रह-गोचर तथा अन्य सूचनाओं के अतिरिक्त अवकाशों आदि का उल्लेख और दाहिनी तरफ़ दूध के हिसाबवाला कालम भी छपा हुआ था। कैलेंडर से सटा हुआ जो एक चार्टनुमा नक्शा लटक रहा था उसमें तरह-तरह के चौकोर और तिकोने रेखाचित्र बने हुए थे जिनमें भाँति-भाँति की अबूझ संख्याएँ अंकित थीं। और इन सबके ऊपर नीली स्याही से मोटे-मोटे हरुफ़ में लिखा था :

'बलापुर योगिनी ज्योतिष केन्द्र'

दालान के बाहर एक ओर की दीवार पर कुछ निर्देश भी लिखे हुए थे, जो इस प्रकार थे :

"अन्दर प्रवेश करने का शुल्क सवा ग्यारह रुपए।"

"जिसके पास पैसा न हो, वो कृपया अन्दर न आवें।"

"यहाँ योगिनी-विद्या द्वारा भविष्य बताया जाता है और समस्याओं का समाधान किया जाता है।"

"भूत, वर्तमान और भविष्यकाल की जानकारी हेतु ज्योतिष में 'योगिनी' ही सर्वश्रेष्ठ है।"

यह दालान बिशुन भाट की थी, जो सत्तार पोस्टमास्टर की मुअत्तली के बाद ख़ुद भी चिट्ठीरसा की नौकरी से मुक्त हो चुके थे। बिशुन भाट के पास घर के नाम पर सिर्फ़ यही दालान-भर बची थी। शेष भाग खँडहर हो चुका था। दालान के पीछे एक अधगिरी-सी कोठरी थी जिसमें एक तरफ़ उनकी रसोई थी और दूसरी तरफ़ एक झिलंगी-सी खाट पड़ी थी, जिस पर ललुआ सोया करता था। बीच की अँगनई एकदम खुली हुई थी। चारों तरफ़ की दीवारें ढह गई थीं। जब तक पत्नी

जीवित थीं, घर का रूप ही कुछ और था; मगर अब तो बिनु घरनी घर भूत का डेरा बना हुआ था।

नौकरी से मुक्ति के बाद बिशुन भाट गाँव छोड़कर न जाने कहाँ चले गए थे। फिर लौटे, तो एकदम नए रूप में। अब वे बिशुन भाट नहीं, बिशुन पंडित कहलाते थे। भाग्य पर भरोसा रखनेवालों से वे सदा-सर्वदा घिरे रहते थे। बिशुन पंडित के पास ऐसी ढेरों कहानियाँ थीं, जिनमें कलकत्ता-बम्बई से लेकर फ्रांस-अमेरिका तक के अनेकानेक अभागे लोग थे। उनके भाग्य को बदलने में बिशुन पंडित ने महत्त्वपूर्ण भूमिका निभाई थी और एवजी में उन्हें तरह-तरह के उपहार प्राप्त हुए थे। उन कहानियों ने बलापुर के भाग्यवादियों में ऐसा विश्वास जगाया था कि गाँव के लोग तभी उनकी दालान में प्रवेश करते थे जबकि उनकी टेंट में कम से कम सवा ग्यारह रुपये की पूँजी हुआ करती थी।

बिशुन पंडित अपने जीर्ण-शीर्ण तखत पर पलथी मारे बैठे थे और उभारी से आए हुए एक व्यक्ति को कुछ समझा रहे थे। उनके सामने एक पुस्तिका खुली हुई थी, जिसे ध्यानपूर्वक वे देख रहे थे और बड़े चिन्तित स्वर में बोल रहे थे :

"नाड़ी आद्य और अन्त हो तो पति को असुभ होता है। ब्राह्मण वर्ण का पुरुष और सूद्र वर्ण की कन्या अथवा ब्राह्मण वर्ण की कन्या और सूद्र वर्ण का पुरुष हो तो सूद्र वर्ण की मृत्यु जानो। समझे? जहाँ तक रासि का प्रस्न है तो कर्क और कन्या की प्रीति होती है। न बिसवास हो तो जाओ हियाँ से। हाँ, हम एक बात कहे देते हैं कि जोतिष में योगिनी ही सर्वश्रेष्ठ है। अउर हम योगिनी विद्या से ही सब कुछ बताते हैं। समझे? इस विद्या को सामान्य जोतिषी लोग नहीं जानते। अरे, मनुष्य की खोपड़ी में छत्तिस स्थान होते हैं; समझे? रेवती, घनिष्ठा, तुला, कन्या, आर्दा...सब हिसाब लगाना पड़ता है भई, पैसा कोई मुफत का लेते हैं का...?"

तभी पं. अशोक कुमार पांडे वहाँ प्रकट हुए और इस प्रकार भीतर घुसे, मानो कोई अक्षम्य अपराध कर रहे हों। अशोक को देखते ही उभारीवाला व्यक्ति उठकर तत्काल बाहर निकल गया। बिशुन पंडित ने अपने दोनों हाथ जोड़ दिए।

बिशुन भाट लाख ज्योतिषी हो गए हों, पर बम्हनौटीवालों से और विशेषकर स्व. पं. रामवृक्ष पांडे के ख़ानदान से वे बहुत भयभीत रहते थे। उनसे सवा ग्यारह रुपये लेने की बात तो दूर, जी में यही आता था कि ये लोग स्वयं उनसे सवा रुपये ले लिया करें, पर इधर का रुख न किया करें। मगर अशोक की दशा देखकर बिशुन पंडित समझ गए कि युवक संकट में है, इससे भयभीत होने की कोई बात नहीं।

"बोलिए महराज, क्या सेवा करें?" बिशुन पंडित ने अत्यंत विनम्रता के साथ अशोक से पूछा तो वह भावविगलित स्वर में बोला :

"बिशुन पंडित, हमारी समस्या गम्भीर है। अब आप ही कुछ उपाय करें।"

"सत्रु का नाम बताएँ महराज।"

"शत्रु नहीं पंडित, मित्र है वह।"

"देखिए महराज, गुरु से कपट मित्र से चोरी; या होय आँधर या होय कोढ़ी।"

"नहीं पंडित, यह बात नहीं है। न तो किसी प्रकार का कोई कपट है और न ही चोरी, समस्या दूसरी है।"

"अर्थात्?"

"अर्थात्...जिसे मैं मित्र मानता हूँ..."

"समझ गए, वह आपको सत्रु समझता है। क्यों?"

"हाँ, पंडित...नहीं पंडित, बात यह है कि...।"

"देखिए महराज, जो भी बात है खोलकर कहिए। बुझउवल बुझाने से जोतिष का काम नहीं चलता। जोतिष तो गणित है, गणित। समझे?"

"बात ये है पंडित कि मैं एक लड़की को...।"

"तो ऐसे बोलिए न महराज। नाम क्या है उसका?"

"नाम? नाम तो पंडित...।"

"नाम नहीं बता सकते तो नाम का प्रथम अक्षर ही बताइए।"

"जी, जी, नाम का प्रथम अक्षर 'त' है।"

"त। यानी तुला राशि...।"

बिशुन पंडित ने बग़ल में रखे मटमैले काग़ज़ों के पुलिंदे में से एक काग़ज़ निकाला और अपनी स्याही-उगलती हुई लेखनी की निब को सिर के पके हुए बालों में पोंछते हुए कुछ हिसाब लगाने लगे। हिसाब जब लग गया तो चिन्तित स्वर में बोले :

तुला ने तुला घर चोरी की,
अउर कुंभ गई चुराय।
फिर कर्क ने ऐसा किया
कि मेख को दिया जलाय।

"समझे?"

"नहीं पंडित।"

बिशुन पंडित मुस्कराए।

"अरे भई, राम भी तुला-रासि के अउर रावण भी। दोनों नामों के प्रथमाक्षर 'र' है। तो, रावण ने राम के घर चोरी की और सीताजी चुराई गईं। कुंभ रासि का प्रथमाक्षर 'स' है। उसके बाद 'ह' प्रथमाक्षरवाले अर्थात् कर्क रासि के हनुमानजी ने कुछ ऐसा तिकड़म किया कि 'मेख' अर्थात् 'ल' प्रथमाक्षरवाली लंका नगरी को जलाकर भस्म कर दिया। अब समझे।"

"नहीं पंडित।"

"क्या?" बिशुन पंडित की त्योरियों पर बल पड़ गए। "हमारी योगिनी विद्या ने इतनी बड़ी बात बता दी अउर आपको कुछ समझ में ही नहीं आया।"

"हमारी समस्या से राम और सीताजी की समस्या का क्या सम्बन्ध है पंडित? यह बात दिमाग में नहीं चढ़ रही है।"

"हूँ!" बिशुन पंडित गम्भीर हुए। "यही तो महराज भूल है। मनुष्य यही समझता है कि ग्रहों के नियम हमारे लिए कुछ और होंगे और देवताओं के लिए कुछ और। मगर महराज सच्चाई यह है कि ये नियम सर्वदा सबके लिए एक समान हैं। तुला रासिवाली कन्या से मेख रासिवाले पुरुष का सम्बन्ध होना वर्तमान स्थिति में सम्भव नहीं दिखाई पड़ता।"

अशोक का मुँह लटक गया। उसने दीनता-भरे स्वर में पूछा :

"इसे सम्भव बनाने का कोई उपाय भी है पंडित?"

"उपाय? है क्यों नहीं? किन्तु इसके लिए कठिन उद्यम की आवस्यकता है।"

"मैं करूँगा पंडित, आप बताइए तो सही।"

"तो सुनिए महराज, जदी आप बिल्ली का आँवर, उल्लू का कलेजा और घोड़ी की जीभ—ये तीन वस्तुएँ लाकर मुझे दे दें तो मैं एक ऐसा गंडा बनाकर दूँगा जो आपकी हर मनोकामना को पूर्ण करेगा।"

यह सुनकर पं. अशोक कुमार पांडे चिन्तित हो गए। उन्होंने दबी ज़बान से पूछा :

"कोई अन्य उपाय पंडित?"

"इस समय तो महराज मैं केवल एक भस्म दे सकता हूँ, जिसे आप प्रतिदिन नहार मुँह अदरक और सहद मिलाकर खाएँ तथा किसी भी प्रकार सम्बन्धित पच्छ को पान में अथवा किसी अन्य माध्यम से खिला दें। किन्तु सफलता की गारंटी नहीं दे सकता।"

इतना बोलकर बिशुन भाट थोड़ी देर के लिए चुप हो गए। फिर सिर नवाकर बोले :

"छमा हो महराज, हम तो आप लोगन की दया पर ही जी रहे हैं; आप लोगन से क्या कमाई करेंगे? मुलाँ ई भस्म हम सहर से खरीदकर लाए हैं, इसलिए जदी कुछ किरपा कर दें तो..."

इसके बाद बिशुन पंडित को और कुछ नहीं कहना पड़ा; पं. अशोक कुमार पांडे ने जेब से सवा ग्यारह रुपए निकालकर तखत पर रख दिए। बिशुन पंडित ने पोथियों के पीछे छिपी एक डिबिया से भस्म की एक पुड़िया निकालकर उन्हें थमा दी। अशोक कुमार उठकर जाने लगे तो बिशुन पंडित ने एक बार फिर उन्हें सचेत किया :

"देखिए महराज, जदी आप पक्का काम चाहते हैं तो बिल्ली का आँवर, उल्लू का कलेजा और घोड़ी की जीभ का प्रबन्ध तत्काल कर लीजिए...।"

पं. अशोक कुमार पांडे ने द्वार पर ठिठककर उनका यह निर्देश सुना और सिर झुकाए बाहर निकल गए। बिशुन पंडित ने रुपए दरी के नीचे दबा दिए।

सुबह के लगभग दस बज रहे थे। सड़क पर बड़ा जमावड़ा लगा था। मोती बनिया, जवाहर हलवाई, सलीम, रामेश्वर मौर्य, पं. दयाशंकर पांडे, पं. सृष्टिनारायण पांडे तथा गाँव के अन्य तमाम लोग जुटे हुए थे। दिशा-फ़रागत से लौटनेवाले और सड़क पर आने-जानेवाले भी उस जमावड़े में शामिल होते जा रहे थे। दूर से देखने पर ऐसा लगता था, मानो गाँव में कोई भयंकर घटना घट गई हो। महुआरी में कुछ स्त्रियाँ भी झुंड बनाए खड़ी थीं और उनमें हो रही बातचीत की आवाज़ महुवे के पत्तों से छनती हुई सड़क तक आ रही थी।

हुआ यह था कि सत्तार पोस्टमास्टर का परिवार रातों-रात गाँव छोड़कर भाग गया था। घर में सिर्फ़ सत्तार की अम्माँ-भर रह गई थीं। वे अब बहुत बूढ़ी हो गई थीं। न उनकी आँखों से साफ़ दिखाई पड़ता था न कानों से साफ़ सुनाई पड़ता था।

"सत्तार साहब अपनी मुअत्तली से बहुत बेइज्जती महसूस कर रहे थे, इसीलिए गाँव छोड़कर चले गए।"

रामेश्वर मौर्य ने कहा तो जवाहर हलवाई आगे आ गया।

"अरे जाना ही था तो चले जाते, जाए वाला को भला कउन रोक सकता है? मगर गाँववालन का पइसा देके तो जाते।"

"तो क्या समझते हो, पैसा न मिलेगा?" पं. दयाशंकर पांडे ने ज़रा सख़्त लहजे में कहना शुरू किया, "पूरा पैसा सरकार देगी, समझे। एक-एक आदमी का एक-एक पैसा अदा होगा। रही बात सत्तार साहब की, तो वे बेईमान आदमी नहीं हैं। किसी ने उन्हें फँसा दिया है और कुछ नहीं।"

"अब यह तो न कहो दयाशंकर। कौन आदमी बेईमान है और कौन नहीं है, यह हम अच्छी तरह जानते हैं। ये बाल घाम में सफेद नहीं हुए हैं, अनुभव है हमें संसार का।"

इतना कहकर पं. सृष्टिनारायण पांडे चल दिए वहाँ से।

"कुछ बी हो, शोत्तार बाबू को गाँव नईं छोड़ना था।"

बंगाली बाबू, जो अपनी दुकान से उठकर जमावड़े में शामिल हो गया था, बोला तो लोग उसे हैरत के साथ देखने लगे।

"और नईं तो क्या? अम्में देखो, अम इशी गाँव में रुक गए कि नईं। जबकि कौन बैठा है याँ आमरा। मगर अब शब लगते हैं।"

अपने बंगाली बाबू के मुँह से अपने गाँव की प्रशंसा सुनकर लोगों का माथा गर्व से ऊँचा हो गया और सत्तार पोस्टमास्टर की चर्चा बिखर गई।

"चलें भाई, अपना काम देखें।"

कहते हुए लोग चल पड़े। हालाँकि चलते-चलते भी सत्तार पोस्टमास्टर की चर्चा होती रही।

महुआरी में खड़ी स्त्रियाँ भी सत्तार पोस्टमास्टर के बारे में बातें कर रही थीं। लेकिन उनकी बातचीत के केन्द्र में सत्तार कम, उनकी अम्माँ ही अधिक थीं। कुछ स्त्रियाँ तो उनका हालचाल लेने सीधे उनके घर ही पहुँच गईं।

सत्तार की अम्माँ लाठी पकड़े अपने दरवाज़े पर बैठी थीं और बड़बड़ा रही थीं। सामने से कयथाने का एक नवयुवक हँसता हुआ चला जा रहा है।

"तुम्हार सुथन्ना उतारके काटी लेबूँ, हाँ। सत्तर साल की बुढ़िया से का मजाक करते हो, अरे मजाकै करना है तो गाँव में जवान मेहरारुओं की कउनो कमी है का? डाढ़ी जार...।"

"का भवा सत्तार की अम्माँ, कसत चिल्लात हऊ?"

एक स्त्री ने पास पहुँचकर प्रश्न किया तो सत्तार की अम्माँ ने आँखें ऊपर उठाकर उसे पहचानने की कोशिश की, फिर सहज होकर बोलीं :

"बइठो हो, अरे ऊ इकबाल बहादुर का लउँडा रहा। मजाक करत रहा हरामी।"

सभी स्त्रियाँ सत्तार की अम्माँ को घेरकर बैठ गईं और भीतर की तरफ़ झाँकने लगीं। आँगन में एक मोटी-सी मुर्ग़ी अपने चूज़ों को लिये घूम रही थी। एक तरफ़ थोड़ा-सा धान पड़ा था। घड़ौंची पर रखे घड़े औंधे हुए थे।

"हम बहुत समझाए बिटिया, मुलाँ सत्तार माना नहीं।" स्त्रियों के कुछ पूछने से पहले ही सत्तार की अम्माँ ने रुँधे स्वर में कहना शुरू किया। "चला गया अपने बीबी-बच्चों को लेकर सहर। बेटउना ने किराए का कोई मकान ठीक कर लिया है, अभी वहीं रहेंगे। फिर सायद जमीन-वमीन खरीदकर वहीं बसने का इरादा है।"

"तुम नहीं गईं भउजी?"

एक अधेड़ आयु की स्त्री ने सवाल किया तो सत्तार की अम्माँ की त्योरियाँ चढ़ गईं। बोलीं :

"देखो, अब कहा तो कहा, मुलाँ अब हम्में भउजी न कहना समझी...।"

"अरे गल्ती हो गई भउजी, छिमा करना। तुम तो भाभी हो न...।"

उस स्त्री ने तत्काल अपनी ग़लती के लिए क्षमा माँगी और सत्तार की अम्माँ सहज हो गईं।

"हम काहे जाएँ। हमारा पूरा खानदान चला गया पाकिस्तान, मुलाँ हम नहीं गए। ये तो सहर है। का पाकिस्तान से बड़ी जगह है ई इलाहाबाद। बारा बरस की उमर में हम हियाँ बहू बनके आए रहीं, तब से ई बलापुर ने हमें अपनी बिटिया की तरह माना। अउर आज हम पूरे गाँव की भाभी हैं। का कमी है हम्में इहाँ। अरे, घर का अनाज खतम हो जाएगा तो का गाँव के लोग टूका-भर रोटी भी न देंगे? अब

जिन्दगी ही कितनी है। आँखें फूट गईं, कान बेकाम हो गए, कबुर में पाँव लटका है। ई चौथेपन में हम आपन गाँव काहे छोड़ैं...?"

सत्तार की अम्माँ भावावेश में बोले जा रही थीं और स्त्रियाँ मंत्रमुग्ध-सी उनकी बातें सुनती जा रही थीं। अन्त में तो सबकी आँखें भर आईं और बोलते-बोलते सत्तार की अम्माँ भी रुआँसी हो गईं। फिर एकदम सन्नाटा छा गया। आँगन से सिर्फ़ चूज़ों की आवाज़-भर आती रही।

बलापुर में एक आवाज़ बम्हनौटी की तरफ़ से उठ रही थी, एक आवाज़ कयथाने की तरफ़ से और एक अविश्वसनीय-सी आवाज़ पसियाने की भी सुनाई पड़ रही थी। ग्राम-प्रधान का इलेक्शन घोषित हो गया था। बम्हनौटी से पं. सृष्टिनारायण पांडे खड़े थे, कयथाने से इक़बाल बहादुर श्रीवास्तव और ख़बर थी कि पसियाने से तोते पासी भी खड़ा हो रहा है। पं. सृष्टिनारायण पांडे ने एक रोज़ अपने भतीजे पं. दयाशंकर पांडे से इस सम्बन्ध में गुप्त मंत्रणा की। बोले :

"अरे दयाशंकर, तुम भी क्यों नहीं खड़े हो जाते?"

"नहीं चाचाजी, मुझे गाँव की राजनीति में कोई दिलचस्पी नहीं है।"

दयाशंकर ने प्रतिवाद किया तो पं. सृष्टिनारायण पांडे तनकर बैठ गए।

"जब तुम गाँव की राजनीति नहीं कर सकते तो देश की राजनीति कैसे करोगे। हमारे सरदार पटेल...।"

"चाचाजी, आप असली बात पर आइए।" दयाशंकर ने बीच में ही उन्हें टोक दिया, "सरदार पटेल की राजनीति बाद में बताइएगा।"

"असली बात यह है कि तुम भी प्रधानी का इलेक्सन लड़ो।"

"मगर आप तो लड़ ही रहे हैं चाचाजी, फिर मेरी क्या जरूरत है।"

"यही तो राजनीति है। राजनीति और कहते किसे हैं? अरे, तुम ठहरे कांग्रेसी। और हम तो भई अब जनसंघी मान ही लिए गए हैं। मुलाँ गाँव में अभी ठीक तरह से जनसंघ पर बिस्वास हुआ नहीं है। तुम पहले खड़े हो जाओ फिर हमारे फेवर में बैठ जाना। इससे हमारी जीत सुनिश्चित जानो। क्या समझे?"

पं. दयाशंकर पांडे चुप हो गए। मन ही मन उन्होंने बुज़ुर्गों के इस कथन को याद किया—"घी कहाँ अड़ान? थरियै में"—और तय किया कि प्रधानी के इलेक्शन में वे भी अपना फ़ार्म भरेंगे।

बलापुर में कुल सात लोग प्रधानी के इलेक्शन में खड़े हुए। पं. सृष्टिनारायण पांडे को 'ऊँट' का चुनाव चिह्न मिला, पं. दयाशंकर पांडे को 'हाथी,' इक़बाल बहादुर श्रीवास्तव को 'कलम-दवात' और तोते पासी को 'ट्रैक्टर'।

एक रोज़ पं. अशोक कुमार पांडे ने लाउडस्पीकर का प्रबन्ध किया और

प्रचार-कार्य के वास्ते घुघापुर से बुद्धू को बुला लाए। उसे बाक़ायदा निर्देश दिया गया कि वह माइक पर 'ऊँट' चुनाव-चिह्न का प्रचार करे। मगर बुद्धू यानी डा. रफ़ी अहमद सिद्दीक़ी ने जो भाषण दिया वह किसी भी चुनाव-चिन्ह के पक्ष में नहीं था। उसने कहा :

"ग्राम प्रधान के लिए उसी को जिताइए, जो गाँव की समस्याओं को समाप्त कर सके। गाँव में कानूनी बिजली जले, पोस्टआफिस से डाक सही वक्त पर बँटे। गलियों में खड़ंजा बिछे। शहर से गाँव तक सरकारी बस चले। बेरोजगार नौजवानों को रोजगार मिले। गाँव की ऊपरी तरक्की बहुत हो गई, लोगों की मेंटिलिटी बदलने का सरंजाम हो। गाँव में पुस्तकालय खुले। अखबार आएँ...।"

"अच्छा डाक्टर साहब, अब बन्द कीजिए अपनी स्पीच।"

पं. अशोक कुमार पांडे ने बीच में ही बुद्धू को रोक दिया और ख़ुद माइक पकड़ कर खड़े हो गए। अशोक ने चिल्ला-चिल्लाकर बोलना शुरू किया कि गाँववालों का कल्याण 'ऊँट' को जिताने में ही है। और 'ऊँट' ही सही अर्थों में उनका हमदर्द साबित हो सकता है...।

अगले दिन पं. दयाशंकर पांडे ने भी घूम-घूमकर गाँववालों से निवेदन किया कि जो लोग हमारे समर्थक हैं, वे भी 'ऊँट' पर ही मुहर लगाएँ। 'हाथी' और 'ऊँट' में कोई ख़ास फ़र्क़ नहीं है। दोनों ही विशाल हैं। दोनों ही भारतीय पशु हैं।

और नतीजा यह निकला कि पं. सृष्टिनारायण पांडे बलापुर के ग्राम प्रधान निर्वाचित हो गए।

7

लता ने उस रोज़ जल्दी छुट्टी कर दी थी। वैसे तो वह घूरपुरवाले रेलवे क्रासिंग तक पैदल चलकर वहाँ से कोई सवारी पकड़ती थी, मगर उस रोज़ वह नैनी की तरफ़ से जा रही थी। सड़क पर कोई साधन नहीं मिला, तो वह पैदल ही चल पड़ी। सोचा, रास्ते में कोई न कोई एक्का मिल ही जाएगा।

तालाब के बग़लवाली बगिया में अशोक ने गाँव के लड़कों की शाखा लगा रखी थी। लड़के क़वायद कर रहे थे। कुछ नारे भी लगा रहे थे। मगर लता ने उस ओर विशेष ध्यान नहीं दिया। वह सिर झुकाए आगे बढ़ती रही।

घुघापुर पहुँचते ही उसका ध्यान 'सिद्दीक़ी दवाख़ाना' की तरफ़ गया और बुद्धू की 'डिस्पेंसरी' पर पहुँचकर वह खड़ी हो गई। बुद्धू ने लता को ग़ौर से देखा;

लता ने भी बुद्धू को ग़ौर से देखा। दोनों ने एक-दूसरे को पहचानने की कोशिश की। मगर दोनों का परिचय देने का काम वहाँ बैठे बवाली ने किया :

"ये पं. रामवृक्ष पांडे की बिटिया हैं। पं. सृष्टिनारायण पांडे की भतीजी, पं. दयाशंकर पांडे की छोटी बहिन और पं. अशोक कुमार पांडे की बुआ।"

"ये बवाली, तुम बोलते बहुत हो।" बुद्धू ने उसे डाँटते हुए कहा। "क्या तुम ये समझते हो कि मैं इन्हें जानता ही नहीं...?"

"और ये हैं अली अहमद यानी अल्ली चुड़िहार के क्रांतिकारी पुत्र डा. रफी अहमद सिद्दीकी उर्फ बुद्धू।"

लता मुस्करा उठी।

"तुम्हारे बारे में सुन चुकी हूँ। पहले तो मुझे कोई टैबलेट दे दो, जिससे मेरा सिर-दर्द खतम हो, फिर बात करते हैं।"

लता ने डा. रफ़ी अहमद सिद्दीक़ी को अपनी तकलीफ़ बताई तो वह पूरी तरह अपने डाक्टरी मूड में आ गया। उसने टिन के एक डिब्बे से एनासिन निकालकर लता को थमाया और बवाली की तरफ़ उन्मुख हुआ।

"इनके लिए पानी का इंतजाम करो। हमारे यहाँ का पानी तो ये पिएँगी नहीं।"

"क्यों? पानी पीने में क्या बुराई है?" लता ने तनकर पूछा तो बुद्धू झेंप गया। "देखो बुद्धू, अब ये बातें बहुत पुरानी हो गईं। समझे?" लता ने अपनी बात जारी रखी। "शहर में तो सभी लोग सभी के साथ सभी कुछ खा-पी रहे हैं। अंडा अब रामलड्डू बन गया है और मछली जलतरोई।"

तभी भूरी स्टील के एक जग में पानी और गिलास लेकर दवाख़ाने में हाज़िर हो गई। लता ने उसके हाथ से पानी लिया और एनासिन की गोली निगल गई।

"मुझे तो लगता है लताजी, आप भी हमीं लोगों की तरह क्रांतिकारी हैं। अगर आपका सहयोग मिल गया न, तो हम गाँव-जवार क्या, पूरे देस की व्यवस्था को चंद बरसों में ही बदलकर रख देंगे।"

बवाली ने अत्यंत उत्साह के साथ यह बात कही और लता के होंठों पर मुस्कान की एक रेखा चमक गई।

"जी नहीं, आपकी यह बात पूरी तरह सच नहीं है। हमारे-आपके बदल जाने से कुछ नहीं होने का। आवश्यक यह है कि पूरे देश की मानसिकता बदले। और यह इतना सरल नहीं है।"

यह कहते हुए लता उठी और सड़क की तरफ़ चल पड़ी। वहाँ एक एक्कावान नैनी जानेवालों को पुकार रहा था। उस पर तीन सवारियाँ पहले से बैठी हुई थीं। लता भी उचककर एक तरफ़ बैठ गई।

घर में गुपचुप-गुपचुप बातें तो न जाने कब से हो रही थीं, पर अशोक को अब जाकर मालूम हुआ कि उसका विवाह तय हो गया है और इसी लग्न में सब कुछ हो जाना है। बिल्ली का आँवर, उल्लू का कलेजा और घोड़ी की जीभ का प्रबन्ध वह अभी तक नहीं कर पाया था। फिर भी तत्काल दौड़ा-दौड़ा बिशुन पंडित के यहाँ पहुँचा। मगर दुर्भाग्य, कि वे बुरी तरह बीमार पड़े हुए थे। अस्सी-बयासी साल की उम्र, तिस पर चिन्ताओं का बोझ...शरीर एकदम लट गया था। वे बेसुध-से तखत पर पड़े थे और ललुआ उनके पैताने खड़ा था। मुन्ना नचनिया सिरहाने बैठा सिर दाब रहा था। बिशुना पंडित आहिस्ता-आहिस्ता कुछ बड़बड़ा रहे थे। शायद वे मुन्ना को योगिनी का माहात्म्य बता रहे थे। अशोक ने क्षण-भर रुककर उस दृश्य को देखा, फिर उलटे पाँव वापस हो लिए। बोले कुछ नहीं।

घर आकर उन्होंने अपनी 'यज़दी' स्टार्ट की और चले गए करमा बाज़ार। छीतूपुर का स्कूल पार करते ही करमा बाज़ार दिखने लगता था। उस रोज़ मंगल था; यानी बाज़ार का दिन। शाम होने को थी। बरदहिया में बैलों की भीड़ लगी हुई थी। ख़ूब धूल उड़ रही थी। लोग सींग-पूँछ देख-देखकर खेती योग्य बैलों का सौदा कर रहे थे। अशोक ने उस तरफ़ एक उचटती हुई-सी निगाह डाली और आगे बढ़ गए। करमा बाज़ार में उन्हें कुछ ख़रीदना तो था नहीं, बस अपनी 'यज़दी' को वे इधर-उधर फटफटाते रहे और अन्त में एक नए-नए खुले होटल में जा पहुँचे। उनकी 'यज़दी' की डिग्गी में पहले से 'पानी' मौजूद था, होटल में 'चिखना' भी मिल ही गया। यानी प्लेट में कलेजी और गिलास में रम। होटल से बाहर निकलनेवाले दो आदमियों में से एक ने टिप्पणी की :

"बलापुर के पंडित हैं। समझे?"

दूसरे ने कोई उत्तर नहीं दिया।

तिलक-बरच्छा के उपरांत पं. अशोक कुमार पांडे के विवाह की तिथि निश्चित हो गई थी। किन्तु अब भी वे इस फ़िराक़ में थे कि अल्ली चुड़िहार की बिटिया का मन बदल जाय और वे क्रांति कर डालें। अपने इसी उद्देश्य को ध्यान में रखते हुए उन्होंने एक पुरानी-सी कापी का बीचवाला पन्ना निकाला और 'राड' वाले पेन से ताहिरा के नाम पत्र लिखने लगे :

"माई डियर, माई डार्लिंग ताहिरा! लिखता हूँ खत खून से स्याही न समझना; मरता हूँ तेरी याद में जिन्दा न समझना।

"डार्लिंग ताहिरा, मैं तुमसे मुहब्बत करता हूँ। मुहब्बत अंधी होती है। समझ लो मैं भी अंधा हो गया हूँ। यद्यपि तुम्हारा और मेरा धर्म अलग-अलग है, मगर प्रेम के मार्ग में धर्म का कोई बंधन नहीं होता। यदि तुम मुझे स्वीकार कर लो तो

मैं अपना धर्म छोड़ दूँगा। वैसे भी मैंने मीट वगैरा खाना आरम्भ कर दिया है। अब निर्णय तुम्हारे ऊपर है। घरवालों ने मेरी शादी की तारीख तय कर दी है। इसलिए टेम बिलकुल नहीं है। तुम जल्द से जल्द अपना इरादा बतलाओ, ताकि हम इस दुनिया से किसी दूसरी दुनिया में जाकर सुख की साँस ले सकें।"

इसके बाद पं. अशोक कुमार पांडे कोई फड़कता हुआ आशिकाना 'शेर' लिखना चाहते थे, मगर कुछ भी न याद आने के कारण उन्होंने एक फ़िल्मी गाने के बोल ही लिख डाले :

हम काले हैं तो क्या हुआ
दिल वाले हैं...

और अन्त में लिखा—

'तुम्हारा वही'

हालाँकि पं. अशोक कुमार पांडे काले नहीं थे। पर वे गोरे भी नहीं थे। उनका रंग कुछ झँवराया हुआ-सा था, जिसे वे साँवला रंग कहा करते थे और उनका तर्क था कि भगवान राम और भगवान कृष्ण भी उसी रंग के थे। लेकिन यह सब केवल उनका आत्मसंतोष-भर था; ताहिरा पर इसका कोई प्रभाव अब तक नहीं पड़ा था।

विवाह की तैयारियाँ ज़ोरों पर थीं। घर-भर के लिए नए कपड़े बनवाए जा रहे थे। बलापुर का यह पहला विवाह था, जिसके लिए कार्ड छप रहे थे। मज़मून पं. सृष्टिनारायण पांडे ने बनाया था। करमा बाज़ार से दो-दो तरह के बाजे तय किए गए थे। एक तो बैंडबाजा था और दूसरा लाउडस्पीकर। लाउडस्पीकरवाले से कहा गया था कि नए क़िस्मवाले दो बड़े स्पीकर ले आए और साथ में नए-नए फ़िल्मी गानों, स्टोरियों और डायलागोंवाले कैसेट। यह सारा प्रबन्ध अशोक के दोस्तों ने किया था।

स्त्रियों ने हफ़्ता-भर पहले से ही गाना-बजाना आरम्भ कर दिया था। शाम होते ही द्वार पर भीड़ जुटने लगती थी। बाहर सौ-सौ पावर के दो अतिरिक्त बल्ब लगा दिए गए थे जिनसे पूरे सहन में अँजोर बना रहता था। बिजली चली जाने की स्थिति में तत्काल प्रकाश की व्यवस्था हो सके, इस बात का ध्यान रखते हुए तीन पेट्रोमैक्स भी मँगाकर रख लिए गए थे।

पेट्रोमैक्स की रोशनी में स्त्रियाँ गा रही थीं :

आजु सोहागे के राती, चंदा तुम उगिहो
मउरो पे उगिहो, मउरियो पे उगिहो

उगि रहियो सारी राती, चंदा तुम उगिहो
आजु सोहागे के राती...

इस प्रकार पूरे घर में विवाह का तामझाम मचा हुआ था। मगर पं. अशोक कुमार पांडे थे, कि उबटन लगवाते हुए भी यही सोचने में लीन रहते थे कि अपना पत्र वे किस प्रकार ताहिरा तक पहुँचाएँ? डाक में डालना तो बहुत आसान था, क्योंकि पोस्टआफ़िस उनके घर में ही था, मगर इसमें उन्हें संकोच हो रहा था। चूँकि अब घर से निकलना उनका कम हो गया था, इसलिए बगिया-तालाब में भी 'उससे' मिल पाने की कोई आशा नहीं थी।

अशोक कुमार इसी उधेड़बुन में पड़े रहे और विवाह का दिन आ गया। दूल्हे के लिए नैनी से एम्बेसेडर कार आई। बाक़ी बरातियों के लिए दो ट्रैक्टर। कलेवा करके बारात चल पड़ी। अशोक ने जेब से अपना पत्र निकालकर कार में बैठे-बैठे ही उसे इस तरह फाड़ा कि पूरा काग़ज़ छोटी-छोटी चिंदियों में बदल गया। फिर उन चिंदियों को उन्होंने खिड़की के बाहर फेंक दिया। ठीक उसी समय कार ने ऐसी धूल उड़ाई कि अशोक को खिड़की बन्द करनी पड़ी। धूल में चिंदियों का उड़ना ठीक से वे देख भी नहीं पाए।

सूरज डूब गया था, मगर गर्मी कम नहीं हुई थी। धूल और पसीने से बारातियों के बदन चिपचिपाने लगे थे। सबके दिल में यही आ रहा था कि किसी तरह जनवासे में पहुँचें और ख़ूब ठंडे पानी से नहाएँ। मगर जनवासे तक पहुँचना आसान नहीं था। कन्या के गाँव ने अभी वर के गाँव से कम ही उन्नति की थी। सड़क से नीचे उतरकर जो रास्ता अशोक की ससुराल की तरफ़ जाता था वह इतना तंग था कि उस पर साइकिल को छोड़कर अन्य किसी भी वाहन का चलना मुश्किल था। मगर दूल्हे को पैदल ले जाने में चूँकि पूरे बलापुर गाँव की हेठी होती, इसलिए कार को ज़बर्दस्ती चलाया जा रहा था। ट्रैक्टर पर सवार लोग ट्रैक्टर को सड़क पर ही छोड़कर पैदल चल रहे थे।

गाँव की सीमा में प्रवेश करते-करते अच्छी-ख़ासी रात हो गई थी। पैदल चलने वाले लोग रह-रहकर उपट पड़ रहे थे। गाँव अँधेरे में डूबा हुआ था। सिर्फ़ एक कोने में पेट्रोमैक्स की रोशनी दिखाई पड़ रही थी।

"लगता है, वही घर है।"

किसी ने कहा तो लोगों की निगाहें सामने की ओर उठ गईं। तभी दो-तीन टार्चधारी लोग सामने से आते हुए दिखाई पड़े और पूरी बारात वहीं रुक गई। सब समझ गए कि ये घराती ही हैं, आगे की मंज़िल तक अब यही पहुँचाएँगे।

दूल्हाजी अर्थात् पं. अशोक कुमार पांडे जनवासे में पहुँचते ही सो गए। विवाह का मुहूर्त था अर्द्धरात्रि के बाद। कन्या के घर में स्त्रियाँ गीत गा रही थीं। फिर अचानक शहर से आया हुआ लाउडस्पीकर बजने लगा। किसी फ़िल्म की स्टोरी शुरू हो गई। गीतों की आवाज डूब गई। खेत में लगे हुए शामियाने के भीतर भी चहल-पहल शुरू हो गई। भोजन की सुगंध वातावरण में बसने लगी। पं. सृष्टिनारायण पांडे का हृदय एक गहरी निराशा से भर उठा। उन्हें याद आया लता का विवाह, जिसमें उन्होंने पं. शिवपूजन तिवारी को शास्त्रार्थ में पराजित किया था। यहाँ—ब्राह्मणों के इस गाँव में कोई भी पंडित नहीं! अथवा शास्त्रार्थ की परम्परा ही नहीं रही! वे चिन्तित हो गए। मगर थोड़ी देर बाद ही उन्होंने प्रत्युत्पन्नमति से काम लिया और कुछ पढ़े-लिखे युवकों को साथ लेकर बग़ल के खेत में चले गए जहाँ तीन-चार ख़ाली चारपाइयाँ पड़ी हुई थीं और पास ही में एक पेट्रोमैक्स जल रहा था। वहाँ तक लाउडस्पीकर का शोर भी दुर्बल होकर पहुँच रहा था।

"क्या जमाना आ गया?" पं. सृष्टिनारायण पांडे ने एक चारपाई पर अपनी दुबली-पतली काया को ढहाते हुए कहना शुरू किया : "फ़िल्मी गाने सुने जा रहे हैं, स्टोरियाँ सुनी जा रही हैं। वास्तविक ज्ञान की वार्ता में किसी को रुचि ही नहीं है। राम! राम! अब कितना नैतिक पतन होगा हमारे हिन्दू समाज का?"

"बात तो आप एकदम सही कह रहे हैं चाचाजी, मुलाँ ई बताइए कि इसके लिए क्या आप लोग ही जिम्मेदार नहीं हैं?"

एक युवक ने प्रतिवाद किया तो पं. सृष्टिनारायण पांडे की त्योरियाँ चढ़ गईं। बोले :

"कैसे? हम लोग कैसे उत्तरदायी हैं? आजकल के लड़के तो वही पढ़ते हैं, जिससे उन्हें नौकरी मिलने में सहायता मिलती है। उनके माता-पिता भी उन्हें यही शिक्षा देते हैं। गोस्वामी तुलसीदास की बात सत्य सिद्ध हो रही है। 'मानस' में उन्होंने स्पष्ट शब्दों में कहा है :

मातु पिता निज सुतहिं बोलावहिं।
उदर भरइ सोइ धर्म सिखावहिं॥

निश्चय ही उदर तो अंग्रेज़ी पढ़ने से भरेगा; जबकि हमारी संस्कृति का आधार है संस्कृत भाषा। अब तुम्हीं बताओ, कितनी संस्कृत पढ़ी है तुम लोगों ने? 'ष्टुना ष्टुः' का तात्पर्य समझते हो? 'झलांजशझशि' का अर्थ जानते हो?"

पं. सृष्टिनारायण पांडे का यह भाषण सुनकर युवक सकते में आ गए। मगर उन्होंने हार नहीं मानी। दूसरे युवक ने बोलना शुरू किया :

"चाचाजी, आपकी चिन्ता बिलकुल सही है। मगर संस्कृत के पंडितों का हाल भी हम नए जमाने के लड़कों से कुछ विशेष भिन्न नहीं है। मैं आपको एक घटना

सुनाता हूँ। संस्कृत के दो पंडितों के बीच झगड़ा हो गया। जानते हैं किस बात को लेकर? एक पंडित ने कहा, "भो पंडित: गांडवानम्!" इस पर दूसरे ने कहा, "पंडित: अपशब्दम् किम् वक्तव्यम्?" जानते हैं चाचाजी, इस पर पहले पंडित ने क्या कहा? बोले, "न जानासि? अहं जूता से मुँह थूरतम।"

उस युवक का इतना कहना था कि बाक़ी सभी युवक ठट्ठा मारकर हँस पड़े। पं. सृष्टिनारायण पांडे क्षुब्ध हो गए। बोले :

"ये सब हँसी-मजाक की बातें हैं। कोई भी पढ़ा-लिखा पंडित इस प्रकार की बातें नहीं करता। अवश्य ही वे दोनों अधकचरे पंडित रहे होंगे। वास्तविक पंडित तो वह है जिसे अष्टाध्यायी का ज्ञान हो।"

"चाचाजी, आप तो अष्टाध्यायी के पंडित हैं," तीसरे युवक ने बीच में ही हस्तक्षेप किया, "तनी हमारी एक समस्या का समाधान कीजिए। हम बिलकुल व्याकरण-सम्मत समस्या रख रहे हैं आपके समक्ष।"

"हाँ-हाँ, बोलो। समस्या यदि व्याकरण-सम्मत है तो उसका उत्तर भी व्याकरण-सम्मत मिलेगा।"

पं. सृष्टिनारायण पांडे की बात सुनकर युवक मुस्कराया। बोला :

"चाचाजी, किसी ने यह क्यों कहा है कि "वैयाकरण वारे सारे मतवारे, वारियो नपुंसक ताहि वारिज न चाहिए।"

"क्या?"

पं. सृष्टिनारायण पांडे चीख़े। युवक पुन: मुस्कराया। बोला :

"चाचाजी, 'वारि' तो नपुंसक लिंग का शब्द है। फिर 'वारिज' शब्द की क्या सार्थकता है? जबकि 'वारिज' का अर्थ है 'वारिण: जायते' अर्थात् 'वारि' में अथवा वारि से उत्पन्न होनेवाला, यानी कमल। जो नपुंसक है, वह किसी वस्तु को उत्पन्न कैसे कर सकता है?"

इस प्रश्न पर पं. सृष्टिनारायण पांडे अपना सिर खुजलाने लगे। 'लौंडों ने उन्हें घेर लिया है,' यह बात उन्हें साफ़ समझ में आ गई। मगर वे ठहरे स्व. पं. रामवृक्ष पांडे के लघु भ्राता। आसानी से हार कैसे मानते? बोले :

"देखो भई, व्याकरण के नियम चाहे जो भी हों, किन्तु मुझे इस बात का संतोष है कि हमारी नई पीढ़ी के युवक भी संस्कृत भाषा का कम से कम इतना तो ज्ञान रखते ही हैं कि इस विषय में किसी से तर्क कर सकें। सचमुच मेरा हृदय फूला नहीं समा रहा है आज। ईश्वर तुम लोगों का भविष्य उज्ज्वल करे।"

तभी जनवासे में एक शोर-सा हुआ और पता चला कि भोजन के लिए बुलावा आ गया है। कन्या के पिता का निर्देश है कि बरातियों को भोजन करा दिया जाय, विवाह अपने मुहूर्त पर होता रहेगा। और पं. सृष्टिनारायण पांडे उन सभी युवकों को साथ लेकर शामियाने की तरफ़ लपक लिए।

शामियाने के नीचे बरातियों का भोजन आरम्भ हो गया था। आँगन में स्त्रियाँ गीत गाने में मगन थीं। बारात में आए बैंडबाजावाले ख़ामोश बैठे थे और अपनी बारी की प्रतीक्षा कर रहे थे। तभी आँगन से ठट्ठा मारकर हँसने की आवाज़ आई और साथ ही गीत के ये बोल :

बजनिया काहे चुपान
बजावत काहे नाहीं रे
तोरे बहिनी के लेइ गवा पठान
बजावत काहे नाहीं रे

और हँसी का फव्वारा फिर छूटा।

"अरे भाई, बाजा काहे बन्द हो गया?"

किसी ने शामियाने के भीतर से चिल्लाकर कहा तो थके-थके से स्वर में बैंड पुन: बजने लगा।

पं. अशोक कुमार पांडे का विवाह सम्पन्न हुआ। रात बीती। सुबह दिशा-मैदान से निपटकर बरातियों ने कलेवा किया और दूल्हे को आँगन में भेजने की तैयारी शुरू हो गई। इस अवसर के लिए अशोक ने स्लेटी रंग का एक सूट सिलवाया था। साथ में लाल बुंदकीदार टाई। बैसाख का सूर्य आग बरसा रहा था, बदन पर बनियाइन भी कष्ट दे रहा था; मगर अशोक ने अपना सूट धारण किया। उनके मित्रों ने आगे-पीछे से उन्हें देखकर बाक़ायदा मुआयना किया। फिर समस्या पैदा हुई टाई की। अशोक ने टाई तो ख़रीद ली थी पर उन्हें टाई बाँधना नहीं आता था। संयोग से उनके मित्र भी इस कला से अनभिज्ञ थे। अत: किसी ऐसे व्यक्ति की खोज शुरू हुई जो दूल्हे के गले में टाई बाँध सके। और बहुत प्रयत्न के बाद घरातियों में आए एक डाक्टर साहब ने इस समस्या का समाधान किया। तब जाकर अशोक अपने मित्रों के साथ आँगन में प्रवेश कर सके।

"हटो हटो, दूल्हा आ रहा है।" किसी ने द्वार पर खड़ी लड़कियों को हटाते हुए कहा तो भीतर स्त्रियाँ सक्रिय हो उठीं। उन्होंने सूट-टाई में सजे हुए दूल्हे को आँख फाड़-फाड़कर निहारा और गाना शुरू किया :

धिया लइ के उड़बी धिया लइ के बुड़बी
धिया लइ के जइबूँ पतार।
अइसन तपसिया के गउरा नाहीं देबूँ
बलु गउरा रहिहें कुँवार।
सूप अइसन देहिया ए अम्माँ, बरध अस आँखी...

दस बजे थे। लेकिन लगता था कि बारह बज गए हैं। सूरज सिर पर चढ़ आया था। पं. सृष्टिनारायण पांडे बिदाई के लिए जल्दिया रहे थे। बारात के अन्य लोग भी उतावले हो रहे थे। बाहर रह-रहकर शोर हो रहा था।

"जल्दी करो भाई जल्दी।"

लेकिन बहुत जल्दी करने के बाद भी बारह बजे से पहले बिदाई नहीं हो सकी। और कार के भीतर जब घूँघट में लिपटी-सिमटी दुलहिन रोती-बिसूरती हुई आकर बैठी तो पं. अशोक कुमार पांडे के दिल से ताहिरा का ख़याल एकदम से जाता रहा। कार ऊबड़-खाबड़ रास्ते पर हचकती हुई-सी बढ़ चली।

जिस दिन अशोक की बारात जा रही थी, उसी रोज़ की बात है : बिशुन पंडित तखत पर लेटे हुए थे। नीचे, ज़मीन पर मुन्ना उकड़ूँ बैठा था और उनकी अधमुँदी आँखों की ओर देख रहा था। बिशुन पंडित ने अपनी पलकें उठाईं और धीमी आवाज़ में बोले :

"संकठा लगी है। अभी कुछ दिनों तक रहेगी। इससे मुक्ति का उपाय नहीं है।"

"फिर पंडित?"

मुन्ना ने हाथ जोड़कर प्रश्न किया तो बिशुन पंडित ने पलकें पुन: बन्द कर लीं।

"योगिनी पर बिसवास करो। जो किताब दी है, उसे ध्यान के साथ पढ़ो। नक्से को याद कर लो। रासि, नछत्र अउर सुभ-असुभ प्रभाव को कंठस्थ कर लो...इससे बड़ी न कोई विद्या है न कोई जोतिस। पेट भरने को इतना काफी है। मगर एक बात नोट कर लो...।"

"का महराज?"

"यह काम कहीं और जाकर करना; बलापुर में नहीं। हमारी बात और है, समझे। कहनेवाले कह गए हैं—घर का जोगी जोगड़ा आन गाँव का सिद्ध। इसी को हमारा गुरु मंत्र समझो।"

मुन्ना ने बिशुन पंडित की बातों को सिर माथे लिया और चरण छूकर चला गया।

अगले दिन, जबकि अशोक की बारात लौट रही थी, तालाब के पास, नाले पर बनी पुलिया के ऊपर लल्लू बैठा था और रो रहा था। अब तक किसी ने उसे रोते हुए नहीं देखा था। लोगों के लिए यह बड़ी अचरज की बात थी। ख़ुद हँसने और दूसरों को हँसाने वाला लल्लू रो क्यों रहा है? यह प्रश्न सबके मन में उठा और पुलिया के पास पहुँचते ही बारात रुक गई।

"का बात है लल्लू? का भवा?"

एक साथ कई लोगों ने उससे पूछा, मगर वह उसी तरह रोता रहा। तब, रामलीला में लक्ष्मण का रोल करनेवाला अजय ट्रैक्टर पर से उतरकर नीचे आया और लल्लू के पास जाकर खड़ा हो गया।

"क्या हुआ लल्लू भैया, बोलो न?"

लल्लू ने सिर उठाकर अजय को ध्यानपूर्वक देखा। फिर पूरी बारात का मानो निरीक्षण किया। उसके बाद आकाश की ओर अपनी आँखें उठाकर सिसकते हुए बोला :

"माई फ़ादर हैज़ गान। ही हैज़ गान टू हेवेन। हेवेन इज़ देयर। ओवर देयर इन दि स्काई, एक्रास दि क्लाउड्स..."

अशोक की बारात आगे बढ़ गई। लल्लू न जाने कब तक, न जाने क्या-क्या बड़बड़ाता रहा। वहाँ सिर्फ़ अजय उसके कंधों पर हाथ धरे खड़ा रहा।

8

रनिया गोंती से लौट रही थी। चूड़ी के धंधे में अब कुछ रखा नहीं था, मगर रनिया थी कि पुश्तैनी धंधे को छोड़ने का नाम ही नहीं लेती थी। सलीम और करीम की बीवियाँ चूड़ी के नाम से चिढ़ती थीं। सलीम की बीवी तो आसपास में गौना-बिदाई पहना भी आती थी, मगर करीम की बीवी भौंकी को हाथ भी नहीं लगाती थी। करीम अच्छा-ख़ासा टेलरमास्टर हो गया था। सलीम की दुकान भी चलने लगी थी। दोनों अब घुघापुर में बैठते थे। साइकिल से आते-जाते थे। उन दोनों स्त्रियों का विचार था कि शौहर जब कमा रहे हैं तो हम डाँव-डाँव क्यों घूमें? सलीम और करीम तो शुरू से ही इसके ख़िलाफ़ थे। कहते थे, दुनिया के सारे मुसलमान जब तरक़्क़ी कर रहे हैं तो हमीं लोग चुड़िहार क्यों बने रहें? मगर रनिया क्या करती? अली अहमद की आयु ढल गई थी। बेटा डाक्टर ज़रूर हो गया था, पर उसके भी तो बाल-बच्चे थे। अभी दो-दो बेटियाँ पड़ी थीं। ताहिरा की शादी अपने नइहर भारतगंज की तरफ़ उसने तय कर दी थी। मुनिया अभी छोटी थी, मगर लड़की जात को बढ़ते कितनी देर लगती है। रनिया विचारों में डूबी हुई थी। उसके हाथ में टाट-जैसे मोटे कपड़े का, हरे रंग का एक बड़ा-सा झोला था, जिसमें चूड़ियाँ रखी थीं। एक ज़माना था जब उसकी भौंकी में दाल, चावल, गुड़ और न जाने क्या-क्या चीज़ें भरी होती थीं। मगर अब सिर्फ़ पैसे मिलते हैं। अनाज कोई नहीं देता। कहते हैं, हमीं को पूरा नहीं पड़ता तो दूसरों को कहाँ से दें? लेकिन रनिया को तो इससे आराम ही है। अब

उससे भारी वज़न उठाया नहीं जाता। उसके लिए तो यह झोला ही पहाड़ है। झोले को दोनों हाथों में बदल-बदलकर लेती हुई वह आहिस्ता-आहिस्ता चल रही थी।

गोंती से घुघापुर की तरफ़ आनेवाला रास्ता रेगिस्तान की तरह दिखाई पड़ता था। न कोई बाग, न बगीचा। दूर-दूर तक खेत भी नहीं। चारों तरफ़ रेह फैली हुई थी। रास्ते के किनारे इक्के-दुक्के महुवे के पेड़ खड़े थे—बस। रनिया प्लास्टिक की चप्पलें पहने कँकरीली पगडंडी पर चलती हुई जब घुघापुर के पास पहुँची तो अचानक उसे ख़याल आया कि ताहिरा के अब्बा को खाँसी बहुत आ रही है। और बजाय बाईं ओर मुड़ने के वह दाहिनी ओर मुड़ गई। बाईं ओर बलापुर था और दाईं ओर घुघापुर का नया-नया आबाद बाज़ार।

डा. रफ़ी अहमद सिद्दीक़ी की डिस्पेंसरी में हमेशा की तरह बवाली बैठा हुआ था।

वह अपनी हथेली पर खैनी मल रहा था। साथ ही, जैसी कि उसकी आदत थी, बड़बड़ाए जा रहा था :

"देखो बुद्धू भाई, क्रांति तभी होगी जब इस देस के किसान और मजदूर संगठित होंगे। और यह तभी होगा जबकि गाँव-गाँव में किसानौं और मजदूरों का संगठन बने।"

"मगर ई बताओ बवाली," बुद्धू ने बीच में ही उसे टोका, "न तो तुम किसान हो और न ही मजदूर। तब इन्हें संगठित कैसे करोगे?"

"अरे तुम नहीं जानते? संगठन बनाने के लिए जरूरी है सभा करना। अभी कल ही मैंने एक सभा की। बलापुर के किसान भी थे उसमें?"

"कितने थे?"

"संख्या पर मत जाओ। अभी दो-चार आते हैं, आगे चलकर और आएँगे।"

"सभा में क्या बताते हो उन्हें?"

"चलकर सुनो तो पता चले। मैं उन्हें उनके दुस्मन के बारे में बताता हूँ। मजदूरों का दुस्मन वह है जो मजदूरी कराके कम पैसा देता है और किसानों का दुस्मन है बड़ा किसान, जो सारा फायदा खुद हड़प जाता है।"

"जैसे?"

"जैसे अपने बम्हनौटी के लोगों को ही देखो। इनमें भी सबसे बड़ा काइयाँ है सृष्टी! न जाने किस-किसकी जमीन दाब रक्खी है। इस गाँव में तो इसका काम तमाम करने के बाद ही क्रांति आएगी।"

"यानी तुम कतल करोगे?"

तभी रनिया आती हुई दिखाई पड़ी और दोनों के बीच हो रही बातचीत बन्द हो गई।

"कहाँ से अम्माँ?"

बुद्धू ने उठकर उसके हाथ से झोला ले लिया। बवाली बेंच से हटकर एक स्टूल पर बैठ गया।

"गई रही गोंती।"

रनिया ने बेंच पर बैठते हुए थकी-थकी आवाज़ में जवाब दिया। फिर वह चप्पलों से पाँव निकालकर दोनों तलवों को एक-दूसरे से रगड़कर उनमें जमी धूल को झाड़ने लगी।

"तुम्हारे अब्बा को खाँसी बहुत आ रही है बेटवा, तनी चले आना तो! उन्हें देख लेना। सैद सुई-दुई लगाना पड़े।"

"का भवा अम्माँ?"

तभी भीतर से भूरी की आवाज़ सुनाई पड़ी और रनिया उठकर बहू के पास चली गई। बवाली फिर बेंच पर आ गया। मगर बातचीत का वह सिलसिला दुबारा नहीं शुरू हो सका। अचानक दो-तीन मरीज़ एक साथ टपक पड़े और डाक्टर साहब व्यस्त हो गए।

बुद्धू यानी डाक्टर साहब अगले ही दिन सुबह-सवेरे बलापुर पहुँचे और आला-वाला लगाकर बाप की बीमारी की जाँच की। लेकिन उसकी समझ में कुछ भी नहीं आया। तब उसने मरीज़ से ही पूछा :

"आपको क्या तकलीफ है अब्बा?"

इस पर अली अहमद ने खाँसी के बाद मुँह में आए बलगम को बजाय थूकने के, निगलते हुए कहा :

"कुछ नहीं बेटा, बुढ़ापा है अउर का? बुढ़ापा तो अपने आपमें ही बहुत बड़ा रोग है।"

बुद्धू ने पता नहीं उसका क्या मतलब समझा, मगर अपने बैग से कई तरह की गोलियाँ निकालकर उसने बाप की चारपाई पर रख दी और किसी गोली को दिन में दो बार, किसी को तीन बार, तथा किसी को सोने से पहले आदि का समय बताकर वह उठ खड़ा हुआ। घर से चलते समय भूरी ने कहा था, "लगे हाथ अम्माँ को भी देखते आना। कजनी का बात है कि उन्हें भूख बिलकुल नहीं लग रही है।" इसलिए बाहर निकलकर बुद्धू पसियाने की तरफ़ मुड़ गया। सामने से पंडित सृष्टिनारायण पांडे चले आ रहे थे। बुद्धू ने दूर से ही हाथ जोड़कर उन्हें नमस्कार कहा। मगर बजाय आशीष देने के उन्होंने बाक़ायदा भाषण देना शुरू कर दिया :

"देखो बुद्ध, तुम डाक्टर होगे तो किसी और के लिए होगे। हमारे लिए तो बस बुद्धू हो। अल्ली चुड़िहार कइ लड़िका। हम एक बात कह रहे हैं, धियान से सुन लो। ऊ रामदेउवा चमार मुसलमान हो गया है। सत्तार तो है नहीं, हमें पूरा बिस्वास

है कि उसे तम्हारे अब्बा ने ही भड़काया होगा। उनसे कह दो कि गाँव में रहना है तो सोच-समझ कर रहें। नहीं तो बात फिर बहुतै बिगड़ जाएगी। समझे?"

इतना कहकर पं. सृष्टिनारायण पांडे तो आगे बढ़ गए, मगर बुद्धू के पाँव वहीं गड़ गए। उसने सुन तो रखा था कि कुछ दिनों पहले साउथ में कहीं कुछ नीची जात के लोगों ने इस्लाम धर्म कबूल किया है। और उसका असर चारों तरफ़ फैल रहा है। मगर उसे इस बात की ज़रा-सी भी आशंका नहीं थी, कि वह हवा बलापुर में भी आ गई है। वह थोड़ी देर तक इस घटना के बारे में सोचता रहा, फिर उसे अपने बचपन की, स्कूल के दिनों की बातें याद आ गईं। "समाज में जब तक ऊँच-नीच का भेद-भाव रहेगा, धर्म के नाम पर इस तरह के कांड होते ही रहेंगे।" अचानक बुद्धु के हृदय से यह आवाज़ उठी और उसे लगा कि यहाँ आश्चर्य करने लायक़ कुछ भी तो नहीं है। वह आगे बढ़ गया।

"हाँ बात ई सही है।" बुद्धू के ससुर तोते पासी ने उसे विस्तार के साथ सब कुछ समझाते हुए कहा। "रमदेउवा ने इन बाम्हनों को चिढ़ाने के वास्ते ही ई सब किया है। चमार-पासी की कउनो इज्जत है का ई गाँव में। रमदेउवा भूखा मर रहा था, किसी ने सरन दी उसको? आखिर घूरपुर के हाफिज्जी ही काम आए कि नहीं? उनका बिजनेस है चमड़े का। ऊ हुवँई चमड़ों का हिसाब-किताब लिखता है। देखो भई, जहाँ पेट भरता है हुवँई अपनी मुक्ती दिखाई पड़ती है। चारों तरफ़ सोर है ही, कि हुवाँ इतने जने मुसलमान हो गए। ई भी हो गया।"

इतना बोलकर तोते पासी थोड़ी देर के लिए रुका। उठकर मुँह में भर आए थूक को गड़ही की तरफ़ थूका। फिर आगे जारी हो गया :

"ई सब सुनके बम्हनौटी के लोग परेसान हो गए। असोकवा ने चमरौटी में जाके लेच्चर भी दिया। कहने लगा, हम-तुम सभी हिन्दू हैं। मगर रमदेउवा ने ऐसी खरी-खरी सुनाई कि असोकवा को जवाब ही नहीं सूझा। कतरियाके भाग गया हुवाँ से। अब ये लोग तुम्हारे काँधे पे बन्दूक रखके निसाना बाँधना चाह रहे हैं। समझे!"

बुद्धू सब समझ गया। उसने अपनी सास को दवाई दी और जल्दी-जल्दी चलकर सड़क पर आ गया। "बवाली ठीक ही कहता है।" डाक्टर साहब ने सोचा और घुघापुर के लिए चल पड़े।

बलापुर और हथिगन के बीच एक छोटा-सा गाँव है—पुरवा, जिसे लोग 'पूरा' भी कहते हैं। पुरवा में एक मज़ार है, जहाँ प्रतिवर्ष उर्स का मेला लगता है। उस साल पुरवा का उर्स गर्मियों में पड़ा था।

उर्स से एक हफ़्ता पहले ही मज़ारवाली बगिया को साफ़ कर दिया गया था। मज़ार को चूने से पोता गया था और इलाहाबाद के एक कव्वाल को तय करके

बयाना-बट्टा कर लिया गया था। गाँव-जवार के लोग बड़ी बेसब्री के साथ मेले का इंतज़ार कर रहे थे। स्त्रियाँ योजना बना रही थीं कि इस साल वे क्या-क्या ख़रीदेंगी। बच्चे अपने गुल्लकों में पैसे जमा कर रहे थे। कव्वाली के प्रेमी पुरानी कापियों से सादे पन्ने निकाल-निकाल कर नोट-बुक बना रहे थे, ताकि उसमें वे फड़कते हुए शे'रों को दर्ज कर सकें। दुकानदार अपनी दुकानदारी का 'मेल' ठीक कर रहे थे। मेले में किसी चीज़ की कमी न रह जाय। नवयुवकों ने अपने कपड़े धो-धाकर रख दिए थे। साल-भर का पर्व है, फिर न जाने कौन ज़िन्दा रहे कौन नहीं?

मेला इतवार के रोज़ था। सुबह होते ही झुंड के झुंड लोग पुरवा की ओर टूट पड़े। बलापुर और घुघापुर के दुकानदार भोर में ही मज़ार के पास पहुँच गए थे। कोई तिरपाल तान रहा था तो कोई तखत बिछाने में व्यस्त था। रनिया की दुकान हमेशा एक पेड़ के नीचे लगा करती थी। उसने भी चादर बिछाकर चूड़ियों के तोड़े सजाने शुरू कर दिए थे। एक तरफ़ तरबूजों का पहाड़ जैसा बना हुआ था। झूला तो रात में ही गड़ गया था। सर्कसवालों ने एक दिन पहले ही तंबू-कनात तान दिए थे। दस बजते-बजते मेला जमने लगा।

बवाली और डा. रफ़ी अहमद सिद्दीक़ी साइकिल से मेला पहुँचे। पं. सृष्टिनारायण पांडे उजली झक्क धोती पहने पैदल ही पुरवा आए। अशोक अपनी यज़दी से आया, हालाँकि नाले में उसे नीचे उतरना पड़ा और गाड़ी को घसीटकर इस पार लाना पड़ा। मोती बनिया, सोमारू भड़भूँजा, जवाहर हलवाई, सलीम, करीम, भोला पासी, अजय, लल्लन श्रीवास्तव, पं. दयाशंकर, ललुआ, दुलारे, दीनानाथ शुकुल तथा बलापुर के अन्य लोग भी पैदल ही पहुँचे। स्त्रियाँ झुंड बाँध-बाँधकर आईं। सत्तार की अम्माँ भी लाठी टेकती हुई पहुँचीं। अल्ली और उसकी उम्र के दूसरे लोग सबसे बाद में आए।

दोपहर होते ही लू बहने लगी थी। कटे हुए खेतों से गर्द उठ रही थी और सीधे आँखों पर हमला बोल रही थी। खेतों में खूँटियाँ ही खूँटियाँ दिखाई पड़ रही थीं। बस वही खेत हरे-भरे थे जिनमें अरहर की फ़सल खड़ी थी। अरहर तो बज्र बेहया है न! ग्यारा देवर छाँड़के जेठ के घरे बैठे। वैसे अब उसके भी 'घर बैठने' के दिन क़रीब थे। फलियाँ काली पड़ गई थीं।

बलापुर और पुरवा के बीच में, नाले के इस पार लसोरा का एक बहुत पुराना पेड़ था। पेड़ के लगभग नीचे ही एक पुराना-सा कुआँ भी था। जो लोग लोटा-डोरी लेकर मेला जा रहे थे वे उस कुएँ के पास रुककर पहले पानी पी रहे थे, फिर आगे बढ़ रहे थे। गर्मी इतनी थी कि दस क़दम चलते ही कंठ सूखने लगता था।

मेले में ख़ूब भीड़ थी। स्त्रियाँ झूला झूल रही थीं। दूर खड़े नवयुवक रूमाल हिला रहे थे। बच्चे आइसक्रीम और प्लास्टिक के खिलौनों पर टूटे पड़ रहे थे। गृहस्थ

लोग घर-गिरस्ती के लिए ज़रूरी चीजें ख़रीद रहे थे। सर्कसवाला एक ऊँचे-से मचान पर बैठा चिल्ला रहा था :

"देखिए देखिए। आठ आने में, सिर्फ आठ आने में पिघलती हुई लड़की देखिए। मेल्टिंग गर्ल...आइए, आइए। देखिए, सिर्फ आठ आने में...।"

झूले के पास लगे लाउडस्पीकर से 'पाकीज़ा' फ़िल्म का गाना बज रहा था :

इन्हीं लोगों ने
इन्हीं लोगों ने
इन्हीं लोगों ने ले लीना दुपट्टा मेरा...

पं. सृष्टिनारायण पांडे इधर-उधर घूमते हुए झूले के पास आकर खड़े हो गए।

हमरी न मानो बजजवा से पूछो,
हमरी न मानो...

सहसा पं. सृष्टिनारायण पांडे ने देखा, एक तरफ़ पैंट-शर्ट पहने मुन्ना नचनिया भी खड़ा था। रह-रहकर उसका चेहरा झूले की कुर्सियों के बीच झलकता, फिर ओझल हो जाता। पं. सृष्टिनारायण पांडे को ऐसा लगा मानो वह उन्हीं की तरफ़ देख रहा है। वे उससे नज़रें मिलाना नहीं चाहते थे। अतएव तत्काल पीछे मुड़े और चल दिए वहाँ से।

धीरे-धीरे शाम हुई। मेला कमज़ोर पड़ा। चाय, पान और मिठाई के अलावा बाक़ी दुकानें बढ़ने लगीं। लोग अपने-अपने घरों की तरफ़ लौटने लगे। बच्चों के हाथों में गुब्बारे थे। स्त्रियों के हाथों में सूप, चलनी, घड़े...। मर्दों के हाथों में तरबूजा। सिर्फ़ वही लोग वहाँ रुके, जिन्हें रात में कव्वाली सुननी थी। मेले से कौन लौटा, कौन नहीं, इसका मतलब एकदम साफ़ था।

"लगता है इस साल बाबा भी कव्वाली सुनेंगे।"

अशोक ने यह बात तब कही, जब देर रात गए भी पं. सृष्टिनारायण पांडे घर नहीं लौटे।

"अरे चाचा तो हमेसा से नाच-गाने के प्रेमी हैं। ई कोई नई बात है का?"

अशोक के पिता पं. दयाशंकर पांडे ने सहज भाव से अपनी प्रतिक्रिया व्यक्त की और बाहर निकलकर सहन में बिछे एक लम्बे-चौड़े माचा पर पसर गए। अशोक अपनी कोठरी में घुस गया।

पुरवा के मज़ार पर रात-भर कव्वाली हुई। 'मेरे मौला बुला लो मदीने मुझे' की आवाज़ दूर-दूर तक सुनाई पड़ी। पैसेवालों ने ख़ूब नोट लुटाए। मेले में चाय-पान

की दुकानें रात-भर खुली रहीं। गाते-गाते कव्वाल का गला बैठ गया। उस रात की आख़िरी कव्वाली उसने बैठे हुए गले से ही पेश की। पहले ख़ूब खखारकर उसने अपना गला साफ़ किया, फिर हारमोनियम के परदे को आहिस्ता-आहिस्ता हिलाता हुआ श्रोताओं से मुख़ातिब हुआ :

"हज़रात। सामईन की खिदमत में अब मैं एक सूफियाना कलाम पेश कर रहा हूँ। मुलाहिजा फरमाएँ।"

इतना कहकर उसने पहले तीन-चार क़ते सुनाए, फिर मद्धिम सुर में कव्वाली शुरू की :

उजाड़ दे मेरे दिल की दुनिया,
सुकूँ को मेरे तबाह कर दे।
मगर यही इल्तिजा है मेरी
इधर भी अपनी निगाह कर दे॥

इतना कहते ही ढोलक की थाप तेज़ हुई और कव्वाल के साथियों ने 'इधर भी अपनी निगाह कर दे' की झड़ी लगा दी।

तब कव्वाल ने हाथ के इशारे से झड़ी को रोका और अगला बन्द गाया :

ये पर्दादारी है या तमाशा
मुझी में रहकर मुझी से पर्दा
अरे तबाह करना अगर है मुझको
नक़ाब उठा और तबाह कर दे

इस बार 'नक़ाब उठा और तबाह कर दे' की झड़ी लग गई। श्रोताओं में बैठे मोलबी क़िस्म के एक आदमी को 'हाल' आ गया। वह भावावेश में खड़ा होकर झूमने लगा। उसे झूमता और नाचता हुआ देखकर कव्वाल भी झूमने लगा। फिर तो साथी गायकों की झड़ी और तेज़ हो गई :

तबाह कर दे भई तबाह कर दे
मौला तबाह कर दे...
मौला तबाह कर दे...

और अँधेरा ख़त्म हुआ। धरती पर उजास फूटी। बगिया में चिड़ियाँ चहचहाईं। आसपास के खेतों में लोटा लिये स्त्री-पुरुष इधर-उधर जगह खोजते हुए दिखाई पड़े। सुबह हो गई। कव्वाली गानेवालों ने साज़ उठाए। श्रोताओं ने घर की राह पकड़ी। मज़ार पर जल रही अगरबत्तियाँ तो कब की बुझ चुकी थीं।

दो साइकिलों पर सवार चार आदमी लसोरा के पेड़ के पास रुके। उनके पास लोटा भी था और डोरी भी। सोचा, कुएँ पर कुल्ला-मुखारी करते चलें। उनमें से एक आदमी ने लोटा कुएँ में डाला। पता नहीं वह पानी तक पहुँचा भी था या नहीं, आदमी के हाथ से डोरी अचानक छूट गई। वह कुएँ में गिरते-गिरते बचा। वह चीख़ता हुआ पीछे हटा और सिर पकड़कर बैठ गया।

फिर कहाँ की कुल्ला-मुखारी और कहाँ की लोटा-डोरी। चारों जने भाग लिए वहाँ से।

दोपहर होते-होते चारों तरफ़ शोर मच गया कि लसोरा के पासवाले कुएँ में लहास पड़ी है। और घंटे-भर के भीतर एक अच्छी-ख़ासी भीड़ वहाँ जमा हो गई।

लाश निकाली गई। लोगों ने उसे पहचाना। पं. सृष्टिनारायण पांडे थे।

पूरे बलापुर में कोहराम मच गया।

थाने में रिपोर्ट लिखाई गई। पुलिस आई। रामदेव चमार, तोते पासी और घुघापुर के डा. रफ़ी अहमद सिद्दीक़ी को पकड़ ले गई। रिपोर्ट नामजद थी।

रनिया छाती पीट-पीटकर रोई। स्त्रियों ने उसे ढाढ़स बँधाया, तब जाकर किसी तरह वह चुप हुई। मगर अपने दोनों हाथों की दसों अँगुलियों को तोड़ती हुई वह चीख़ उठी :

"हमरे निरदोस बेटवा के जे फँसाय बा, ओकर नास होइ जाय। या अल्ला ताला इंसाफ किहे, नहीं त हसर में हम तोहार पावा पकड़ब..."

शाम का वक़्त था। घरों में बत्तियाँ जल गई थीं। गाँव में बिजली की सप्लाई का तरीक़ा यह था कि एक हफ़्ते तक दिन-भर बिजली रहती थी और रात-भर नहीं रहती थी, फिर अगले हफ़्ते में दिन-भर नहीं रहती थी, रात-भर रहती थी। खेती-किसानी भी हो, गाँवों में प्रकाश भी हो और बिजली की कमी भी न हो—सम्भवतः इसी उद्देश्य से यह व्यवस्था की गई थी। गाँववालों ने इस व्यवस्था को सहज ही स्वीकार कर लिया था। जब दिन में बिजली रहे तो 'दिन का हफ़्ता' और जब रात में रहे तो 'रात का हफ़्ता'—बलापुर के लोग बिजली की व्यवस्था को इसी रूप में लेते थे। उन दिनों 'रात का हफ़्ता' चल रहा था, इसलिए लोगों का विश्वास था कि उनकी यह रात प्रकाश से भरी हुई है।

बिशुन भाट उर्फ़ बिशुन पंडित की मृत्यु के बाद उनकी दालान चौपाल बन गई थी। गाँव के कुछ गिने-चुने लोग रोज़ शाम को वहाँ एकत्र होते थे और गप-शप, हँसी-मज़ाक़ तथा अपने सुख-दुख की बातें किया करते थे। चौपाल में आनेवाले लोगों में मोती और जवाहर तो थे ही, रामेश्वर मौर्य, भोला पासी, लल्लन श्रीवास्तव और परसोतम यादव भी थे। कभी-कभी अल्ली भी पहुँच जाता था। लेकिन ख़ास

बात यह थी कि बम्हनौटी का कोई व्यक्ति वहाँ नहीं आता था; सिवा अजय के। अजय अब इंटर में पढ़ रहा था और रामलीला में रोल करना बन्द कर दिया था। वह स्व. पं. रामनारायण उपाध्याय का पुत्र था। गाँव में उपाध्याय परिवार सिर्फ़ एक था। उस परिवार के लोग 'नेवसिया' कहे जाते थे और अन्य ब्राह्मण उन्हें उपेक्षा की दृष्टि से देखते थे। अजय पहले तो कुछ नहीं समझता था, मगर अब सब कुछ समझने लगा था। हमेशा की तरह उस दिन भी कुछ लोग तखत पर बैठे थे और कुछ लोग ज़मीन पर ही जम गए थे। लल्लू ग़ायब था। घर में बिजली नहीं थी, मगर जवाहर ने बग़ल के घर से तार जोड़कर दालान में एक बल्ब लगा रखा था। बल्ब की स्विच बग़लवाले घर में ही थी, अर्थात् बल्ब का जलना-बुझना बग़लवालों पर ही निर्भर था। अत: होता यह था कि कई-कई बार बल्ब बुझता था और इधर से चिल्लाना पड़ता था। उधर से स्विच दबाने के साथ आवाज़ आती थी, "के बुझाय रहा बे?" मगर उस दिन अभी तक ऐसा नहीं हुआ था। खपरैल के बाँस से लटका हुआ लट्टू जल रहा था और पूरी दालान में बीड़ियों का धुआँ भरा हुआ था।

"गरमी बहुत पड़त बा हो।" किसी ने बात शुरू की।

"भगवान बेचारू भी का सोचते होंगे? जाड़ा पड़े तो बुरा, गरमी पड़े तो बुरा। ई मानुख जात अइसा है कि इहै कउनो कल-चैन नहीं।"

बात आगे बढ़ी।

"एक बात है भई, सृष्टी पंडित बड़े बिदवान आदमी रहे।"

बात मुड़ी और स्वर्गीय पं. सृष्टिनारायण पांडे पर केन्द्रित हो गई।

"बिदवान तो रहे ही, ई काहे नहीं कहते कि त्यागी केतने बड़े रहे। जिन्दगी-भर कुँवारे रह गए। सेवा-भाव अइसन रहा कि बियाह तक नहीं किया।"

"अउर का, ई कउनो मामूली बात है का?"

"सरदार पटेल के भगत रहे ऊ। एकदम उन्हीं के अइसी जिन्दगी भी जिए। कउनो दाग-धब्बा नहीं।"

"मुलाँ भाई, जउन लोग फँसाए गए हैं, ऊ तो निरदोस हैं। ई लोग कतल-खून नाँहीं कर सकते। यम्में कउनो अउर अदमी का हाथ है।"

अभी ये बातें हो ही रही थीं कि सामने एक छाया-सी झलकी और एक आदमी दालान में आकर खड़ा हो गया।

"अरे बवाली। तू हियाँ कइसे?"

जवाहर हलवाई के यह कहते ही दालान में बैठे सभी लोग चौंक गए। बवाली तखत के एक कोने पर बैठ गया। दालान में सन्नाटा छा गया, जिसे बवाली ने ही तोड़ा :

"आज गाँव के तीन निरदोस लोग फँसे हैं, कल तीस लोग फँसेंगे। परसों क्या होगा, पता नहीं? ई जुलम, ई सोसण, का सब लोग बरदास करेंगे? बोलो? येही से हम कहते हैं कि सब लोग एक होकर उनका मुकाबला करें। जिन्दगी में

खुसहाली तभी आएगी, जब क्रांति होगी। अउर क्रांति तभी होगी जब किसान-मजूर सब एक होंगे...।"

"ए बवाली, तुम अपनी पालिटिक्स न भिड़ाओ यहाँ।" अजय ने बीच में ही उसे टोक दिया। "जो कुछ देश में हो रहा है, वही गाँव में भी हो रहा है। और अपने बलापुर में जो हो रहा है वह पूरे हिन्दुस्तान में हो रहा है। इसलिए, यह सब इतना सरल नहीं है, जितना कि तुम समझते हो।"

"तो? तो क्या यह सब होता रहे?" बवाली को ग़ुस्सा आ गया। "ठीक है, फिर हम चलते हैं।" बवाली खड़ा हो गया। "कल के लउँडे, जँघिया पहनने का सहूर नहीं, हमसे जबान लड़ाते हैं। ऊ रामदेव चमार, तोते पासी अउर डाक्टर साहब, हमारे रिस्तेदार हैं न; कि हम परेसान हैं! अरे ई पूरे गाँव-जवार के भविस्य का मामला है। समझे?"

यह कहते हुए बवाली चला गया।

"बवाली नराज हो गया। ई बात ठीक नहीं है।" थोड़ी देर बाद भोला पासी का मुँह खुला, "हम सब ई गाँव में एक खानदान की तरह रहते हैं। कभ्भों कउनो तरह का तफरका नाँहीं रहा। का अब यही सब होगा?"

तभी बग़लवाले घर से खट की आवाज़ सुनाई पड़ी और चौपाल में अँधेरा छा गया। मगर इधर से कोई कुछ नहीं बोला। सभी लोग उठे और दालान से बाहर निकल गए।

9

"जमाना इतनी जल्दी बदल गया। सिर्फ पचीस साल। कभी लाखों बरस का एक जुग हुआ करता था। सतयुग और त्रेता और द्वापर पचीस-पचीस साल में ही नहीं चुक गए थे। संसार को एक युग से दूसरे युग में पदार्पण कराने के लिए भगवान को न जाने कितने पापड़ बेलने पड़े थे। यहाँ तक कि स्वयं को मनुष्य योनि में लाकर मृत्युलोक की तमाम यातनाएँ झेलनी पड़ी थीं। मगर अब? अब तो कलिकाल की माया है। पचीस साल में पूरा एक युग ही समाप्त हो गया। गाँव न अब वह गाँव रहा, न देश अब वह देश। सारे नाते, सारे सम्बन्ध, सारे शिष्टाचार, सारे व्यवहार, जिन्दा रहने के सारे सहारे बदल गए..."

अल्ली चुड़िहार समझ नहीं पा रहा था कि इसके आगे वह क्या सोचे? वह अब बहुत बूढ़ा हो गया था। सिर के बाल सनई हो गए थे। आँखों की कोरों में पीले रंग

का कीचड़ सरसों के दानों की तरह हमेशा चिपका रहता था। मुँह में सिर्फ़ दो ही दाँत थे—एक आगे, ऊपर की तरफ़, हिलता हुआ और एक पीछे, दाईं तरफ़ की दाढ़। चेहरा पिचककर कच्चे में ही सूख गई लौकी जैसा हो गया था। हाथों-पाँवों की नसें ख़ूब ऊपर उभर आई थीं; केंचुओं की तरह। नाखून काले और एकदम सख़्त हो गए थे। अब तो चक से कोई नाऊ भी नहीं आता था, कि उसकी नहन्नी से उन्हें कटवाया जा सके। मख़दूम नाऊ के पोते ने करमा में 'बांबे हेयर कटिंग सैलून' खोल लिया था।

बुद्धू यानी डा. रफ़ी अहमद सिद्दीक़ी जमानत पर छूट गए थे। लेकिन अली अहमद की फ़िक्र यह थी कि आख़िर यह सब हो क्या रहा है? गाँव में पहले भी इस तरह के वारदात हुए। किसी का कत्ल हुआ, किसी के घर चोरी हुई, किसी के यहाँ डाका पड़ा; मगर उसका मुजरिम अपने ही गाँव के किसी आदमी को नहीं माना गया। गाँव का आदमी अपने ही गाँव को भला क्यों नुक़सान पहुँचाएगा?

अली अहमद अचानक उठा और लाठी टेकता हुआ बम्हनौटी की तरफ़ चल पड़ा। गर्मी के दिन थे। शाम होने को थी। पं. दयाशंकर पांडे घर के सामने, सहन में बिछे एक माचा पर लेटे हुए थे। हरवाहे ने कुएँ से पानी खींचकर चारों तरफ़ छिड़काव कर दिया था, जिससे माटी की सोंधी-सोंधी गंध हवा में बसी हुई थी। अल्ली ने पहुँचते ही पैलगी की तो दयाशंकर उठकर बैठ गए।

"सलाम चाचा, बैठिए।"

दयाशंकर ने पारम्परिक ढंग से ही उनका स्वागत किया, पर अल्ली चुड़िहार का दिल तो सोमारू भड़भूँजे की भाड़ की तरह जल रहा था। बोला :

"देखिए महराज, हम चाचा-वाचा तो हैं नहीं। जिसका नाता छत्तिस जात के घरों से हो, वह आप जैसे भलमनई का चाचा नहीं; बस गुलाम ही हो सकता है। हाँ, रहे होंगे ये सब रिस्ते-नाते किसी सतयुग में, अब तो महराज कलजुग है...।"

अल्ली खड़ा-खड़ा ही बोल रहा था और पं. दयाशंकर पांडे आँखें फाड़े सुन रहे थे।

"लगता है, आप लोगों ने तय कर लिया है कि इस गाँव में हम लोगों की अब कोई जरूरत नहीं है। बात ई सही भी है। जब मेहरारू सात पर्दों में रहती थी तो चुड़िहार की भी जरूरत थी अउर बिसाती की भी। मुलाँ अब तो सब बरोब्बर हो गया है। मगर ई सुन लीजिए महराज, कि आप लोगन को चाहे हमारी जरूरत हो अउर चाहे न हो, मुलाँ हम्में जरूरत है। आप लोगन की नहीं, ई गाँव की। ई धरती की। ई देस की। हम गल्ती पर थे महराज कि आपके पिताजी की मार खाके भाग गए थे। मुलाँ अब हम कहीं नहीं जाएँगे। ई धरती में हमारी नार गड़ी है। ई धरती हमारी है। ई गाँव हमारा है। हमरे एक लड़िका है; बुधुवा को चाहे आप लोग जेल में डलवा दें अउर चाहे फाँसी पर लटकवा दें, मुलाँ अगर कोऊ ई सोचे कि डरके

मारे हम गाँव-देस छोड़ि के कहीं अउर चले जाएँगे तो ई आप लोगन की बहुत बड़ी भूल है। जहाँ हमारी नार गड़ी है, हुवँई हमारी लहास भी गड़ेगी।"

इतना बोलकर अल्ली चुड़िहार चल दिया वहाँ से। पं. दयाशंकर पांडे सिर झुकाए बहुत देर तक उसी तरह बैठे रहे फिर वे आँखें बन्द करके लेट गए। सूरज डूब गया था। अँधेरा भी हो चला था। कुएँ के पास की गीली ज़मीन में डेरा जमाए मच्छरों ने चौतरफ़ा हमले शुरू कर दिए थे। मगर पं. दयाशंकर पांडे बग़ैर हिले-डुले माचा पर पसरे हुए थे। क्या हो रहा है? क्या होगा? बस ये दो प्रश्न थे, जो उन्हें परेशान कर रहे थे। उनके पास इनमें से किसी प्रश्न का कोई भी उत्तर नहीं था।

बलापुर और चक के बीच में एक अमराई थी और एक महुवारी। महुवारी में पाँच पेड़ महुवे के, एक पेड़ बेल का और तीन पेड़ आँवले के लगे हुए थे। महुवारी को पार करते ही, दाहिनी तरफ़ एक गड़ही थी, जो बारहों मास पानी से भरी रहती थी। गड़ही के उस पार पलाश के अनगिनत पेड़ थे और इस पार सिर्फ़ एक महुवा। अल्ली चुड़िहार का जनाज़ा उसी महुवे के नीचे रखा था और बुद्धू की इजाज़त से जनाज़े की नमाज़ पढ़ाई जा रही थी। बम्हनौटी से लौटने के बाद अल्ली चुड़िहार की तबीयत अचानक बिगड़ गई थी और वह रात के चौथे पहर चल बसा था।

तीजा की रस्म के बाद बुद्धू और भूरी ने प्रस्ताव रखा कि अम्माँ दोनों बेटियों को लेकर घुघापुर चली चलें। मगर रनिया ने साफ़ इनकार कर दिया। बोली :

"तुम्हारे अब्बा की यही ख्वाहिस रही बेटवा कि ऊ गाँव-देस ना छोड़ेंगे। ऊ त चले गए, अब जो कुछ बदा है. यहीं रहके हम भोगेंगे। हमारी मानो तो बहू-बच्चों को लेके तुम भी हिंयई आ जाओ।"

इतना कहकर रनिया ने अपना सिर झुका लिया। उसकी आँखें डबडबाई हुई थीं। उसकी दशा देखकर ताहिरा और मुनिया सिसकने लगीं। उन्हें सिसकते देखकर सलीम, करीम, उनकी बीवियाँ, उनके बच्चे, भूरी और बुद्धू की आँखें भी भर आइं। घर में एक बार फिर मातम छा गया।

तभी अपनी अंधी आँखें ऊपर की ओर उठाए, लाठी टेकती सत्तार की अम्माँ आईं और सबको ढाढ़स देती हुई बड़बड़ाने लगीं :

"अरे अब का बताईं, अबहीं गए अत्तवार के त मुलाकात हुई रही, अच्छे भले बोल-बतिया रहे थे। न कउनो तकलीफ न बिमारी। या परवरदिगार, कैसा गजब किया बेचारों पर। अरे जाना त हमें रहा, मुलाँ ऊ चले गए। उठानै था त हमें उठा लेते।...न रो बिटिया, न रो...अरे, ई काहे नाहीं सोचतिउ कि मरद बरोबर त तुम्हार बेटवा अहै। तूँ बेवा कहाँ भयिउ...दु दु ठे बिटिया हइन, अब इनका देखो, रो-रोके आपन तंदुरुस्ती न खराब करो।"

सत्तार की अम्माँ बहुत देर तक इसी तरह न जाने क्या-क्या बोलती रहीं, फिर वे दोनों हाथों को ज़मीन पर टेकती हुई उठीं और अपनी लाठी लेकर चली गईं।

पूरा परिवार एक बार फिर अल्ली की यादों में खो गया। उसकी एक-एक बात का ज़िक्र हुआ। फिर बुद्धू और भूरी घुघापुर के लिए रवाना हो गए।

जेठ का महीना। गर्मी ख़ूब पड़ रही थी। खेत-खलिहान का काम था नहीं, गाँव के लोग जहाँ-तहाँ बैठकर ताश और अठारागोटिया खेलकर दुपहरिया काट रहे थे। बुद्धू अपने परिवार को लेकर बलापुर में ही आ गया था। घुघापुर में सिर्फ़ उसकी डिस्पेंसरी-भर रह गई थी। वह सुबह-सवेरे घुघापुर चला जाता और देर रात को घर लौटता। जब किसी विशेष दवा या इंजेक्शन की ज़रूरत होती तो पहले वह करमा जाकर 'खान मेडिकल हाउस' से कोई व्यवस्था करता, या फिर सीधे शहर—यानी इलाहाबाद चला जाता। डा. रफ़ी अहमद सिद्दीक़ी उस दिन भी इलाहाबाद में ही थे, जबकि शाम के चार बजते-बजते सुनने में आया कि विपक्ष के सारे बड़े-बड़े नेता गिरफ़्तार कर लिए गए हैं और कांग्रेस के कई महत्त्वपूर्ण नेताओं ने पार्टी छोड़ दी है। देश में इमरजेंसी लग गई है, गुंडे-बदमाश 'मीसा' और 'डी.आई.आर.' में पकड़े जा रहे हैं।

शहर में यह ख़बर किसी ख़बर की तरह नहीं, बल्कि किसी हादसे की सूचना की तरह फैली थी और पूरा माहौल एक अजीब-से सन्नाटे में तब्दील हो गया था। डा. सिद्दीकी को लगा कि जब हेमवतीनन्दन बहुगुणा, राजनारायण, मोरारजी देसाई और जयप्रकाश नारायण जैसे नेताओं की कोई औकात नहीं रह गई है, तो उसकी क्या बिसात है? पता नहीं दिल्ली से कब क्या आर्डर आ जाय? इसलिए वह सिविल लाइन से रिक्शा करके सीधे गऊघाट पहुँचा और गाँव के इक्केवाले को खोजने लगा। मगर इत्तेफ़ाक़ कि बचानू इक्केवाले को भी इसी तरह का डर लगा था और वह अपने टाइम से घंटा-भर पहले ही भाग लिया था। मजबूरन डा. बुद्धू ने एक ट्रक का सहारा लिया और किसी तरह घूरपुर तक पहुँचकर वहाँ से पैदल चलते हुए सूरज डूबते-डूबते बलापुर पहुँचा। रास्ते में उसने सोचा था कि गाँव चलकर इस महत्त्वपूर्ण घटना की सूचना वह ख़ुद अपने मुँह से देगा। पर यह जानकर वह बहुत निराश हुआ कि बलापुर में यह ख़बर पहले ही पहुँच चुकी है।

जुलाई आते ही गाँव में एक अजीब तरह की हलचल शुरू हो गई। पढ़वइया लड़के अपने नए दर्जों की किताबें इकट्ठी करने लगे। जिसके पास पैसे इफ़रात थे, उसने नई किताबें ख़रीदीं। जिसके पास कम थे, उसने आधे दाम में पुराने छात्रों की किताबें

लीं। फटी हुई किताबों को लसोरा या लेई से चिपका-चिपकाकर दुरुस्त किया और चढ़ौना चढ़ाकर उन पर अपना नाम लिखा, नया दर्जा भरा। फिर बारिश की फुहार में भीगते हुए सब चल पड़े छीतूपुर की ओर। ताहिरा, मुनिया और बुद्धू की बिटिया कल्लो भी स्कूल गईं; मगर कयथाने में चलनेवाली कन्या-पाठशाला बन्द थी। पता चला, लता बहिनजी का ट्रांसफर हो गया है। दूसरी बहिनजी के आने का अभी कुछ तय नहीं है।

इस ख़बर से रनिया बहुत ख़ुश हुई। बहू को चूड़ी पहनाने का ढंग मालूम नहीं है, उसकी कमी बिटिया पूरी करेगी। उसका अपना पौरुख तो जवाब दे गया है।

बरसात के चार महीने बैठे-ठाले गुज़र गए। कजरी-तीज भी यूँ ही निकल गए। स्त्रियों में पहले जैसा उत्साह नहीं रहा। इस बार तो जमजुतिया का मेला भी नहीं जमा। लेकिन अगहन उतरते ही लगन तेज़ हो गई।

उस दिन गोंती की बम्हनौटी में गौना पहनाने जाना था। ताहिरा नए-नए नामों वाली चूड़ियाँ छाँट रही थी। उन दिनों 'पाकीज़ा' और 'शोर' की बहार थी। चूड़ियाँ तो चूड़ियाँ, साड़ियाँ और लेडीज़ चप्पलें तक इन्हीं नामों वाली लोकप्रिय थीं। नए ज़माने की स्त्रियाँ इन्हीं को पसन्द करती थीं। कामदानी चूड़ियों और कुमकुमों के दिन तो कबके लद चुके थे।

ताहिरा की तैयारी अभी पूरी भी नहीं हो पाई थी कि बाहर साइकिल की घंटी टुनटुनाई। फिर किवाड़ खुलने की आवाज़ हुई। और भीतर घुसते ही बुद्धू बरस पड़ा :

"उठो। उठ चल।"

ताहिरा थर-थर काँपने लगी। वह तत्काल उठी और सिर पर दुपट्टा सरकाती हुई भीतर चली गई।

"अम्माँ।" बुद्धू ने ज़ोर से पुकारा तो रनिया "का है रे" कहती हुई बाहर आ गई।

"ये क्या हो रहा है? ताहिरा अब चूड़ी पहनाने जाएगी? जब हमारी पढ़ाई छूटी तब भी तुम खुश हुईं और अब ताहिरा की पढ़ाई छूटी, तब भी तुम खुश हो। आखिर क्या चाहती हो तुम? चुड़िहारों के बच्चे भी चुड़िहार बनकर ही जिन्दगी काटें? मगर अब ई सब नहीं होगा। समझीं? ताहिरा गँवईं नहीं जाएगी।"

"तब का हम जाएँ।" रनिया ने दुख और क्रोध से भरी आवाज़ में कहना शुरू किया, "जिन्दगी-भर भौंकी ढो-ढोके, गंतड़ा धो-धोके, खुद पानी पीके अउर तुम पंचन को खाना खिलाके जउने अम्माँ ने पाला-पोसा अब चउथेपन में भी का उहै सब कुछ करै? आखिर बेटवा-बिटिया कउने दिने के वास्ते होते हैं?"

इतना कहते-कहते रनिया रोने लगी। मगर बुद्धू यानी डा. रफ़ी अहमद सिद्दीक़ी पर कोई असर नहीं पड़ा।

"का हम ई कहते हैं कि तुम जाओ चूड़ी पहनाने? हम तो कहते हैं, कोई न जाए। हम क्या कम कमाते हैं? क्या इतने में घर का खर्चा नहीं चल सकता?"

"हाँ-हाँ, हम समझती हैं सब। तुम्हें अपनी कमाई का गुमान है अउर कुछ नहीं। मुलाँ बेटवा, अपने खानदानी पेसे को भूल जाना भलमनइन का काम नहीं है।"

रनिया थोड़ा नरम पड़ती हुई बोली तो बुद्धू माँ के एकदम पास आ गया। बोला :

"देखो अम्माँ, खानदानी पेशा कुछ नहीं होता, समझीं। हो सकता है आगे चलकर हमारा खानदानी पेशा डाक्टरी करना हो जाय। चुप रहो। रो-रोकर अपना जी न खराब करो।"

बुद्धू के प्यारभरे दो बोल ने रनिया को तो चुप किया ही, ताहिरा को भी ख़ुश कर दिया। उसने मन ही मन तय किया कि मौक़ा निकालकर भाई से वह अपनी पढ़ाई जारी रखने के बारे में ज़रूर बात करेगी।

अशोक कुमार पांडे परेशान थे। लेकिन उनकी परेशानी के मूल में कोई एक कारण हो, ऐसा नहीं था। राजनीति से लेकर अपने व्यक्तिगत जीवन तक में उनकी चिन्ताओं के बीज छिपे हुए थे। स्व. पं. सृष्टिनारायण पांडे ने उन्हें जिस पटेलवाद की शिक्षा दी थी, उसे व्यावहारिक रूप प्रदान करने की स्थितियाँ नहीं बन रही थीं। गाँव में स्थित एकमात्र मन्दिर के खँडहर के बारे में उन्होंने बहुत जाँच-पड़ताल की, मगर हर तरह से यही साबित हुआ कि अपनी दुर्दशा का कारण मन्दिर स्वयं है, न कि कोई विधर्मी। अतएव, सोमनाथ की तर्ज पर उसके जीर्णोद्धार का प्रश्न ही नहीं उठता था। रही बात समाज में अपनी प्रतिष्ठा को सर्वोपरि रखने की तो गाँव के चमार-पासी तक अब मोटरसाइकिलों पर घूमने लगे थे। उनकी कलाइयों पर भी घड़ियाँ चमकती थीं और घरों में ट्रांजिस्टर बजते थे। ऐसी स्थिति में पं. अशोक कुमार पांडे की परेशानी जायज़ थी। और ऐसे परेशान व्यक्ति के लिए अन्तिम शरण होती है—पत्नी। किन्तु पं. अशोक कुमार पांडे अपनी पत्नी से इसलिए असंतुष्ट थे कि वह आयु में उनसे अधिक थी। उसकी काया भी उनकी तुलना में दोगुनी थी। वह तो गनीमत थी कि पं. अशोक कुमार पांडे को छीतूपुर के स्कूल में सी.टी. ग्रेड की अध्यापकी मिल गई थी, वरना जीवन कटना मुश्किल ही था। मगर बुरा हो इमरजेंसी का, कि पिछले दो माह से तनख्वाह ही नहीं मिल रही थी। ऊपर से आदेश था कि जब तक विद्यालय का हर अध्यापक नसबन्दी न करा ले तब तक वेतन न दिया जाए। देश की जनसंख्या बहुत बढ़ गई है; उसे रोकना ही होगा। हाँ, जो अध्यापक ख़ुद नसबन्दी न कराएँ, वे कम से कम तीन लोगों को नसबन्दी के लिए प्रेरित करें और इस सन्दर्भ में पूरे प्रमाण-पत्र पेश करें। यद्यपि यह क़ानून उन्हीं अध्यापकों के लिए था जिनके दो से अधिक बच्चे थे; जबकि पं. अशोक कुमार पांडे अभी पूर्णतया संतानविहीन थे, मगर वे अपने मित्र, पी.टी. टीचर श्री रमाशंकर पांडे के

लिए चिन्तित थे, जो नसबन्दी नहीं कराना चाहते थे और प्रेरित 'केस' मिलने की फ़िराक़ में थे। वेतन न मिलने से दुखी भी वे ही थे न कि पं. अशोक कुमार पांडे। यानी उनकी परेशानी के केन्द्र में था मित्र का दुख, न कि अपना। उन्हें सोते-जागते बस गुँसाईंजी की एक ही बात सताया करती थी : 'परहित सरिस धरम नहिं भाई।' वे इसी पंक्ति को याद करके इतना परेशान हो जाते थे, कि अगली पंक्ति तक पहुँचने की नौबत ही नहीं आती थी।

उन दिनों नसबन्दी के लिए सरकारी अस्पतालों में विशेष प्रबन्ध किए गए थे। मगर सर्टिफ़िकेट तो किसी भी तरह का चल जाता था। इसलिए पं. अशोक कुमार पांडे ने लाख कोशिश की कि अपने मित्र के लिए डा. रफ़ी अहमद सिद्दीक़ी से दो-तीन सर्टिफ़िकेट ले लें, मगर उन्हें कोई सफलता नहीं मिली। जिस रोज़ पं. अशोक कुमार पांडे सर्टिफ़िकेट के लिए ज़ोर डाल रहे थे, बवाली वहीं बैठा था। उसने बुद्धू का पक्ष लेते हुए स्पष्ट शब्दों में कहा :

"नहीं महराज, अब ई सब तो न करावैं आप। जियै खाये दें। मुकदमा त चलाई रहे हैं।"

बस! पं. अशोक कुमार पांडे ख़ामोश हो गए। अब उनका तन नहीं, मन सक्रिय हुआ। उन्होंने इस मुद्दे पर सोचा। बार-बार सोचा। फिर वे कमर में देसी कट्टा बाँधकर गए शहर और सर्टिफ़िकेट ले आए। समस्या हल हो गई। विद्यालय के अध्यापकों को वेतन मिल गया। सारे अध्यापक प्रसन्न हो गए।

उसी साल विद्यालयों में पैनल इंस्पेक्शन भी हुआ। उन दिनों देश की राजनीति में दो ही चीज़ें प्रमुख थीं : संजय गांधी और बीस सूत्री कार्यक्रम। बीस सूत्री कार्यक्रम में एक कार्यक्रम था—वृक्षारोपण। इंस्पेक्शन के दौरान इंस्पेक्टर आफ़ स्कूल्स ने प्रिंसिपल से पूछा, "इस कार्यक्रम के अन्तर्गत आपने अपने विद्यालय में कितने पेड़ लगवाए?" प्रिंसिपल अवाक्। तभी पं. अशोक कुमार पांडे ने सामने खड़े नीम के पेड़ की ओर संकेत करते हुए कहा, "नीम के तीन पेड़ लगवाए थे सर, जिनमें से दो सूख गए; बस यही एक बचा है।" इंस्पेक्टर मुस्कराया। प्रिंसिपल चकराया। मगर विद्यालय की इज़्ज़त बनी रह गई। बस क्या था, पं. अशोक कुमार पांडे हीरो हो गए। अब तो तरह-तरह की सरकारी और ग़ैर-सरकारी संस्थाओं के कर्मचारी उनसे मदद माँगने के लिए आने लगे। देखते ही देखते वे सौ बीमारों के एक अनार हो गए।

जाड़ा ख़ूब पड़ने लगा था। मगर बुद्धू अब भी सुबह-सवेरे नौ बजे घुघापुर पहुँच जाता था। उसके मरीज़ तो आठ बजे से ही डिस्पेंसरी में धरना देना शुरू कर देते थे। उनका स्वागत करने के लिए बवाली वहाँ सात बजे ही आ जाता था और बाहर रखी बेंच पर जम जाता था। मगर उस रोज़ डिस्पेंसरी में न तो कोई मरीज़ था न बवाली।

"डाक्टर साहब, गजब हुई गवा," बग़ल के 'पागल पान भंडार' वाले लड़के ने बुद्धू के पहुँचते ही ख़बर सुनाई, "बवाली को पुलुस पकड़ ले गई। ऊ नक्सलाइट रहा का डाक्साब?"

"आँय!"

बुद्धू ने बस इतना ही कहा और अपनी डिस्पेंसरी का ताला खोलकर भीतर घुस गया।

बुद्धू के दवाख़ाने में उस दिन कोई मरीज़ नहीं आया। सड़क पर आने-जानेवाले लोगों ने उसकी तरफ़ इस तरह देखा मानो वह डाक्टर नहीं कोई कातिल हो।

बुद्धू दिन-भर अपनी डिस्पेंसरी में ख़ाली बैठा रहा। शाम की सब्ज़ी-भर का इंतज़ाम भी नहीं हुआ। दिया-बत्ती के समय वह उठा और बुझे मन से साइकिल चलाता हुआ बलापुर की तरफ़ चल पड़ा।

तालाब के भीटे पर बड़ी चहल-पहल थी। बंगाली बाबू की दुकान में भीड़ लगी थी। गाँव के किशोर और नौजवान लल्लू को छेड़ रहे थे। डा. रफ़ी अहमद सिद्दीक़ी को देखकर हँसी-ठट्ठा में थोड़ा व्यवधान पड़ा, मगर थोड़ी देर बाद ही वह पुनः आरम्भ हो गया। तब लल्लू उठा और डा. रफ़ी अहमद सिद्दीक़ी उर्फ़ बुद्धू की तरफ़ कातर नेत्रों से देखता हुआ महुवारी की तरफ़ चल दिया। पल-भर बाद बुद्धू भी वहाँ से चल पड़ा। ललुआ थोड़ा लँगड़ा रहा था। जैसे उसकी एक टाँग ज़ख़्मी हो गई हो। मगर बुद्धू को मालूम हो चुका था कि पं. अशोक कुमार पांडे ने एक 'केस' देने के चक्कर में उसकी नसबन्दी करा दी है।

"आई एम एन इंपोटेंट नाउ। डू यू नो डाक्टर?"

आगे लल्लू था, पीछे बुद्धू। खेत की मेंड़ बहुत पतली थी। दोनों ही सँभल-सँभलकर चल रहे थे। ललुआ के शब्दों ने डा. रफ़ी अहमद सिद्दीक़ी को आहत कर दिया था। मगर वह चुप था।

"ओनली गाड इज ग्रेट।"

थोड़े अन्तराल के बाद लल्लू अपने आपमें बुदबुदाया और लँगड़ाता हुआ गाँव की गलियों में खो गया।

10

लगभग एक बरस बाद की बात है।

काछी के कुएँ से नीचे, दोनों तरफ़ खेत थे। बीच की मेंड़ सदा-सर्वदा से रास्ते की भूमिका निभाए जा रही थी। दाहिनी ओर के खेत की सीमा जहाँ ख़त्म होती

थी वहाँ पसियाने की गड़ही थी और बाईं तरफ़ के खेत की सीमा पर चमरौटी की गड़ही। उन दिनों दोनों गड़हियाँ लबालब भरी हुई थीं। खेतों में धान की पकी हुई फ़सल खड़ी थी। बालियों में लगे नन्हे-नन्हे कलछौहें खील हाल ही में ब्याई बकरी की दूधभरी छीमियों की तरह लग रही थीं। मेंड़ पर चलते हुए बच्चे जब किसी बाली में से कोई खील नोचकर उसे अपनी अँगुलियों में दबाते तो अँगुलियाँ दूध से तर हो जाती थीं। यानी इस बरस धान ख़ूब पैदा होगा। बलापुर के किसान अपनी फ़सल को लेकर आश्वस्त थे। सड़क के उस पार तो धान के खेत इस प्रकार लहलहा रहे थे मानो गाँव की सारी विवाह-योग्य कन्याओं का ब्याह तय हो गया हो और वे इठला-इठलाकर परस्पर अपनी ख़ुशियाँ लुटा रही हों। बलापुर ही क्या इर्द-गिर्द के गाँवों का समूचा सिवान 'काला नमक' और 'जीरा बत्तिस' की गंध में पगा हुआ था।

मगर दुखी जनों के लिए सब व्यर्थ था। उनकी दृष्टि में मनोरम कुछ भी नहीं। न प्रकृति, न फ़सल। न फूल, न फल। न दाना, न पानी। न चाँद, न सूरज। उनके लिए हर चीज़ में, हर बात में बस दुख ही दुख था। वे दुखी थे कि ऐसा क्यों हो रहा है? ऐसा क्यों नहीं हो रहा है? अगर ऐसा हो गया तो क्या होगा? अगर ऐसा न हुआ तो क्या होगा?

स्व. पं. सृष्टिनारायण पांडे की हत्या का मुक़दमा इलाहाबाद की कचहरी में कछुए की चाल चल रहा था। पं. अशोक कुमार पांडे पानी की तरह पैसा बहा रहे थे। उनकी प्रबल इच्छा थी कि तीनों मुल्ज़िमों को न सही, पर कम से कम एक को तो आजीवन कारावास हो ही जाय। उन्होंने कई-कई प्रयत्न किए कि रामदेव को फोड़ लें और वह शेष दोनों मुल्ज़िमों के ख़िलाफ़ बयान दे दे। मगर वह टस से मस नहीं हुआ। तब पं. अशोक कुमार पांडे ने अपने पिता की सहायता चाही। बोले :

"पिताजी, यदि आप अपनी पार्टी का दबाव डलवा सकें तो सफलता निश्चित है।"

पं. दयाशंकर पांडे मौन रहे। उस समय वे गीताप्रेस गोरखपुर द्वारा प्रकाशित श्रीमद्‌भगवद्‌गीता का पारायण कर रहे थे और एक श्लोक को लेकर ऊहापोह में फँसे हुए थे कि यह मूलत: महाभारत के कवि का उद्‌बोधन है, अथवा उपनिषद् का : नैनं छिंदंति शस्त्राणि नैनं दहति पावक:। न चैनं क्लेदयंति आपो न शोषयति मारुत:।

"पिताजी, आपने कोई उत्तर नहीं दिया?"

पं. अशोक कुमार पांडे ने खीजकर उनसे पूछा तो पं. दयाशंकर पांडे ने अपना चेहरा उठाया, उसे आकाशोन्मुख किया और धीर-गम्भीर स्वर में बोलना शुरू किया :

"देखो असोक, पहली बात तो ये कि अब हमारी पार्टी का राज नहीं, जनता पार्टी का राज है। यह जमाना बाम्हनों-ठाकुरों का नहीं, अहिरों-गड़रियों का है। परिस्थितियाँ विपरीत हैं। इसलिए पार्टी की सहायता का प्रश्न ही नहीं उठता। रही हमारी बात, तो हमें नहीं लगता कि चाचाजी की हत्या में उनका हाथ है, जिन्हें इस मुकदमे में फँसाया गया है..."

"बस...बस...समझ गया।" बेटे ने बाप को बीच में ही टोक दिया। "आपकी नीति भला कांग्रेस की नीति से भिन्न कैसे हो सकती है? हरिजन और मुसलमान तो उसके अन्नदाता हैं न।"

इस पर पं. दयाशंकर पांडे की त्योरियाँ चढ़ गईं। सूरज की तेज़ रोशनी में चमकने वाले पथरीले पर्वत की भाँति उनका चेहरा तमतमा उठा। पं. अशोक कुमार पांडे ने अपनी यज़दी स्टार्ट की और धूल उड़ाते हुए अदृश्य हो गए।

पं. अशोक कुमार पांडे जब गाँव की गलियों में चक्कर लगाते हुए सड़क की तरफ़ जा रहे थे, तभी उनकी निगाह बिशुन भाट की दालान में पड़ी, जहाँ तखत पर फटी-पुरानी किताबों का अंबार लगा था और अजय उन्हें झाड़-पोंछ रहा था। पं. अशोक कुमार पांडे चौंके। "कहीं ऐसा तो नहीं कि ये लोग ललुआ की प्रापर्टी पर अपना कब्जा जमाना चाहते हैं?" वे शंकालु हुए। उन्होंने मन ही मन तय किया कि उनके जीते-जी यह नहीं हो सकेगा। तब तक वे सड़क की पुलिया पार कर गए थे और अब उनके पीछे सिर्फ़ धूल ही धूल नज़र आ रही थी।

अजय ने गाँव में एक नया काम करने की योजना बनाई थी। अब वह रामलीला में लक्ष्मण का 'पाठ' करनेवाला भोला-भाला बालक नहीं था। अब वह बड़ा हो गया था और बहुत कुछ सोचने-समझने लगा था। वह प्राय: चुप-चुप रहा करता था। बस काम-भर की बात बोलता और अपनी राह चल देता। बिलावजह हँसना, बिलावजह बहस करना और बिलावजह किसी मामले में पड़ना उसे क़तई पसन्द नहीं था। गाँव के पढ़े-लिखे लड़के उसे 'दर्शनिक' कह-कहकर चिढ़ाते थे। घरवालों को भय था कि कहीं ललुआ की तरह यह भी न पागल हो जाय। मगर वह अपनी धुन में मस्त था। अब वह शहर के क्रिश्चियन डिग्री कालेज का विद्यार्थी था। अपनी साइकिल से रोज़ कालेज जाता और देर रात को गाँव लौटता। शहर में उसने देखा था कि जगह-जगह पुस्तकालय खुले हुए हैं जहाँ ढेरों पुस्तकें, अख़बार तथा पत्रिकाएँ आदि रखी हुई हैं। छात्रों-छात्राओं के अलावा आसपास के अन्य लोग भी अपने ख़ाली समय में उन्हें पढ़ा करते हैं। फिर बाहर निकलकर अपने पढ़े हुए को दूसरों को सुनाते हैं, आपस में विचार-विमर्श करते हैं। इस प्रकार उनके सोचने-समझने के स्तर का, उनकी चेतना का विकास हो रहा है। तो, क्यों न अपने गाँव बलापुर में भी इस प्रकार का एक पुस्तकालय खोला जाय? 'बलापुर ग्रामीण पुस्तकालय।' अजय के मन में यह विचार पैदा हुआ और उसने कोशिश शुरू कर दी। उसके पास प्रेमचंद का 'गबन', जगदीशचंद्र माथुर का 'कोणार्क', कालिदास का 'अभिज्ञान शाकुंतलम्' तथा कहानियों-कविताओं के कुछ संकलन और इतिहास विषय की छात्रोपयोगी पुस्तकें तो पहले से ही विद्यमान थीं; उसने अपने सहपाठियों

तथा मित्रों आदि से कुछ अन्य पुस्तकें भी उपलब्ध की और उन्हें बिशुन भाट की दालान में डाल दिया। इसके बाद उसने गाँव के कयथाने और बम्हनौटी से कुछ धार्मिक पुस्तकें तथा कुछ सामाजिक उपन्यास आदि जमा किए। ऐसे उपन्यास गाँव के पसियाने और चमरौटी तक में मिल गए। हालाँकि उनमें से कई का स्तर बहुत निम्न था, मगर अजय का ध्यान अभी सिर्फ़ संख्या पर ही केन्द्रित था। स्तर सुधारने का काम तो बाद में भी हो सकता है। यही सोचकर उसने फटी-चिटी तथा कम पन्नोंवाली किताबें भी रख लीं। यहाँ तक कि लल्लू के पिताजी की ज्योतिष-सम्बन्धी पुस्तिकाएँ भी उस भंडार में उसने भर लीं। यही नहीं, अपनी उस योजना पर काम करने के दौरान उसे दो नायाब चीज़ें भी गाँव में मिलीं, जिनमें से एक थी लाला नवाब बहादुर श्रीवास्तव के घर से प्राप्त पांडुलिपि, जो फ़ारसी लिपि में थी और दूसरी स्व. बिशुन भाट की एक कापी, जिसमें उनकी स्वरचित कविताएँ लिखी हुई थीं। यद्यपि बारिश में भीग जाने के कारण कापी की लगभग सारी कविताएँ मिट-सी गई थीं, मगर जो पंक्तियाँ पढ़ी जा सकती थीं वे अद्‌भुत थीं। अजय उस समय बिशुन भाट की एक रचना को पढ़ने की कोशिश कर रहा था :

जौ भरे के जेहरी जवाहिर सों लौंग भरी
फूल भर की अँगिया औ तोला आप रस की
...
तौ भीतर कौ झपकी
...
केसन के भार तिरिया कई बार लचकी

'बलापुर ग्रामीण पुस्तकालय' का सपना न केवल अजय के लिए, बल्कि अपने गाँव-देस की उन्नति में रुचि रखनेवाले सभी लोगों के लिए एक ऐसा सपना था, जिसके सच होने का इंतज़ार बहुत बेसब्री के साथ किया जा रहा था। करमा बाज़ार के स्थानीय नेता रामबरन यादव के माध्यम से यह बात उच्चस्तरीय नेताओं तक भी पहुँच चुकी थी और पुस्तकालय के लिए आर्थिक अनुदान का आश्वासन मिल चुका था। मगर राजनीति के ऊँट ने कुछ ऐसी करवट बदली कि जयप्रकाश नारायण तो ख़ैर डाइलिसिस पर ही थे; जनता पार्टी कच्ची ईंटों के झोंपड़े की तरह भहरा पड़ी। उधर चिकमंगलूर की जनता ने इंदिराजी के प्रति अपनी श्रद्धा एवं भक्ति का ऐसा प्रदर्शन किया कि चिकमंगलूर को लंगूर और बन्दर वग़ैरह कह-कहकर चिढ़ानेवाले लोग भी बस खिसियाके रह गए।

अर्थात् न चली रामबरन यादव की और न चली उच्चस्तरीय नेताओं की। मगर अजय का संकल्प अपनी जगह बरक़रार रहा।

उन दिनों शाम के आकाश पर बादलों की बहुरंगी तस्वीरें बन जाती थीं। कभी किसी कोने पर कोई हाथी चलता हुआ दिखाई पड़ता तो कभी किसी ओर से बारहसिंघा की सींगें उभरने लगतीं। कहीं पर्वत खड़ा होता तो कहीं झील लहरा उठती। बादलों से बनी ये तस्वीरें लोगों को उल्लास से तो भरती ही थीं, चौंकाती भी थीं। गाँव के लोगों को प्रकृति के खेल में जीवन-जगत के अनेक रहस्य छिपे हुए दिखाई पड़ते थे।

"अरे बहिन, जब हमार बड़का बेटउना दुइ बरस के रहा, त एक दाईं बढ़नी देखाई पड़ीं। अरे बहिन ऊ बरस अइसन अकाल पड़ा कि अब हम का बताईं? कुआँ-पोखरा सूख गयेन, गाय-गोरू मरि गयेन, गाँव के मनई तो भागि-भागि के कजनी कहाँ चले गयेन।"

तोते पासी के सहन में बैठी हुई स्त्रियों में से एक ने आकाश की तस्वीरों को देखते हुए अपना अनुभव सुनाया तो दूसरियों का संकोच भी टूट गया। सब अपने-अपने मन की कहने लगीं। जवाहर हलवाई की बहू ने कहा :

"हाँ बहिन, सच्ची। अकास में बढ़नी निकरै तै समझो राजा पर बिपत पड़े वाली है। अउर राजा पर बिपत पड़ी त का परजा कउनो सुख भोगी।"

इस पर मोती बनिया की बहू ने बुरा-सा मुँह बनाया और मानो चिढ़ती हुई-सी बोली :

"अरे हाँ, राजै लोगन पर बिपत पड़त त का पूछे का रहा! बिपत तो गनेस की अम्माँ, गरीबन पर पड़ति है। तुहँई देखो, भूरी बिटिया पर केतनी बिपत पड़ी है। हमरे पाँड़े बबा की पंड़ाइन कइसे सिधार गईं खून थूक-थूकके। अउर हमारी इन्निराजी हैं कि मरके जिन्दा हुई गईं। देखितिउ नाहीं, सान से राजपाट चलाय रही हैं। गुमान एतना कि ओहर बेटवा आँख मूँदिस, एहर बहुरिया के घर से बाहर कइ दिहिन। अरे गनेस की अम्माँ, अब नवका जमाना है, नवका। ऊ ललुआ के देखिउ..."

ललुआ का नाम सुनते ही सारी की सारी स्त्रियाँ आँचल का कोना मुँह में ठूँसकर हँसने लगीं। कई तो एकदम लहालोट हो गईं।

"च्च: च्च: बिचारा ललुआ," अपनी हँसी को ज़बर्दस्ती दबाती हुई पसियाने की ही एक स्त्री ने कहना शुरू किया, "कजनी ऊ जनम में बिचारा कउन पाप किहे रहा कि मरद से यकदम्मै नामरद हुई गवा।"

"ऊ मरद रहा का रे, तोका कइसे मालुम?"

पीछे से एक अन्य स्त्री ने धीरे से यह सवाल किया तो जवाब में तोते पासी का पूरा सहन अट्टहास से गूँज उठा।

बादलों से बनी हुई तस्वीरें अब मिट चली थीं। आकाश में टुप-टुप तारे चमकने लगे थे। उनमें से कुछेक तारे ख़ूब दमक रहे थे। मगर अँधेरा घना था। चाँद उगने में अभी कितनी घड़ियाँ शेष थीं यह बात किसी को नहीं मालूम थी। घड़ी देखकर समय बताना तो गाँव की लगभग सारी स्त्रियों ने समझ लिया था, मगर 'घड़ियों'

के हिसाब से वे अपरिचित थीं। इसलिए, "अच्छा बहिन, अब चलैं" कहती हुई सब उठ गईं। भूरी की बहिन जमुना हाथ में टार्च लिये देर तक बाहर खड़ी रही और मन ही मन गर्व का एहसास करती रही कि अब उसका घर सिर्फ़ एक पासी का घर नहीं है बल्कि वह डा. रफ़ी अहमद सिद्दीक़ी की ससुराल भी है। उस पर क़त्ल का मुक़दमा चल रहा है तो क्या? मुक़दमा तो झूठा भी हो सकता है। मगर रिश्ता? रिश्ते की सचाई दुनिया की सबसे बड़ी सचाई है।

डा. रफ़ी अहमद सिद्दीक़ी उर्फ़ बुद्धू घुघापुर के अपने दवाख़ाने में बैठा था और मरीज़ों के लिए दवाएँ तजवीज़ कर रहा था। दिसम्बर का महीना था। शीतलहरी बह रही थी। दिन-दिन भर आकाश पर बदली छाई रहती थी। यदा-कदा बूँदा-बाँदी भी हो जाती थी। गर्म कपड़े नाकाफ़ी लग रहे थे। जगह-जगह कउड़े जलाकर वातावरण को गर्म करने की कोशिशें की जा रही थीं। बुद्धू ने अपनी डिस्पेंसरी में एक रूम-हीटर जला रखा था। कमरे को गर्म करनेवाली उस 'मशीन' को गाँव के मरीज़ ध्यान से देख रहे थे।

"ई अमेरिका से मँगाए हैंन का डाकसाब...?" किसी ने पूछा तो बुद्धू मुस्कराया।

"नहीं, इंडियन है। इंडिया को आखिर क्या समझते हो तुम लोग? इंडिया में ऐसा बहुत कुछ है जो अमेरिका, रूस और जापान तक में नहीं है। समझे?"

"हाँ-हाँ, समझ गए।"

यह आवाज़ सड़क से आई और बुद्धू चौंक उठा। सामने बवाली खड़ा था। वह अभी कुछ दिनों पहले ही जेल से छूटा था। बवाली भीतर आकर एकदम हीटर के पास उकड़ूँ बैठ गया और उस पर अपनी दोनों हथेलियाँ फैला दीं।

"नकल के मामले में हमारी इंडिया का कोई जवाब हो नहीं है।"

बवाली ने इत्मीनान से कहा और बैठा हाथ सेंकता रहा।

"कम से कम तुम्हें तो ये बात नहीं कहनी चाहिए बवाली।"

बुद्धू ने ज़रा सख़्त लहजे में यह बात कही तो बवाली उठकर ठीक उसके सामने की बेंच पर बैठ गया।

"क्यों?" बवाली की आवाज़ ज़रा भारी हो गई। "इसलिए कि मैं अब कांग्रेसी हो गया हूँ और देस में कांग्रेस की सरकार है। क्यों? मगर देस का मतलब कांग्रेस तो नहीं होता। देस, देस है; कांग्रेस, कांग्रेस। देस अगर नक़लची है तो उसे नक़लची कहना ही चाहिए। सच बोलना मनुस्य का परम करतब्य है।"

"बस-बस।" डा. रफ़ी अहमद सिद्दीक़ी ने उसे रोक दिया। सच बोलने को भला कौन बुरा कहेगा भाई, मगर इस तरह के सच तो शायद बहुत बड़े सच हैं। तो और जो छोटे-छोटे सच हैं? मतलब, हमारे अपने सच...।

"देखो बुद्धू, तुम 'डाक्टर साहब' हो तो हमारी बदौलत हो। हमारी जनता की बदौलत हो। हम जानते हैं कि तुम क्या कहना चाहते हो। हमें तुम हमारी सचाई बताना चाहते हो? क्यों? तो ये समझ लो, कि डाक्टरी करनी है तो होस-हवास सँभालके करो। समझे?"

इतना कहकर बवाली उठा और सड़क की तरफ़ जाकर ओझल हो गया। बुद्धू मुस्कराया। "क्रांति। सशस्त्र क्रांति। समग्र क्रांति।" किसी समय बवाली के कहे हुए ये शब्द उसके कानों में गूँजे; फिर क्रमश: मिटते चले गए। जैसे कापी पर पानी पड़ी हुई इबारतें अपनी पहचान खो देती हैं।

लगभग छह महीने बाद की बात है।

जेठ उतर रहा था। आसमान पर बादल के इक्के-दुक्के टुकड़े टहलते हुए दिखाई पड़ने लगे थे। दिन में बवंडर चलते थे और शाम को ख़ूब आँधी आती थी। कभी-कभी गर्मी कम होने का भ्रम भी होता था। मगर बदरहा घाम की तपिश तो सामान्य धूप की गर्मी से भी बीस ही थी। दूर-दूर तक कटी हुई फ़सलोंवाले खेत मसें भीग रहे युवाओं की भाँति इस बरस के लगन की प्रतीक्षा कर रहे थे। वे अपने ढेले जैसी बड़री आँखों से निरन्तर आसमान को निहार रहे थे, जहाँ बादलों के अतिरिक्त उनका भविष्य भी छिपा हुआ था। ऐसे प्रतीक्षारत खेतों के फैलाव में कहीं-कहीं हरियाली के जो पैबन्द से दिखाई पड़ रहे थे, वे थे गन्नों के खेत। गन्ना अपने किसान को बहुत दुख देता है। गुड़ के एक छोटे से रोरे के वास्ते कितना कलेस सहना पड़ता है। जेठ जरै, माघ ठरै, तब मुँह में रोरा धरे!

रनिया चूड़ियों की भौंकी काँख में दबाए पतेवरा से लौट रही थी और खेती-किसानी की पुरानी-धुरानी बातों के बारे में सोच रही थी। सचमुच, कितनी जल्दी कितनी ही बातें, कितनी ही चीज़ें पुरानी हो गईं। मगर मज़े की बात यह कि जो नया है, वही सच लगता है। रनिया की चाल धीमी हो गई थी। वह कभी पहले की बातें सोचती और कभी अब की। भारतगंज का वह तालाब, पहाड़ी पर का मज़ार, मांडा के राजा साहब का महल...सेहरा-मकना से ढका, छत्तुर के नीचे घोड़े पर बैठा अल्ली...करछना से धूल-भरे चौड़े रास्ते पर दौड़ता हुआ एक्का...भउजी से खटपट...पतरस भाई का दुल्लोपुर...नूरू की बीवी...क़िस्मत ने कहाँ-कहाँ भटकाया? फिर...फिर अपना वही बलापुर...अपना गाँव...अपना देस...

रनिया द्वार पर ही ठिठककर खड़ी हो गई। भीतर एक खटोले पर बुद्धू की बिटिया कल्लो पड़ी थी। भूरी सिरहाने की तरफ़ मुँह लटकाए बैठी थी। बुद्धू सिरिंज में कोई दवाई भर रहा था।

"का भै बहू?"

रनिया ने द्वार से ही पूछा तो भूरी ने आँचल सिर पर कर लिया और थोड़ा पीछे हट गई। रनिया ने भौंकी एक तरफ़ फेंकी और खटिया पर झुक गई। कल्लो के बदन पर लाल रंग के छोटे-छोटे दाने उभरे हुए थे। वह कराह रही थी।

"चिकन पाक्स है अम्माँ, ई सुई लगाने से सब ठीक हो जाएगा।"

बुद्धू ने कल्लो की बाँह पर रूई में भीगी हरे रंग की स्प्रिट मलते हुए कहा तो रनिया ने झटके से कल्लो का हाथ छुड़ा लिया।

"नहीं। ई माताजी हैं बेटवा, एम्मे दवाई नाँहीं चलत।"

इतना कहकर रनिया ने भूरी की तरफ़ नज़र उठाई और उसे निर्देश देती हुई बोली :

"बैठी न रहा, जाय के नीब की पताई तोड़ लियावा। अउर सुन, आज से घर में तेल-घी क कउनो चीज न बने। देख बुद्धू, तुहँऊ सुन ले। जब तक बिटिया ठीक न हुइ जाय, गोस-फोस न लाना घर में।"

बुद्धू यानी डा. रफ़ी अहमद सिद्दीक़ी ने माँ से कोई बहस नहीं की। उसका दिल दुखाना उसे अच्छा नहीं लगा। लेकिन जैसे ही रनिया मुँह-हाथ धोने के लिए आँगन में गई, बुद्धू ने कल्लो की बाँह में इंजेक्शन लगा दिया। कल्लो चीख़ी तो रनिया आँगन से ही चिल्लाई :

"का भवा रे?"

"कुछ नहीं अम्माँ, कुछ नहीं।"

भूरी ने तत्काल उत्तर दिया और कल्लो की बाँह सहलाने लगी। कल्लो भी चुप हो गई।

आठ जुलाई की सुबह, जबकि गाँव के सभी छात्र—लड़के भी और लड़कियाँ भी अपने-अपने बस्ते लिये छीतूपुर और करमा के स्कूलों के लिए रवाना हो रहे थे, चमरौटी का एक लड़का बग़ल में ढोलक दबाए, उसे अपनी दाहिनी हथेली से पीटता हुआ एलान कर रहा था :

"बड़ी खुसी की बात है कि हमारे गाँव में अंग्रेजी ढंग का एक नया स्कूल खुल गया है। ई स्कूल अभी बिसुन पंडित की दालान में चलेगा। गाँव के लोग पं. असोक कुमार पांडे के 'सरस्वती सिसु मन्दिर' में ही आपन लड़कन-लड़कियन को भेजें। फीस सिरिफ सत्तर रुपिया। अउर पढ़ाई सब अंग्रेजी में। तरक्की का पहला अउर आखरी चानस..."

"मुनिया अउर कल्लो का नाँव हिंयई काहे नाँहीं लिखाय देतौ।"

रनिया ने एलान सुनकर अपने बेटे से कहा तो जवाब में डा. रफ़ी अहमद सिद्दीक़ी की भवें तन गईं।

"सरस्वती शिशु मन्दिर किसे कहते हैं, जानती हो?"

उसने बहुत गुस्से के साथ यह बात कही और बाहर निकल गया। रनिया कल्लो के बदन पर नीम की टहनियाँ हिलाती बैठी रही।

"न जाने सबको क्या हो गया है?"

उसने बस इतना ही सोचा। तभी उसके सीने में कुछ दर्द जैसा महसूस हुआ और टहनियाँ भूरी को थमाकर वह एक खटिया पर पेट के बल लेट गई।

बाहर हल्की-हल्की फुहार पड़ने लगी थी। धरती किसी जच्चा की देह की तरह महक उठी थी। 'सरस्वती शिशु मन्दिर' का एलान जारी था। ललुआ अपनी दालान के बाहर खड़ा चीख़ रहा था :

"डैम, फूल। ब्लडी, हूस। बास्टर्ड।"

तभी ऐसा लगा, जैसे कहीं पटाखेवाला बम फूटा हो।

और ललुआ का चीख़ना बन्द हो गया।

दोपहर होते-होते बिशुन भाट की दालान के सामने अच्छी-ख़ासी भीड़ इकट्ठी हो गई। मोती बनिया, जवाहर हलवाई, सोमारू भड़भूँजा, रामेश्वर मौर्य, भगतराम उर्फ़ तोते पासी, रामदेव चमार, भोला पासी, भूरी का मौसेरा भाई दुलारे, डा. रफ़ी अहमद सिद्दीकी, अजय, परसोतम यादव, लाला नवाब बहादुर का लड़का, पं. दयाशंकर पांडे...सभी लोग जमा थे। सामने ललुआ की लहूलुहान लाश पड़ी थी। मगर किसी के मुँह से कोई शब्द नहीं निकल रहा था। सबको मानो साँप सूंघ गया था। स्त्रियाँ इधर-उधर मुँह में आँचल दाबे खड़ी थीं।

"सत्तार की अम्माँ आ रही हैं।"

भीड़ में से किसी ने कहा तो सबकी आँखें गली की तरफ़ उठ गईं। सत्तार की अम्माँ अपने एक हाथ को पलकों पर रखे, दूसरे हाथ से लाठी टेकती हुई, कमर झुकाए चली आ रही थीं। किसी ने आगे बढ़कर उन्हें सहारा देने की कोशिश की तो उन्होंने उसका हाथ झटक दिया और दालान के सामने पहुँचकर ललुआ की लाश पर गिर पड़ीं। सत्तार की अम्माँ दहाड़ मारकर रो रही थीं। साथ में बड़बड़ाए जा रही थीं :

"अरे मोर बचवा, तुमने का बिगाड़ा था किसी का? अरे मोरे लाल...का मिल गया तुहें मारके? या अल्ला, जे अइसन किहे बा ऊ निरबंसी होइ जाय..."

फिर अचानक वे खड़ी हो गईं और दुपट्टे से अपने आँसू पोंछती हुई भीड़ से बोलीं :

"खड़े का हो, घूरपुर जाके रिपोट लिखाओ।"

मगर भीड़ से कोई जवाब नहीं मिला। सत्तार की अम्माँ ने एक चेहरे को अपनी अंधी आँखों से देखने की कोशिश की; अपने बहरे कानों को देर तक सजग किए

रहीं, कि शायद कोई ऐसा लफ़्ज़ सुनाई पड़े जो उनके दिल को तसल्ली दे। लेकिन व्यर्थ! भीड़ के मुँह में तो दही जम गया था।

सत्तार की अम्माँ भीड़ से बाहर आ गईं। वे गली में अकेली खड़ी थीं और उनके हाथ-पाँव काँप रहे थे।

"हम जाइथे घूरपुर। हम लिखाएँगे रपट। नामजद। समझे? ई ललुआ का नहीं, पूरे गाँव देस की मरजाद का कतल है।"

इतना कहकर सत्तार की अम्माँ लाठी टेकती हुई आगे बढ़ गईं। भीड़ जैसे खड़ी थी, वैसे खड़ी रही।

अन्तर्कथा

बलापुर से पतेवरा के रास्ते करछना जाते हुए, नाले के उस पार, पगडंडी से दाहिनी तरफ़, ज़रा दूर हटकर नीम का एक पुराना-सा पेड़ था। पेड़ से बीस-बाईस क़दम पर छोटे मुँहवाला एक कुआँ भी था। आसपास भटकटइया और झरबेरी का जंगल जैसा था, जिसमें मदार और पलाश के भी इक्के-दुक्के झाड़ खड़े थे। उस नीम के नीचे भेड़-बकरियाँ चरानेवाले बच्चे सुस्ताया करते थे। जिसके पास लोटा-डोरी होती वह कुएँ का पानी भी पी लेता था। पानी बहुत ठंडा, पर स्वाद में कुछ कसैला था। नीम भी बारहों महीने छाया नहीं देता था। झाड़-झंखाड़ों में काँटे भरे हुए थे। कभी-कभी साँप-बिच्छू भी दिख जाते थे। मगर चरवाहों को वह जगह प्रिय थी। लड़के ही नहीं, लड़कियाँ भी अपनी बकरियाँ लिये वहाँ पहुँच जाती थीं। जाड़ों में झरबेरियाँ लाल-पीले बेरों से लद जाती थीं। गर्मी में नीम की डालियों से रसदार निबोलियाँ महुए की तरह टप्प-टप्प टपकती थीं। उनके लिए यह आकर्षण कम नहीं था। फिर लड़के-लड़कियों को वहाँ लुकाछिपी या आँखमुँदव्वल खेलने का भी भरपूर मौक़ा मिल जाता था। भेड़-बकरियाँ झाड़-झंखाड़ों में इत्मीनान से अपना भोजन पाती रहती थीं।

एक रोज़ सुनने में आया कि नीम के नीचे एक कुटिया बनी हुई है और उसमें कोई पहुँचे हुए साधू-महात्मा अपने चेले के साथ निवास कर रहे हैं। आसपास के झाड़-झंखाड़ सब साफ़ हो गए हैं। जमजुतिया के मेला के बाद वहाँ बहुत बड़ा यज्ञ होने वाला है।

साधू-महात्मा के बारे में तरह-तरह के क़िस्से प्रचलित हो गए थे। गाँव की स्त्रियाँ कहीं बैठतीं तो उन्हीं का बखान सुनातीं :

"अरे गनेस की अम्माँ, जेका ऊ भर नजर निहार देयँ, समझि लेउ तरि गवा ऊ।"

"अरे सुनिउ जवाहर बउ, भाबी क बात, ऊ अइसन बतावेथिन जनुक साच्छात बरहमा जी बोलाथिन।"

"सुना है अब तक त कोऊ ख़ाली हाथ लउटिस नाहीं। बाँझ मेहरारुन क गोदि भरि गऽ। जेकरे लड़किए-लड़की रहिन, ओकरे गोदी में बाबा खेलत बाटै। अरे

हमरे गाँव क भागै अहै कि कउनी कहाँ से अउतरित होइ गयेन महतमाजी। चलौ बहिन कउनो दिना हमहूँ चलिके दरसन कइ आवैं।"

मगर पुरुषों के विचार भिन्न थे। कोई कहता : "फ्राड है अउर कुछ नहीं।" किसी की धारणा थी : "कमाने-खाने का धंधा है सब। गोसाईंजी पहिलवें कहि गए हैं—जाके नख अरु जटा बिसाला, सोइ तापस परसिद्ध कलिकाला।" पढ़े-लिखों का निर्णय था : "इस वैज्ञानिक युग में साधू-महात्माओं को महत्त्व देना मूर्खता के अलावा कुछ नहीं है।" मगर समझदार और अनुभवी लोगों के लिए महत्त्व था। साथ ही आदर भी।" उनका तर्क था : "जब बड़े-बड़े मंत्री और प्रधानमंत्री तक साधू-महात्माओं के आशीर्वाद से फल-फूल रहे हैं तो इस तरह एकदम से इन्हें खारिज कर देना अकलमन्दी का काम नहीं है।"

धीरे-धीरे पता चला कि गाँव के अनेक लोग महात्माजी से मिल चुके हैं। बवाली गया था आशीर्वाद लेने, कि अगले चुनाव में इस इलाक़े के एम.एल.ए. का टिकट उसी को मिले और वह विजयी हो। अल्ली चुड़िहार की बीवी रनिया गई थी यह माँगने कि बहुरिया को एक बेटवा हो जाय, ताकि उसका बंस चलता रहे। भूरी की बड़ी बहिन जमुना गई थी अपनी सास-ननद के लिए मारण-जाप कराने। और तो और, सुनने में आया कि अजयवा अक्सर ही महात्माजी की कुटिया में जाता है और देर तक वहीं रुका रहता है। शायद बिशुन भाट की दालान पर अब भी उसकी नज़र गड़ी हुई है।

इस तरह की न जाने कितनी ख़बरें थीं, जो बलापुर में उधर कयथाने से लेकर बम्हनौटी तक और इधर चमरौटी से लेकर पसियाने तक फैली हुई थीं।

गाँव में अब तक इतना कुछ घटित हो चुका था कि कोई भी घटना नई नहीं लगती थी। लोग आदी हो चुके थे। उन्हें सब कुछ याद था, मगर वे कुछ भी याद करना नहीं चाहते थे। रनिया की बड़ी बिटिया ताहिरा का विवाह भारतगंज के एक ऐसे लड़के से हो गया था, जो आएदिन छोटी-मोटी चोरियाँ किया करता था और उन दिनों हवालात में था। ताहिरा मैके में पड़ी दिन काट रही थी। मुक़दमे में बुद्धू बरी हो गया था। रामदेव और तोते को तीन-तीन साल की सज़ा हो गई थी। सत्तार की अम्माँ गुज़र गई थीं। बिशुन भाट की दालान में 'सरस्वती शिशु मन्दिर' का बोर्ड तो लग गया था, पर बच्चे नदारद थे। गर्मी की दोपहरों में वहाँ ताश जमा करता था। लता के बारे में ख़बर थी कि उसे टी.बी. हो गई है और वह शहर के सरकारी अस्पताल में भरती है। कयथाने के लाला नवाबबहादुर गाँव की अपनी सारी जायदाद बेचकर इलाहाबाद के अल्लापुर इलाक़े में बस गए थे। सूचना यह भी थी कि सत्तार को सरकारी रुपया अदा करना पड़ा और अब वे 'जमाअते इस्लामी हिन्द' के होलटाइमर हो गए हैं।

मगर ये घटनाएँ, ये ख़बरें लोगों को उत्तेजित नहीं करती थीं। उत्तेजित करने वाली जो एक ख़ास घटना पिछले दिनों घटित हुई थी, वह सिर्फ़ यह थी कि बुद्धू

ने अपने कच्चे घर के अगले हिस्से को पक्का करा लिया था। "डाक्टरी में बड़ी कमाई है भाई।" आपस में लोग बोलते और उसके दरवाज़े से गुज़रते तो उस छोटे से पक्के कमरे को इस प्रकार घूरते मानो उसकी एक-एक ईंट को अपनी आँखों में भर लेना चाहते हों।

दूसरी घटना यह थी—गाँव में साधू-महात्मा के प्रकट होने की। साधू-महात्माओं के चमत्कार-भरे कारनामे तो पहले भी सुने-सुनाए जाते थे, मगर अब तो सब कुछ साक्षात् देखने में आ रहा था।

साधू-महात्मा सच्चिदानंद के नाम से जाने जाते थे। उनके शिष्य का नाम था भानुप्रताप। गुरु महराज प्यार से उसे भानू कहा करते थे। भानुप्रताप एक निर्धन ब्राह्मण-बालक था। उसके माता-पिता स्वर्ग सिधार गए थे। घर में उसे रामायण बाँचने-भर की शिक्षा मिली थी। माता-पिता की मृत्यु के बाद कुछ दिनों तक तो उसने अपने आसपास के गाँवों में रामायण बाँच-बाँचकर पेट चलाया, मगर प्रार्थनाओं और भजनों आदि के कैसेट आ जाने के बाद यह रोज़गार मन्दा पड़ गया। तब वह इधर-उधर भटकता हुआ न जाने कैसे हरिद्वार पहुँच गया और महात्मा सच्चिदानंद से वहीं उसकी मुलाक़ात हुई। वह तत्काल उनका चेला बन गया।

महात्मा सच्चिदानंद अनेकानेक गुणों के धनी थे। गणित-ज्योतिष के पंडित तो थे ही, किसी भी व्यक्ति को एक बार देखकर ही उसके व्यक्तित्व का विश्लेषण कर डालते थे। वे जिसे डाँट देते, उसका कल्याण हो जाता। जिसे भगा देते, उसका मनोरथ पूरा हो जाता। जिसकी भिक्षा ठुकरा देते, उसकी क़िस्मत सँवर जाती। जिसे देखकर मुस्करा देते, उसका सर्वनाश हो जाता...। किन्तु उनके मौन का रहस्य अभी तक उद्घाटित नहीं हो सका था।

महात्मा सच्चिदानंद का व्यक्तित्व बहुत आकर्षक था। युवा, स्वस्थ एवं मांसल शरीर। रंग साँवला। त्वचा में अलौकिक चिकनाई। सिर पर स्त्रियों जैसे लम्बे-लम्बे बाल। चेहरे पर काली, घनी, लम्बी और चमकदार दाढ़ी। नेत्र तीखे। नाक नुकीली। होंठ फड़कते हुए-से। अपने समूचे शरीर पर भस्म मलकर कुटिया के बाहर बैठते तो लगता मानो साक्षात् शंकर भगवान विराजमान हों। वे बोलते बहुत कम थे, मगर जब भी बोलते तो ऐसा प्रतीत होता मानो वाणी से निर्झरिणी फूट रही हो।

महात्मा सच्चिदानंद की कुटिया ठीक नीम के नीचे नहीं, बल्कि थोड़ा दूर हटकर थी। आसपास के झाड़-झंखाड़ साफ़ कर दिए गए थे। सामने ख़ूब लम्बा-चौड़ा सहन जैसा बन गया था। कुटी के बाहर सदा आग जला करती थी और राख की ढेरी में एक बड़ा-सा चिमटा गड़ा हुआ था। नीम की डालियों में लाल रंग की तिकोनी झंडियाँ बँधी हुई थीं। झंडियों के बीच एक समूचा नारियल भी लटक रहा था।

बारिश के दिन जा चुके थे, मगर लक्षण अभी शेष थे। सावन-भादों की मौसमी लताएँ अभी तक फूलों से लदी थीं। मार्ग में गायों-बकरियों के खुरों से बने निशान मिटे नहीं थे। गोबर में चारे का हरापन बना हुआ था, कालापन नहीं आया था। मक्के के कटे हुए खेतों से खीरा और फूट आदि लगातार बरामद हो रहे थे...

संध्या का समय था। कुटिया में साधू-महाराज के पास केवल भानुप्रताप और अजय भर शेष रह गए थे; भक्तजन जा चुके थे। महात्मा सच्चिदानंद धूनी के पास बिछे बोरे पर पालथी मारे बैठे थे। सामने थोड़ी दूरी पर गोहरी सुलग रही थी। भानुप्रताप ने उसमें लिट्टियाँ डाल रखी थीं। अजय महात्माजी के ठीक सामने बैठा था।

"जाओ अजय, अब अपने घर जाओ। तुम्हारी कामना पूरी नहीं हो सकती।"

महात्मा सच्चिदानंद ने एक बार फिर अपना निर्णय सुनाया तो अजय फनफना उठा। बिशुन भाट की दालान पर पं. अशोक कुमार का क़ब्ज़ा उसे इसलिए नहीं खल रहा था कि वहाँ एक फ़र्ज़ी स्कूल खुल गया था, बल्कि उसका ग़ुस्सा इस बात को लेकर था कि गाँव में वह एक पुस्तकालय क्यों नहीं खोल सका?

"मेख अउर मेख का झगड़ा बहुत खतरनाक होता है अजय। नाड़ी का दोख लगता है।" महात्माजी ने आगे बोलना शुरू किया, "फिर भाग्य को तो मानना ही होगा। उससे लड़ा नहीं जा सकता।"

"अच्छा महराज, आप तो अन्तर्यामी हैं; एक बात पूछूँ?"

अजय ने भानुप्रताप की लिट्टियों पर नज़र जमाए हुए प्रश्न किया तो महात्माजी चौंके।

"क्या?"

अजय पलभर तक मौन रहा, फिर बोला :

"क्या आप बता सकते हैं कि ललुआ का खून किसने किया?"

महात्माजी ने नेत्र बन्द कर लिए। भानुप्रताप ने इस बीच लिट्टियों के इर्द-गिर्द चोखे के लिए कुछ बैंगन भी डाल दिए थे। उसका ध्यान वैसे तो बैंगनों में ही था, पर बीच-बीच में कनखी से वह गुरु महराज की तरफ़ भी देख लेता था।

"ललुआ का तो नहीं, हाँ पंडित सिस्टिनरायन के खून के बिसय में हम बता सकते हैं।"

महात्माजी ने नेत्र बन्द किए-किए ही कहा तो अजय सरककर एकदम उनके क़रीब पहुँच गया।

"वह कौन था महराज?"

"मुन्ना।"

महात्मा सच्चिदानंद ने बस इतना ही कहा और उठकर कुटिया के भीतर चले गए। अजय के सामने रामलीला का वह दृश्य घूम गया जब पं. सृष्टिनारायण पांडे मुन्ना की उपेक्षा करते हुए उसके गालों पर मुर्दासंख मल रहे थे?

अजय उठा और चल दिया। भानुप्रताप ने लाख कहा कि भोजन करके जाइए, मगर उसने तो मानो कुछ सुना ही नहीं। उसके सामने बस दो ही चेहरे नाच रहे थे। एक था मुन्ना नचनिया का, मुर्दासंख और लाली-लिपस्टिक से सजा हुआ और दूसरा पं. सृष्टिनारायण पांडे की लाश का, फूला हुआ, बीभत्स और डरावना।

अजय के जाने के बाद महात्माजी उठे और कुटिया के भीतर चले गए। उन्होंने अपने बक्से से एक शीशी निकाली और उसमें स्थित लाल रंग के द्रव को गटागट पी गए। फिर उन्होंने भोजन किया और बैठकर विचारमग्न हो गए।

महात्मा सच्चिदानंद ने उसी रात कुटिया छोड़ दी। चाँदनी रात थी। ओस गिर रही थी। मगर इतनी ठंड नहीं थी कि आदमी ठिठुर जाय। करछना की ओर जाने वाला रास्ता काफ़ी चौड़ा था। अगल-बगल आम के पेड़ थे, जिनके पत्तों से छनकर चाँद की किरनें नीचे आ रही थीं और इक्कों-बैलगाड़ियों द्वारा रौंदे गए मार्ग की धूल को उज्ज्वल बना रही थीं। आगे-आगे महात्मा सच्चिदानंद और पीछे भानुप्रताप डेरा उठाए धीमी गति से चले जा रहे थे। मानो उन्हें कहीं भी पहुँचने की कोई जल्दी नहीं थी।

अचानक कहीं से घुघ्घू के बोलने की आवाज़ आई तो महात्माजी ने बगल के खेत से एक बड़ा-सा ढेला उठा लिया।

"अरे, ई आप का कर रहे हैं महराज?"

भानुप्रताप ने अभी बस इतना ही कहा था कि महात्मा सच्चिदानंद ने ढेले को घुघ्घू की आवाज़ की ओर उछाल दिया।

वृक्षों की पंक्तियाँ अब समाप्त हो गई थीं। सामने नहर की छोटी-सी पुलिया साफ़ नज़र आ रही थी।

"आपने ई ठीक नहीं किया महराज।"

भानू बहुत उदास होकर बोला।

"क्या?"

"रात में घुघ्घू को ढेले से नहीं मारना चाहिए महराज।"

"क्यों?"

"हमारी अम्माँ बताती रहीं महराज, कि घुघ्घू ढेले को पकड़ लेता है और उसे ले जाकर पानी में डाल देता है। फिर जैसे-जैसे ढेला घुलता है वैसे-वैसे फेंकनेवाले का शरीर भी घुलता है..."

"इस तरह एक दिन वह मर जाता है, क्यों?"

महात्माजी मुस्कराते हुए बोले तो भानू उनका मुँह ताकता रह गया। अब वे पुलिया पर पहुँच गए थे।

"बैठो भानू, थोड़ी देर यहाँ सुस्ता लें।"

यह कहते हुए महात्मा सच्चिदानंद एक तरफ़ की मोरी पर उचककर बैठ गए। भानू दूसरी तरफ़, ठीक उनके सामने बैठ गया। डेरा उसने नीचे रख दिया।

"आपको इस पर बिसवास नहीं हुआ का महराज?"

भानू जानना चाहता था कि उसकी अम्माँ ने उसे जो कुछ बताया है, वह सत्य है या झूठ।

"नहीं। यह झूठ है। और अगर सच भी हो तो क्या फरक पड़ता है?"

"ई आप क्या कह रहे हैं महराज?" भानू चौंका।

" हम ठीक कह रहे हैं भानू। अब हम मुक्त हो चुके हैं। हमारा चित्त शान्त है। इसलिए..."

"हम कुछ समझ नहीं रहे हैं महराज।"

"हम यहाँ मुक्ती के लिए ही आए थे।" महात्मा सच्चिदानंद ने आँखें मूँद ली थीं और बोलते जा रहे थे। "अजय ने हमें मुक्त करा दिया है।"

भानुप्रताप ने याद किया कि शाम को अजय ने गुरु महराज से कुछ पूछा था और गुरु महराज ने उसका उत्तर भी दिया था। केवल एक शब्द में। मुन्ना।

"ई मुन्ना कौन था महराज?"

भानू ने थोड़ा आगे झुककर पूछा तो महात्मा सच्चिदानंद ने आँखें खोल दी। लेकिन तत्काल उनकी आँखें फिर मुँद गईं।

"वह एक नचनिया था। मुन्ना चमार।"

"मगर उसका क्या बैर था पंडितजी से महराज?"

महात्माजी मौन रहे। भानुप्रताप के हृदय में हलचल-सी मची हुई थी। वह उस दिन अनावश्यक रूप से वाचाल हुआ जा रहा था। बोला :

"आप तो अन्तर्यामी हैं महराज, बताइए न। अच्छा महराज ऊ मुन्ना का फिर क्या हुआ? क्या ऊ जीवित है महराज?"

"हाँ।" महात्माजी ने आँखें फिर खोल दी और भानुप्रताप को घूरने लगे। हाँ, वह जीवित है और तुम्हारे निकट है। तुम उसे देख रहे हो।"

इतना कहकर वे उठे और चल पड़े। भानुप्रताप को तो मानो बिजली का करंट लग गया था। वह किसी प्रकार अपने शरीर को बस घसीट रहा था। उसके कानों में, उसी की आवाज़ में रामायण की पंक्तियाँ गूँज रही थीं—"सूद्र द्विजन्ह उपदेसहिं ग्याना। मेलि जनेऊ लेहिं कुदाना॥ सूद्र करहिं जप तप ब्रत नाना। बैठि बरासन कहहिं पुराना॥"

वह भयंकर अन्तर्द्वंद्व में फँसा हुआ था। एक तरफ़ यह ज्ञान, कि जिसे वह अपना गुरु महराज मानता आया है, वह शूद्र ही नहीं; हत्यारा भी है और दूसरी तरफ़ वह संस्कार, जिसके अनुसार गुरु की निंदा दूसरों के मुँह से सुनना भी पाप

है। जिसके प्रति उसने इतनी श्रद्धा व्यक्त की है, उसी से क्या अब सचाई जान लेने के बाद उतनी ही घृणा वह कर पाएगा?

भानुप्रताप का सिर चकराने लगा। वह खड़ा हो गया। डेरा उसने नीचे रख दिया।

"क्या हुआ भानू?" महात्माजी घूमकर खड़े हो गए।

"आपने छिपाया क्यों यह सब...?" भानुप्रताप के मुँह से 'महराज' निकलते-निकलते रह गया। महात्माजी मुस्कराए।

"छिपाया कहाँ? सच कहने का अवसर आया तो कह दिया। यहाँ भी छिपा ले जाता तो वह छिपाना होता। ख़ैर, अब तो तुमसे कुछ नहीं छिपा है। तुम मेरी ओर से स्वतंत्र हो।"

इतना कहकर महात्मा सच्चिदानंद चल दिए। भानुप्रताप थोड़ी देर तक मंत्रकीलित-सा खड़ा रहा, फिर डेरा उठाकर वह भी उनके पीछे-पीछे चल पड़ा।

पत्तों से छन-छनकर चाँदनी झरती रही और ओस में नहाती रही।

अजय उस समय सपना देख रहा था। एक तरफ़ ख़ूब गहरी नदी थी और दूसरी तरफ़ ख़ूब ऊँचा पर्वत। बीच की पतली-सी पगडंडी पर वह सँभल-सँभलकर चल रहा था। थोड़ा आगे बढ़ने पर पर्वत ग़ायब हो गया। नदी का जल लाल रंग में तब्दील हो गया। वह जल नहीं, शायद ख़ून था। ख़ूब गाढ़ा। जल शीरे की तरह उबल रहा था। अजय दौड़ने लगा। वह नदी-तट से दूर भाग जाना चाहता था। मगर आगे घना जंगल था। जंगल के पेड़ राक्षसों की भाँति खड़े थे। पत्ते उनके लाल रंग के और ख़ूब चौड़े-चौड़े थे। आस-पास हड्डियाँ बिखरी थीं। आगे भारी संख्या में नर-कंकाल पड़े हुए थे। अजय अब हाँफने लगा था। झाड़ियों में उलझ-उलझकर उसके कपड़े तार-तार हो गए थे। सीधा और साफ़ रास्ता कहीं सूझ नहीं रहा था। लेकिन वह भागे जा रहा था। फिर अचानक जंगल ग़ायब हो गया। सामने अब एक ख़ूब पुरानी-सी हवेली थी। उसमें विशालकाय फाटक लगे हुए थे। फाटक अपने आप खुल गए। वह भीतर घुस गया। कई-कई बरामदों को पार करने के बाद वह एक बड़े से कक्ष में पहुँचा, जहाँ अनेक भव्य पुरुष टहल रहे थे। सुन्दरियाँ ख़ामोश बैठी थीं। उनके चारों तरफ़ लोग तलवार लिये खड़े थे। अजय झटके से पीछे मुड़ा और दौड़ने लगा। हवेली ग़ायब हो गई। मगर तलवारधारी लोग उसके अगल-बग़ल दौड़ते हुए दिखाई पड़े। उसने अपनी रफ़्तार तेज़ कर दी। तभी, चारों तरफ़ से गरजदार आवाज़ें आने लगीं। ऐसा लगा मानो तोपें दागी जा रही हों। वह चीख़ उठा।

चीख़ने के साथ ही अजय की नींद टूट गई। वह चारपाई से गिर पड़ा था। उसने अँधेरे में इधर-उधर देखने की कोशिश की, मगर कहीं कुछ दिखाई नहीं पड़ा। तब वह किसी तरह उठा और चारपाई पर बैठ गया। वह डर रहा था, मगर घरवालों को

जगाना उसने उचित नहीं समझा। सामने छड़दार खिड़की के पार धीरे-धीरे अँधेरा फट रहा था। उसने वहीं अपना ध्यान टिका दिया।

झलफला हुआ। बाहर की दुनिया जागी। पहले जागे पेड़-पौधे, फिर जागे जीव-जन्तु। पहले बोला मुर्ग़ा, फिर चहचहाई चिड़ियाँ।

सारे दुःस्वप्न दफ़न हो गए।

अब दृश्य नहीं, ध्वनियाँ थीं। कहीं खाँसने-खखारने की ध्वनि, कहीं किसी को सोते से उठाने की ध्वनि, कहीं पशुओं से बोलने-बतियाने की ध्वनि, कहीं रामायण की चौपाई की ध्वनि...अजय उन ध्वनियों को कान लगाकर सुनने लगा। तभी एक और ध्वनि आई। मद्धिम, मीठी और सुरीली :

गहरी नदिया अगम बहे पनिया
पिया चललें परदेसवा बिहरेला रामा छतिया
जो हम जनती ए लोभिया जइबे रे बिदेसवा
पिया के पयेतँवा ए लोभिया छिपइती रे अँचरवा

अजय उठा और बाहर निकलकर बग़ल की बँसवारी की तरफ़ चल पड़ा। बँसवारी के आगे एक ख़ूब ऊँचा-सा घूर था। वह उसी घूर पर चढ़कर खड़ा हो गया। तब उसने देखा, सड़क पर रंग-बिरंगी साड़ियाँ पहने स्त्रियाँ गीत गाती हुई चली जा रही थीं। पंक्तिबद्ध। न उस पंक्ति में कोई टूटन थी, न गीत में।

"चलो, कुछ तो है जो अभी साबूत है।" अजय ने मन ही मन सोचा और घूर से उतरकर बँसवारी में आ गया। स्त्रियों की उस पंक्ति को वह तिरोहित होते हुए नहीं देखना चाहता था।

✪